THE CONTINUING SILENCE OF A POET

A. B. Yehoshua

诗人继续沉默

〔以色列〕亚伯拉罕·耶霍舒亚 著　张洪凌 汪晓涛 译

人民文学出版社
PEOPLE'S LITERATURE PUBLISHING HOUSE

著作权合同登记:图字 01-2023-1890

A.B. Yehoshua
The Continuing Silence of a Poet
Copyright © 1957，1959，1970，1973，1975，1976 by Abraham B. Yehoshua
Published in agreement with Liepman AG Literary Agency，through The Grayhawk
Agency Ltd.

图书在版编目(CIP)数据

诗人继续沉默/(以)亚伯拉罕·耶霍舒亚著;张洪凌，汪晓涛译.
—北京:人民文学出版社,2021(2023.5 重印)
(短经典精选)
ISBN 978-7-02-016913-9

Ⅰ.①诗… Ⅱ.①亚… ②张… ③汪… Ⅲ.①短篇小
说-小说集-以色列-现代 Ⅳ.①I382.45

中国版本图书馆 CIP 数据核字(2021)第 003872 号

总 策 划　黄育海
责任编辑　朱卫净　郁梦非

出版发行　**人民文学出版社**
社　　址　北京市朝内大街 166 号
邮　　编　**100705**

印　　刷　凸版艺彩(东莞)印刷有限公司
经　　销　全国新华书店等

字　　数　320 千字
开　　本　890 毫米×1240 毫米　1/32
印　　张　13.75
版　　次　2018 年 7 月北京第 1 版
印　　次　2023 年 5 月第 2 次印刷

书　　号　978-7-02-016913-9
定　　价　98.00 元

如有印装质量问题,请与本社图书销售中心调换。电话:010 - 65233595

目 录

诗人继续沉默

昨晚他又回来得很晚。当他终于回家的时候，一点轻手轻脚的意思也没有，好像我的睡眠无足轻重。他的脚步声在空荡荡的公寓里回响了好一阵子。他把门厅的灯都打开，无休无止地翻弄着什么纸。最后他安静下来。我摸索着回到有灯的地方，老年人的似睡非睡。然后，是雨的声音。这种雨已经持续不断地下了三个星期了，雨帘飘打着窗玻璃。

他晚上都去些什么地方呢？我不知道。一次我设法跟了他几条街，结果一个老相识将我堵在街口。这位无可救药的小说家跟我喋喋不休的时候，他就消失了。

雨把平原变成了一个泥沙混杂的沼泽地。冬天的特拉维夫，一座既无下水道也无排放口的城市，湖像产卵一样不断地涌出来。城外的大海，黝暗不洁，隆隆地奔腾，好像正在从这座蔓延的城市隐退。大海变成了城市的背景。

五点未到，窗户已经发白了。怎么回事？他突然出现在我的梦里，就那样站在我面前，全身尽收于我的眼底。我想他离海岸不太远，膝上是几只黑色的鸟。他抚摸着它们，平息它们烦躁不安的鼓翼。他的微笑让我吃惊。他面朝我站着，凝神细细地审视着我，虚弱地朝我笑笑。

第一声鼾声从他的房间传来的时候，我知道自己再也睡不着了。明天抑或是后天，又一艘船要扬帆远行。我想我还是会上船的。这种吞噬心灵的痛苦会自行溶解的，我心里明白。只要我能将尊严保持到分手的时刻。再过二十个小时左右。

现在我看不到他，但我知道他在睡觉，手放在胸口上，眼睛闭着，嘴张开着。他的呼吸清晰可闻。

首先我必须描述一下他，他长得什么样子。我可以做到这一点。虽然他还没有十七岁，他脸上的特征已经固定下来。我早就知道他的相貌定型了，不会变了，永远不会变的。

他的背微驼，强悍的身躯谦卑地向前屈着。扁平的头盖骨。脸粗糙、肥厚、圆头圆脑的。脸上和额上冒出些粉刺。黑乎乎的胡茬，剪得短短的头发。还有他的眼睛。

我非常清楚大家都认为他是低能儿，我自己甚至会抢在别人前面宣布。大家都这么看，我的女儿们也不例外。至于我自己，我从没否认过这个事实，毕竟它没有暴露我什么，也不反映我的感官有什么不健全的地方。我读过一些这方面的科普文章，可以向你保证这纯粹是个意外。而且，他浑身上下没有一点像我的地方。除了某种凶猛的特征外，我俩毫无共同之处。因此，他的存在一点也不让我觉得尴尬。即便如此，我还是坚持认为他是个临界案例，游弋在正常与非正常的边缘地带。证据？他的眼睛。我是唯一经常有机会凝视他的眼睛的人，我敢说那里面（虽然我得承认次数并不多）有光芒闪烁，一种来自黑暗的能量，有着极强的穿透力。

不止他的眼睛。

还有……

他在我生命的晚年出世。一次意外，一个错误，某种该诅咒的奇迹。那时，我们——也就是他的母亲和我——已经迈进暮年的门槛了。

我对那个时候——他出生以前的那段时光——有着鲜活的记忆。那是一个轻柔的春天，漫长而奇妙。我，一个已经出版了五卷本诗集的诗人，决心封笔了。我的决心出于一种彻头彻尾的绝望，毫无挽回的可能。因为就是在那个春天，我不得不对自己承认，是到了保持沉默的时候了。

我失去了对音律的感觉。

我最知心的几个朋友已经开始嘲弄我，说些让我气馁的话，对我新创作的任何诗都不屑一顾。那些后起之秀写的新诗让我困惑，有时气得我发疯。我偷偷地模仿他们，结果写出了我此生最拙劣的诗。"既然如此，"我对自己说，"我就从此保持沉默吧!"又能怎么样呢? 然而，沉默的结果是我们的日常生活习惯完全给打断了。有些日子里我们早早地上了床，另一些日子里，我们则在拥挤不堪的咖啡馆里听废话连篇的讲座，或者跟那些在死神门前渴望荣誉的过气艺术家厮混到半夜。

那个漫长奇妙的春天，轻风充溢，鲜花绽放。我在大街小巷里来回不停地游荡着。激动和绝望扫荡着我的心灵，我感到自己在劫难逃。我徒劳地想把自己灌醉，向每个人宣布我发誓沉默。我抨击诗歌，嘲弄机器编程写出的诗，目中无人，对任何事物都不屑一顾。我喋喋不休，常常笑个不停，向人坦白自己内心的隐秘。夜晚我给报纸写读者来信，谈一些琐碎的事情（公共交通什么的），没完没了地推敲遣词用语。

然后，就是这个不期而至的怀孕。

那份难堪。

我们是在初夏发现怀孕的事的。刚开始我们还走很多路，后来就把自己关在家里，最终变得非常尴尬，对每个人都充满歉意。先是向我们的女儿道歉，她们恐慌地看着上了年纪的母亲渐渐隆起的腹部；然后向亲戚道歉，听任他们沉默地打量着新生儿。

（他是在严冬里一个冷得结冰的日子里出生的。花园里的草打满了白霜。）

现在我们坐婴儿监了（女儿们连手指都不愿为他动一下，她们外出的次数比以往任何时候都多）。我们夫妻俩相互打气，想告诉对方，多么美妙啊，这孩子的出生！但是很明显，我们的心思完全不在这上面。那些重新开始的睡意浓浓的夜起，将墙壁切割成条纹的树的阴影，挂满每个房间的湿重尿布——所有这些都让人颓丧透顶。每天，我们都拖着疲乏的步履。

他缓慢迟钝地长着，我是说那孩子。他在一切方面都发育迟缓，好像陷入一种呆钝麻木的状态。现在回想起来，他当时简直就是一只灰色的雏鸟，躺在我床边的摇篮里，抽搐着他那虚弱的四肢。

最初的疑心在他三岁时浮现。做出这个宣告的是我的女儿们，不是我。他行动迟缓，说话结巴得厉害，不讨人喜欢。因此，女儿们宣称他是个低能儿。朋友们来家里时仔细地审视他的脸，寻找迹象去证实我们不敢说出的真相。

我对他那一阶段的生活记忆不深。他母亲的病占去了我大部分的时间。她的生命正在迅速地凋谢。高龄生产耗得她只剩下一张躯壳。我们只能看她从我们的生活中消退，退进沙漠之中，被迫在贫瘠的荒山野岭中独自彷徨，最终消失在黎明的微光之中。

她的身体日渐不支。

母亲去世的时候那孩子六岁，臃肿，笨拙，跟家里人谁也不亲近，沉迷于自己却从不迷失在梦中——除了梦想以外他什么都有。他总是非常紧张，精力旺盛，我用手指梳理一下他的头发他就浑身颤抖。

要是我可以用同情的语气说出"孤儿"这个词就好了。但是，这个词只能卡在我的喉咙里。他母亲的去世应该没有给他留下太深的印象，尽管由于我的粗心，他尾随我们去了她的葬礼。他从没有问起过她，好像知道她的离去是无法挽回的。在她去世数月后的一天，她所有的照片都消失了。几天以后我们才发现照片的失踪，当时也没有想到去问他。等我们终于想到他的时候，已经太晚了。天色渐暗，他领我们去埋照片的地点。是花园僻静的一角，白杨树下，在一个弃之不用、几乎辨不出的老石灰坑里，用一张旧毯子包着，照片给刀划得乱七八糟。

他站在我们面前结结巴巴说了半天，小眼睛疾疾地转动着。

然而，什么也没解释清楚……

我们第一次睁眼看见，站在我们面前的是一个小小的人儿。

我怒不可遏，在他出生后第一次动手打了他。我抓住他的手腕，狠狠地抽了几耳光，然后女儿们也打了他。（她们为什么打他？）

他一点也不明白……

挨打让他惊慌失措。挨完打后他趴到地上哭起来。我们把他拉起来，拖回了家。

我从没有想到过他对房子如此熟悉，他会如此彻底地占有家中的每一个角落。他从陈旧的照相簿里搜集到他母亲的照片，还拆开了一些旧信封。他甚至在花园里发现了一个连我都不知道的秘密藏身地点。我们在这所房子里住了很多年。无数个不眠之夜，我在小花园里踱来踱去，却从来没有注意到这个已经销声匿迹的老石灰坑，苍白，覆盖着一簇一簇的灰色地衣。

这些便是最初的迹象吗？我不知道。那个时候，我们（无论是我还是我的女儿们）谁也没打算理解他。我们满心恐惧的只是他可能带给我们的羞辱和丑闻。把他藏起来是不可能的，但至少我们想保护他。

你瞧，我的女儿们那时都还是单身……

九月，我在郊区的一所学校给他注册上一年级。他开学以后的第一个星期，我早早地结束了工作在学校的门口等他。我担心孩子们取笑他。

正午，他顶着九月似火的骄阳走在我身边，牵着我的手，拖着沉重的步履。新书包有节奏地在他背上敲打着，帽子低低地压住前额，微张的嘴，模糊不清的呼吸，看世界的眼睛毫不遮掩，没有一丝超然的神态，内在视野永远只有一个角度。

熟人们朝我挥帽，走过来，跟我握手，然后弯下腰，抓住他的小手使劲握一下。他们想挤出一个微笑，但是他呆滞的一瞥迅速冻结了他们的微笑。白痴，整个一白痴。

一周以后我就让他自己回家了。事实证明我的担忧多此一举。孩子们不需要自找麻烦地去孤立他，他从一开始就是与世隔绝的。

那一年，女儿们结婚了。婚礼选在同一天，办得很草率，好像有人在后面催逼着，好像她们希望逃离这个家，尽管她们还那么年轻。

那真是混乱不安的一年。家里每个星期都会出现这样或那样的喧闹。女儿们含着泪水要求我把他藏起来，软弱使得我让步。我把他带出去，在街上，在野外，或者沿着海边漫无目的地游荡。

我们从不交谈。我们一起看日落和启明星。也可以说是我看，他坐在我身边一动不动，眼睛盯着地面。然后是连绵的雨季，外面一片泥泞，我们不得不待在家里。两个女儿的追求者出现在我们的视野里，后面跟着他们的朋友和朋友的朋友。整栋房子便开始笑声不绝，烟雾弥漫。我们把他藏在女仆的房里，在他睡不着觉的时候，又偷偷把他带进厨房。他穿着睡衣坐在那儿，看人们进进出出。然后他起身去擦餐具。开始只擦勺子，然后他们也让他擦刀具了。

慢慢地，他获得了进客厅的特权，那是整个房子里最热闹的地方。刚开始他端上甜点或饼干，然后是往杯里倒酒或给人点火。起初，人们看到他会有些退缩，房间里会出现一阵短暂的沉默，一种甜蜜的恐惧。追求者之一会气呼呼地从椅子上起身，走到黑暗的窗口站立，在阴郁里寻求逃避。那孩子手端托盘在房间里走动，脸上带着一种僵硬而痛苦的庄重。除了他激动的喘息，沉默的房间里听不到别的什么。没人会对一块甜点或饼干说不。

人们很快习惯了他。女儿们容忍了他的存在，对他的态度缓和了许多。他的一些小服务变得不可或缺。夜深的时候，人人都变得无精打采，他的脸上却焕发出新的光彩。脸喝得红通通的某位客人，或许对他产生了一种突如其来的兴趣，拉他坐到身边，跟他长谈。那孩子在抓握之中身体变得僵硬，眼睛也随之呆滞起来。过一会儿他起身去倒烟灰缸。

到那年夏末，家里就只剩下我们两个人了。

女儿们在八月中旬的一个午后结婚。深蓝的天空下，一座硕大的天棚在我家的花园搭起，几十位婚礼来宾聚集在棚子下，干燥的荆棘在他们脚下沙沙作响。不知为什么，我被伤感闷得透不过气来。心中的某种情绪攫住了我。我泪流满面，拥抱、亲吻每一个人。婚礼上看不到那孩子。新郎之一坚持认为他不能在婚礼上露面。一直到很晚他才被带回来。我看到他的时候，最后几位朋友正从我紧紧的拥抱中挣脱。他坐在其中一条长桌的旁边，穿着他平时的衣服，脖子上不知被谁打了一条红领带。一块巨大的蛋糕被什么人塞到他的手中，肮脏的桌布滑落到他的膝盖上。他无精打采地咀嚼着，目光落在跟月光纠缠的一段树枝上。

我走过去轻轻地抚摸了一下他的头。

他一阵惊慌失措，蛋糕掉到地上。

我说："那月亮……毫无疑问，是一个美丽的月亮……"

他仰头看了看月亮，好像以前从来没见过它似的。

我们的共同生活就这样开始了。在这幢香水瓶和撕烂的手帕仍随处可见的安静的房子里，我们开始朝夕相处。我，一个陷入沉默的诗人；他，一个孤独的低能儿。

他用以面对我的，正是他的孤独。

现在我明白这个道理了。

不用说，他在学校里也很孤独。上学的第一个星期，他就退到教室后面的长凳上，蜷缩在一个角落里。然后就留在那儿了，跟班上其他学生孤立开来。老师们已经觉得他没有希望了。

他所有的成绩单都写着"无法评估"四个字，底部是老师迟疑的潦草签名。我不知道他们是如何让他一级一级地往上升的。因为虽然他偶尔会在一个班待到第二年，甚至是第三年，他还是在往上爬升，用他们给他定的蜗牛速度。也许他们是在纵容我，也许某些老师喜欢我的旧诗。

大多数时候是我回避他们。

他们也尽可能地避开我。

我不怪他们。

假如我们不得不在家长会那天见面，我总是到得很晚，或者等到最后一刻去。此时学校的建筑已经笼罩在黑暗中，精疲力尽的老师面对着好像刚刚遭遇了一场战争洗劫的教室，瘫在座椅里。裸露的灯泡照着空空如也的教室。

我就在这个时候悄悄地出现在门边，手上拿着一顶皱皱巴巴的毡帽。我长长的白发（我一直蓄发）会让任何还留在那儿的父母（不管是年轻的父亲还是母亲）慌不迭地从座位上起身，逃离教室。老师们会用眼角余光打量我，伸出有气无力的手，朝我虚弱地笑笑。

我会在他们对面坐下来，看着他们。

他们能告诉我哪些我不知道的事呢？

有时候他们忘了我是谁。

"噢，先生，您是哪位学生的家长？"

我会说出他的名字，胸口一阵悸动。

他们翻着手中的纸张，抽出一张空白的成绩单，闭上眼睛，手支着头，严厉地追问："多久？"

这句话的意思是，对这样一个希望如此渺茫的案例，他们得在学校忍受他多久？

我无言以对。

他们会生起气来。也许窗外的黑暗增添了他们的烦躁。他们坚持要我让他退学。去哪儿？不知道。某个地方。

也许一个什么机构……

可是渐渐地，他们的愤慨平息下来。他们承认他不是个危险的孩子，没有一点儿让人不安的地方。不，刚好相反，他总是全神贯注地倾听，一动不动地盯着老师的眼睛。他甚至试图去做家庭作业。

帽子被我捏得皱成一坨。我偷偷地扫了一眼教室，地板上乱丢着果皮、撕烂的书页和铅笔刨花。黑板上的画好像是一帮疯子的作品。细微的眼泪刺痛了我的眼睛。我坦率地保证帮助那孩子，每天晚上陪他学习。我们无论如何不能放弃希望。毕竟，他是个边缘案例。

但是一到晚上我又绝望了。我打开书本花了数小时帮他，结果毫无进展。他僵硬地坐在我身边，一动不动。我的话好像浮在水面的油。等我终于让他离开时，他回到自己的房间，花半小时一个人做作业。然后他合上他的练习本，把它们放进书包，锁了起来。

有时候我趁他一大早还在睡觉时，打开书包偷看他的练习本。那上面的答案让我惊骇不已，尽是些不着边际的白日臆想。算术更是让我惊恐。他用巨大的热情描摹一些稀奇古怪但完全让人无法理喻的符号。

但是我什么也没说。我对他没有抱怨。只要他每天早上起床，哑巴似地去上学，坐在教室后面的长凳上。

白天学校的事儿他不说，我也不问。他一声不吭地来来去去。我记得在他上五年级或六年级的时候，有那么短短的一阵子他受其他孩子的欺负。好像他们突然发现了他的存在，然后就开始折磨他。班上所有的孩子，女孩子也不例外，都会在课间休息的时候围着他，掐他的四肢，好像就是想证实他是一个有血有肉的存在，不是一个妖怪。他一如既往地上学，跟我坚持的一样。

几周以后，他们放弃了，又让他一个人待着了。

一天，他回家后显得很激动，手上沾满了粉笔灰。我以为他给叫上黑板写字了，可他说不是。那天晚上他主动找我，告诉我他被任命为班长了。

几天过去了，我问他是否还是班长，他说是。两星期以后他仍然当着班长。我问他是否喜欢他的工作，或者是否发现同学们让他伤脑筋。他似乎心满意足，两眼发着光，脸上的表情也更专注。在我的"晨搜"中，除了奇特的家庭作业，我还发现了粉笔头和一两块破抹布。

我感觉从那时起，直到他在校的最后一天，他都是班长。而且他和学校的看门人变得亲近起来。后来的几年里，他们之间甚至发展出一种友谊。看门人不时地把他叫到他的小房间，给他喝一杯不知哪位老师剩下的茶。很难说他们之间有过真正的谈话，但某种接触确实建立了起来。

夏天的一个晚上，我发现自己正好在他学校附近。鬼使神差地，我决定拜访一下这位看门人。门关着，我从栅栏的一个豁口钻进去，在幽暗、空荡荡的走廊里游荡着，最后终于在看门人那藏掖在楼梯下的小房间前停下来。我下了几步台阶，看到了他。

他盘腿坐在床上，四周一片昏暗。一个非常矮小的男人，皮肤黝黑，熟练地擦着放在膝盖上的铜盘。

我取下帽子，侧身挤进他的小房间，含糊地说出儿子的名字。他没有动，也看不出有什么吃惊的意思，好像早知我会在某个晚上来找他。他抬头看了看我，突然一言不发地笑了。一种安静的微笑，在他的脸上漾开。

我说："你认识我儿子。"

他点了点头，脸上的微笑仍然忽明忽暗地闪动着，手继续擦着铜盘。

我问："他怎么样？挺好的一个男孩子……"

他的微笑冻结了，手耷拉下来。他喃喃地说了句什么，手指着头："可怜的孩子……疯子……"

然后，又静静地打量我的脸。

我站在他面前，心凉透了。我从来没有这么失望过，从来没有这么无望过。他又开始擦铜盘，我默默地退了出去。

我并不是说那时我心里只有这个孩子，只为他纠结。刚好相反，我跟他保持距离，心不在焉地想着别的事。

想着我自己。

我从来没有那么沉浸在自我中过。

首先，当然是我的沉默。这也是最终的沉默。我把它维持了下来。似乎一点儿也不难。我一行诗也没有写。确实，有时候，一种模糊不清的渴望可能会在心头浮起。一种欲望。我对自己耳语道：秋天。然后再一次地说，秋天。

仅此而已。

朋友们抓住我不放。不可能，他们一口咬定……你一定在偷偷地酝酿什么鸿篇巨作……你想一鸣惊人……

我莫名其妙地激动起来，微笑着坚持说："根本不是那么回事。我想写的都已经写在书里了。"

他们开始有些怀疑，后来终于相信了我。我的沉默被默许了。只有一次，有人（一个年轻人）在报纸上出版某种简介，顺便提到了我，将我的沉默轻蔑地称之为江郎才尽。在同一段落里，他两次提到江郎才尽。

然后他放过了我。

我一点儿也没在意。我感到宁静。

这片包围着我的荒原……

干燥的沙漠……

乱石和垃圾……

其次，衰老正在打垮我。我从来没有想到事情会这样。只要在城里游逛我就感到安心。但是到了晚上，晚饭以后，我就深陷在扶椅里，膝盖上放着一本书或者一张报纸。不一会儿，我感到自己躺在那儿好像瘫痪了一样，半死不活。我起身，挣扎着脱下衣服，感受到上了年纪的腿给我带来的阵阵冲击。然后我拖着身子走到床边，用睡衣把自己裹起来，床上散落着我最近开始热切阅读的侦探小说。

房间沉默地呼吸着。收音机里飘出一支迷惘而疲惫的曲子。我看着书。慢慢地，我变成了一块长满青苔的大石头，自己却毫无察觉。午夜，收音机安静下来；午夜之后，书从我的膝盖上滑落了。我必须起身关掉沉默的收音机和房间里灼热的灯光。然后就是那一刻，我害怕的时间。我像一具毫无生机的尸体从床上滚下来，弯腰忍着痛，摇摇晃晃地伸手去摸开关，用尽最后的一点气力。

一天晚上，约莫午夜时辰，我听到他在门厅里的脚步声。这里必须说明，他睡得很不安稳，常常被无法描述的噩梦缠身。他的床边有盏床头灯，醒了以后他就直接去厨房里的水龙头大口大口地喝水。他的恐惧因此可以得到缓和。

那天晚上，他喝水以后正在往回走，我把他叫到我的房间，让他帮我关掉灯和收音机。我还记得他立在门边黑暗中的身影。我好像突然注意到他长高了许多，也长胖了。身后的光映出他的嘴的轮廓，微微张着。

我感谢了他。

第二天晚上的午夜时分，他又开始在房子里潜行觅食。我躺在床上等他的脚步声靠近，叫他帮我熄掉灯。

然后是那以后的每个晚上。

他的服务就这样开始围住了我。我变得对他很依赖。从午夜时分的关灯关收音机，到接下来的许多其他小事。那一年他多大呢？我想是十三岁吧……

没错，现在我想起来了。他十三岁的生日就是在那一年过的。我拿定主意给他好好庆祝一下。在那以前的每一年，我都是用沉默打发他的生日。我计划给他开一个真正的派对，丰盛、愉快。我亲自给他的班主任打电话，也给他的其他老师打了，邀请了每一个人。我以他的名义给他班上所有的同学发了请帖。

无疑，他班上的同学都比他小，几乎都不到十一岁。

在定下来的那个星期六上午，经过漫长而让人难堪的等待之后，十个小男孩排成一小队出现在我家门口，他们一边交头接耳一边偷笑，手上挥舞着白纸包的小包裹。他的老师一个也没来。女同学也没一个敢来。

他们一个个地跟我握手，显得很窘迫，看到我的白发非常吃惊。（其中一个悄悄地问："那是他的祖父吗？"）他们怯生生地走进这所谁也没有来过的房子，仔细地审视我，见我显然是个正常人后才松了一口气。

礼物打开了。

每个人都带了相同的礼物：一个最多只值几分钱的廉价铅笔盒。只有一个卷发、皮肤苍白、颇有几分诗人气质的男孩例外。他肆无忌惮地递上一把已经生锈的旧折刀——一把带很多刀片的大折刀，不知为什么，激起了男孩们的无比崇拜。

所有的礼物都伴随着一两行或多或少有些俗套的贺语。送折刀的小诗人加了几个让人愉快的韵脚。

他沉默地接受了礼物，显得非常紧张。

我很吃惊没有一个人送书。

好像他们担心他读不了……

我亲自为他们服务，每个小家伙都让我十分难受。我给他们端上三明治、蛋糕、甜食和柠檬水，然后是冰激凌。他们三三两两地坐在客厅里，深陷在扶椅和沙发里，一声不吭地嚼着糖果。他们的眼睛在房间里转来转去，四下张望，显得很戒备，偶尔无缘无故地吃吃笑两声。

　　我的儿子孤苦伶仃地坐在房间一角，看上去更像一位来宾而不是自己派对的主人。他也在咀嚼着什么，只是眼睛低垂着。

　　我以为我的在场妨碍了他们，就离开了房间。确实，我一走，里面紧张的空气就缓和了许多，笑声不断从房间里飘出来。等我再回去时，我发现他们都脱了鞋在地毯上嬉闹，在沙发上跳上跳下。他不在他们中间。我四处找他，最后发现他在厨房的阳台上，给来客们擦鞋。

　　他说："我是班长。"

　　他的生日派对就这样结束了。来客们个个衣冠不整，他们忍住笑，穿上鞋起身面对我，跟我再一次握手，然后告辞，将九个铅笔盒留在身后。至于那只激起无数崇拜的旧折刀，带它来的小诗人当场就问他能不能借用一个星期，以后就再没有奉还。

　　我提供这些细节主要是想为自己辩护，因为不到两个星期，他也开始为我擦鞋了。我只是将它们留在阳台上，然后我发现它们已经给擦得锃亮。他是心甘情愿地擦的，没有任何抱怨。擦鞋就变成了一项传统，他的和我的。然后，其他传统也跟着形成了。

　　比如，帮我脱鞋。我下班回家晚了，会坐在门厅的长凳上打开邮件。他从不知哪一个房间走出来，蹲在我的脚边，替我松开鞋带，脱掉我的皮鞋，为我换上拖鞋。

　　这个小举动带给我一定程度的放松。

我突然发觉他的胳膊很有劲，跟我日渐衰弱的手臂形成对比。每当我拧不开瓶盖或者拔不出墙钉时，我就会叫他。我对他说："你还年轻，很强壮，我却一天天变老，很快就会离开人世。"

但是我必须停止跟他开玩笑，他理解不了。他目瞪口呆地站在那儿，脸上一片茫然。

他习惯了倒垃圾，从八岁就开始了。他帮我拿香烟，买报纸，爽快地给我当差。他也有一些自由支配的时间，每天花不到半个小时的时间做家庭作业。他没有朋友，不看书，常常歪在椅子上，一连几个小时盯着墙，或者盯着我发呆。我们住在一个安静、安全的小区，从窗子望出去只有树和篱笆。一条很宁静的街。他能做什么呢？宠物们厌恶他。我曾经给他买过一条小狗，一周后他就把它弄丢了。丢了小狗，也没见他有什么遗憾。他能做些什么呢？我教他整理房子，告诉他什么东西放在什么地方。他学得很慢，但最终还是学会了在壁橱里码放我的衣服，捡起扔在地板上的报纸和书。早上我不用铺皱巴巴的床，晚上回家时它已经给整理好了，井井有条。

有时候我想象自己为旅途做好了一切准备。到时候什么都不用做，只要打开箱子，放进那些叠得奇奇怪怪的衣服，就可以出发了。一次，我需要到北边做一次短期旅行，在我通知他后不到半个小时的时间里，他帮我收拾好一个手提箱，放在门边，箱子上还放着我的拐杖。

没错，我给自己弄了根拐杖，走到哪儿都带上它——尽管我暂时还不需要它。我在街上停下跟人说话时，那根拐杖被我戳进离我最近的裂缝里，支撑我全身的重量。他不时帮我把拐杖头削尖，让我更方便。

他对我的照顾就这么无微不至。

也就是在那一段时间里他学会了做饭，跟那个偶尔来打扫房子的老妇人学的。刚开始，他只给自己做，在我下班回家以前一个人吃。很快他也开始给我做了。很有限的菜式，单调，有时候寡然无味，但恰如其分地准备好并端上来。他在阁楼上发现了一套瓷器，是我们的结婚礼物，很精致，各式各样镶着金边的盘子，点缀着花卉、小天使和蝴蝶。他让它们都派上了用场。他会把五个大小不一的盘子一个一个地摆在我面前，然后摆上几把刀叉，以一种愚钝的固执伺候我。

他是从哪儿学会这一套的？

从课堂上一个讲国王宴会的故事里学的。

我兴奋起来。

"什么国王？"

他不记得名字。

"别的主人公呢？"

他也不记得了。

我让他至少把故事讲一遍。

他开了个头，然后彻底停下。故事在他的脑子里已经变得模糊不清了。

他的眼睛浑浊起来，脸上第一次长出雀斑。

脑子里突然冒出一个念头：换个角度看他的话，他可能让人恐惧。

夜晚他帮我洗澡。我叫他往我的后背上擦肥皂。他踮着脚走进来，充满敬畏地凝视着我水中的裸体。他拿起海绵，小心翼翼地擦我的脖子。

等到我想回报他对我的服务时，却发现没什么我可以做的。

一回家我就宣布：今晚我做饭。结果晚饭已经端上桌了。我希望帮他洗澡，他也已经洗了。

我只好晚上带他出去见我的朋友，去艺术家的聚会。我仍然是所有那些社团和联盟的成员。我让人们习惯他的存在，直到对他视而不见，就像我对他们的阴影熟视无睹一样。

他总是坐在最后一排，帮来晚的人开门，脱大衣，然后挂起来。人们错把他当成那里的侍从，他也确实对这个行业的人有某种依恋。我发现他站得离那些引座员很近，眼神肃穆地听他们谈话。时不时地，他会跟帚着扫帚站着的清洁女工交谈。

他跟她说些什么呢？我想象不出。

他爱我吗？我怎么才能知道？我的行为举止里似乎有某种东西让他畏惧。也许是我的年龄，也许是我的沉默。不管因为什么，我在场的时候他总是战战兢兢，好像我随时会打他似的。

奇怪的是，我们之间却又相安无事。日子平静地过去了，我想象这种平静会持续一生，直到我和他分手永别。我觉得自己很幸运，能在沉默之中有这么一个位于临界点、跟我截然不同的低能孩子陪伴。

当然，有时候我也会被一种躁动不宁的情绪笼罩着，渴望跟什么人亲近。这时候我就会匆匆赶去耶路撒冷，用一两个小时看望我的女儿们，给她们一个惊喜。

她们会亲切地招待我，抱住我的脖子，紧紧地拥抱我。当我们站在那儿拥抱时，她们的丈夫会冷眼旁观，眼睛里流露出不屑。然后我们坐下来聊天，风趣幽默，妙语连珠，她们的丈夫不免有些不快，但并不抱怨，很清楚我待的时间不会太长。假如说我如一阵旋风吹来，我也会如此离去。一两个小时以后，我就会起身匆匆离去，心头还残留着情感的余渣。

他们都极力劝我多待两天，在那儿停留，过夜，不过我从来没在她们那儿过夜。我必须回到那孩子身边，我分辩道，好像他的整个存在依赖于我似的。接下来是更多的亲吻和拥抱，然后她们的丈夫送我到车站。一路上我们默默无语，也实在没什么可说的。而且，我在他们眼里仍然是个令人生疑的人物。我那一直垂到脖子上的白胡须，手上微微摇动的拐杖，这一切都让他们感到我仍然是某种诗人类的动物。我知道自己几卷本的诗集在他们客厅的书橱里占据着显眼的位置。这些事情我没法改变。

　　这种时候，我宁愿面对我那呆蠢的孩子。

　　冬天，我有时候会在六点就把门栓拉上。上床以前我做些什么呢？我读报纸，听收音机，翻动着书页。时间就这样打发了，我跟厌倦私下做着交易。

　　夏天，我常常沿着海滩走来走去或者漫无目的地穿街走巷。我也可能会几小时站在一座正在盖建中的楼房前出神。

　　一些无足轻重的琐碎想法……

　　多年以前，我去哪儿都会带一个小笔记本。我扇动创造力的火苗，把自己弄得跟犯热病似的。琢磨韵律，推敲词藻。现在我心如止水。

　　他在哪儿？

　　我从窗口望去，看到他在花园里，头上是萧瑟的秋日天空。他用蛮力修剪着灌木和树枝，砍掉整个枝干，撕扯树叶。特别是对那棵衰老的白桦树，他奋力砍去从树根里发出的新芽，爬到茂密的树叶中不知疲倦地锯着。那棵树弯腰呻吟。

　　有时候，我的目光会一连几小时落在他的身上，没法移开。他专注的分量，他的狂怒。树的阴影在他的脸上摇摆不定，那张脸因为新戴的厚眼镜而平添了一股荒谬的学者之气。最近查出他是近视眼。

我知道他剪枝过头了。他热切地把植物拔起来，连根带梢。不过，我并不去打断他，我只是沉默地站在窗前，告诉自己：那些存活下来的会在春天重新发芽，补偿受到的损伤。

第一次是什么时候？我是指他终于发现我是诗人这件事。我想说的是，在过去的这一年里，疯狂完全攫住了我们。

去年的冬末，我病了，把他留在家里照顾我。有好几天他从早到晚跟我待在一起，寸步不离我的身边。这种情形以前从没发生过，因为几乎没有一天我不外出，漫无目的地游逛，坐在咖啡店里，看望朋友。

我烧得很厉害，躺在病榻上打瞌睡，一阵一阵的，眼睛眨动着。他在房子里转来转去或者坐在我房间的门边，脸朝着我的方向。偶尔我会要他给我倒一杯茶，他会惊醒过来，到厨房里端出一杯热腾腾的茶。

光线在渐渐地消逝，灰色的天空模糊了窗子的轮廓。我们没有开灯，因为病痛让我的眼睛变得很敏感。

沉默在我们中间划了一道鸿沟。我们能够沟通吗？

我问他是否做了作业。

他从他坐的角落里朝我点点头。

我能跟他谈些什么呢？

我询问他的班务，他用"是""否"或者摇头回答我。

最后我疲倦了。我把头靠在枕头上，闭上眼睛。房间更黑了，外面下起了毛毛细雨。在我病的这些日子里，我的脑子开始了不着边际的幻想。一些关于床的幻想。我会把它想象成一个国度，有着一望无际的山岭和川流不息的河流，雪白、狂野。我在这个国度里探索。

然后就完全平静下来。床的温暖包围了我身上的每一个细胞。

他嘶哑的声音惊醒了我，那声音在涓涓细流般的沉默中显得很突兀。

"你做什么？"

我睁开了眼睛。他坐在门边，眼睛盯着我的脸。

我欠了欠身，对他的问话很惊讶。

"什么？你说什么？现在？呃，什么？我刚才在打瞌睡……"

"不是，我是说通常来讲……"他把头掉开，好像对自己的问题感到很抱歉。

过了一会儿我明白了，他在问我的职业。

他们在上课的时候讨论"职业"这个话题了吗？

他不知道……

我告诉他我的职业是什么（我受雇于一家新闻报纸剪报局），但是他觉得很难理解。我详细地跟他解释，突然他明白了。没有反应。他似乎有点儿失望。很难说清原因。在他低能的智商里，他不可能产生我是飞行员或海员的想法，不是吗？难道他以为我是飞行员或者海员吗？

不。

他是怎么想的呢？

他没有想法。

又是沉默。他孤零零地坐在角落里，很悲哀、忧郁的样子，眼镜在微光中闪烁。雨下得更大了，老白杨树在院落里瑟缩一团，泪汪汪的。我忽然觉得受不了他的悲哀，于是从床上坐起来，在黑暗中睁大眼睛，用低沉的声音告诉他，事实上，我还有过另一个职业——我写诗。你看，你的父亲曾经是一位诗人。他们在课堂上一定学过诗。我像打摆子一样下了床，点亮一盏小灯，赤脚穿过房间，从书架上一本一本地抽出我的诗集。

他静静地看着我，眼镜戴得有点儿歪，手软弱无力地搭在椅子的扶手上。

我抓住他的手腕，把他拉起来，让他立在我面前。

我用干燥的手打开书的精装封面。那些许久未被抚摸过的小小纸页窸窸窣窣地翻动着，苍白纸张上的黑色印刷体从我眼前飞快地掠过。有这样的字眼：秋天，雨，葫芦。

他站着不动，一点也没有受到震动。他的眼睛低垂着，一动不动。完全是一个白痴。

我让他出去。我把书聚拢来，带到床上。我的灯一直开到天明。整个晚上我躺在那儿，在那些倾注了我的激情的旧诗中跌跌绊绊地摸索着，感受甜蜜的痛楚。有这样的字眼：面包，小路，耻辱。

第二天我烧退了一些，送他回了学校。书也被我胡乱插回去，跟其他书一起。我确信他什么也没闹明白。然而，几天以后，我发现那五卷书被码得整整齐齐的，一本挨着一本。我意识到某种东西穿透到他的心里了，虽然只有那么一丁点。

那是他在学校的最后一年，不过这个事实没有给他的老习惯带来任何改变。他每天仍然花半小时做家庭作业，写下不管什么他应该写的，合上练习本，关好书包，然后就去做家务了。在班上他还是待在僻静的一角，但他上课的时间减少了许多。看门人不时地把他叫走，让他帮忙把炉子存放到顶楼上，修理地窖里坏的家具。

在教室里的时候，他会坐在那儿出神，眼睛一动不动地盯着老师。

在学校的最后一些日子里，气氛也更松弛。

学期结束前的两三个星期里，他的班上教了我写的一首诗。课本的最后几页搜集了许多不同诗人写的诗，某种形式的诗选，供不同学期和自修时间使用。我的一首二十多年前写的老诗也在其中。我并不是为年轻人写的，但人们误解了我的本意。

老师在班上大声朗读了这首诗。然后她解释了一些生僻的字眼，最后又让一个学生朗读了一遍。全部的过程就是这样。假如他的老师没有指着坐在长凳上的他说："对了，写这首诗的人就是他的父亲……"我的儿子可能压根儿不会注意到。

老师的评语既没有改善他在班上的处境，也没有让我的这首诗变得突出。不管怎么说，在这堂课结束时，诗和诗人都被那些孩子们抛在了脑后。

显然，我儿子没有忘记这件事。他的兴奋延续了很长一段时间。很可能他在空旷的教室里走来走去，捡水果皮，擦黑板，激动莫名。

那天晚上我下班回家时，发现房子一片漆黑。我打开前门，看到他在没有开灯的门厅里等我。他无法抑制自己的激动，扑到我的怀里，爆发出一种野蛮人的长嚎，几乎窒息了我。我还来不及脱掉夹克，解开领带，他就抓着我的手把我拖进其中一个房间。他打开灯，翻开他的课本，开始用粗野的嗓音朗诵我的诗，读错了的元音、含糊不清的吐词、重音乱成了一团。

面对这么狂野的激情我不知所措。怜悯涨满了我的心。我把他拉近，抚摸着他的头发。显然他并没有抓住诗的要义，尽管这首诗的含义并不复杂。

他紧紧抓住我的袖子，问我是什么时候写的这首诗。

我告诉了他。

他要求读其他的诗。

我指了指书架上的那几本诗集。

他想知道是否那就是全部的诗了。

我微笑着给他看了一抽屉杂乱无章的诗和零星诗句，还有往昔随身带的小笔记本。

他问我今天是否写了任何新诗，我哈哈大笑起来。他抬起他愚笨的脸，崇拜地看着我。都晚上这个时候了，我还穿着夹克，打着领带。

我告诉他在他出生以前，我就停止写诗了。那一抽屉的东西早就该扔掉了。

然后我脱掉夹克，松了松领带，坐下解鞋带。

他给我拿来拖鞋。

他的表情显得十分垂头丧气。

好像接到了可怕的噩耗似的。

我又大笑起来。

我伸手抓了抓他的短发，揉了揉他的头，一种近乎粗暴的感情。

而我，曾经是那个畏手畏脚不敢亲近他的人。

几天以后我发现抽屉给撬开了，里面的诗稿一扫而空，片纸不剩。我在花园逮住他的时候，他正扛着锄头在树下除杂草。为什么他要这么干？他以为我不需要它们了吗？他只是在清扫房间。不是我自己说我不再写诗了吗？

那些稿纸哪儿去了？

他把草稿扔掉了，日记本则卖给了一个小贩。

我揍了他。这是我有生之年第二次揍他。上一次是在花园里，白杨树下。我使尽全力，用我衰老的双手在他疙疙瘩瘩的脸上抽了几耳光，连同他脸上那些黑色柔软的初生胡须。

他全身颤抖……

他的拳头因恐惧紧握成一团，手扶锄头绝望地站在那里。他可以还手——他已经强壮到可以把我打趴在地。

然而，我的愤怒突然消失了。整个事件变得无足轻重。一些如出土文物般的旧诗稿，很久以前就丢失了。为什么会有这愤怒的颤栗？在我封笔缄默以后？为什么？

又一次，我相信事情已经结束了。我完全没想到这只是开始。

漫长的夏日。一成不变的湛蓝。时不时地，一片小小的白云慵懒地从一条地平线航行到另一条地平线。鸟儿从早到晚扑腾个不停，一群一群地飞下白杨树，尖叫着，翅膀拍打着绿叶。

夜晚，黑暗吞噬了晚霞。

那孩子在学校的最后一天。

第二天：毕业典礼和颁发毕业证。

可想而知，他没有接到毕业证书。不过，他还是跟其他学生一起走上主席台，穿着白衬衫和卡其裤（他大概十七岁了）。他坐在饱满阴郁的午后阳光里，神情庄严地听着台上的讲话。当轮到感谢看门人的时候，他抬起眼睛，开始在听众中不辞辛苦地搜寻看门人的身影。

我藏在大厅后面的一堆椅子背后，帽子放在膝盖上。讲话结束以后，便是一个短暂的文艺表演。

两个体态丰满的女孩子登上舞台，用感情充沛的尖嗓音宣布，她们将弹奏一曲由几百年前的一位无名作曲家写的奏鸣曲。

然后她们坐在一架嘎吱作响的钢琴后面，用两双手敲奏出一些忧郁的弦音。

来自欣喜父母的雷鸣般的掌声。

一个有着漂亮卷发的男孩拖着一把巨大的大提琴上了舞台，他也拉了一首不知名作曲家的曲子（显然是另一位无名作曲家）。

我闭上了眼睛。

我喜欢无名的感觉。

又一阵来自欣喜父母的雷鸣般掌声。

我突然觉察到另一个人的目光。我扫了扫四周，几步外不远的地方，看门人张开四肢，靠在一把椅子上。他身穿工装。朝我略微点头示意了一下。

两男两女上台朗诵。一个故事，一个小幽默，两三首诗。

当诗的第一声韵律传来，我的儿子突然从他的座位上站起来，开始在观众中疯狂地搜寻我。观众不知道那个在舞台后面戴眼镜、看上去傻傻的男孩在找什么。他的同学们想让他坐下来，但是一点儿用都没有。他寻找着我，眼睛在大厅里扫来扫去。韵律在他的耳边回响，让他摇晃。他想大叫，但是他找不到我。我在椅子背后藏得太好，腰弯得低低的。

仪式一结束我就逃掉了。他晚上才回家。原来他一直在帮看门人整理大厅的椅子。

决定他命运的时候已经来了。我反复说过：他是个在临界点徘徊的病例。一个处于边缘地带的孩子。难道我没有让时间从手中流逝吗？我还拥有对他的掌控权吗？

但那段日子他只是跟我待在家里，照顾我，忙于写诗。

是的，他把精力转向诗歌了。

实际上我的那些诗稿、小笔记本、薄薄的纸页都还在他手上。没有扔也没有卖掉。他在白杨树旁对我撒了谎。

我不是一下子就发现他这个秘密的。刚开始他打算瞒着我，慢慢地我意识到了它们的存在。纸片儿在房子里飘来掠去，从他的裤袋里，从床单下面的一角。他养成了一个新的习惯。每次我差他跑腿，他就会掏出一片纸，用他那缓慢、详细和孩子气的笔迹写下差事的内容，满是拼写错误。

"湮没无闻征服了我。"一天他突然这么对我宣告。

我的拐杖坏了，让他拿去修。他立刻掏出一个小笔记本，就是那种我曾经无比珍爱、每天都装在口袋里以便随时写下新诗草稿的笔记本。一行诗，一些零星想法。

我的喉咙一紧，汗从头上冒出来。手不由自主地伸出去抓笔记本。他立即松手了。我用无力的手翻动着笔记本。白色的纸张，纸页被撕掉后的残片。然后是一行匆匆草就的诗句，无头无尾，"湮没无闻征服了我"。很多空页，边缘给磨得皱皱巴巴的。

我回复到平静。他希望我保留小笔记本，但我坚持让他拿回去。

他离开了。

我在他房间的桌子上仔细搜寻，什么也没找到。然后我就彻底忘掉了这件事。

晚上我在我的书桌上发现一张发黄的纸，上面是我自己难以辨认的潦草字体：这蔚蓝的天空与人如此相称。

"蔚蓝"二字给轻轻地划掉了。

我冲到他的房间。他坐在那儿，蜷缩在房间的一角，傻傻地期待着我。我在他眼皮下把纸片叠起来，放在他桌上，然后离开了房间。第二天晚上吃完晚饭后，我在书桌上又发现了两句被遗忘的诗：在你面前又一次落空，这个漫长缓慢的冬天。

写这两句诗的纸已经被我撕掉了。

第三天，一行用歪歪扭扭的字迹写成的斜诗：疯狂在苍白的种子里孕育。

那行字的旁边被橡皮擦猛烈地擦过。

纸片旁边是从花园里摘来的一朵红色康乃馨，插在一个小小的花瓶里。

这里，我必须讲讲有关鲜花的事儿。

因为我们家现在到处插满了花儿。他把从搁板上、储藏室里翻出的一些已经被遗忘的旧花瓶都插上花儿。他会在路上采摘金凤花，在房子与房子之间，或溜到公园里摘康乃馨，钻进私家花园里偷玫瑰。公寓里弥漫着浓郁的芳香。黄色的花芯撒得桌上到处都是，跌碎到地毯上。

我的书桌上总是放着一摞一摞的纸，摆着削尖的铅笔。

他用这种方式，用他弱智的锲而不舍，试图引诱我重新开始写诗。

刚开始我觉得好玩儿。我会拿起那些小纸片，读上面的诗句，然后把它们撕碎。我会闻着那些花儿。我用削尖的铅笔在小笔记本上画些小点点，签上一千次我的名。

不过，他的狂热很快变得让人难以忍受。

他从我的笔记本上撕下来的那些纸片满房子地追逐我。我从来不知道过去我想写的东西有这么多。书页间，公文包里，床头灯下，早报旁，水杯和蘸酱碟之间，牙膏的不远处，到处都是他放的纸片。就是在我打开钱包的时候，也会有一张纸片从里面飘下来。

我读一读，然后撕碎，扔掉。

但我一直没有抗议。那些诗句激发了我的兴趣，我好奇自己在那些遥远的日子里想了些什么。那些小笔记本也注定有撕完的时候。这一点我是清楚的：任何事都有个了结的时候。

深夜，当我窝在被子里的时间足够长的时候，我会倾听他在房间里赤着脚啪嗒啪嗒的走路声，撒播那些充斥着我的潦草字迹的纸片。扭曲，纠结在一起的字母，重重地划了线的字词。

我们维持着惯常的沉默。日复一日地，他从烟灰缸和废纸篓里收拾撕碎的纸片。

只是我们之间这种留言似的交流在减少。一天清晨，我发现书桌上放着一张纸，是他的笔迹，但在努力模仿我的风格。第二天早上又是他的手迹，在干净的纸上歪歪扭扭地展开。

花儿充满了每一个房间……

天空飘满了云彩……

我的耐心消耗殆尽。我开始反抗；冲进他的房间，发现他坐在那儿抄着完全相同的句子。我把剩下的笔记本一扫而光，就在他眼前将它们撕成碎片。我从花瓶里拔出所有的鲜花，把它们堆在门前的台阶上，下令他把它们弄走。

我告诉他："游戏结束了。"

他拿走了花儿，把它们埋在不远的场地里，没有回来。他在外面待了三天。第二天，我沉默地把整个城市搜寻了一遍。（家里到处都是灰尘，厨房水槽里的脏盘子堆得老高。）

第三天下午他回来了。人晒得有些黑，衣服上可以闻到户外的气息。

我压下怒火，叫他在我面前坐下来。

他去了哪儿？做了什么？为什么离家出走？

他在离家不远的一块场地里睡觉。只要我一出门，他就会溜回来藏在自己的房间里。有一次，我突然回家，不过没有抓住他。为什么他要溜走？他解释不清。他以为我要他从视线里消失。那样我就可以在孤独退隐的状态下写诗。学校的老师就是这么说诗人的，关于他们的孤独……

那些可恶的老师……

或者，这是某种危险的新狡黠。

我必须决定他的命运。他开始在临界点摇摆不定。

最后我终于跟他摊牌了，非常耐心。我说，好，现在你想怎么办？至于我，我已经跟写作彻底了断了。我写够了。你想怎么办？他用手掌捂住眼睛，结结巴巴地吐出一些很激动的字眼。他的话混乱不安，很难懂，最后我终于明白了他相信我不幸福。

你应该看到他当时的样子。

这个弱智的孩子，游移在临界点的男孩，他的眼镜缓慢地滑到鼻梁上。他已经不小了，几乎十八岁了。

下午晚一点的时候，秋日悠闲地从一个房间游荡到另一个房间。音乐从隔壁的房子传来，有人在小提琴上练习拉音阶。反复练习，千篇一律地跑调。只有一个键，每次能让曲调听上去像某种忧郁的哀诉。

突然我对自己的死亡变得很确定了。我可以想象得出花园里的草如何会在我死后继续飒飒地响。

我看着他，看见他真实的样子，一座没有完成的雕塑。

我微笑，耳语般对他说："你瞧，我疲倦了。也许你可以帮我写。"

他如遭雷击。他取掉眼镜，用他的衬衣擦了擦镜片，然后戴回去。

"我写不了。"他也耳语般地说。

如此绝望。他当然写不了。我必须跟他分割开来。纽带，心结，年复一年的羞辱，可以让人痛哭。他们把他留给我一人。又一声不协调的哀诉。

"你要帮我。"现在他对我如此耳语，好像我们是同志。

"我不会帮你的。"

我突然感到疲惫不堪。我起身拿起帽子，出门了。围着跑调拉琴的那家转了两圈，然后进城。

晚上我回家时，发现他又不见了。我没办法，又得自己动手准备晚餐。切面包时刀滑了。我已经有很多年没流这么多血了。

我确信他又离家出走了，但晚上天黑时他回来了。他开始神神秘秘地在房子里踱来踱去，用脚步来回测量，跟以往我在词句之间挣扎着出不来的时候一样。

我在他的踱步声中睡着了。

第二天，他清空了自己的房间。学校课本，作为礼物接受的百科全书，习字帖，所有的一切都被他扫地出门。他把一摞摞白纸和削尖的铅笔搬进去，放到他的桌子上。

天空随着秋天变得灰暗了。

我开始半真半假地考虑退休的事。一件浪漫时尚的事情。放弃工作，卖掉房子，收好钱，然后逃掉，逃得远远的。在某个遥远衰败的小港定居下来。从那儿到大城市中心的一座小阁楼。简单地说，愚蠢荒唐的计划。我去旅行机构，抱了一大摞五颜六色的小册子回家。我在篱笆上挂了一块牌子：房屋出售。

下了一场小雨。

星期五我去了耶路撒冷的女儿家，在那儿过了安息日。

我受到了隆重的欢迎。他们甚至为我点了蜡烛，在房间里放满了鲜花。外孙女们玩我的拐杖。我意识到过去的那些日子里，我几乎忽略了每一个人。吃晚饭时他们让我坐在餐桌的首席。

我整晚上都在谈他，着了魔似的。我拒绝换话题，要求给他找到一个解决方案，坚持为他找到某种职业。我宣布了我出国和漫游世界的计划。必须有人照顾他。他也可以有所作为，可以伺候别的什么人。只要能从我肩上把他这副担子卸下。我需要卸下这副担子，他正在长成一个男子汉。

我一个字也没提诗的事。

我的话破天荒地引起了女婿们的注意。女儿们显得很困惑。你们在谈什么？我们从桌旁起身移到扶椅上去喝咖啡。外孙女们穿着睡衣对我说晚安。她们朗诵了两位最近作古的女诗人写的诗，用小手儿比划着。然后把嘴唇贴到我的脸上，亲吻了我一下就上床睡觉去了。我继续谈论着他，没人可以把话题从他身上移开。现在他们都很累了，一边听一边点头，不时地交换一个眼色，好像我就是那个疯了的人。

然后他们都突兀地离开了我。什么承诺也没做出，轻手轻脚地把我带到床边，吻了吻我就走开了。

直到那时我才发现暴风已经在外面刮了一晚。一棵小树用它的枝桠拍打窗户，捶着玻璃，在窗棂上东戳西戳。一整夜它都试图强行钻进来，钻到我的床上。清晨我醒来时一切都平静下来。满天的晨曦和云彩。小树仍静静挺立，面朝太阳。除了几片残叶——在窗台上颤抖的翠绿叶子，风暴没有留下任何痕迹。

我下午回了家。女婿们保证给他找份工作。女儿们提到一家对公众半开放的机构。

冬天从泥土中迸发。道路和人行道之间一汪一汪的积水随处可见。我的倒影泛起涟漪，碎成上千个残片。

他不在家。他的房间紧锁着。我走到院子里透过窗子向里窥视。他的窗户大开，房间里很整齐。桌上的白纸微微发光，上面绝对写着什么。我回到房子里，用力推门，没用。又回到院子里，把一块石头滚到墙边，想爬到窗子上，也失败了。我的腿开始发抖，毕竟我不再年轻了。我突然想：对我来说他到底算个什么呢？我进了房，换了领带，出去找咖啡馆里的老朋友去了。

星期六的晚上。街上十分嘈杂。我们这群痛苦的老艺术家挤在咖啡馆的一角，大衣里裹着燃尽的火山。烟雾喘息，水蒸汽从地面升起，笼罩着咖啡馆的玻璃门面。我懒洋洋地瘫坐在椅子上，生气了无，用一根烟屁股吞云吐雾。拐杖尖在两脚之间的石板地上游移不定。我知道这是一座建在沙上的城市，沉默而难以参透。在房屋和人行道的薄层之下，窒息着一块巨大的沙漠。

突然一群衣衫不整、长发披肩的波希米亚人走过来。一群年轻的傻瓜。我们皱着眉，对他们侧目而视。我的儿子跟在他们后面，离他们几步远，脸颊发红。

他们一头扎进隔壁的咖啡馆里坐下。大多数人都喝醉了。我的儿子留在外围，蜷缩在一把椅子上。某种热烈的讨论正在进行。我没法把目光从他身上挪开。有人起身，从他的口袋掏出一张纸片，开始读一首诗。没有人听他朗诵，只有我儿子。朗诵者半路停下，从一个人走到另一个人，最后在儿子身边停下，目不转睛地盯着他头上的短发。几个人笑起来。有人探身，拍了拍我儿子的脸颊……

我敢打赌没人知道他的名字，也不知道他的父亲是谁。

几分钟以后我站起来，拿起拐杖，去海边眺望黑色的大海。然后，回家。我躺在沙发上，拿起报纸，开始翻页。我在文学副刊逗留良久，把玩一首诗中的一两个句子，或者一篇故事里的一个段落，然后停下。文学让我厌倦得流泪。突然，我沉入睡眠，衣服还穿在身上。梦见自己给推到医院做手术。麻醉，施行手术，毫无疼痛。醒来，又麻醉，无知无觉的肉体好像在给人解剖。最后才明白是照在脸上的灯光让我生出那样的幻觉。

我醒了，起身，全身冷得打颤，衣服皱皱巴巴的。外面飘着细雨。我去厨房，在炉上放一把水壶，等着水开。脏乱的碗碟快高过我的头了。

一辆快要散架的老爷车，没开头灯，以慢得惊人的速度徐徐开进我们的小街。最后嘎的一声在我家的门前停下，在路灯柱子的旁边。引擎吭哧吭哧地大声咆哮。漫长的停顿。车门开了，有人被从车里放出来，苍白，茫然。是我的儿子。他看上去好像胆战心惊，脸上笑意全无。又开了一扇门，一个人费力地钻出来，摇摇晃晃地走到路中间，醉得跟死猪一般。他走到儿子的身边，抓住他的双手，充满感情地上下摇晃着，然后又顺着原路钻回车里。

更多的呵斥和尖叫从关闭的车门里传出。长长的停顿。一阵痉挛，一声咆哮，这辆瞎了眼、快要散架的老爷车掉转车头，如同一只黑色的乌龟，徐徐爬出我们的小街。

我的儿子站在路灯旁边，就在他给卸下的地方。他一动不动地站了很长时间，身体微微前倾。突然他弯腰吐了起来。他用手掌擦了擦嘴，快步向家中走来。过厨房时没有注意到我，进了他的房间，关上门。一丝若有若无的酒味在过道里漂浮。

冬天。随着第一场雨的降临，这些低地就会显现出变回沼泽地的迹象。

一个半盲的老诗人在街上碰到我。可怜的人儿，不断出版那些天真的诗歌，对年轻的诗人讨好奉承。他挽着我的胳膊，顶着灰蒙蒙的天空，在潮湿的街道上不停地兜着圈。最后，他对我挤挤眼，告诉我他跟我儿子见过面，他跟一群年轻的艺术家在一起。

"一个优秀的小伙子。他写诗吗？"

谣言从四面八方传到我的耳里。一些人说他们折磨他，拿他取乐；另一些人则说刚好相反，那些颓废堕落的家伙十分高兴地接纳了他。不是每天都能遇到这么一个说话结巴的傻玩意儿的。与此同时，他变成了一个年轻诗人的宠仆，在诗人和文学编辑之间跑腿。

我用严厉的话语责备过他，可是他听不进。他看不见眼前的东西，目光投向的是挂着云彩的世界。甚至对我他也视而不见。他的脸色在过去的几个星期里变得苍白了，愚鲁的五官开始现出苦行僧——某种意义上讲甚至是超凡脱俗的模样。我清楚地知道：我在言语上的任何疏忽都可能导致他变成一匹脱缰的野马，在街上流浪，让我蒙羞。他对家务完全撒手不管了，总是在外面吃饭，任由花园杂草丛生。我本来以为他对草木怀有恻隐之心。

在家的时候，他把自己关在房里，一头扎进写作。我们还没有读到他写出的任何诗，但我确信他在写诗。

我把他堵在过道里，抓住他的袖子嘲弄地问："先生写诗？对不对？"

他在我的手中蠕动。我的语言让他吃惊。他听不懂我的话，满脸惊恐地看着我，好像我无可救药。

他可以把自己锁在房间里，数小时连续不断地写作，极为专注。偶尔他会走进客厅，从书架上拿下一本诗集或别的什么书，聚精会神地、久久地发呆。照例他不翻动书页。然后他安静地把书放回去，离开房间。最近他开始频繁使用字典，津津有味地钻研它，如同一个盲人一样把书页翻来翻去。我怀疑他是否知道怎么用字典。

最后我终于忍不住了，走过去问他到底想找什么字。

他想知道怎么写"天"。

"天？"

"'天'这个字。"

"怎么写？你什么意思？跟它的笔画一样呗。"

这对他毫无帮助。他站在我面前，满脸受到惊吓的认真。

"中间有没有一竖……"他耳语般地问道。

"中间一竖？"我大吃一惊地说，"中间要竖干什么？"

他咬着嘴唇。

"中间一竖？"我重复道，声音尖得跟喊叫一样，"你想用'天'这个字做什么？"

第二个问题没有得到回复。字典在他的手上轻轻地合上。他回了房间。过了一会儿，他又蹑手蹑脚地溜回到书架旁，拿下字典，又开始寻找。我跳起来。

"现在又找什么？"

"独立……"他结结巴巴地说。

"独立？怎么了？"

"左边是'扌'还是'犭'？"

又是这无法言说的恼怒，特别是在那一刻我自己也忘了怎么写独立这个词。我扑向他，从他手中夺过字典，拼命地找……

与此同时，我的退休计划开始成形。时不时地有买主来看这栋要出售的房子。我带着他们一个房间一个房间地参观，让他们闯进房子的每一个角落。我领着他们下地窖，在院子里转悠，进入花园，回到阳台。我用低沉的声音背诵着它的优点，这栋我住了三十年的房子。然后，我冷静地报价。在他们离开前，我写下他们的姓名，也给他们拼写我的名字。他们低头在纸上写下我的名字，处之泰若，没有一丝激动的涟漪。难道他们从不读诗吗？显然，我将默默无名地离开这片土地。

不过，花园给买主们留下了很糟糕的印象。杂草和泥泞。儿子拒绝碰铁锹，我不得不自己拿起花园的工具，每天拔除那些胆大妄为的杂草，然后用它们填上园子里的坑坑洼洼。

办公室的同事们为我举办了欢送会。所有人都在下班前一小时聚齐。人们切蛋糕，举杯，用冗长的赞美之词颂扬我。我甚至在一些人的眼里看到泪珠。没人提到我的诗，好像怕伤害我的感情似的。最后是一个告别礼物：一幅油画，画的是阴沉沉的大海。

我开始收拾行李。在书架前踌躇不决。什么该带，什么该留。我给女婿们发出紧急信件，让他们帮我决定儿子的命运。我不断给他们打电话，催促他们采取行动。最后，他们终于约我在城里一家小咖啡馆见面。我们围着一张小桌子坐下，女婿们对我端出他们的计划。在四处查询之后，他们终于在耶路撒冷郊区找到一个愿意收我儿子为徒的老手艺人。他是一个订书匠，可以为他提供膳食和住宿。这个人以前也有过这样一个孩子，后来病死了。不过，他有一个条件，就是假如我儿子生病了——比如得中风或类似的疾病，他就必须立即回去……在这一点上，他们非常冷酷无情：他们不会去照料一个病人。

女婿们于是做了进一步的调查。在离订书匠几栋房子之遥的地方，他们找到一个孤苦伶仃的老妇，她可以在我儿子生病的时候接纳他。当然要付报酬……就是这些了，我必须在两份协议上签名。

他们带来了文件。

我立刻签了名。然而签名的时候我感到无法遏制的愤怒：

"说到中风和类似的疾病，你们没必要这么麻烦。你们知道他的情况，根本不是那么回事……他是一个位于临界点的孩子……这个我已经说了上千遍了……而你们一点也没明白……算了，就这么办吧。"

我的女婿们收好文件，给我留下一份。他们喝完最后一口咖啡，对我友善地笑了笑，好像在说：

"瞧，你一直觉得我们不会照顾你……"

第二天我又签了一次名，这次是把房子转到一个买主名下。该说的说了，该做的做了，我拿到一笔还算说得过去的收入，赚的只是卖地的钱。买主会把整个房子都拆掉。

家具也包括在卖价里。三个工人在黄昏的时候出现，开始清理房间。除了两个床垫，其他的东西都被拉走了。他们甚至在他还坐在桌边写作的时候把桌子从他身下拖走了。他怒不可遏，在房子里四下窥视，腋下夹的纸闪着白光。几张纸滑到地上，等他发现时，纸已经被一个工人捡起来包了灯罩。他使尽他敦实身体的全部力气向那人冲过去，想跟他好好干一架。

我突然明白，黄昏是他的感官最麻木痴呆的时刻。

钞票塞满了抽屉。我拿到的钱不到财产所值的四分之一，即便如此钱也堆了起来。我希望卖掉所有的家产，卖不掉的就送人。我已经逼我的朋友们拉走好几车书了。要是我儿子少鬼迷心窍一点的话，他会把我扔出去的东西都卖给小摊贩的。

我们摸到地窖里很多次，在那里挖掘出旧衣服、扫帚、更多的书、手稿，我自己的和别人的都有，还有趣味问答、仿造品、面屑和童话故事等。整整三天，地窖的楼梯上灰尘弥漫。

我告诉咖啡馆的老友们："瞧，男人就是这样割断他的人生纽带的。"

除了这些以外，我还常去这座巨大城市的一个小码头，刺激自己的流浪欲。我裹着大衣，打着雨伞，在起重机之间漫步，嗅着盐和铁锈，试图跟水手们聊天。我还没想去哪儿。刚开始我考虑过把欧洲作为我的目的地，然后又打过希腊半岛的主意。我已经在跟一个土耳其船长就巡游博斯普鲁斯海峡讨价还价，然后又以荒谬的高价买了一张在以色列到塞浦路斯之间航行的货轮的来回票。我一个人上过那艘船，用拐杖在我未来船舱的门口敲敲打打。

这次旅行是一个序曲。在那以后我们又会航行，向着更远的地方。

我儿子成天写作，站着写，好像祈祷似的。他把窗台当桌子写，纸张散得到处都是。旁边放着一个他在乱中抢救下来的小字典。我看着他的时候总是忍不住惊异：为什么写诗？他可以去找女人睡觉。也许他已经干过了。他还没有意识到我已经退休的事实，我那即将出发的旅程。他太心无旁骛了。一天下午，我费了好大劲才把他从写作中拉出来，带他去耶路撒冷见那个老订书匠。

那是个温和的冬日，多云无雨。我们在耶路撒冷汽车站见到了那位正在等我们的订书匠。他开一辆破旧的商业货车，后面散放着一些尚未装订的书籍。他把我们带到城郊，离边境很近的一道狭窄、树枝缠绕的河坡。他安静地示意我们进房，他的妻子也安静地招待了我们。茶和蛋糕端了上来，我们照吩咐在桌旁坐下。

我对这对夫妇很满意。他们仔细地观察了我的儿子。很难说他是否让他们满意，但看得出他们松了一口气，可能期待了更糟糕的情况。迟疑了一阵子之后，谈话终于变得流畅起来。订书匠居然听说过我，而且还读过我写的东西（不知何故他以为我是个散文作家）。但那已经是很久以前的事了，差不多二十年了。

老实说，我心中充满了感激之情。

风在外面沙沙作响。桌上，一只茶壶喃喃细语（如此新奇有趣的习俗）。订书匠的后花园里也有一棵大树，比我们那棵还要老，树干盘根错节。窗外，冬日的微明正在消退，燃烧的落日给灰色的云镶上了金边。一切都暗示着边界。儿子一动不动地坐在我身旁，完全是一个大号的青少年。面前的茶杯还是满满的，茶杯旁的蛋糕也一口没碰。他拱着背坐在那里，眼睛盯着正在暗下来的窗子。我们的谈话他一点儿也没听。突然他从口袋里掏出一张黑乎乎的纸，用手把纸抚平，然后慢慢地写下一个字，再把它折起来。

我们的谈话中断了。订书匠和他的妻子吃惊地看着他。

我微笑着说："他写作……"

他们不明白。

"他是一个诗人。"

"一个诗人……"他们耳语般地重复我的话。

就在那个时候天开始下雨，落日点燃了房间。他靠着窗子坐着，头发好像燃烧的火焰。

他们用越来越不信任的目光盯着我。他呢，笔从他的两指间掉下，他的目光忧郁地在我们之间游移着。

我对订书匠说："等他出版一本诗集的时候，你可以给他装订。"

订书匠完全糊涂了。我是在拿他打趣吗？最后他的脸上终于泛起一丝怀疑的微笑。

"好啊。他出版一本诗集，我们就在这儿把它装订起来。我们一起装。"

"分文不收?"我继续开着玩笑。

"分文不收。"

我站起来。

"好,成交。你听见了吗?"

他什么都没听见。

(在送我们出去的时候,订书匠和他的妻子把我拉到过道的一角,低低地提醒我关于他生病或者中风的那部分交易……提醒我他们在这一部分的责任免除。我让他们放心。)

我们出了门。因为老车的头灯坏了,订书匠没法把我们送回汽车站。我们于是跟他和他的妻子告别,在沉默、淅淅沥沥滴着雨的天空下往回走。他完全处在冬眠状态,几乎没有任何知觉,只是在沥青路上机械地拖着他的双脚。到了汽车站后,我们站在铁栏杆中间,头上是铁皮屋顶。到处都是盖房工程,裸露的岩石和黄褐色的土壤。城市和荒原的杂交。耶路撒冷最伤心的时刻,永远被毁灭了。无论如何重建,耶路撒冷在人们的记忆里永远是它毁灭时的模样。

我转向他,从我嘴里说出的话纯粹而清晰。

"订书匠和他的妻子是很好的人,但是你要守规矩。"

他沉默不语。有人骑自行车经过,瞥见男孩的脸,即刻回头又看了他一次。

天全黑了。建筑工地灯火通明。我和他站在顶篷下,两个完全孤独无法沟通的人。突然我对他说:"我瞟了一眼那一页,看到那儿有一首诗。你瞧,你可以自己写作。你不需要我。"

他抬起眼睛看我,仍然不语。

我走近他,非常近。

"给我看看那首诗。"

"不。"

"为什么?"

"你会把它撕掉。"

"不,不会。我当然不会……"

我伸出手想拿走那一页,但是他缩了回去。我想用力去夺,他用手臂护着自己。这一次他是可能会打我的。

又有一个人骑自行车经过。长途汽车从远处隆隆驶来。

那是他诗中的最后一个字。

我不知道。

这已经是三天以前的事了。

如此严酷的一个季节。窗子覆满了雾气和冰霜。我记不得曾经有过一个如此艰难的冬天。这个绵延不断布满铅灰色的天空,日夜不变,到黎明时分变得更阴暗。镜子里的影子是谁?依旧是我,一块槽沟交错的石头。只有眼睛十分夺目,目光闪亮,令人吃惊地充满了生命力。

就要走了。我已经错过了一艘船,另一艘正在等着我。只要把最后一些东西塞进行李箱,叠好毛巾,取出钱,我就可以出发了。我和他在床垫上睡了整整两个星期了,房子的新主人每天都来看我们是否还在。他的耐心耗尽,在我身边绝望地转来转去,等着我离开。昨天他甚至威胁要跟我上法庭。他用最后的一文钱买下这栋房子,他也有他的梦想。

确实,我不能再逗留了。我必须把儿子送到耶路撒冷,送到在边境等待他的老订书匠的家里。一定不能再留连了。儿子这些天每晚都在外面游逛。他停止了写作。昨天,我等他到午夜他也没有回家。天快亮时他才回来，脚步声惊醒了我。

阳台的门在我的手上吱呀了一声。湿漉漉的地板，堆满了被风暴摧残的断枝碎叶。一片寒冷无望的天空，安静的细雨，初升的晨曦。巨大熟悉的宇宙在我眼前沉默地下着细雨，树上的叶子窸窸窣窣地响着。

我的内心难道没有写作的冲动吗？难道我不渴望写作吗？但是有什么可写的呢？还有什么话我没有说过呢？我告诉你们：都是欺骗。瞧，连家里的那棵白杨树都枯萎了。树皮大片地剥落，花园里春色尽褪，青苔在石头上蔓延。

像箭一样缓缓地射向天空。在棉花一般的云朵中摊开，仰卧，背朝地面，面朝着亘古不变的蓝色。

一个拿退休金的诗人。雨此刻已经倾盆而下了，雨珠溅在我身上。我从沉迷的思绪里退出，步履蹒跚地从阳台上折回。房子里死一般的阴郁寂静，轻微的鼾声在空气中飘荡。我起身到他的房间，身后拖着睡衣。紧闭的门上投射着我厚重的身影。

他也睡在床垫上。床头灯搁在地板上，紧挨着他的头，不开着灯他仍然无法入睡。窗上的百叶板不断地将晨曦分割成一条一条的晶片。

我沉默地打量着脚下的沉睡者。当我转身准备离开房间时，床垫旁边地板上散乱着的报纸引起了我的注意。恐惧攫住了我。我立即弯腰把它们拢在一起。纸张油墨还没干，新鲜的墨迹沾在我手指上。我走到窗边，走向朦胧的晨曦。

一份轻浮、无聊的小报增刊。日期么，是今天，是旭日即将喷薄而出的今天。我用僵死的双手翻动着纸页。在其中一页的补遗处我发现了那首诗：疯狂，没有韵律，扭曲，毋需截断的诗行，让人困惑的重复，随心所欲的标点符号。

沉默突然变得更深了。呼吸声几乎停止。他睁开了眼睛，因睡眠变得浑浊发红的眼睛。他在床垫上摸索着寻找他的眼镜。戴上眼镜后他看着我，看着站在窗边的我。柔和、充满感染力的微笑，带着一丝感伤，他的脸亮堂起来。

直到此时我才注意到，诗歌上方用廉价印刷体涂写的，是我的名字。

与小雅利的三日

苏　醒

本来以为我得道歉，结果事情不知怎的就转向了。

初秋伊始，以色列新年的最后三天里，我曾经爱过的女人把她三岁的儿子送给住在耶路撒冷的我照看。

一开始，我仔细观察了那孩子，然后我便想除掉他。不过，我并没有如愿以偿。是什么阻止了我下手还不清楚。因为不管怎么说，时机和地点都非常成熟。

时间：夏末，来自沙漠的热风吹过这片土地，云儿和蓝天纠缠不休，枉费心机地提防雨的降临。又一年的欲望和忧伤。

地点：耶路撒冷，一座安静的城市。

初夏则不同。那时节欲望随着夏天的来临而诞生。我甚至想过在这个暑假里结婚。至少，我的女朋友耶尔给过不少暗示。然而夏日的慵懒让我俩把这事抛在了脑后。随着奶蓟草和荆棘遍盖大地，耶尔开始消失在不同的地区，拔球茎，晒杆子，用手指捻碎一簇一簇的叶子，做土壤测试。她得完成她的植物学毕业论文的最后一章，论文的题目是"我国的奶蓟草"。

另一方面，我的数学毕业论文离完成还遥遥无期。我必须自己动手写，天空或土地都帮不了我。自春天以来我就陷入一个自建的迷宫，被一个突如其来的逻辑矛盾弄得束手无策。我需要灵感那种特别的光，好像我是在写小说。每个步骤的解题都变成痛苦不堪的负担。

沙漠的风持续不断地吹过耶路撒冷。耶尔在我的院子里种下的花儿已经脆化，变成一折即断的麦秆。

然后，在多年的沉默之后，她出现了，她和她的丈夫，没有任何预兆。假期中，我收到他们一封信，接着又来了一封。他们需要我的建议，可能的话甚至是帮助。他们在耶路撒冷不认识别的人。你瞧，他们决定离开加利利的基布兹社区（没告诉我为什么），想来大学学习，两个人都来。我可以好心地……帮他们要登记材料……查入学的特别要求……填写问卷……

这些尴尬的信件都是她丈夫写的，好像我对他有什么特别的含义，是他的一个朋友。好像我欠他什么。

我问我自己：他们跟我有什么关系？然而事实上，任何跟她的名字有关的事都会让我激动。

离开基布兹以后，五年过去了，没有见她也有三年了，但是，我相信自己仍然爱着她。

我满足了他们的一切要求，快速、有效、扎扎实实地。某些时候，我还可以是个有用之人。我去了人文学院，虽然对它的规则和管理不熟，我还是找到了他们需要的一切材料。我被告知他们必须通过一个入学考试，甚至替他们拿到了一份时间表。我把问卷和时间表订在一起，用就事论事的口吻附了一个说明。让他们知道我是靠得住的。

我的信是写给两个人的。

然后，我用快件把它寄了出去。

他们甚至没有回信感谢。

我对她的缺乏礼节和粗枝大叶很熟悉，可她那位已经不那么年轻的丈夫，应该表示一些基本的礼貌。

耶尔从加利利回来时皮肤晒得黑红，灰尘仆仆，身上到处都是擦伤。她把满满一帆布口袋的奶蓟草倒在我的厨房里，第二天早上又出发去新的地区采摘新的奶蓟草。

我们汗迹斑斑的床单沐浴在晨曦之中。

我没有告诉她那两个重新闯入我的生活的人。他们跟她无关，特别是我们还没有结婚。

假期快要过完了。经过阳光和盐烘烤过的耶路撒冷人开始返城。天空突然布满乌云，看上去要下雨了。人们从夏日的懒散中惊醒，四处逃散，习惯性地购买新的练习本、日历和铅笔。至于我，那两个未来的学生几乎从我的脑子里滑脱，然后，一封加急信到了我的手中。

系里通知他们入学考试提前了，所以他们必须尽快赶到耶路撒冷来。他们得在大学图书馆花两三天时间，熟悉考题，准备考试。但是他们的孩子……谁可以收留他们幼小的儿子呢？（不知何故，他们不想把他留在基布兹。）我可以在那几天里照顾他一下吗？除了我，他们在耶路撒冷谁也不认识。

他们保证承担一切费用。他们也会非常感激我。

我还在度假，不是吗？

他们再次抱歉打扰了我，但是他们在耶路撒冷谁也不认识，不是吗？

我说好吧……

我不是说新的希望又在我的心里滋生。毕竟我已经不再天真。五年前我陷入她的情网，陷得很深，难以自拔，还没开始就迷失了。但是我早就放弃她了，有时候我甚至觉得在爱她以前就把她放弃了。

我不是一个固执的人，性情也不激烈。不管怎样，一个人不能老是沉溺在单相思里不能自拔。我逃离了基布兹，在大学注册，学了五年数学，甚至通过了难度极高的期末考试。假如说我仍然受困在毕业论文里，那只能是个意外事故。

我迄今为止所获得的一切，没有人能把它们从我身边拿走。

我确信是我的懒惰让我认为自己还爱着她。我甚至都不记得她的脸长得什么样了。我可能需要跟自己争辩才能回忆出她眼睛的颜色，她的举止，她的声音。

毫无疑问，是懒惰让我以为自己还爱着她。

第一次电话

三天后的一个下午，一楼的邻居叫我下楼去接一个电话。

是她丈夫木讷沉闷的声音。

"嗨，我们到了。"

"好。行。你把孩子带来了吗？"

"带了……"（一阵轻微的迟疑。）"我们相信你的承诺，把他带来了。"

"对，我答应过照看他，我会的。希望他不至于太淘气……"

另一端线沉默了。我准备不带成见地评判这件事。答案终于来了。

"不，他不淘气。很活泼好动，但不野。很容易管。"

我什么也没说；有一点伤心，被一种厌倦感攫住。这些究竟和我有什么关系呢？

我的沉默在电话的另一端激起了阵阵焦虑。她丈夫的声音开始迟疑起来。

"只是……我们想知道……我们什么时候可以把他送到你那儿?"

"噢,什么时候都可以。"

"明天?明天早上?"

"好。"

"大清早?"

"随便……"(我对整个事件开始厌倦起来。)

"真的,我们非常感激。我说不出我们有多……"

"噢,没什么。"

"好,那就再见。明天见……"

"再见……"(现在我的声音迟疑了。)"代我向哈娅问好。"

"她也在,就在我旁边。她也向你问好。"

孩 子

我以为他们说的是早上八点,但是他们脑子里想的却是黎明,日出和晨露。天刚亮,他们(她的丈夫和他的儿子)就狂按我的门铃,把我从睡梦中叫醒。因为我没有立即开门,他使劲儿扭着门柄,然后几乎是冲进我的房间。从基布兹到城里的转换完全搅乱了他的心绪。他似乎要一门心思投入到他的研究中去,好像面对着一大片奶蓟草,有人吩咐他去拔除。

我还没定下神来,一口箱子就放在我的房间里了,上面坐着一个三岁的小孩,一个穿蓝色衣服的苍白的小东西。我呢,脸色阴沉,身体笨重,满脸胡茬,迷迷糊糊地弯下腰,无助地打量那孩子的脸。

他沐浴在从东边喷涌而至的霞光之中。

这孩子跟他母亲的相似程度让我吃惊，甚至害怕和兴奋。同样的面容特征，同样的阔嘴，永远饥渴着。眼睛一模一样，深深凹下去。我在房间里昏昏沉沉地徘徊着，但已经兴奋起来，所有的爱都向他飞去。我开始询问一些基本信息。

他吃什么？喝什么？我怎么给他洗澡？他什么时候睡觉？我拿他怎么办？

我得到的都是一些简单的回答。

他什么都吃都喝，只是别勉强他。我可以带他到任何地方去，假如他抱怨腿疼，别信他。他只是喜欢被抱着。白天最好别让他睡觉，要不然他晚上会闹。说到这儿，父亲弯腰让儿子从箱子上挪开，打开箱盖，在里面东找西找，直到翻出一个橡皮床单。他不好意思地笑笑，说我必须把这东西放在床单下，因为这小家伙还在尿床。

我跃跃欲试。我在心里嘲弄基布兹在养孩子这件事上花的代价，但满怀激情地接受了他的指示。我心里非常高兴，已经等不及跟那孩子单独相处。他的父亲对我有些疑虑。的确，在早上的这个时候，我没法让人产生信任感。一个刚起床的单身汉，庞大的身躯裹在皱皱巴巴的睡衣里，房间里乱成一团。

我立即开始送父亲出门，那孩子像小狗一样地跟在我们身后。他的父亲停步，向儿子弯腰，紧紧地抱了他一下，摸了摸他，从他的口袋里拿出一把梳子，梳理那孩子的一头卷发。他给儿子发出指示：

他要听话守规矩——

他不能给我惹麻烦——

他不能没完了地纠缠我。

因为，瞧，不是说谁想抛弃他，但是假如他淘气，谁会来把他接回去呢？

我们向门口走去，但是那孩子又严肃又固执，紧紧抓住父亲不放。父亲没法，只得转身在箱子里搜寻一番，把一堆典型的基布兹儿童玩具摊在地板上：笨头笨脑的木头拖拉机、耕犁、割草机以及表情可笑的农夫小人儿。

那孩子开始向他的战利品进攻。同时，我和他的父亲在前门分手，交换了联络方式（也就是电话）。我突然震惊地意识到，他们早就下决心把孩子托付给我整整三天。我别无选择，只能从我的丰富经验中给他们一些建议，祝愿他们考试成功，然后道声再见。现在，那个男人突然犹豫了。他沉吟片刻，勉强把儿子交给我，声音低沉地告诉我，昨天晚上，他们一到耶路撒冷就发现孩子有生病的迹象。哈娅甚至想把他留在旅馆，一边学习一边照看他。但是作为父亲的他非常坚决。生病？一派胡言。这孩子只是有些疲于旅途奔波罢了。

我的目光扫过他瘦削的脸，扫过他那剃过的、暗黑的皮肤。阳光在他强健的牙齿间闪烁，然后离开。我的窗户在明亮的晨曦中发光。我们会有一个大热天。

我在那男人身后轻轻地关上门，目送他沿着街道走向远处的山坡。

回到房间后，我立刻躺回到我安静温暖的床上。起这么早的床可把我累坏了。我注视着那孩子，他把犁挂在拖拉机后面，准备耕我地板上的瓷砖。我完全没有想到他跟他母亲长得这么像，好像大自然给我搞了一个恶作剧。她怎么可以把自己的形象如此强加在儿子身上！

那孩子犁着田，偶尔偷看我一眼。

我叫他上床来。他立刻扔掉玩具，站起身朝我跑来。如此甜蜜的服从。他显然明白他的父母遗弃了他。在这个新的大城市里，除了我，他没有别人可以依赖。他站在床边，脸色苍白，苦行僧似的那种苍白。我兴致盎然地打量他的眼睛——她在最快乐时候的眼睛。绿茵茵的，梦幻般的绿。我轻轻地抚摸他的头发，然后出其不意，粗暴而笨拙（太笨拙了）地抓住他，拥抱了他，把他抱得紧紧的。在他企图挣脱我的胳膊时，我亲了他的眼睛和脸颊。

然后我松开他，问他叫什么名字。

他说他叫雅利。

怀　孕

三年前的一个冬天，雨季，朋友们把一条阿尔萨斯小狗托我照看几天。每晚从大学回来后，我会给狗系上皮带，牵它出去，在昏暗潮湿的街灯下走过雨雾弥漫的街道。我们经过一根又一根的路灯柱和一棵又一棵的树。一天晚上，在其中的一棵树下，我发现了在树下避雨的阿里耶·G，一个高大、蓄着胡须的中年单身汉，身上裹着肮脏的羊皮袄。他也是基布兹的成员，尽管以前跟我不是一组。我停下来跟他聊了起来。小狗似乎也对他很感兴趣，趴在阿里耶的脚边，舔着他的靴子。

一个如他那般发誓不婚的单身汉，也会不时地突袭某一个大城市，给自己找女人。

我们在瓢泼大雨的间隙，例行公事般不紧不慢地寒暄了一番。至少我鼓足勇气问起了她。他告诉我她怀孕了。

整个晚上我翻来覆去睡不着觉，被这个消息弄得激动不安。

第二天我把狗锁在厨房里，给它留了些吃的。然后我穿上我的卡其布裤子，出发去看她。我以为我看到的是怀孕早期的她，结果她已经在孕期的最后一个月了。

她的肚子巨大无比。

一个狂风暴雨的日子。整整一天，雨点敲打着地面，道路泥泞不堪，汽车的窗子上盖满了灰色的雨雾。

下午，汽车把我扔在路边，从主干路我又步行了四英里去她住的基布兹。我走的是群山中间的一条泥泞小路，我的前方是滴着雨的灰色天空。

食堂里冷冰冰空荡荡的。下午五点钟是基布兹最安静的时候。我在大厅里那些空空如也的饭桌间转来转去，徒劳无益地想把身上弄干。我的鞋给泥巴弄得沉甸甸的，裤管上也沾满了泥。突然间我觉得很难堪。我跑到这儿来做什么？除了她和一对不友善的夫妇外，我们那组的成员没有一个人还留在这个定居地。我走到走廊上，站在告示牌前，兴致勃勃地看着本周的工作安排，文化委员会的计划和活动，还有公社中央执委的一个通告。有人过来了，紧贴着我站住，也开始读。我们俩的身子不经意地触碰了。

我回过头，看到了她。

她用她那特有的梦幻般的专注神情读着告示。她那甜美苗条的小腿隐藏在厚厚的橡胶靴里，大得可怕的肚子挺在我们中间。她注意到我，朝我随意笑了笑，好像在我决定永久离开基布兹的两年以后，在这样一个雨天突然出现在她面前是件再自然不过的事情。

她问我现在在做什么，我告诉她我在耶路撒冷的一个大学念书。我说得非常简短，以免她厌烦。我的眼睛不断瞟着她的肚子。我大老远跑到这儿来还能有别的目的吗?

我跟她去她的住房。一个孕妇,柔软,美丽,穿着靴子,吃力地在被雨水淋透的山间泥路上跋涉,她所在的那个基布兹的成员们不知藏到哪儿去了。

她的男人在昏暗的房间里打盹儿。她安静地走近他,他却猛地惊醒,好像给她吓着似的从床上跳下来。

我们互相介绍:"泽埃夫。"

"多夫。"

我们喝着咖啡,慢慢地咬着跟石头一样硬的饼干。然后我们撇开试探,发现一些共同的熟人,于是又开始零零碎碎地消耗着他们。最后只剩下我的代数等式可谈,一个让我痛苦不堪的话题。

房间开始黑下来(不知何故他们忘了开灯)。沉默。她仰卧在一张椅子上,赤裸着脚,她的美丽变得朦胧了,巨大的肚子在空中漂浮着。外面大雨瓢泼,冰雹打着窗子。一切变得模糊而颓丧。雨雾覆盖着基布兹的矮小房屋,我们都有些倦怠,连对讨论基布兹运动的未来都失去了兴趣。我突然起身,被一种渴望离开、退却的紧迫感攫住。椅子上的她对我告别似的点点头(她有这种把人看成物体的才能),但是,她的丈夫泽埃夫阻止了我。

"这样的天气怎么走?"他询问道,"谁会在公路上捎上你?"

我跟他们一起去食堂吃晚饭。人们到我们的桌边来,拍我的后背,说一些无关紧要的话。每个人都知道我来是为了看她。

我们三个人回到他们的房间,坐下抽烟。他们没法摆脱我,一个沉浸在爱情中的笨拙固执的客人。她的丈夫不让我一个人待着,在我身边不断走来走去。他的身体绷得很紧,目光十分焦虑。

突然我们开始谈到即将来临的生产。我说："一定会是一个女孩。你们等着瞧吧。"她的丈夫也倾向于我的意见，但她非常肯定自己肚子里怀的是个男孩，不容我们争辩。

在那以后，我们听了一些唱片……

我的眼泪快要掉下来了……

他们安排我睡在隔壁的房间。她拿来床单和毯子铺我的床。房间里突然只有她和我。我坐在椅子上，紧张地看着她轻巧的动作；她铺床单和毯子的动作，把一个白色的枕头丢在床头。她那让人发疯的安详和宁静。她赤裸的脚，光滑的肌肤。我指的就是她的肌肤、她的身体，这样才好理解。她的目光落到我身上，好像直到现在才注意到我的存在。

"怎么了？"她耳语般地问。

我的身体颤抖起来。

她的丈夫过来把她带走了。

我熄了灯，脱掉衣服，钻进冰冷的被单里。我睡不着，在黑暗中起身打开窗子。大地被雨水淹没，万物疯长。草木的芽儿从海绵般的土壤里拱出，在黑暗中往上攀援。树枝伸到屋顶，根则深扎进湿润的泥土。草地如汹涌的波涛一样迸发，远远近近的田野开始出苗。

风和雨的气味掠过我的脸。

我踮脚走到分隔我们房间的墙边，把耳朵贴在薄薄的墙板上，听他们说些或做些什么。他们的房间非常安静。我听到他们脱衣服的窸窣声。最后是她安静、稍微有些粗哑的声音。

"孩子三天没有动静了。他没有踢脚……什么动静都没有……"

房间的灯熄灭了。他们没有提到我，好像我根本没有来，好像我从来没有存在过。

天一亮我就走了。三个月后，当我听说她生了一个儿子的时候，我已经在忙着考试，陷入表格和图表的包围之中。

计　划

多可笑啊！我花了十五分钟试图打听出这孩子的真名，但是我枉费心机。我的逻辑推理：尤瓦尔、埃亚勒或艾利泽都被他那使劲摇晃的小脑袋否决了。从他那儿我什么也打听不出。没人费劲儿地教过他他真正的名字。我用一千种方式问他叫什么，他用一千种方式回答我：雅利。

最后他干脆停止回答我的问题了。

太阳照射着我们的眼睛……

他站在我面前一言不发，用严肃的眼神审视着我。

这么一个小家伙，看上去似乎是个小大人了。很难说个性已经确定或者才刚成形。沉默横隔在我们之间。我向他微笑，拉长了脸。他的脸保持着严肃的表情。我把一个枕头放在头上，他的脸被微笑照亮。我爬到床的一角，用毯子裹住身体，把自己变成黑乎乎的、咆哮的一团。

他咯咯地大声笑起来。

现在冰块融化了。无需我对他进行任何引诱，他开始用婴儿简单的话语给我讲一些毫无意义、相互之间也没有任何关联的故事。一辆拖拉机爬上一块岩石又爬下来，某个孩子的父亲受了伤，一条"危险得可怕"的蛇在大人的食堂附近爬行。

许多字我没有听明白。想要弄明白他说什么的努力让我既疲乏又厌倦。他的故事都很奇怪。它们既没有结尾又没有寓意，只是一串串事实。最后他终于闭嘴了，要我给他水喝。

我们走进厨房，我问他要不要冰水。我的建议让他很吃惊。他犹豫了一下，最后决定接受。我把水倒进杯子里，从冰箱里拿出几块冰丢进去。

他用两只手握住杯子，小心翼翼地抿了一口，用舌头舔了舔浮在水面的冰块。他很吃惊，冰块刺激他的舌头。不过他没有放弃，而是向我诡诈地笑了笑。最后他把杯子放下，挑出冰块，开始细细地啃它们。

等我洗漱完毕，刮完胡须，穿好衣服，喝完咖啡，那孩子已经吃完了五块冰。

倒不是我认为这样合乎健康，不过我老早就打定主意，这孩子的健康与否不是我的责任。

他想吃什么都可以。

我可以随心所欲地宠他。

他似乎有些忧伤，一个忧伤的孩子。

假如他们将我爱的女人托付给我照看，我会满足她的每一个愿望吗？

现在，房间整理好了。我把他放在我的膝盖上坐着，开始计划我们俩这一天各色各样的奇遇。

首先，我们从动物园开始——狮子、猴子、熊和狼。

其次，冰激凌。

第三，游泳池。

第四，更多的冰激凌。

第五，我们去找坦克并给他买一辆。一个可以保护他的拖拉机的坦克。

第六，睡前给他讲故事。

第七，也许我们能找到一个秋千。

他全神贯注地听我的计划，然后从我的膝上滑下，站起来。他的姿势跟她一样，稍稍溜圆的肩胛骨，柔软而脆弱。放松又有些吃力的四肢。她的沉思的脸。

我把他拉近，拿一把梳子给他梳头。突然他用他的胳膊抱住我的腰，给我一个孩子气的拥抱。他一定确信他的父母已经抛弃了他。除了我，他在这世上便没有别的人了。

我被感动了。不，我疯狂地激动起来。我把他抛向天空，接住他，亲吻了他的眼睛。

可能就在这一刻，我心情愉快地意识到，这孩子要跟我在一起待整整三天。

我终于放开他，感到有点想吐。我戴上墨镜，瞟了一眼镜子，打开了门。强烈的太阳光，炙烤着的世界。

我们俩出了门，开始漫游在沉默中煎熬的耶路撒冷。

对耶路撒冷的批评

人们没法不对耶路撒冷旗帜鲜明地表态。没人能在穿过它的同时保持沉默。我认为，耶路撒冷是个冷酷的城市，有时候它甚至很粗暴。不要被它的谦逊和表面的温柔所蒙蔽。要走进它那紧闭的石头房子里去观察。

人们赞美它空气的甜美。是的，我也知道这个。但是别忘了那些空荡荡的夜晚。晚上九点以后，无论在哪一个街区穿街过巷，你都会感觉自己是在一座死城中穿行。没有车会因为你的招手而停下。耶路撒冷，它的平静是伪装的。

它的人民总是很紧张、焦虑，好像随时会被什么包围。他们的房子裹着一层厚茧，水源被剥夺。

他们忧虑的耶路撒冷式眼睛，他们尖刻的幽默。对邮件的狂热期盼，对报纸的狼吞虎咽，对荣誉无休无止的追求。

我说的是真正的耶路撒冷人。

假如你走过市中心，穿过主街汇合处的小三角，你注定会看到每一个人。你会被拦住，谁也别想避开；特别是那些焦渴地拦住你只是为了喋喋不休往你的耳朵灌输他们最新发现的小教授，他们拦下你只是为了丢下你，因为在另一条人行道上又看到了比你更重要的人。

还有那些新名词。

他们整天对语言吹毛求疵，玩文字游戏。即使耶路撒冷的一名数学讲师也会小试身手地创造一个新名词。

因为大家都热衷于符号。在他们对符号的过分热情中，他们倾向于把自己也看成符号。因此，他们使用象征性的语言，象征性地行走和交谈，互相见面时也象征性地说话。心情允许的时候他们会看看太阳、风和覆盖他们城市的天空，好像这些也是需要他们研究的符号。

我离开我在尼维-哈日姆的公寓，沿着通向十字架山谷熟悉的羊肠小道，在岩石间跳跃滑行。那孩子摇摇晃晃地跟在后面，一个陌生者，她的形象，她的符号。他用燃烧着的浅色眼睛追随着我，模仿我的一切动作。我折断一根杆子，他也折断一根杆子。我用杆子敲打岩石，他也敲打岩石。我弯腰系松开的鞋带，他也弯腰摸索他的鞋子。我偷偷溜到树后去小便，他也在树后停了下来。

你瞧，我也可以把自己变成一个符号。

耶路撒冷动物园

从某种意义上讲，我们对动物园的造访完全是浪费时间。小雅利太小，虽然我努力想引起他的兴趣，他还是对关在笼子里的动物无动于衷。他冷静地打量着长颈鹿和大象，我觉得他连它们的身体都没看完整。狮子、熊和狼让他觉得无聊。尖叫的猴群对他来说毫无意义。我给他喂动物的花生被他扔进了壕沟。然而，他在一个关普通母鸡的笼子旁逗留了很久，对一位女士牵的小狗也表示了极大的兴趣。路上一只被压扁的乌龟死尸让他兴奋莫名。

我们在里面游玩了三个小时。我从孩提时代以后就没有去过动物园，因此我自己也颇有几分好奇。我们一个笼子也没漏掉，从利比亚的毒蛇一直到内格夫的沙漠鹿；我们甚至去看了黄鹂鹆。因为高温，许多动物躺在兽穴的隐蔽处一动不动。不管我朝他们怎么吼叫也不出来。我和那孩子之间的关系突然变得沉闷起来，成了一个负担。也许是我的错，不够耐心，觉得无聊。不过他也不那么友善，大部分时间沉默不语，跟他母亲一样。

最终我对动物园感到厌倦。我在其中一个笼子的后面给自己找了一小块令人心旷神怡的隐蔽处，离关老水牛的围栏很近，还有几棵松树遮荫。我在长椅上坐下，小雅利开始在我旁边跑来跑去，在松针间和树篱旁找着什么。然后他要我允许他到前面的一块斜坡上玩。我同意了，条件是他必须留在我的视线中。

他立刻跑开了，跑出了我的视线。我起身追到他，牢牢抓住他的手，把他带回到长凳边。他一言不发，捡起一块看上去像一个小汽车的金属片，围绕着长凳驾驶起它来。我在长凳的夹缝里发现一份昨天的报纸，便开始读起来。

这干燥的高温。被浪费掉的时间。

我疲倦地垂下头。那孩子开始变得烦躁不安起来，偶尔偷瞟我一眼。他渴望跑得远一点，去探索那片斜坡或附近的一堵墙。这次我头也不抬，让他四处游逛。能出什么事呢？动物们都关在笼子里，地上有栅栏。我对有关当局的安全措施很有信心。没理由认为那孩子会出事，不是吗？报纸读得无聊至极，我意识到我昨天已经读过这份报纸了。炎热的天气本来就让我昏昏欲睡，更别提早上还起得那么早。我的手无力地垂在两边。一只小苍蝇在我的眼皮上睡觉，我也没力气把它赶走。

我一定睡着了几分钟。等我睁开眼睛时，那孩子不见了。

我没有动，只是用眼睛寻找着他。我立即看到了他。三个孩子在一堵斜墙的顶端上走着，小雅利跟在他们后面。

（对墙的描述：粗凿的灰色岩石。顺着山势下坡时墙变得更高。墙角是一团团盘根错节的荆棘和野蔷薇丛。历史悠久的荆棘。碎砖块和空罐头满地都是。清除垃圾的无用功。）

小雅利安静地跟在三个比他大的街童后面。他们爬上墙的目的就是为了在墙顶上走。他显然观察了他们一阵子，而那三个孩子几乎没有注意到他的存在。

三个人影儿缓慢地走着，小心地平衡着身体，头低得快碰到脚下的岩石。小雅利离他们有点距离，顽强地移动着，脸上有一种梦游者的不屈不挠。

我用眼角的余光追随他的身影。

他弯着腰，肩胛骨从单薄的衬衣下顶出来。他行走得很吃力，现在更让人恐惧了。他慢慢地往前挪动，脚步几乎让人难以觉察。那几个街童把他远远甩在后面，开始在墙的另一头晃晃悠悠地往下滑。他们的大胆冒险已经结束。小雅利迟疑起来，四下打量。一步不小心，他就会摔到地上，扭断脖子。不过，我一点不在乎。

相反，我很兴奋。

瞧，一个炎热灰暗的秋天，太阳在头顶上燃烧。我本来应该照看的孩子在他不应该爬上去的墙顶上行走。四周人影全无，动物在笼子里昏睡。我四肢摊开躺在长椅上看着他。我想：假如那孩子现在摔下来，她应该记得住我了吧？我将深深地印在她的脑海里，即便只是坐在长椅边缘打盹的一个身影。

那孩子又走了几步，然后完全停下。脚下的墙越来越高，他害怕了，开始哭泣起来。

我用昨天的报纸遮住眼睛。我对自己十分满意。这种假装的平静，一点儿也不像我。

他开始叫我。

我连眼睛也没眨一下。我坐在椅子上一动不动，脑子里想的是那个赤着脚的女人，我有三年没见到她了。

那孩子尖叫起来。

然后是突如其来的安静。阳光在松树枝间闪耀着，晃着我的眼睛。有人冲过去，把他从墙上抱下来。他们开始问他的姓名，我听到他哭泣着说："小雅利。"

他的周围有些轻微的喧闹，连那头老水牛也抬起头。几个动物园的管理员过去问他："你爸爸在哪儿？妈妈呢？"

此时我必须介入了，不能让他们把那孩子带走。我从长椅上起身，折好报纸，向人群走去领走了孩子。我什么也没说，连个"谢"字也没有。

我们离开了动物园。我把他放到我的肩膀上，甩到空中，接住他，抱着他旋转，让他坐在我的头上。他咯咯地笑着。眼泪还在眼睛里闪烁，人却已经笑起来。

反　思

一个很简单的故事：一个女人和一个男人离开了基布兹（很寻常的事），来到耶路撒冷。他们有一个小儿子，一点问题也没有。因为需要通过一个考试，而他们有很长时间没有摸过书本了，所以把自己关进图书馆，把孩子丢给我照看。我不是他们的朋友，但是我知道在耶路撒冷他们没有别的人可以投靠。

很多年以前，我陷入这个女人的情网，陷得很深，很苦，默默地。她是这么一个粗心的女人，忧伤，耽于幻想，她忘记了我的爱。她在黎明时分把丈夫送来叫醒我，把她的孩子——她唯一的儿子——她的复制品——送给我。天气炎热，夏末的热浪一波接一波。这一切就发生在耶路撒冷，一座严酷的城市。

首先我亲吻了这个孩子，然后我听他讲了些毫无意义的故事。最后我带他去了耶路撒冷动物园，因为他觉得无聊，我也跟着无聊起来。我在角落的一只长椅上打起了瞌睡，他溜走了，爬上一座破破烂烂、越升越高的墙。

他的生命曾悬于一线。

我惊讶于自己竟然会如此平静，幻想还能继续睡一会儿。

午　饭

小雅利的午饭被我离开动物园时给他买的一大堆冰激凌败坏了。

不管怎样说，我做了最大的努力让他吃饭。我带他到一家挺像那么一回事的餐馆，安置他坐下，把餐巾围着他的脖子系好，给了他一份印好的菜单，然后把菜式从头到尾给他念了一遍。他耐心地听我念完，像模像样地研究了手上的菜单。女招待来到我们桌旁，贪婪地捧起他的下巴。必须承认，小雅利是个迷人的小家伙；他美丽，眼睛很亮，热辣辣的淡褐色皮肤，无一不惹人爱怜。

我们开小会讨论给他吃什么，但是小雅利完全无视我们花了不少时间达成的决议。他对摆在他面前的食物碰都不碰，对什么都没有胃口，只是坐在那儿玩着刀叉。失望的女招待忙前忙后，示意我哄他，甚至迫使他吃点东西。我拒绝了她的暗示。

凭什么要我做这些？逼他吃东西？我？

邻桌的顾客以怀疑的眼光打量着我，好像我从什么地方绑架了这孩子，要把他卖去做奴隶似的。

我吃完自己的饭，又把他的盘子拉过来，把他的饭也吃完了。然后我掏出一根烟抽起来。透过烟圈，我安静地看着窗外远方蔚蓝色的以东山。热风吹来，坐在我对面的孩子打起了瞌睡。

我摁灭烟头，把孩子从椅子上拉起来，付了钱，出门上了街。我们在一个卖冰激凌的小摊前停下，我买了两个蛋卷冰激凌，一个给他，一个给我。他吃完后我又给他买了一些柠檬水。他口渴的程度让我惊讶，好像他需要用水浇灭那小小的身体内燃烧的烈火。

他拖着双脚，立即建议我们上床睡觉。我说：为什么？我们前面还有很长的路要走。他说他的腿疼，祈求我抱他。我把他抱起来，顶在肩上，过一会儿又把他放下。

耶路撒冷安静地躺在那儿。我们信马由缰地闲逛着，其间小雅利想抓几只胖乎乎的鸽子，不过没有成功。脚下的沥青踩上去软软的。不一会儿我们到了有着白色的小路和开着丑陋鲜花的城市花园。头顶刺眼的阳光，冒着炎热，我领着他漫无目的地在荒凉的公园里漫步。他掉在后面，脸因温度和疲劳泛红。我离开公园，穿过一小片奶蓟草，来到一座有些年头了的穆斯林坟墓前。小雅利淹没在高高的杂草丛间，但他仍然拖着疲乏的脚步跟在我后面。坟墓用篱笆围住，不过我找到一个缺口钻了进去。那孩子紧跟着我钻进一簇橄榄树丛里，来到一片硕大的墓碑中间。

豁　口

在高中毕业后即将去服兵役的那一段时间里，我们去了基布兹工作。不久，另外一个青年运动小组抵达，加入了我们。我们是多么高兴跟一些如此丰富多样的新人融合啊！很快我们都注意到她，她悠闲、慵懒的步履，罕见的美丽。我们都像些小孩子，像孩子一样爱上了她。我们组大约有一百人，我们不认为自己孤独。然而，事实上我们确实很孤独。

我嘲弄那些试图接近她的人，对自己的心事却守口如瓶。但是到夜晚，我会在她住的小棚子附近转来转去。她常常穿工装，赤着脚，即便是在周五晚上的派对上也是如此，好像她是在田野里出生的。我的目光总是会落到她的脚上，她的脚完美无瑕，既脏又纯净。

除了一些平常的问候和泛泛而谈的话，我们从来没有交谈过别的什么。

不过，我们有过一次长长的相遇。那是在夏末的葡萄园，男生即将去征兵站的前几天。我们被送去摘葡萄。午饭以后，当天空飘起云彩的时候，管理我们的基布兹成员安排我们俩一起工作。

我们在一排茂密的葡萄藤两边开始工作。

突然暗下来的天空，扫过河道的风，秋日，即将来临的风雨，她的突然出现，而且离我如此之近——这一切的一切都在我的心头汹涌。

她手脚麻利，技术熟练。我使出浑身力气不落在她后面。

我心中的一座水坝被冲垮了。

我一刻不停地跟她说着话，脑子里想到什么就说什么。我谈到基布兹，谈到其中的一些小组，谈到数学领域让人惊讶的新思想。

虽然她没怎么说话，但她似乎听得很专注。我看不到她的脸——它隐藏在葡萄叶丛中。我只能听到另一边的她在树枝间移动的轻柔窸窣声。跟平常一样，她赤着脚工作。在稀疏、纠缠的葡萄藤中，她那苗条、沾满泥土的脚常常滑进我的视野，跟我厚重的靴子形成对比。

凶猛的速度让我们很快把其他人远远甩在后面，挺进到一排排新葡萄藤前。这些湿漉漉的藤蔓挂满了葡萄，跟杂草纠缠在一起。空桶散落在田头各处，我们用熟透的葡萄把它们装得满满的。我的双手沾满了黏乎乎的葡萄汁。实际上，我们应该回头帮助那些还没有摘完他们自己那一排的人。

收工的时候快到了。

我还是在说个不停。有时候，我甚至控制不住地给她做简短而又慷慨激昂的讲座。我看不到她的脸——一个沉默的倾听者让我更自在。

然而，我们那排葡萄藤终于出现一道豁口。四棵葡萄藤给压扁伏倒在地。顷刻之间我们都暴露在对方的眼前，彼此面对。她坐在一个桶上，一只手拿着剪刀。一阵风吹来，轻拂我们的脸。

她是那么明白无误地难以企及，那么飘忽不定、单薄和慵懒。我没有说任何重要的事情，但她还是用她那只空出的手支着下巴，专注地听我讲。

我记得我的目光游移到她深陷在泥巴里的双脚，停留在那儿。它们让我心疼。我开始不知所云，说话也结巴起来，声音越来越弱。一株未熟早枯的小葡萄藤在离地面很近的地方摇荡，轻吻她裸露的双脚。我停止了说话，弯着腰，手拿剪刀将它剪掉。

环绕我们的世界却不见沉寂。风儿，葡萄藤上的喃喃细语，远处作坊的人声，背对黑色大山的白色小屋。

我仍然弯着腰，贴近地面，伸出一只手，用手指刮她脚上正在干的泥巴，刮掉一层泥，直到感受到她光滑的皮肤。

她从头到尾沉默不语。她忍痛似地坐在那儿，一动不动，没抽回她的脚。当我绝望地直起腰时，她还是没动，手里握着剪刀，眼睛睁得大大的。

远处，包装房旁边，收工的铃声响了。我们拖着脚往回走，回到我们开始的地方。不过，我们也没有沉默不语，继续聊着天。路中间躺着一个黑色的小水洼，她刻意地趟了过去，泥巴溅在她的脚上。

游泳池

小雅利爬到一块大墓碑的顶端，伸开小腿躺下来。我在林子里找到一块阴凉处坐下，一根接一根地抽烟，沉思。三根烟后，我向那孩子走去，察看他晒得红通通的小脸，把了把他的脉，手指尖感到一种异常、不规则的痉挛性跳动。

令人吃惊的是小雅利一直没问他的父母，好像他们已经死了或消失了，一个字也没问。

我提议玩猫捉老鼠的游戏。

我把头埋在墓碑的凸凹处，他则跑开藏起来。他只愿意跑开几步远，站在最近的一块墓碑后。如果我装模作样地找他，就算是经过他也假装没看见，他会马上走出来，献出自己。

轮到我藏时，我跟他刚好相反。我煞费苦心地寻找一处可以把自己完全隐藏起来的地方。我在两棵树之间看到一条壕沟，钻下去，用草丛做掩护。他花了十分钟寻找我。他开始叫我，求我出来，最后放声大哭起来。

他叫我："先生！先生！"

我终于钻出我的藏身之所，找到面无血色四处漫游的他。我告诉他我的名字叫多夫。他想知道我藏在哪儿，我领他去看了壕沟。他忧心忡忡地看了一眼，然后自己爬下去试了试。

那以后我们假装回到了基布兹。穆斯林坟墓的形状看上去很像有屋顶的小房子，我们一个一个地给它们取名。我们在窸窣作响的林子里安静地走着，从成人食堂走到儿童餐厅，从托儿所走到拖拉机棚，再从拖拉机棚走到木匠铺，最后又回到开始的地方。我试着给他解释埋在土里的死人，但他似乎不明白。

守墓人从午睡中醒来，发现了我们，开始朝我们大喊大叫，诅咒我们，朝我们扔石块。我们从缺口逃出，小雅利忧心忡忡地不断瞟我。

耶路撒冷仍然十分闷热。

我们搭公车去了游泳池。小雅利的衣服给剥掉，人给扔进水中。凉水和兴奋让他尖叫。我在儿童泳池边的躺椅上躺下，脱掉鞋，看小雅利在水中挣扎。

他是那儿最小的孩子。

一个卖糖衣杏仁的小贩从我们身边走过，空中飘扬着一面奇怪的旗帜。一些男孩正在举行一场夜魔侠游泳比赛。突然，一群青少年从一个角落钻出来，都是我的学生，穿着泳衣。看到我，他们停下来交头接耳，然后一个一个上前，叽叽喳喳地跟我打招呼："老师，下午好！"

没有一个错过向我问好的机会。

我坐在那儿，眼皮低垂，脸上勉强堆起一个微笑，显得很尴尬。他们中大部分是女孩。

他们问我怎么样，假期过得如何，想不想他们，为何不下水游泳（眼睛瞟着那孩子）。最重要的是，我下学期还会教他们吗？

天空飘来几片云朵。

胆子最大的颇有兴致地瞟着我从裤管里露出的苍白、多毛的双脚。

看上去好像整个五年级的学生都来到了游泳池，哀悼即将逝去的假日。

他们想怎么开心都行。我不怕他们。但是有时候我不能不对他们撒谎的自如度感到吃惊，还有他们对自己谎话的心安理得。

一阵微风吹皱我的头发。我心不在焉地解开衬衫的纽扣，在我的学生面前裸开胸怀，我的手则埋在膝间。他们簇拥着我，把我团团围住，他们的好奇、撒娇和奉承话快要使我窒息了。他们想知道即将来临的学年的一切细节。我闪烁其词，想用笑话和模棱两可的泛泛之词回避。但他们一点一点地把想知道的信息从我嘴里掏出。

两个女孩甚至下了游泳池跟小雅利会合，逗他玩，问他姓名。

对那孩子的好奇让他们心急如焚。他不是我的孩子？不是。那他是谁的孩子？

最后他们终于走了，所有的孩子一起离开。男孩们夹在密不透风的一群女孩子中间，消失了。

我跟往常一样感到厌倦无聊。

小雅利忙着在被遗弃的游泳池里浮一根棍子。太阳无精打采，病快快的。游泳的人都在擦干身上的水，穿衣，离去。我们在最后一批离去的人中。小雅利过来告诉我他觉得冷。他浑身发抖，皮肤上起了鸡皮疙瘩。但是我又把他送回水中。

一个独自游泳的女性激起了我不知羞耻的欲望。我躺在躺椅上，被熊熊的欲火吞没。我无望地往后仰着我的头，看天空为太阳的离去准备盛大的告别晚会。

课　前

我教两个五年级班的数学，他们主修文学。这些学生企图避开数学，结果还是给盯住，被迫学做加法和解题。他们从来不敢惹我生气，但教室里总是有一股缓缓流动的暗潮，解题时惯有的喃喃细语，无穷无尽。

作为一名年轻的新老师，我别无选择，只能把课程安排在一天的最后几个小时。我的教室阴暗陈旧，学生大部分是女孩子。她们会用桌面支撑乳房，用睡眼惺忪的苦恼眼神盯着我。陷入她们重围中的是几个软弱、戴眼镜的男孩。他们随时掏出一把锋利的折刀，在一切可以找到的表面上刻下刮痕：椅子、桌子、铅笔盒等等。几乎每堂课都会有一个男孩兴高采烈地站起来，用胜利的姿态指着他流血的手指，让我准许他出去贴创可贴。

不过，他们仍然学会了数学。

总的来说，这些学生的成绩还差强人意，尽管在解题时没谁显示过任何热情。他们用自己的文学大脑进行机械化的思考。

两堂课，我的讲台都得面对着几扇大窗子。

我走进教室不到一会儿，太阳就会从窗子里射进来。强光刺着我的眼睛，完全是一种折磨。我向学校申请过购买窗帘，但预算好像不允许在这上面花钱。非常可笑。老师的办公室里躺着数百盒粉笔，我可以拿它们去做生意，这方面没人比我更聪明。

我站在教室的前面，光线在我的眼前爆炸。我一转向黑板两眼就跟瞎子一样。我画着歪歪扭扭的图形，三角形没有封住口，简单的加法题也算错。

然后教室里一片安静，一个女孩举手指出我的错误。有时候我可能会听到一阵咯咯的笑声，声音里可能会充满渴望。

说到她们的欲望，涌到我这儿是白费力气的。它们会从我身边流过，流得远远的。

我不怀疑她们有梦想，也许还有渴望，但我已经曾经沧海，在写满一元二次方程的黑板之外无法企及。我的眼睛里充满太阳。

有时候在考试时，当他们安静地坐在课桌旁，绞尽脑汁地做一些非常简单的数学题的时候，我的心会一阵紧缩。我会爬到讲台上，蜷缩在讲桌后面，用拳头支着头。我独自一人，孤独无望，会突然想到我的爱，试图想象——譬如，她此时此刻在做什么。

边　界

我们——也就是小雅利和我——离开游泳池时，吃惊地发现了秋天的痕迹。云朵和树叶漂浮不定，空气中一抹灰色。来自耶路撒冷山脉的凛冽寒气包裹住我们，抚摸着我们的脸颊。小雅利开始打寒颤。他的基布兹衣服（极短的短裤和单薄的衬衣）无法帮他抵御寒意。我摸了摸他的额头，烧得烫人。他的头发还是湿的，汗珠不时地冒出来，从脸上往下滴。

然后他停步开始咳嗽。面对着灰色的世界，灰色的耶路撒冷，他停在那儿痛苦地咳嗽着，来自肺部深处的咳嗽。我站在他旁边，手插在口袋里，注意地望着他。过往行人不断地打量我们。

不得不承认他是一个甜美的小孩。

一个美丽的孩子。也许。

他站在路中间，像小老头一样地咳着。

而我站在那儿观看。

最后他终于止住了咳。他擦了擦嘴，抬眼看了看我，好像希望说点什么。我微笑着弯下腰，想听听他说什么。

他问我他现在是不是可以去看戴波拉。

自然而然地，我问戴波拉是谁。

"戴波拉……戴波拉……"他反复说着这个名字，不愿放弃。

她是一个基布兹小女孩，年龄跟他差不多。也许是他的小甜心。

我装模作样地想了一下，然后坚定地对他说不行，他不能去看戴波拉。我对他说话的口气像是对一个成人，坚定而直截了当，没有任何粉饰。

我要粉碎他的希望。

他听了我的话后很安静，还是没有提起他的父母。

我们在迷失的思绪中误入耶路撒冷一条荒凉的小巷：石板路

上裂开了口子，街边的房屋门窗紧闭，有一些已经变成了废墟。在两栋面对面倾塌的房屋形成的豁口中，可以瞥见边境线、一条山脉线和几株蔓生的橄榄树。危险的边境线包围着耶路撒冷。有那么一会儿，我想过潜行到边境线，把他留在那儿，扔在橄榄树、岩石和奶蓟草之间。然而那孩子的脚步突然迟疑起来，好像猜到了我的心思。我们停下来互相对望，一句话也不说。

我弯下腰问他是不是很想去荡秋千。

耶　尔

我是在自然之友协会上邂逅耶尔的。那是我刚上大学的第一年，有一次碰巧加入了自然之友的徒步旅行。等到我明白自己的错误时已经太晚了。我本来以为他们的活动跟青年团的旅行差不多，但实际上完全不同。首先，自然之友以蜗牛般的速度行进，就差在地上爬行了；其次，他们对环境中的每一个细微处都仔细观察。据说这样做是出于神圣的信念。我不是说乡村（耶路撒冷西部）景色不美，但是我习惯了青年团的速度：快速行军，气喘吁吁地爬上一座高山，看半小时美妙并具有历史意义的风景，然后下山。

任何少于两座远山和宽广地平线的风景我们都不会称之为自然。

耶尔就属于自然之友协会，是这一品种中的一个成员。自然之友搜罗的成员有考古学家、动物学家、植物学家和天真的散文诗诗人。他们手捧肥硕的植物如同捧着一本祈祷书。我是在"数学入门"这门课上认识这帮人的。虽然在任何一方面他们都属于自然科学学院，但实际上他们都有恐数症。

基本上每一百码他们就会停下来，俯伏到青苔上，摁住某个爬虫类动物，让天地静寂，听鸟儿啁啾。除了我，每个人都对某种东西感兴趣，搜集植物、化石、蝎子和土层。

比如，耶尔对荆棘情有独钟。这是一项很辛苦的工作，却是她自己的选择。她会消失在长满奶蓟草的野地里，赤手空拳地拔起她看中的某株草，然后手中挥舞着无名的奶蓟草，向下一个目标出发。

我对这种爬行厌倦透顶。

我开始走在整个部落的前面，踩碎重要的青苔，挤死稀有的虫子，向鸟儿扔石块。到黎明时分，我跟那个荆棘草女孩混到了一起，走在她身边，冷嘲热讽。当她挣扎着拔一棵难弄的植物时，我在一旁袖手旁观。

晚上，自然之友支起帐篷，聚在一起唱歌。耶尔躺在靠岩石的一边，周围是簇拥着她的奶蓟草。她还没有来得及把它们分门别类，从冠毛里榨汁。

她并不漂亮，高个儿，身子单薄，步履轻快。她的头发干燥凌乱，手很粗糙，腿上永远有抓伤。

他们在唱歌，她则坐在那儿工作。我躺在她和唱歌者之间。我并不是在等她，但我想看她什么时候完成工作。她无疑注意到我，但假装全神贯注于手上的工作，专心地咬着自己的嘴唇。

最后她终于起身，用一根火柴点燃了她白天丰收的整堆荆棘草。火苗突的一下窜起来。唱歌的人停下来，朝她叫道："嘿，你！"她只是微笑着，火光照亮了她单薄的身体。

也许我身体里的欲望给唤醒了，也许我想要的只是一些温暖，好让自己度过前面的漫漫寒夜。不管是哪种情况，很快我就越过了火苗，到最后的灰烬快燃尽的时候，我们已经非常亲近了，她甜蜜的肉体伸手可触。

夜深时我们还粘在一起。自然之友散落在我们周围，鼾声轻微，睡梦中还喃喃吐出他们喜爱的植物和昆虫的名字。

我们的关系始于终点，第二天清晨，我们得原路折回，走一段冗长乏味的路回到初始。一路上我们谈着风景，搜寻共同的熟人，帮她挖荆棘，听她解释，参加……

从那以后我们就成了朋友。

我们之间虽没有爱情，却有很深的默契。譬如，我们可能会在一个慵懒的下午巧遇于耶路撒冷一条拥挤的小街。哪怕昨晚我们还躺在床上缠绵，今日我们又似乎不约而同地无视对方。我们的目光相遇，然后平静地越过对方。我们如此怜惜对方以至于我们有时候还能彼此忍受。

老　人

耶尔的家离游泳池很近，在耶路撒冷南部，以前是阿拉伯街区，现在贫富混杂。她住的平房位于一块地的中心地带，那块地面积不小，没怎么打理却由篱笆井井有条地圈着。周复一周，地产商上门拜见耶尔的年迈父母，给他们开出诱人的条件。地产商愿意出高价买地，拆掉那栋小房。可是两位老人不为所动。毕竟不关我事，不过他们的固执让我发疯。耶尔也一样。比如我们去电影院，假如她突然发现在马路和人行道之间的夹缝里冒出一株荆棘，她就会激动地停下来，围着它左看右看。而我只能站在一边等她平静下来。假如她是我爱的人也罢，然而她不是。

小屋被古柏环绕守护。她那耶路撒冷人的父母如同一对憔悴的老狐狸，窝在他们的洞里。他们什么东西都舍不得扔掉。小院里堆满了生锈的日常用具和三代人穿过的衣服，连耶尔的婴儿车都还埋在其中的什么地方。

在小屋荒芜、寸草不生的前院正中间，立着一架富丽堂皇的秋千。那是前房主留下的，他们很久以前逃离了边境。有一次，在耶尔和我谈婚论嫁的甜美时刻，我们甚至开了一份新家需要的清单。老妇人满脸认真地告诉我们："秋千是无论如何得要一个的，不过，你们已经有了。"

两个老人都不喜欢我。他们从来没有请我去他们家吃过饭，还对耶尔说了："但是他并不爱你……"有一次，我挺想在秋千上荡一荡的，但他们就是不让，怕我把秋千弄坏了。

我抱起小雅利，让他摁了门铃。

门铃安在篱笆的门上。这个设计的本意是给老夫妇时间准备见客，藏好客厅里四处乱扔的内衣裤，洗净碗碟，整理好梳妆台。无论是谁摁门铃都听不见响声，只看到枯萎、落满尘土的松树在风中摇曳。小雅利有些失望，他摁了很长时间的门铃不撒手，坚信门铃不响是他的过错。同时，那对老家伙也给吓得不知所措。

最后那老妇人终于出现了，紧绷着脸，显得很恼怒，家居衣服胡乱套在身上。她在门后停下来，看到我，皱了皱眉头。

"耶尔不在……"

我从篱笆后告诉她我知道，不过这孩子想荡荡秋千。

"孩子？"

老头也疾疾地奔出来，一边跑，一边扣着裤子上的最后一颗扣子。他们勉强地打开大门，瞪着迟迟疑疑地迈过门槛的小雅利。我简短地告诉他们小雅利的父母是谁，但是他们没听见，只是满腹狐疑地眨着眼。他们一定认为这孩子是我的，是我偷偷生下来的私生子。

我把他带到秋千前，抱起他，放他坐上，把他绑好。他的身体跟羽毛一样轻，热度烫得吓人。我开始轻轻地推他。老夫妇站在稍远一点的地方，颇有些憎恨地看着我们。小雅利抓紧秋千，因为我的速度正在加快。他越来越恐慌地笑着，我让他想想动物园里的猴子，不过他并不记得了。他用全身力气抓着绳子，在空中高高地荡来荡去，一直笑到哭。他尖叫，开始哭泣。

老夫妇上前了一小步。

我恼怒地推着秋千。那孩子闭上了眼睛，他的身影变得模糊起来，哭泣声给窒息了。

两只狐狸轻轻地摇着尾巴，眼睛眯成一条缝。

只有秋千的咯吱声，还有飒飒的风声。

最后我终于罢了手。秋千慢慢地停下来。那孩子紧闭着眼，脸色苍白，四肢无力地瘫倒在我的怀抱。我把他放下来。这样一个孩子！我看也不看那两个老家伙一眼，把他领进屋，带到客厅。他们安静地跟进来。我叫老太太给他一颗糖。她听到我的命令很震惊，在橱柜里翻来覆去找了半天，最后终于找出一块有些发霉的太妃糖。那孩子一直没有把清澈的眼睛从那对老夫妇身上移开。他打开太妃糖，把它放进口里。一阵让人发愣的沉默。太妃糖粘在他的舌头上。松树透过窗口黑沉沉地看着我们。老头对那孩子非常有兴趣，充满戒备地看着他。孩子朝我退了一步，太妃糖还完整地躺在他的舌头上。我抓住他的颈背，嘟噜了一句再见就准备离开。老夫妇吃了一惊，叹了一口气。突然那孩子把太妃糖吐到地板上，留心地打量它，然后他朝前走了一步，呕吐起来。一边吐，一边绝望地朝那老头移去，吐到他的衣服上。一阵沉默。松树在窗边轻轻摇过。老妇人发出一声窒息的尖叫。

第一晚

我又一次被迫带着他逃离。我们登上第一辆来的公共汽车。奇怪的是，人们给我们清出一块地方，好像看出那孩子病了。我把他放在我的膝盖上，靠着车窗相拥。

他没有哭，甚至没有想哭的迹象。毕竟，他没有理由哭泣。我已经满足了他的一切要求，也满足了他一切还没有想到的要求。他的脑子里是否对我已经画了一张像呢？

他闭上了眼睛。

他用手支撑着头，好像头疼，或者在思考什么。

他到底有多大？三岁零几个月？

事实上，他为什么不哭呢？要是他哭，我会放他走的。我并不是那种喜欢对孩子过度保护的父母。

最后他终于睁开了眼睛。我对他微笑，耳语般地叫他的名字，"小雅利"。如我前面所说，他的眼睛像她，好像给人用扳手撬开的。

在回家的路上，我们走进一家玩具店，我给他买了一辆灰绿色的坦克，上面架着大炮。坦克装在小盒子里，给他拿着。然后我们穿过田野，迎着落日下坡。我们疲乏不堪地爬上公寓的楼梯。在楼梯转角处，他停下，把坦克递给我，抓住栏杆，弯腰又呕吐起来。我用胳膊抱起他，很快上完余下的楼梯。在已经暗下来的公寓里，我用在他的包里发现的一条小毛巾擦他的嘴，给他洗脸，就像他的保姆。

他放松下来，精疲力竭地坐进扶椅里。我跪在他面前，给他解衣服。他拿起坦克，脸色苍白，神情庄重地用炮对准我的两眼之间开火。

我立刻装死躺到地毯上，不过他没笑。

没有开灯，逝去的夕阳让房间显得昏暗，我就由着光线暗着。

我给那孩子脱掉衣服，洗个澡，擦干他的身子，穿上我从他的箱子里找出的一件色彩缤纷的可笑睡衣。我给他梳了头，然后去厨房准备晚餐。我给他煮了一个嫩蛋，热了一些牛奶，冲了一杯热巧克力，切了几片薄薄的面包片和番茄，把它们码得整整齐齐的，看上去清爽可口。

他一粒面包屑也没吃，只是把它们弄乱。他把蛋泼到番茄上，面包在热巧克力里蘸了蘸，然后把它撕成碎片，都扔到地上。

没有对他发火，我平静地把一切扔进垃圾桶，打扫干净了本来是他的晚餐。他要喝水，我给了他牛奶。但是他坚持要喝水。他缓慢而不停地喝了三整杯水，拒绝了我给他的巧克力。他变得不好对付、沉默和执拗。

我在我的大床上给他铺了一个小床，拿了条干净的床单铺在橡皮床单上面，然后弄平。我的大枕头放到床头。与此同时，他在地上爬着，笨拙地开着小坦克，朝房间里一切可见之物射击。最后他终于玩厌了坦克，扔掉它，跑到阳台上，自己把椅子推到栏杆边，爬上去，想把世界看得更清楚。

我安静地走到他背后。他没有回头，继续站着，半个身子伸出栏杆，贪婪地看着在终点站汇集的汽车。司机们也让他激动，他们聊着天，有时踢一脚圆滚滚的大轮胎。他的脖子伸得长长的，越过栏杆，眼神如饥似渴。这不奇怪，因为他是从加利利偏僻的基布兹流落到这儿的。虽然耶路撒冷是个安静的城市，暮色中总会夹杂着一些小小的喧闹和忙碌。

我双手抓住他的睡袍，现在他已经有点太忘形了，好像渴望依偎那些熄灭又重新启动的引擎，拥抱那最后一抹灰色中的方向盘，这个时候上下车的乘客已经极少了。

可以安静而小心地把那孩子扔到昏暗的街道上。他们没有付钱让我照看他，我毋需对他负责。

只是一滴暗黑色的东西落到了耶尔在我门前种的灌木丛树叶上，然后是第二滴，第三滴，落在同一片叶子上。黑色的斑点。我朝前俯身，看到血从那孩子的鼻孔滴出。

天空最后一抹晚霞。

小雅利用手擦掉血，他看都没看染上血迹的手指，因为下面车站里的公交车已经打开了昏暗的车灯，他激动起来。

"不要。"我突然低低地说道，飞快把他抱离椅子，摸着黑回到房间。

我很吃惊他没有反抗；他的身体那么烫，疲乏，恐怕已经在梦游了。

我小心把他放到床上，用那条小毛巾擦掉血（血突然止住了），用毯子盖住他，把椅子放在床边以防他滚下来。

然后我关上阳台的门，放下百叶窗，拉上窗帘。

看上去我毋需讲床头故事了。

孤　独

现在，我的孤独无疑远远大于他的。

一声门铃

门铃突然响了，声音很大，时间也很长，来势汹汹。我惊得呆住了。公寓内黑成一团。我在心里想：泽埃夫来看他儿子了。我悄无声息地溜进厨房。

静寂。

又一声长长的门铃，紧接着是两下短的。我想：太好了。让他们破门而入，我绝不会挪一下脚。黑暗中我在饭桌边坐下，静静地往一片面包上滴了一些蜂蜜，咀嚼起来。

半分钟过去了，又传来一声门铃，绝望地拖着长腔。我深陷进椅子里，牙缝里塞着甜甜的面包屑。又一声门铃，如此锲而不舍，再一声。我的拜访者下了楼梯（他的凉鞋声），又回来，想留张条子（纸张的窸窣声），更多的门铃声。他撕碎了纸条。

接下来是一阵长长的沉默。

敲门声突然变得轻起来，一下，又一下。绝望的最后一试。两脚模模糊糊的摩擦声，然后陷入真正的沉默。

我以为他已经走了。等了好一阵子后，我走到门边，小心翼翼地打开门，看他是否留了条。我看到的是兹维，他弯腰坐在楼梯上，修长优雅的双腿插进栏杆，两手抱着他那亚麻色的脑袋。

意识到门开了，他伸直长长的四肢，捡起身边的一只纸盒，眼镜在月光中闪烁。

"是你吗？"我低声问道。

"耶尔在吗？"他问。

兹　维

兹维也是自然之友的成员。他的身份标识是卡其布短裤、旧凉鞋和如同被金色阳光覆盖着的毛茸茸的大腿。他爱耶尔，对她怀有一种百折不挠的爱情。我不知道他在她身上看到了什么，但是很高兴有人这么爱她。我有一种感觉，在过去的某个时候，在我出现在耶尔的生活中以前，他跟她睡过一两次，对她的渴望从那以后就充满了他的心灵。

他是一名动物学家，口袋里总是装着从耶路撒冷的高速公路或其他什么小路上捡来的毒虫。一次，他让我给他照看两只毒蝎，它们在玻璃瓶里昂首阔步地折腾了两个星期后才死掉。他可以用灵活的手指徒手逮住蜘蛛而不挤压到它们。小蚱蜢在他的手掌心里打盹。他对每一个活物都有惊人的爱和怜悯心。他甚至爱蛇。

我对他很是喜爱。

他是个很有天分的家伙，在大学里拿奖学金，而且还有津贴。跟大多数自然之友不同，他不怕数学。有一次，他瞟了一眼我的论文，后来有些害羞地建议我砍掉演示的十个步骤。

我真的对他非常喜爱。

我可以跟他讨论很多话题，太阳的终极大爆炸、光的能量、时间不可捉摸的相对性。他懂得的东西非常多，就算是他不熟悉的话题，他也能很快理解。他呢，给我讲了很多虫子的趣闻轶事。不过，他的视力不太好，虽然目光很清澈，却几乎是个瞎子。戴的双镜片眼镜对他严重受损的视力几乎毫无帮助。当耶尔和我跟他去电影院时，我们必须坐在前排，即使这样，他还是会把脖子伸得老长。

有时候我偷走他的眼镜，放到一边，然后问他：你现在看到什么？他说：一个污点。世界在他眼里不过是一个污点。耶尔和我大笑。

如此真实的一个朋友。

我不知道他是否喜欢我。他避不开我却是真的，因为他总是跟着耶尔，如影随形，心里还存着幻想。有时候，我们仨会在我的房间里度过整整一晚，聊到很晚。耶尔总是很疲倦，她起得早。她打着呵欠，不管我同不同意，坚持要在我那儿过夜，在我仅有的床上睡觉。兹维倒在我的扶手椅上，宣称他也要留下。把他扔出去几乎不可能。上床睡觉啊，你，上床去，他会说，我就睡在这儿。

我别无选择。

我们熄掉公寓里所有的灯，从兹维的眼睛上移掉他的眼镜，藏到抽屉里。耶尔脱掉衣服，钻到我的床上。

有时候我们倒头就睡，不过，更多的时候我们不会放过彼此。兹维触手可及，安静地躺在扶椅里，黑暗抚摸他的脸，他与一个盲人无异。到早上，他已经离去，我们甚至不知道他是什么时候走的。我们睡在皱巴巴的床上萎靡不振，眼皮重得抬不起来，闹不懂他是怎么找到他的眼镜的。

蛇

虽然我明白无误地告诉他耶尔不在，兹维还是设法钻进了我的公寓。他高高瘦瘦，四肢细长，胳膊下夹着一只硬纸盒子。他在黑暗中穿过走廊，摸不着房门，碰倒了椅子。我不得不给他引路——假如我不想把孩子弄醒和把公寓弄个底朝天的话。我推他进入小厨房，跟他紧挨着面对面地站着。

"耶尔在哪儿？"他又问。

"她出门了，出外旅行去了。我不是已经告诉过你了吗？"

他低下头。

"她什么时候回来？"

"谁知道。反正今晚回不来。"

他摘下眼镜，飞快地擦了擦，然后戴回去。

"你一个人在黑暗中待着？怎么回事？电线短路了吗？我马上就给你修好……"

"不是那么回事。"我简短地说。

"有人在你这儿吗？"他压低声音。

"有人？"我反问道。

"我以为……"他喃喃地说，沉默了。

我不想接他的话茬，不然他会找借口赖在我这儿过夜。现在我只想一个人待着。他继续沉默着，知道自己该走，但是不想走，或者说没法让自己离开。他伤心地咬住下嘴唇，然后伸出指甲长长的手，把桌上的面包屑聚在一起，小心翼翼地放进口里。

我恼怒地瞪了他一眼。

不过他一点也没有注意到我的恼怒。他梦游般地四下窥视，想找到一片面包。

"你有没有……也许你可以给我一片面包。"

我还是没有开灯。窗口射进的月光对我来说已经够了。

我给他切了一块面包，倒了一点蜂蜜在上面。我把纸盒（显然是空的）推到一边，把面包片放在他的面前。他慢慢地坐到椅子上，不好意思但非常礼貌地拿起那片面包，举到轮廓模糊的嘴边。我走过去，看着他。

他说："今天的气温真是高得不得了，呃？"

然后咬了一小口面包：

"不过白天正在变短。"

嘴塞得满满的：

"最后的高温了。瞧我说得对不对。"

咽下面包：

"鸟儿已经南飞了。"

轻轻地：

"知道吗，多夫？我还挺喜欢你这样黑着灯。"

我还是一言不发。

"哦，对了，小心那个盒子。里面有条蛇。"

我退后一步。

一条蛇在黑暗中蜷缩在我们中间。我瞟了盒子一眼，轻轻地碰了它。没错，里面有什么东西在窸窸窣窣地移动。

"没毒吧？"

"有，是条小毒蛇。"

他立即将所有的故事托盘倒出。

他是在离我家不远的山坡上发现它的。当时它蜷缩在一条小路上，沉睡不醒。它一定失去了父母。整个故事也就发生在半个小时以前。兹维悄悄地接近它，如同一位专家——这不是他第一次逮到小毒蛇。事实上，他本来可以就让它那么蟠曲在荆棘上，只是实验室的两个小姑娘恳求他给她们抓一条。

虽然他悄无声息地接近它，他还是错过了。原因在于他的眼睛，他的视网膜出了问题。他那天下午去看了他的医生，医生让他后天就做急诊手术。这就是他为什么来找耶尔，他想跟她说声再见。他得在床上躺一个月，眼睛上还要打着绷带。

他对耶尔动人且锲而不舍的爱！

蛇已经醒了，滑下小路，停下。兹维开始追它，又一次失手。天空还残留些霞光。蛇又开始移动，把身子缠在光秃秃的岩石上。兹维抓住了它的尾巴，它想叮兹维一口但是失败了。听着，它确实是条毒蛇，还有他在找盒子上花的时间。亲爱的上帝，更别提他那正在模糊的视力……

我还是没有开灯。

卧室里传来一声宛若游丝的叹息。

兹维跳起来。

"耶尔……"

我给他讲了那孩子——

（对，他确实知道一点我的旧爱的故事。）

他想看那孩子一眼——

他突然变得迫切起来——

我带他走进卧室，里面的空气令人窒息。我拉开窗帘，打开百叶窗。那孩子躺在床上，呼吸沉重。月光如水，泻到他的小脸上，照亮枕边的小坦克，抚摸他毫无戒备伸展开的小手。兹维俯身去审视那个小身体。他专注地看着它，好像它是滑梯上的一只小虫。

最后他终于直起身，一动不动地，下巴扬得很高。

我承认：

"对，那孩子是有点病了。"

然后：

"老天才知道他得的什么病。"

我轻轻地抓住兹维的胳膊。

"也许我应该给他量个体温。"

兹维还是沉默着。我拿出体温表，轻轻地插在那孩子的胳肢窝里。五分钟后我抽出体温表，把兹维推出房间，带上门，回到厨房。

一百零三华氏度 ①。

_____

① 约为三十九摄氏度。

我的兴奋溢于言表。

兹维出乎意料地说：

"不太糟糕。小孩子的体温可以升得很快。"

我以前听过类似的话。

我坐了下来。

对兹维笑了笑。他也回报我以微笑，在我对面坐下。现在他的脸色亮起来，意识到我不会把他扔出去了。

我们忘了那孩子的存在。

我们在饭桌旁坐下。我点燃一根烟（兹维自然不抽烟），完全清醒过来，听兹维讲一些蛇的趣闻轶事。

第二次铃响

十点半的时候，邻居接到一个打给我的电话。

我那不太年轻的两个邻居已经上床了。他们把电话放在卧室里，所以不得不起床，离开房间。她裹着睡袍，避到厨房里；他身穿条纹睡衣，像一头豹子一样在门厅里徘徊着。我走进他们的卧房，带上门，挤到两张皱巴巴的床之间。

邻居对我示好是因为我在他们想看电影的时候，帮他们看了好几夜小孩。

我拿起电话，听到她略带沙哑的嗓音。

"是多夫吗？"

（激动起来）"是我。哈娅？"

"还活着吗？"（我不语，心里一惊。）

（然后轻声地）"你说谁？"

"当然是你。"

"当然。"

"小雅利呢？还听话吗？"

"是个好孩子。跟小英雄一样坚强。不过他一点东西都没吃。"

"不要管他。"

"我已经给他洗了澡。他现在睡觉了。我们去了动物园，然后又去了游泳池……"

我开始描述细节，她听不进，对那些琐事毫不在意。

"难道你不觉得乏味吗？"她突然发话。

"没有啊，一点儿也不会。当然跟他在一起也是一种考试。一个人必须……"

"一种考试？"

"也不是，当我没说吧。（一阵沉默）顺便说一句，这一整天他一次也没有提到你们。"

"显然，他确信我们已经永远走丢了。"

她大笑，我也笑了，然后沉默。

"图书馆如何？"

"非常奇怪。我们很长时间没有这么看书了。本来打算过去看看你们俩，可是泽埃夫拼命用功。考试烧昏了他的头。现在已经过了十点了，我们才刚刚离开阅览室。我们是最后离开的几个人。"

"对耶路撒冷感觉如何？"

"很奇怪，这座城市的学术氛围如此浓厚！"

"你在这儿是没法赤脚走路的。"

她笑了，然后是沉默。

（耳语一般）"你知道吗？那孩子长得像你。所有的特征。我今天早上看见他的时候就受到触动……"

她沉默。

"你听见我了吗？"

"嗯。"

她微微后仰的脸。她的脚。那对美丽深凹的眼睛。她想中断这次电话交谈。两个邻居在过道里等着回到他们的床上。从窗口可以望到天上的繁星。楼上发烧的孩子。我那招人嫌的天分，为了不失去她，把跟她的谈话无休止地拖长。问一些莫名其妙的问题令她困惑不解。邻居最后终于忍不住冲进房间，在我身边绝望地走来走去。电话不得不中断。

深夜漫步

我没有回公寓，而是出门上了小山坡。我穿过一堆建筑材料，爬上一个沙堆，在一个石灰坑边转了几圈，然后登上一条陡峭的小路，一直走到一片杂乱无章地停放着拖拉机和推土机的空地，一个静止的杂乱画面。我发现自己已经站在耶路撒冷博物馆的脚手架前。

我是看不见的建筑师，是耶路撒冷博物馆的晚间建筑师。几乎每天晚上，我都来这儿检查，察看工程进度。

我不得不遗憾地承认：工程进度非常缓慢。

我飞快地爬上一台大起重机的梯子，脚步踩着铁踏板急速上行。我灵活地荡进技工舱里，滑到座位上。

我晚上的岗位，就是面对耶路撒冷。

大学里的一束束灯光，漆黑阴沉的国家会议中心。山坡上的一排排政府办公大楼看上去随时有着滑下斜坡和滑到路上的冲动。耶路撒冷的房屋散落在小山上，一栋一栋地从视线中退隐。我住的街区尼维-哈日姆也在沉睡。所有的房子都没有灯光，我的也被黑暗覆盖，卧室的窗子、过道的窗子以及兹维坐着和沉思着的厨房的窗子。

博物馆的夜班警卫牵着他瘦小、长着罗圈腿的狗穿过空地。他们停顿了片刻，警卫大声打着哈欠。他想没想过在夜晚的这个时辰，有人正高踞于他的头顶悄无声息地观察他？

月光让微风如诗一般吟唱。

我感到无聊起来——

我试图找出哈娅和泽埃夫的准确居所。根据街灯的指引，缓慢而全面地在脑海里再构他们居住的小区。我发现的是黑暗。也许他们已经上床了。假如知道他们的孩子发着高烧，他们是不会睡得如此安心放肆的。

这是那些基布兹人的一个坏习惯——把孩子扔给他人，自己心安理得地呼呼大睡。

一百零三度。他不会死。几百年前的孩子们能做的，小雅利也能做到。自己挺过去。我，不是医生。

挂在耶路撒冷上空的这个愚蠢的月亮，如同一块黄色的石头。它涨满了天空，向我游来，用甜蜜的忧伤包围了我。

最后瞟一眼我的公寓，突然发现整个房间灯火通明，窗子大开。

兹维疯了吗？

我飞快地滑下梯子，溜过正在一台拖拉机旁打瞌睡的夜警，瞥一眼他的狗，它正吃惊地盯着我。

我继续下山，全速跑完小路，飞奔上楼，冲进门。

没错，公寓沐浴在灯光之中，兹维正跪在地板上。

虽然灯火通明，那孩子仍在沉睡之中。

他只是翻了个身，把毯子踢到地上。他的呼吸现在伴随着一种呼哧呼哧的鼾声，遍布着整个房间。

老天！发生了什么事？我用最后的耐心，俯身打量兹维。

那条蛇逃掉了。

逃　脱

兹维脸色苍白地站在我面前，好像一个判了死刑的囚犯。

在无聊和孤独之中，在我强加给他的黑暗中，他开始玩弄纸盒。他朝盒子里窥探，想看看他捡来的蛇是否碰巧属于一个稀有品种。他不无失望地发现它只是一条普通的毒蛇，蜷缩在监狱号子的一角。由于他微弱的视力，他没有把盒子关好。他把它推到一边，结果听到一阵窸窣声，那条蛇就在他眼皮下爬出了厨房。

现在他正在找它——

我们俩都在找它——

像我住的这么一个小公寓该有多少个旮旮旯旯啊！

我们的搜寻一直持续到午夜，不过是白费力气。我甚至还叫醒了小雅利，把睡眼惺忪、全身滚烫的他抱在怀里，好让兹维细细地搜床。

我的腿屈服了。

不管怎么说，这条蛇可能已经从其中一个窗口逃走了。

兹维继续搜寻，用他那衰退的视力，他那可能会失明的双眼。

我在沙发上打着瞌睡——当然是在上千遍地检查以后。

让人惊讶的是，灯光和喧闹都没有吵醒小雅利。他终于醒过来要求喝水，则是因为高烧。（我又给他量了体温：现在比一百零三度高了一点。）

两点钟的时候，我说见鬼去吧，就上床睡到了那孩子的身边。

兹维也睡着了。

我把所有的灯都开着。

梦

我做了一个梦，梦见一片明晃晃的田野，细雨像蒸汽一样弥漫着地面。我穿着工作服，沿着翻开的犁沟笔直地走。一辆老旧拖拉机在我身边突突地开，驾驶座上坐的是穿肮脏羊皮大衣的阿里耶。

拖拉机缓慢地颠簸着。

"你回到基布兹了？"阿里耶吼叫道，想让我在隆隆的引擎声中听见他的声音。

"对。"

"为什么？大学混不下去了？"

"你什么意思？"我愤愤地说，"我回来是要写完我的论文。在城里找不到片刻安宁。我的家现在已经变成了家庭旅馆。"

他没有回答，而是弯腰去看拖拉机的轮子，身上的湿大衣在炫目的光亮中晶光闪烁。

朝阳令人惊奇地把整个田野笼罩在光亮之中。前方的太阳指引着我们的进程。

"自从哈娅死后……"我低声地自言自语，心中充满了忧伤。

"是啊，可怜的小雅利。"他大声说道。

"但我还是不明白他们为什么非要把他塞给我。为什么他们让我做他的法定监护人。我只同意带他三天，现在我已经带了三个月了。好像我是他的保姆一样。"

阿里耶没有回答，也许没有听见我。

田野里犁沟遍布。拖拉机如深海航船一样上下颠簸。荆棘从犁沟里长出，毛多、汁厚，花儿凌空怒放，奇异的灰叶缀满枝桠。

我对阿里耶说："现在又是什么？他们下令停止耕耘基布兹周边的这些泥土了吗？"

"现在我们种荆棘了。"

"种荆棘？"

"对呀。乡亲们对荆棘兴趣日增。难道你没听说吗？他们在后院种荆棘，然后插在花瓶里。"

我停下来，在犁沟里的行走让我有些疲倦了。我心不在焉地弯下腰，仔细地打量其中的一株荆棘，想知道耶尔是否研究过这个品种。拖拉机也停下来。阿里耶从座位里滑下来，熄了引擎，也过来看。

如此突如其来的安静，除了雨雾的耳语以外什么也没有。

我结结巴巴地说："我对荆棘略知一二。我有过一个女朋友，她专门研究这个……"

现在阿里耶开始对荆棘注意起来，他突然摘下一根短树枝，把它插在闪烁着细小雨珠的灰色叶子中。他用短树枝捣碎树叶，黄色的树液便从伤口中渗出。紧接着，树叶开始颤抖，植物惊惶不安，有什么东西搅动了太阳。

我跳起来。

"一条蛇！小心！"

阿里耶一棍就砸烂了蛇头。他用树枝挑起蛇扭曲的尸体，对着太阳看起来。

"一条毒蛇。"他平静地说。然后，看也不看我，就把血迹斑斑的蛇朝我的衣服扔过来，大笑道："那又怎么样呢？它已经死了，不是吗？"

清　晨

我终于醒了过来，睁开眼睛。一阵热浪，天气热得让人无法忍受。房间里面凌乱不堪，窗子大开，惨白的灯光唤起我咋夜的记忆。小雅利穿着洗得开始磨损的睡衣，坐在地毯上一个人玩得很起劲。他把所有的拖拉机排成一线，时不时地把它们往前推动一两英寸。坦克打头阵，上面的炮直接对准拖拉机。本来是防卫，现在改成了威胁。

我从床上跳下来，俯身打量他的拖拉机队列，一声不吭。他低下头，脸有些浮肿，眼睛眯了起来，眼皮发肿，眼角堆积了一些淡黄色的眼屎。我用嘴唇碰了碰他的额头，毫无疑问，他仍在发烧。我叫他张开嘴。

喉咙红肿。

我问他饿不饿。

他摇摇头。

"起码吃一个煎蛋和一片面包吧？"

他还是摇头。

"身上有没有什么地方疼？"

没有回应。

"你的喉咙不疼吗？"

还是没有反应。

"小雅利!"

他抬起眼睛。

他双眼紧眯,看上去像一个小刺猬。可笑的睡衣暴露了他的粉色小腿。

我说:"如果我把你的行为说给哈娅和泽埃夫听,他们不会接你回去的。那我们拿你怎么办呢?只能把你丢在街上,跟那些街头的野孩子一起。"

我已经在他的沉默上火上浇油。我的话似乎对他丝毫不起作用。街上唬不住他,因为他渴望跟别的孩子一起玩。他咬住嘴唇。

"至少喝一杯饮料。"

没有反应。

"我去给你倒一杯牛奶。"

"不要!"

终于吐出了一个字。

"那你要喝什么?"

"水。"他低声说道。

我发火了。我已经尽了我的职责,不是吗?我狠狠地瞪了他一眼,命令他回到床上去。

他默默地服从了我的命令,离开他的拖拉机队,爬回到床上,用毯子把自己包好。

床上散发出尿和汗臭的味道,床单上暗黑色的血迹随处可见。

我端来一杯水,远远地递给他。

他坐起来,接过杯子,用一只手抓住杯子,大口喝起来。水滴到他的睡衣上,滴到床上和地板上。我的卧室简直变成了一个狗熊窝。衣服撒满一地，椅子东翻西倒，玩具堆在地上，踩在脚下。地板上脏乱不堪，电灯仍然亮着。

至少灯要关掉……

这么高的温度。干燥的空气让我鼻孔发干。我在房间里走来走去，愤愤然，打着赤脚，穿很少的衣服。如果不是有孩子在身边，我会赤身裸体地四处走动的。

我应该叫醒兹维。

我打开厨房的门，发现他已经离开了。他一定是从阳台上的门出去的，然后从树上滑下，留下一团糟。他给自己做了早餐，往水池里添了一摞脏盘子。冰箱门大开。他给我留了一张条，写在水池边的大理石板上："抱歉把你的家弄得乱七八糟。去健康保险办公室办事去了。蛇还是没找到，估计是从大开的窗子里溜走了。如果耶尔回来，告诉她别忘了我。让她来看我。我可能今晚再去你那儿一趟，看她回来没有。"

我想不通他是怎么从我眼皮底下消失的。

我摸了摸剩下的面包。从发干的表面判断，他一定是在黎明时分离开的。

第三次铃响

楼下的女人叫我听电话。

我走进一个明亮、纤尘不染的公寓，走进闻起来一股爽身粉和香水味的卧室。他们的婴儿一身纯白，从婴儿车的遮蓬下很严肃地向我行注目礼，看上去如同一名大主教。

我拿起话筒。

"喂？"

"是多夫吗？"

"是我，你好，泽埃夫。"

"你昨晚怎么样？"

"还好。"

"小雅利在哪儿？"

"在楼上，正在玩他的玩具。"

"他怎么样？"

"不错，跟个小英雄似的。"

"没为找不到我们哭？"

"没有没有。你怎么会这么想呢？你想跟他说话吗？"

"假如不是太麻烦的话。"

"当然不。"

我放下话筒，严厉地瞪了一眼正在观察我一举一动的婴儿，心里有些紧张。我轻轻地离开他们的公寓，爬上楼梯，从床上抱起小雅利。他还是老样子，全身发烫，昏昏欲睡。我把他抱下楼。

"你爸爸想跟你说话。"

他抬起疲倦的眼睛看了看我的脸，抱在手中觉得很沉。我用一只手抱着他，另一只手拿起话筒，放在他的小耳朵旁。

"现在你可以跟你爸爸说话了。"我说。

小雅利听着，然后拖着长腔叫道："泽——埃——夫。"

然后就安静了。

另一端的父亲对着沉默喃喃而语。我一个字也听不懂，怀疑小雅利能听懂多少，不过他仍然听着，眼睫毛耷拉到眼睛上。显然他们在问他话，他们不在身边的时候他过得如何，做了些什么，是否听话，等等。小雅利一声不吭。他父亲的咕噜开始变得烦躁起来。他反复问同样的问题，然后小雅利用一种令人好奇的淡漠说道："好。"

过了一会儿他又轻轻地说："好吧。"

然后把话筒从耳边移开。

我相信他发声困难。他的喉咙发炎，堵住了，要不然他会向他远方的父亲喊叫，要他来救他。

我接过还在晃荡着的话筒，那孩子还在我的胳膊里。

"不是一个喜欢说话的孩子，不是吗？"我笑道。

"不是……一点也不，"一声担心紧张的干笑，"你一定对孩子有一套。如此平静而有自制力，小雅利……"

"你们呢？你们怎么样？挑灯夜战得如何？"

"一摞一摞的书。我们肯定通不过的。哈娅还不错，这个时候还能保持镇静，我是早就不抱希望了。"

我试着说些安慰话鼓励他。

"你们如果太忙的话，就不必麻烦打电话来了。"

那男人有些困惑。

"感到不安的应该是我们啊，这么剥削你，把他抛弃……"

"你管这叫'抛弃'吗？"我平静地回答。

"噢，不是，我不是这个意思……我们对你非常感激。明天考试一结束，我们就会过来接他。"

"不用，那倒不需要。我可以自己带他过去。"

（明天晚上我就可以一个人在耶路撒冷山间漫步了。我会走向他们，对他们说：孩子不存在了。）

"谢谢，多夫，真的非常感谢。"

小雅利在我的胳膊里睡着了。我把话筒放回去，安静地离开房间，冲那个大主教一般的婴儿笑笑。婴儿很惊讶，然后毫无来由地尖哭起来。

母亲跑进来，折起斗篷，抱起婴儿，紧贴胸口抱着。我们面对面站在那儿，各自怀里抱着一个婴儿。

我低声说："谢谢你。"

她点点头，用探询的眼光看着我怀里的婴儿。显然，她渴望知道一些那孩子的信息。

就那么站着，我对她讲了他的父母，他们的考试和他的病。

"你告诉他的父母了吗？"

"没有。"

"你做得对。没必要让他们担心。你要一些药吗？"

"不用，谢谢。我家里还有一抽屉药，我是不会错过除掉它们的机会的。"

她轻笑了。怀里的婴儿又开始尖叫起来。我离开了她的公寓，慢慢地爬上楼。

昏暗的公寓

这突如其来的安宁来自何方？

我下决心跟高温一战。我把公寓弄得密不透风，关上百叶扇和门窗，让光线变暗，塞住门窗的缝隙。我推测到现在那条毒蛇一定离开了。我把所有的拖拉机、耕犁和奇形怪状的农民收在一起，扔在一个角落里，让昏暗显得有些秩序。然后我打开桌灯，摊开论文，试图集中注意力。

但是我能做什么呢？逻辑上的矛盾暴露在我眼前，清清楚楚，明白无误。

我绝望地咬着我的指甲，有种想哭的冲动。然后我把所有的纸张从桌上扫掉，脱掉衬衣和背心，在面前放一些空白纸，裸着上身，汗流浃背地开始给学生出考题。

我习惯于每周给学生一次考试，现在已经在为即将来临的学期做准备了。

我出得很快。首先我写下答案，然后才配以问题与练习。我的学生得焦虑多少小时，咬掉多少铅笔头才能解出这些我在昏暗的灯光下，伴随着孩子粗杂的呼吸声大笔挥就的考题？

正午的时候，一阵愤怒的饥饿将我的胃刺痛。我去冰箱看看还剩下什么可吃的，结果发现里面空空如也。我穿上衬衣，拎起篮子，看了一眼把头埋在枕头里沉睡的小雅利，出门走进毒辣的金色阳光里。灼烈的热浪在我眼前舞蹈。

公寓楼不远处，覆盖山坡的荆棘一动不动，仿佛冻结在它们自身的丑陋之中。

一次我告诉耶尔："要是你只挖我门前的这些荆棘，研究它们……"

她神情严肃地回答我："它们有什么可研究的？不过是些普通的叙利亚荆棘。"

然而，因为它们的普通，因为它们布满每条小路，我在去食品杂货店的路上两腿给划得伤痕累累。

街上了无生机。男人们上班，女人和孩子们躲着高温。猫卧在台阶上，看上去好像中了毒似的无精打采。

关于我手上有一个病孩子的消息已经传到杂货店这么远的地方了。

"这样好心的一个人，"看店的女人说，"我们何时有幸能看到你自己的孩子呢？"

我买了五瓶果汁、一些牛奶、面包和蜂蜜，然后就离开了。

外面完全是一片荒原，连猫都无影无踪了。我再次穿过房屋，走在长满荆棘的小路上。太阳现在变成一团模糊的光晕，一阵热浪从闷热的山野吹过来。

我拖着脚在小路上走的时候，有一刻感觉到一丝微风，不知来自何方的耶路撒冷微风，吹皱了我的衬衣，轻拂我的眉毛。

我立刻如同脚下生根似的站在原地，一动不动，直到微风吹过才离开。

我走进昏暗的公寓，给自己准备了午餐，消消停停地喝着饮料，空虚的思绪钻进我的脑袋。我起身看了看小雅利，他的小手把那块快要滑落的毯子攥得紧紧的。

要是我知道他得的是什么病就好了。那样我就知道该怎么下手了。可是我一点线索也没有。他的病并不严重，只是小孩子得的那种难以捉摸的病。

不管怎么说，我必须等待……

我叫醒他，引他那充满抵触情绪的小身体去卫生间。他在抽水马桶前站了好一阵子才射出一点尿，然后又回到床上。我强喂了他一小勺蜂蜜，给他盖好毯子。

当我看到他那烧得发烫的脸时——如同她一般轮廓、光滑的脸，我的心一阵狂跳，好像又陷入爱河。我在燠热的房间来回走着，动作轻缓，心却剧烈地跳着。我脱掉一股酸臭味的衣服，往杯子里加满冰块，拖了一把大扶椅到床边，找了一本垃圾小说，然后坐下来。我偶尔瞟一眼书上的印刷字体，时不时地啜一口杯中正在融化的冰水。

只要他一醒来我就问："小雅利，要不要喝点凉水？"

然后我轻轻地把冰凉的杯子送到他的嘴边。

假如白日的强光穿透百叶窗的缝隙，用数把小匕首在我眼前喧闹起舞，黑暗中的我随时准备让步报告，无论是最糟糕的情况还是通过电话传来的请求。

一个假想的电话

"什么事？"

"你好，多夫。情况怎么样？我们到底还是找到一点儿时间给你打电话。"

"情况很不好。"

"怎么回事？你开始烦了吗？"

"不是，更糟。孩子病了。"

"孩子？病了？不可能。他怎么病的？为什么你不告诉我们？"

"我不想打扰你们。"

"你什么意思？他得了什么病？"

"你把一个生病的孩子扔给了我。他来的时候就病了。你没有提醒我。我不习惯带孩子，毕竟……我不是他的父亲。他好像得了白喉或者其他……"

"白喉？多夫，这不可能。医生一定弄错了。为什么你不给我们打电话？"

"事情发生得很突然。我想的是孩子，不是你们。而且，我得尽快带他去医院。"

"医院？多夫，他在医院里？这一切到底是怎么回事？发生了什么？这太可怕了。为什么你不对我们说点什么？要是我们不打电话……"

"但是我正打算去找你们。"

"多夫，你疯了吗？他是我们的孩子……我们一直都在这儿。"

"我本来以为他的病不严重。我以为是感冒或别的什么小病。我不想影响你们的学习。"

"不影响我们的学习？多夫，你怎么可以说这样的话？他是我们的儿子！他现在在在哪儿？"

"但是他不在……他已经……难道你还不明白……他走了……"

"走了？怎么走的？怎么走的，多夫？多夫……"

"他……我现在非常悲痛。"

"走了……多夫，多夫！"（那一声一声的恳求，对我的名字的不断呼唤，好像我是上帝。）"以上帝的名义……多夫，你是什么意思？多夫……多夫……什么……到底发生了什么？这怎么可能？"

半小时以后……

冲进医院，攻击护士、医生。

面对面的相见。

她那惊人的、伤心欲绝的美丽。

他们瘫倒在我的脚下，我匍匐在他们脚下，互相抱着。医院的大扇窗户对风大开。本应是安静而和平的耶路撒冷，见证了发生的一切。

他们再不愿让我离开，永远不会对我放手，这真是奇迹。他们会死死黏上我，簇拥着我，好像他们的孩子就在我身体里，好像他们的孩子就是我的一部分。

把我当成他们的孩子。

因为爱，我绝望地想要得到的爱。

决堤的眼泪

那孩子喃喃地说了什么，醒过来。他从床上坐起来，揉了揉发红的眼睛，又舔了舔干燥的嘴唇。床单给汗浸湿了，房间里漂浮着一股淡淡的尿骚味。白日开始淡出。突然他哭了一声，停下，积攒了一些力量，站在床上，开始认真地哭起来。他的哭泣来自心底，伤心欲绝。他要他的父亲和母亲。现在他两个都记起来了。他的脸浮肿，眼睛脏兮兮的，嗓子完全嘶哑了。

他在昏暗中哭喊着。

他把我给他买的坦克猛扔到地上，炮也散了架。他下了床，赤脚在房间里走来走去，全身燥热，流着泪。他踢着拖拉机，要他的母亲，除了母亲谁也不要。妈咪在哪儿？他拒绝让我碰他；我一碰他他就尖叫。他的眼泪如泉水般地涌出，没完没了，好像天底下的悲惨都聚集到他身上来了。他全身上下疼，喉咙，小手指，就这根。（为什么他的小手指会先疼？）他要回基布兹。他要回家。他情绪激动，现在就要动身，他要把他的一切苦难和疼痛都带回家。他跑到前门，可是前门上了锁。他够不着锁，回到房间，看也不看我，用最后的力气把椅子向门拖去。然后他爬上椅子，开始捣鼓门把手。他想从这儿跑掉，直接跑回基布兹，就他现在这副模样，带着他的病、他的高烧和他滑稽可笑的睡衣。

当他意识到门锁上了以后，他爬下椅子，开始用赤脚丫子踢门。

而我，这幕悲剧的唯一见证人，深陷在椅子里，双手抱头，一动不动地听任他哭闹。我忧伤地坐在黑暗中，等那孩子平静下来，气力耗尽。我听着他的啜泣声最后变成了呜咽，看他回到床边，爬上床，用皱巴巴的毯子包好自己，睡意已经潜入他的啜泣。

然后我轻手轻脚地从椅子上起身，把房间里的秩序复原。我把椅子从门边移开，放回到本来的位置。我小心地把毯子给他掖好，他躺在那儿用安静的眼光看着我。我弯下腰，把撒了一地的拖拉机收拾好，拿起小坦克，甚至四处寻找那散架的炮筒，在床下也说不准。

黑暗中有什么东西在幽幽地泛着光。那光飞快地掠过我，穿过地毯，消失在衣柜后。

兹维的蛇。

还在这儿？

我立刻打开所有的窗子，还有门。最后的日光照在我身上，让我燃烧。一股热潮缓缓地充满整个房间。

兹维的再次造访

晚上十点，兹维出现了，偷偷地进了门，站到我身边我才看到他。他看上去很疲惫，憔悴不堪，肩膀耷拉着，手里拿着一扎皱巴巴的健康保险表。整整一天他都在办公室之间穿梭不息。我抢在他开口之前对他吼道："你的蛇……还在这儿……"他并不吃惊，相反，脸上露出了微笑，好像想起了什么可爱的小动物。我抓住他的衬衣，蛮力得几乎要把它撕碎。我愤怒地给他讲了一通大道理，毫不闪烁其词。我说到他的自私，他那让我发疯的安详。他在医院里休养的时候，我的公寓却任由一条蛇横行霸道。因为我不可能找到它，我甚至压根儿就不会去找它。他和耶尔把我的公寓变成了考察场，一个用荆棘，一个用蛇。假如他们热爱自然，他们大可以到属于自然的地方去爱它，比如野外。我抱怨我的毕业论文由于找不到安静的时光而停滞不前。它现在就躺在地板上任由他们践踏。我搬到这个安静的住区，择荒山为邻，他们却把它当作一个中转站。每位过客都不嫌麻烦地给我留下一点什么：一根荆棘，一只蚱蜢，一个孩子，一条蛇或其他什么小动物……兹维一直不吭声，担心我把他的衬衣扯下来。当他注意到我快要发泄完毕的时候，他给了我一个伤心的微笑。他有些迟疑地保证立即给我找到那条小毒蛇。它只是想在冬季来临之际找一个舒服的角落，再说，它也没有那么危险。人们听到的所有关于蛇的可怕传说都不过是童话故事，蛇永远不会攻击人。只有当你踩着了它，或者试图捕捉它时，只有那时它才会抬起头咬你一口。而且它咬的伤口也不会致命。人们很久以前就发现了一种药液，他一直准备把那个配方写在一张纸上，如果他有一张的话。但这几天他一直到处跑，口袋里虽然有好几支笔，纸却是一片也没有。瞧，今天早上他就找不到纸，没办法，只好在大理石上给我留言。噢，对了，他在留言里问我看到耶尔了吗？他给她的实验室打了五次电话也没有找到她。她怎么还没回来？我难道就不担心吗？

突然间他哆嗦了一下。

我慢慢地松开他，手耷拉下去。我坐下来，抱起胳膊，无可救药地看了他一眼。

令人惊讶的是他对那孩子完全视而不见，好像他根本不存在。他走到床边，开始在床上搜索，如同床上空无一人，如同在搜寻一片森林。他所有的感官都被唤醒，绷紧。然而他的眼睛背叛了他。他看到什么东西了吗？他的视力能够区分不同形状的物体吗？

时不时地，他抬起他白皙、警觉的脸，盯着我，平静地说："别担心，我会找到它的。你就放心做你的事好了。你只管安安静静地写你的论文吧，我不会打搅你的。"

然后，他跟一个梦游者一样，把所有立着的东西翻了一个底朝天。

一个小时以后，我给他煮咖啡提神。我确定他一天没吃东西，给他切了几片面包，抹上蜂蜜。（"对。"他内疚地说，"我完全把吃饭这码事儿给忘了。"）他还没有闹明白这健康保险王国里的规则，觉得自己好像在丛林中跌跌撞撞了一整天。

我们又一次面对面坐在我的小厨房里，对着空空如也的咖啡杯。因为光线伤他的眼睛，我们就坐在黑暗中。他想引我谈话，激起我的兴趣，比如用通俗的词语解释明天他们会怎样给他的眼睛动手术。我完全清楚他没有精力，也没有兴趣去搜寻那条小蛇了。

他累了……

尽管喝了咖啡，他还是进入半睡眠状态，不过他保证马上会继续寻找那条小蛇，就算现在找不到，明天他也会在破晓时起床，抓住它。不过他不会杀了它。绝对不会，因为没有杀死它的任何必要。

只是我千万别忘了告诉耶尔他动手术的事。让她去医院看他。他必须告诉她……

他的瞌睡也传染了我。

公寓门窗大开，就连前门也半开着，准备接纳夜晚。然而空气还是沉滞着，纹丝不动。

月亮下去了，窗外露出狰狞的黑夜和凶猛的星星。苍白的大学建筑也终于在河道边入睡。

兹维迷失在沉默之中。他摘掉眼镜，用手指揉了揉眼睛，突然说道："热浪消失了。"

然后他又陷入沉默。

窗外，一缕高高在上的云。

我起身上了床。

第二个梦

又一个梦。没有女人。一个沉重、昏暗、纠缠不清的梦。好像是我主动带了两个班的学生，沿着边界，在耶路撒冷的大街小巷中徒步旅行。

他们悠闲、散漫地走着，在商店门口驻足不前，误闯别人家的门，在里弄小巷里迷路，越过边境线。等我抵达市中心的时候，身边只剩几个人了。

有一条河流经耶路撒冷。主干大道不见了，代替它的是一条河：碧绿、宽阔、缓缓流动的河，河岸上蔓草杂生。

河水大涨，我和剩下的几个学生沿着泥泞的河岸吃力地跋涉着，在高高的灯芯草中辨别前面的路。强烈的太阳光照耀着我们。

突然，走丢的学生们从对岸向我们招手、喊叫，所有迷失在小巷里弄的学生集合成了一个欢乐的人群，他们找到了正确的道路。

显然，走入歧途的是我。

他们继续喊叫。

跟我在一起的几个学生扯掉衣服，跳进水，朝河对岸游去。我一个人孤零零地留在岸上，胆怯彷徨。我一件一件褪掉身上的衣服，痛苦地脱掉鞋子。

他们——就是河对岸所有的学生——粗鲁地为我欢呼，嘲弄我。太阳开始落山，黑暗正在降临，河水在慢慢聚拢的阴影中变黑。

黎　明

已经是早上了吗？谁在这儿？公寓里为什么有这可怕的喧闹？厨房好像正在土崩瓦解，我脊椎发凉。兹维穿着内裤，消瘦、细长的身影在四处走动，用手势示意我：嘘！

黎明把窗子分割成一个一个的小格子。

那条小蛇盘着身子躺在过道里，非常警觉，小眼睛如同针头一样闪着光。时不时地，它抬起头，从一面墙蠕动到另一面墙。

我压低声音，怒不可遏地对兹维说："杀死它……该死的……你还在等什么？"

兹维对我完全藐视，压根儿就不听我。他紧张固执地致力于解决蛇的问题，堵住它的路，张开长长的双臂。但是最后一分钟蛇又溜掉了，飞快地从我脚边滑过，钻进房间，从一个墙壁爬到另一个墙壁。

兹维开始诅咒蛇。

我诅咒兹维。

兹维赤着脚，安静而轻巧地追逐着蛇。他弯着腰移动，半个瞎子，将两只胳膊朝蛇包围过去，抓住它的尾巴，把它拎起。但是蛇从他的指缝中溜掉，掉到他的瘦脚上，摇尾乞怜，舔了他的脚，然后下口。兹维反跳了一下，疼得龇牙咧嘴。在他无法控制的冲动下，他的后脚跟踩在那个小小的头颅上，把它踩个稀烂。

几滴血渗到地毯上。

在路上

兹维在发抖。

尽管知道死蛇射进他血管里的毒液成分是什么，他还是十分紧张。他脸上血色全无，俯身用手指检查被蛇咬的地方，自言自语地说："天哪，我做了什么？"他试着从浅浅的伤口挤出一些血，但是没有血，好像他的身体在清晨没有血流过。

"得赶紧上路……找一辆车……"

他边想边说，脸上开始冒汗。他弯腰察看小毒蛇的尸体，用手拨弄了一下它踩碎的头，然后起身，去厨房穿上裤子，把衬衣往肩上一甩，转身就走。他看到我时，眼睛因莫名的仇恨而眯起。

"你是可以逮住它的……你……它就从你身边爬过。"

他用一块手帕紧紧地系在脚踝的部位，防止毒液在体内循环。然后他起身，赤着脚向门摸索。

我沉默地看着他，完全虚脱了。我的眼睛疑惑地在洒满灰色晨光的窗户上游移，思绪还在昨夜的梦中逗留，沉迷于自身。

兹维一言不发地出了门。我跟他到前门，呼吸了一下外面的新鲜空气，然后心不在焉地回到厨房，给他的凉鞋绊了一下。我把它们拾起来，修长、穿烂了的凉鞋，给路磨得疲乏不堪。

这寂静的时刻，好像世上只有我一个人。

我终于清醒过来，穿着睡衣拖鞋就出了门。我抄近路穿过山丘，急急地追上那个在岩石间跛行的高个儿，碰了碰他的背。

"你的凉鞋……"

他就着最近的岩石坐下，把凉鞋扔到地上，试着把脚穿进去，但是失败了。他太虚弱了。

我在他面前跪下，拿起他赤着的脚，一只一只地穿进去，系上鞋带。健康保险文件从他的口袋里滑到地上，白花花的一片。我把它们收拢来，捡起递给他。

他什么也没说就上了路。我不知道他为什么有点儿跛，他的脚上除了两个红红的斑点和一处轻微的肿胀，我没看见别的什么。

一阵微风吹来，我颤抖了一下。一个男人穿着睡衣拖鞋在城中心的裸山随随便便地漫步，这种情况只有在耶路撒冷才能看到。

最后我们终于到了大路。

兹维立即伸展身体，躺到道路的坚硬表面上。他把手臂张得很开，头痛苦地向后弯曲着，躺在地上仰望天空。我走过去，在他身边站住，俯看他那在我脚边抽跳着的眼睛。一条山脉包围了我们。

这个时辰哪里会有什么鬼车在耶路撒冷游荡？

我问他感觉怎么样。

他说喉咙里开始感到恶心。

显然他越来越想吐。

他咬住嘴唇，上嘴唇沁出细小的汗珠。突然他闭上眼睛，坐起来，在闪烁着露珠的尘土路边呕吐起来。我能为他做什么呢？此时此刻，在这座死寂的城市？最近的公共电话也要一里路，而且还坏了。

我对他轻而坚定地说："兹维，你知道你是不会死的。"

他毫无反应。

博物馆阴沉沉地立在那儿，空洞的窗口呆呆地向我们张望。这玩意儿到底要花多长时间才能建成？

我按照兹维的请求解开手帕，再把它系紧。他的脚非常苍白，一点血色也没有。

突然，泪水从他的眼睛里涌出来，从那么清澈的眼睛里。

天哪，这是自然爱好者的行为么？

我在他身边蹲下，睡裤的线缝在尘土中拖曳。我觉得对他进行一番道德说教的时机成熟了："以后别再跟害虫蛇蝎混在一起了。"

他一声不吭，我的话他一个字也没听进，目光越过我好像我是空气，好像我根本不存在。不过他眼里的泪干了。他翻身趴在地上，身体抵住路面，手指抓着沥青耳语般地对自己说：

"……我已经好多年没跟女人睡过觉了……"

我目瞪口呆地站在那儿，看着这个把脸埋在地面的男人。我慢慢地直起身，假装什么也没听见，开始沿着路边走，祈求能看见一辆车。

终于，山那边远远地传来低沉的马达声。

我冲到路中间站定。

一辆军用货车向我们开过来。我像疯子一样拼命挥手，整个身子向它倾去。

货车吱的一声停下，几乎翻车。

司机从他的驾驶室跳下来，原来是一个小个子士兵，苍白，眼神忧郁，褪色的军装松松垮垮地罩在身上。

我告诉了他……

他专注地听我说话，热切地想做一个好撒马利亚人。

与此同时，兹维已经爬起来，吃力地爬进后车厢，平躺在地板上，头枕在两只手腕上。

小个子士兵满怀敬意地看着他。片刻的沉默。然后他跳上驾驶室，发动引擎，在我来不及对兹维说任何话以前，货车已经消失在公路的转弯处。

我拖着双脚穿过公路，上了土路。

耶路撒冷，无论是前方的还是身后的，又一次陷入沉默。

下　山

耶尔认为，我对自然缺乏感情，或许她是对的。自然的细微部分让我觉得乏味。我还来不及观察就已经路过了它，把它踩在了脚下。我没有悠闲的雅兴，觉得它毫无意义。这些观点我跟自然之友讲过。

然而现在，黎明薄雾时分，送走了兹维，下着山，走在通向公寓的近路上，我却没法匆匆成行，我必须慢悠悠地走，只因为我还穿着拖鞋，我的心情很激动，我的脚伸出去感受着裸露的泥土。

我慢慢地从一个岩石滑到另一个岩石，露珠渐渐地沾满双手，荆棘的苞蕾在我眼前绽开，花儿抚弄打湿我的皮肤。我又怎么可能对这一切视而不见呢？那沙沙作响的虫儿，长着纤细翅膀的小东西，千万个快要变成生命的微生物的呢喃，小草和苔藓从夜的手中夺回绿色的欣喜。

所有这一切都在离我住处不远的小山坡上。

天空在我眼前融化开来。缕缕霞光升起，将黑色融化成柔和的灰色。

裸露的耶路撒冷，它的岩石，它隐秘的生命力。

所有这一切都发生在拖鞋里，发生在小山坡上，伴随着漫游的脚步，睁大的眼睛，以及潮湿荆刺的微微颤动。是的，秋日清晨的凉爽。秋天今天来临了。秋天。

只有在这寂静的世界里我可以吐出这个秘密。是的，我跟哈娅睡过一觉。在秋天，我们开始服兵役不久，我接到一个非常突然而且我并没有申请的休假通知。某个人的错误。我独自离开营地，离开所有的群体。我走了好几个小时的路旅行到基布兹，等我到的时候天已经微明。一阵寒风扫过田野。我，一个忧郁的士兵，一个穿着不合身军装的新兵，在基布兹的房屋之间游荡。在草坪中间的一条小路上，她见了我，突然抱住了我，充满恐慌和渴求。我已经说了：那是一个秋天。我们进了一间房门大开的房间，躺到床上，门外人来人往。

但是我没法把这件事说出，泪水鲠住了我的喉咙。

故　事

我发现小雅利醒了，弯腰察看小蛇的尸体。好奇心战胜了恐惧，他正端详着小蛇踩碎的头，径直注视着那已经没有生命的小眼睛。

我有种预感，他长大以后将会是一名自然之友。

我拿起扫帚，将蛇尸扫出房间，扫到一个岩石旁边。小雅利寸步不离地跟在我后面。除了地毯上一块暗红色的血迹，好像什么也没发生过。

危机已然过去。小雅利脸上的浮肿消去了不少，喉咙里的红肿减少到一小点，烧也退下去了。他的胃口也回来了。

他吃了两片抹了蜂蜜的面包，嚼了一些巧克力，喝了一点茶，然后又回去睡觉了。

我在书桌边坐下，摊开论文的稿纸。在清晨深深的寂静中，我想也许我能完成一点什么。

结果我睡了过去。

两个小时后，我们俩都被一辆铲石机的吼叫声惊醒。这辆铲石机颠簸着开下山，开始啃噬附近的岩石。

小雅利现在已经把死蛇抛在了脑后。他又饿了。我又给了他两片抹蜂蜜的面包，煮了一个白煮蛋，切了一个西红柿，把一片阿司匹林溶进一杯热巧克力，好让他的体温回到正常。

盘子里一粒面包碎也没留下。

奇怪的是，从不漏过一餐饭的我，现在却一点胃口也没有。一种不祥的灼热感在我喉咙里悸动着。

晨光一点一点地消逝，一个有风的早晨。小雅利待在床上，裹在毯子里，睡着了又醒过来，把拖拉机在枕头上推来推去。

我坐在桌边，翻着我那可怜的论文，它显然在自相矛盾的逻辑上搁浅。为了找到出错的地方，我已经上千遍地检查了那个公式，然而那个错误还没有现形。

窗外，街区的女人们正在赞美秋天。

小雅利在出汗。我让他吃的药片已经把他体温完全降了下来。现在他嘴唇发冷，四肢无力发软。只要他把一个拖拉机掉到地板上，我就得走过去给他捡起来。我们之间的关系变得默契，好像我们俩都从同一个梦中醒来，只言片语就够我们交流了。只是我知道今晚我们将分手，而他则相信这不过是我们永远在一起的另一天。

无论如何，我必须赶紧把他治好，抹去一切生病的痕迹。至于我的病，每次我给小雅利一片药，我自己则加倍。

耶路撒冷的天开始阴云密布。我必须把房间的灯打开了。假如我在耶路撒冷出生和长大，我会说：要下雨了。

准确地说，哈娅和泽埃夫这个时候正在考试。同一阵风也会吹过他们考场的窗户，让他们的身体变得凉爽。考官们无聊地在房间里踱来踱去。我想象泽埃夫咬着他的笔尖，全身心地渴望成功。哈娅则显得既悠闲又忧郁，字写得十分潦草。她坐在椅子里放松一下，蓬乱的头微微后仰。

假如我是那个考场的考官，我会踱到她的对面，用严厉的眼神盯着她。

中午，我做了一顿只有小雅利一个人享受的午餐。嗓子里仍然隐约作疼，吞咽困难，连蜂蜜都让我的喉咙觉得刺痛。

午饭后我出门察看死蛇的下落（小雅利穿着睡衣跟我在后面），发现一群勤劳的蚂蚁已经把大部分蛇尸拖走。现在它们正在重新集合开会，商讨如何把分量不轻的蛇头搬回窝。

我过去问铲石机司机为什么跑来啃噬我的小山。他解释说博物馆的一翼将会在这儿竖立。他认为馆的这一翼是贡献给自然科学的，植物标本、化石、动物标本等等。

我不会搬走。我对这个小区有感情。

奇怪的是，我脑子里现在想的不是兹维，而是一些其他的事。站在这空旷的野外，迎着秋风，脚边是死蛇的残骸，我突然醒悟到论文里面逻辑上的矛盾其实一点儿也不符合逻辑。

我冲回家，开始迅速翻阅我的论文。小雅利游荡到阳台上。他在看什么呢？看云。一串一串的云从海上飘来。

我还在想着论文里可能不合逻辑的矛盾，小雅利突然跑过来，手里拿着他从玩具堆里翻出的书。他还记得我早些时候答应给他读故事的承诺。

我放下手中的论文，拿起书，很快地翻了一遍，看了一下其中的图片，然后回到第一页，开始大声朗读起来。

然而我们几乎立刻遇到困难。首先，故事本身愚蠢透顶；其次，词汇很难。此外，我读故事的方式也不符合规矩。小雅利显然习惯了大人用一种特殊的语调来诵读故事。这种适当的方式其实就是单调的朗读，每个句子都用声调来吟唱，最后一个字由小雅利，而不是我来说，而且得用一种胜利的腔调。

好像我们在祈祷……

最后我放弃。

我说："这本书不适合我们读。"然后径直把书扔出窗外。他大笑，对我的行为很高兴。他取出别的书，爬上椅子，把它们也都扔进秋风里。

现在，我开始讲我的故事。我讲的是一个冒险的传说，里面卷入森林里所有的野兽：一只矮胖结实的单身熊，两只老狐狸，一匹狼，一只长腿鹿。它们和它们的妻儿。它们在森林里觅食，吃喝，睡觉，发动绝望的战争。野兽中的大多数都有着各种恐怖可怕的死亡，那些活下来的全是不该活的。

小雅利全神贯注地听着。他非常激动，眼睛睁得溜圆，一字不落地吞下每一个字，哪怕是最吞吞吐吐的字。

他从来没有听过这么长而精彩的故事。

他每个细节都记得很牢。假如我把某只受伤的野兽遗忘在森林的一条小路上，他会提醒我，让我告诉他那只动物后来怎么了。故事的好几处让他泪花闪烁。他特别同情那只注定要在河里淹死的小狼羔，还有那些要被狐狸吞食的小兔子。

我也把蔬菜王国引进故事的画面里。

长满瘤节的老树跟动物激烈地争吵着。灯芯草为它们选定了一位国王，然后变出身体去寻找水；荆棘把它们的头放在一起，酝酿出一个狡诈的阴谋。

每次我停顿一下喘口气，那孩子好像随时会晕倒。他的悬念就是如此之大。

"你喜欢这个故事吗？喜欢它吗？"我不时地问他一下。

他点点头，咽一下口水。不知不觉地，他把手放在我的肩上，小心翼翼地抚摸着我的头发。毫无疑问，他真心喜欢上了我。我试探一下他的反应，看他是否还记得他的父母。

对，他仍然记得他们，不过，他们不再重要。

我觉得他又开始有些发烧的症状，于是我利用他对我的彻底驯服逼他又吞下一颗药，把一勺苦药灌到他的喉咙里。

在那以后我继续讲我的故事。我决定灭除一切有生命的动物和植物，只留下一只小狼羔。

送　还

当耶路撒冷在白日和黑夜之间摇摆不定的时候，我给那孩子脱掉睡衣，穿上他来的时候的衣服。他的脸仍然苍白，眼睛凹陷而冷静，好像跟我在一起的三天让他突然长大了。

天气变冷了。大风扫过全城，丰满的云朵互相挤压，然后合而为一。耶路撒冷的心情反复无常，如同蛇何时蜕皮一样难以预测。

我把小雅利顶到肩膀上，拎起箱子，走到汽车站。他骑在我的肩膀上，睁大眼睛使劲儿看着天空，寻找星星。当他看到星星时，他说，"星星"。我意识到在这三天里，我学会了听懂他吐词不清的孩子气话语。

汽车缓缓地爬上军人公墓的小山坡。黑色的墓碑静静地躺在昏暗的光里。城市流水般地往后退，房屋越来越矮，消逝在山谷里。

汽车驶过墓碑时我小憩了一会儿。等我抬起头时，发现小雅利正盯着我的脸。我要他亲吻我，他把他的脸颊给我。我无力地亲了他一下，他开始说话，又是什么关于星星的事。我们下车时，一道柔光照亮了车窗的四周。

路很黑，我走路时一直把小雅利顶在肩上，手里拎着箱子。他紧紧地抓着我的头发，把它们弄得乱七八糟。我大踏步地快速走着，嘴里有些赌气地轻轻哼着什么曲子。两个人影突然拦住我，从我肩头抱下那孩子，又从我手中接过箱子，手拍着我。

"他已经开始梦游了。雅利没你的事了。"泽埃夫笑道。

我回到现实。那孩子已经在他们手中，我失败了。

她站在我身边，轻飘，苗条，对夜晚毫无保留。一条围巾随便地搭在肩头，脚上穿着凉鞋。她清澈的眼睛睁得大大的，向我微笑。她不变的安详。她双手抱着孩子，他的头枕在她的胸上。

"考试如何？"我用最后一点气力问道。

他开始详细地解释考题的特性，他们的机会。我没有听。我希望他们考试失败，离开这座城市。

他们把我拉进旅馆，把我按到椅子上坐下。我看见他们的脸，由于熬夜而略显苍白。他们非常震惊地看着我和那孩子。你对他做了什么？他对你呢？我起身瞟了一眼镜中的我，看见一张憔悴的脸。我摸了摸脸颊上的胡子。那孩子用目光跟着我，一言不发。

现在故事的转折点开始了。

我大致告诉了他们一下发生的事，说得非常快。我杜撰了从来没有发生的故事，混淆日期。对小雅利的病，我只字不提。小雅利被他母亲抱在膝盖上，平静地听着我的谎言。这个毫无时间概念、昏昏沉沉地躺在我房间里的小东西，他能对我做什么呢？告诉他们我在撒谎？

我讲完了，一阵简短的沉默。

突然，小雅利从母亲的膝盖上溜下来，站起来，用他清晰甜美的声音对全世界宣布："我生病了。"

我微笑着解释了他的呕吐，承认他生了一点小病，我把时间弄混了。她关注地听着，泽埃夫非常吃惊。我没想到他这么爱他的儿子。

他们都要留我吃晚饭，就差哀求我了，不过我还是拒绝了。耶尔在等我，我撒谎道。无论我想从什么事中脱身，我总是拿不耐烦的耶尔做挡箭牌，把她拎到街角等我。

虽然天色还早，但我们都非常疲倦了。

我起身要走。他们对我千恩万谢，内心充满感激之情。要是没有我他们会怎样呢？即便是一贯散漫的她，也梦游似的断断续续感谢了我好几次。她深沉的眼睛里闪过一丝怜悯。泽埃夫迟疑地掏出钱，想对我受到的损失有所补偿，比如花费，坦克什么的。我轻蔑地把钱扫到地板上。什么？他们疯了吗？

最后我终于走了。街上空荡荡的。回去的路上，汽车下坡时疯狂地上下颠簸。墓碑像在爬行，房屋从山坡上出其不意地闪现，我闭上眼睛。一个人摸回家时，公寓里还亮着灯。我忘了关灯吗？

结果是耶尔回来了。她躺在凌乱不堪的床上等我，读我打开未合上的一本书。她的身上有瘀青，干燥的手又给擦伤了。一堆一堆的荆棘，分类或未分类的，散落一地。

她也对我的外表吃了一惊。

"他们的孩子,"我轻声说道,"在你父母那儿吐了。"

她微笑着把书合上,调整了一下枕头,看到一条沾了那孩子血迹的小毛巾。

"血?"她问道,脸上仍然带着微笑。

她永远不会美丽,我绝望地想。我上了床,和衣躺在她身边,用一只胳膊盖住眼睛,开始睡觉。

当我睁开眼睛时她已经不在房间里。是午夜。她留下的灯光很是刺眼。床上一张纸条,"明天中午"。也许她已经明白了。我脱衣关灯。枕头上散发着那孩子的气味;呕吐,血和肥皂。我深深地呼吸着,如同父亲陶醉于他的第一个孩子的气息。

现在我想起我忘了问小雅利真正的名字。

我并没有马上入睡。黑暗中,掠过地板的手碰到一根荆棘。一次甜蜜的时刻,我同意让耶尔教我如何辨认植物。现在我就在试。我小心地用手指从根部摸起,直到碰到顶部柔软的绒毛。我数了数雄蕊。不可能是红花,菊科植物,因为耶尔永远不会费劲去采摘这么普通的一株植物。然而黑暗中感到它就是一棵红花,植物学是这么解释它的:"一种蜜源植物,从清晨到正午栖满蜜蜂。种子呈卵形,中心部位的种子被冠毛分隔开来,非常分散。位于边缘地带的种子则没有冠毛,其功能就是保证植物在本土繁殖。"

漫长而炎热的一天，他的绝望、妻子和女儿

又是一个大热天，他在睡梦中这么想着，心头突然袭来一阵痛苦。他翻了个身，头埋进枕头，双臂张开，好似一个有气无力、没有生命的十字架。不用睁眼他也知道，太阳像一个无字咒，正用宽广的光犁耕耘他的后颈背。

上午十一点。

妻已经走了，六点就出了门，去赶开往耶路撒冷的第一班巴士，为的就是在大学里忙上一天。像轻盈的鸟儿一样飞走，不留一丝痕迹。她的床一早就铺好了，睡衣叠得齐齐整整，就连脚步声也从他的脑海里消失了。

女儿七点半就在房子里折腾起来。那可是一天中最甜蜜的时光，他能真正入睡的唯一时辰。然而，先是叫醒她的闹钟，随后是水龙头没完没了的流水声。厨房里一只平底锅掉到地上。冰箱的门开了又关，关了又开。最后，当他谢天谢地以为她终于出了门的时候，房门却又轻轻打开，她蹑手蹑脚地走进来，身上穿着蓝衬衣和短裙的校服。她折回是为了拿她在学校用的几本书，昨晚被他从她房间里拿去打发失眠的时光。她悄悄地把书收到一起，塞进书包。他躺在床上，一言不发地用眼角余光观察她无声的行动，急不可耐地想重新入睡。突然，她用她那惯有的心不在焉哼起了歌。他愤怒地在床单上翻来覆去，她马上逃出房间，随

手把门砰的一声关上，消失了。

他们住的街是一条死胡同，非常安静。他好不容易睡了一阵，然而阳光越来越强烈。他躺在床上开始流汗。

他是水务公司的一名工程师，今年四十二岁，体魄健壮，毛发茂盛，目前在家养病。他白天无所事事，晚上睡不着觉，床头放着整杯的水和成瓶的药，药片四处散落。他一边流汗，一边闭着眼睛，慢慢地除掉身上的所有衣服。夹克、裤子和床单散落一地。他一丝不挂地醒过来。

几星期以前，他在非洲的工作因一场虚惊提前结束了。他以外籍工程师的身份在那儿工作了九个月，修建水坝。那是内罗毕南方几百英里开外的一个山区，有森林和雨雾，还有零星散落的绿色小屋。获得水坝技术监督任务的是一家以色列和荷兰的合资公司。水坝将在两道河床的交界处耸立，目的是用水库遏制洪水的泛滥。这份工作是跟他有多年业务往来的全国水务公司提供的，他当即就兴奋地回信了。监管这么大的项目除了能得到提升，摆脱在内盖夫沙漠徒劳无功的钻井工作，他的薪水还会涨一大截，足够他在两年合同到期后把旧车作价换新。自然他不能带家属前往，不过，反正那么荒凉的山区也不好安排塔玛拉。他犹豫了好一阵子，最后还是露丝帮他打消了顾虑。外派可以给他们的老计划注入新生命：她在耶路撒冷大学再上一年无休无止的课。

新建的工地村庄里只有两个白人男子，他和那个三十五岁、又胖又懒的荷兰单身汉，余下的全是非洲人。工地上一共两三千人（数字总是在变）。活儿不但多得要命，还得匆忙赶完。好几个工程都必须在雨季到来之前完成。

他在那里很快就干得得心应手了。

他的英语虽然蹩脚，但跟当地的工头和工程师打有限的交道还是绰绰有余的。剩下的工作就是跟地图、工程图和计算打交道。他对这份工作一直热情不减，又成天提心吊胆，害怕工程会突然倒塌，因此，如果事先没有制图，一个钉子他也不让钉。荷兰人对他如此拘泥于形式的做法冷嘲热讽，但他坚持己见。不仅如此，他还尽一切可能待在工地上，哪怕是不得不去内罗毕购买工具或零部件，他也总是在黎明时起床，争取按时完成采购，当天返回。他会在天黑时离开内罗毕，沿高速公路飞驰。高速公路很快变成一条宽大空旷的土路，他的吉普车会划破沉睡的村庄，车灯会吓走无名的野生动物。深夜到达工营时，他不会立即上床睡觉，而是悄悄去水坝工地，借着火把的亮光和热带天空闪烁的星光，在沉默的脚手架和水泥搅拌机之间穿来穿去，检查当天完成的工程。

除此之外，他基本上是离群索居，不过他自己将其理解为自由。薪水直接寄给了露丝，他只留下少量零花钱，因为所有的需要都由当地提供了。使馆时不时地给他寄一些以色列报纸，但在这个跟著名丛林为邻的山区，报纸也失去了本来的新鲜刺激。

露丝偶尔会给他寄一封短信，中间夹着塔玛拉的半页信。他也很少给她们写信。有什么可说的呢？每次他都会道歉，尽管没人要求他这么做。有时候，他给她们寄的不是信，而是一张自己模糊不清的快照，在水坝脚下、脚手架上端，或者埋着头吃饭。本地一位老工人跟他干活时常常背着一架沉甸甸的英式照相机，方头方脑的，逢人就拍，也不管人家愿不愿意。拍完后就向被拍的人兜售他的照片。

如果没有那个晚上，一切都会十分顺利。那天晚上，他参加了当地一个村庄举办的庆祝活动，回来后上床睡觉。半夜里，一种被人掐住脖子的感觉让他醒来，好像有人骑在他身上，扼住他的喉咙。接下来几个晚上都是同样的感觉。有时候，事先没有任何预兆，他会疼得醒过来，昏迷几秒钟，再醒来时有种精疲力竭的感觉，就像是从死人堆里爬出来一样。他可是从来没有生过病的人。

起初他以为是天气的过错。夜间寒气陡增，风因雾气变得浓厚。白天他的体温挺正常，只是头有点儿晕，所以他想先看看能不能挺过去。没过几天，他就不得不去看那个非洲医务人员，给他讲了自己的病情。那人全神贯注地听了他的讲述，看上去似乎有些窘迫，一转身马上把他的病向全工地广播了。当地人很困惑，也有一些担心，对他的病重视得让他莫名其妙。他们开始询问他的身体状况，十几个工人围着他，脸上带着古怪的笑容，跟他握手，祝他健康。显然，他们十分喜爱他。荷兰人建议他去看医生，他也确实去了内罗毕，看了一名英国医生，不得不用英文解释一些细微的感觉，那些字眼让他困惑。英国医生似乎没觉得他的病有什么大不了，只给他开了一大堆止痛药，他吃了药就昏昏欲睡。

疼痛缓解了一些，不过工作却因此受到了影响。他开始起得很晚，午餐后不得不回屋里休息。本地医生开始对他跟踪观察，每天都去看他，给他送饭，蹲在他床边，手中拿着急救包，一连几个小时地观察他。工人们站在外面，从窗子里偷偷看他。一天晚上，本地医生带了一个拿照相机的老人，穿着花哨的工装、牛仔裤和褪色的红衬衫。费了好一番口舌，他才明白那老人以前是村里的巫医。当然他对巫医付之一笑，拒绝让他检查。但老人来的目的根本不是为了检查他。他犹犹豫豫地站在门口，远远地看着他，好像害怕被传染。然后他从衬衣口袋掏出一块干皮革，放在桌上的一堆图纸中间，接着就走掉了。当晚的午夜过后，他就在大腿根部发现了黑斑。他警觉起来，慌慌张张地叫醒荷兰人。第二天一大早，他被裹进一条军毯，抬上一辆运货车的后车厢，身边放着他的箱子，送到内罗毕的一家医院。结果那家医院只是一家老式的小型战时医院，装备可以追溯到"二战"时期，主要是治疗外伤。他们诊断不出他的病症，使馆人员建议用飞机把他运到南边的达累斯萨拉姆，送进一家由中国专家监督的新医院。医院几个月前才落成，是军营和宝塔的混合风格。

挂号室登记就花了好几个小时，手续繁琐复杂。然后，一名非洲医生进来接管了他。医生年纪不大，戴眼镜，性情平静，一副严肃认真的样子。尽管医院只有一半的病房住了人，医生还是安排他跟一位年老将死的本地病人为邻。

医生对他进行了整整三天的密切观察，连晚上都不放他走。他给他做了十几种检查和测试，用各种可以想象的仪器对他进行探查，好像应邀试用新的医疗设备似的。他一连几个小时一丝不挂地躺在担架上，被人翻来滚去，受强光照射，手腕上接着电极。在整个漫长的检查中，医生还逼着他跟自己辩论政治，向他暴露自己极端主义的观点，憎恶一切跟西方有关的东西，特别是跟白人有关的。事实上，他也不是在跟他辩论，而是在用流利的英语和超然的态度对他说教，脸上毫无笑容，好像是被迫跟眼前这个白人的身体进行接触。他为非洲悲哀，认为所有白人专家都是危险的寄生虫。他从来没有听说过以色列，也不想知道。

工程师希望避免卷入争论。时不时地，他也会用蹩脚的英语和狼狈的微笑为西方世界辩护几句。

孤独从来没有像现在这么难以忍受。没有报纸、信件和同类，半个医院空荡荡的，到处一股新鲜的油漆味儿，旁边躺着一位濒死的非洲人，坐在轮椅上被人推着穿过漫长昏暗的走廊，从一个楼梯转角推到另一个，跟不懂英语的本地护士进行愚蠢的交流。噢，对了，那些斑点已经消失，疼痛也好多了，只在晚上一闪而过。

检查终于结束了。黄昏时分，医生走进他的病房。他脱掉了白大褂，穿了一件灰夹克，语气正式地对他说，他被诊断出得了癌症，已经是晚期。明天一大早他就会对他动手术。他甚至给他看了一小张用彩笔绘的草图，跟他解释手术的性质。他语气平淡，声音里没有一丝同情，只有信息。外面下着小雨，突如其来的一场热带雨。旁边老人的喉咙里发出一阵轻微的呼噜响。他平静地听着医生的讲话，深深地吸了几口气。医生走近他的病床，肤色黝黑，人安静又灵活。窗外，暮色向窗户逼来。

工程师发疯一样地说，他百分之百拒绝接受这个诊断。他们一定在某个地方出了差错。他坚信他没有癌症，也确定他不想在这儿做任何手术。假如他必须死，他情愿死在家里。

医生目瞪口呆，受到很深的冒犯。他有些不知所措，只好摘下眼镜开始擦起来，眼白显得很大。然后他平静下来，吐出一连串恶毒的反驳，嘲弄了他的信念，最后转身离开了病房。

工程师立即起床，穿好衣服，收拾好箱子放到床上，然后下了楼，在外面转悠了一会儿，发现车库有去外面的通道，就从那里逃到街上。当晚，他往以色列发了两封长电报，一封是给水务公司，要求他们派新人来取代他，另一封是给露丝，宣告他的返家。给露丝发的是一整封信，因为她连他被转送到达累斯萨拉姆都不知情。他给她讲述了发现的病情，让她把医院的床位准备好，又加上一段深情的长告白，所有这些都是用拉丁文拼出的希伯来语。一共花了他八十美元，不过他毫不在乎。邮局职员被这么一大笔数目吓住了，起身陪他走到门边，跟他握手告别，亲切地感谢了他，好像邮局是他私人开的一样。他在城里游逛了一阵子，找到一家旅馆，订了一间房。他和衣躺下，没有脱鞋，也没有收掉床罩，就这么蜷缩了一夜，一动不动，没有合眼，身子都快给冻僵了。早上他回到医院，想趁头班护士换班时溜进去。他以为没人注意到他的缺席，但在问讯台就被堵住了。原来他的非洲邻床去世了，顺带也暴露了他。他拒绝上手术台还当晚逃跑的事，都变成了医院的丑闻。他们说的话和对他的教训，他都装聋作哑。他结了账，拎起箱子，一心盼望回家。

午后不久，他的钱包里就装了一张回以色列的机票，取道亚的斯亚贝巴。他将航班号发给了露丝，回到使馆，在走廊里的一张桌子旁边坐下。桌上堆满了过期的以色列杂志。他开始在杂志堆里翻找，结果它马上摇摇欲坠，朝他倾斜，好像要把他压在下面。突然间，他想到马上就要离开非洲了，可能永远不会回来，自己却连这座城市的什么东西都还没看。于是他起身，把行李寄存在机场里，开始探索这座城市，好像要寻找什么。实际上他什么也没看进去。当他的眼睛捕捉到大海的一线微明时，他便如梦游一般朝那个方向走去。那是在房屋尽头的印度洋，海滩有如磁铁一样吸引着他。他拖着双腿在当地人住的小棚屋之间穿来走去。那是一种混杂着火柴盒式供给房、阿拉伯穹顶和新清真寺尖塔的住房。他一会儿走进一座院子，一会儿穿过一扇门，完全沉浸在自己的思绪中。他只想看看当地人的生活方式然后离开。没多久，他的身后就跟了一群孩子，一群燕八哥尾随着他。成人也出来观察他，有人甚至走近他，问他想要什么，不过他没理睬，把那人推开了。他们警觉起来，告诫孩子们离他远一点。一帮年轻人和一群乌鸦开始跟在他身后。他跟房子拉开距离，开始沿着临水的海岸走。他记得大海是暗褐色的，傍晚时涂上一层金黄色。下了几分钟小雨，他也哭了一小会儿，一种奇怪的痛哭，从体内压迫出来。年轻人围住他，窥探他的脸色，朝他喊了一些他听不懂的威胁，然后离开了他。

最后，他终于意识到自己已经将小镇远远抛在身后。田野从身边向四周延伸，远方沙漠隐约可见。他拦下一辆旧货车，司机是本地人，同意收他钱把他载回文明，载回飞机场。

亚的斯亚贝巴有一封露丝拍来的电报："期待你的归来。医院的床已订。振作起来！"他在候机室里转悠了大约半个小时，经过卖香烟饮料的小摊。突然，他想起自己还没买任何非洲的礼物。于是，他走到对面的一个柜台，一口气买了十个一模一样的小雕像：清一色的非洲武士，个个面容严肃，佩戴红漆的盾牌和剑，脸看上去十分熟悉。登机前，他找到时间给荷兰人用英语写了一张明信片："难以置信，但我似乎得了癌症。因此，我要回到自己的国家。向我们的水坝问好。你的……"

他的飞机清晨三点半在利达着陆。在漫长的飞行中，他连一分钟的眼也没合过。他坐在靠窗的位置，脸紧贴着窗子，与云块和夏日繁星为伴。他有九个月没回家了。

机场空无一人，只有一个疲倦的身影不时移动一下，那是一名警察。露丝和塔玛拉从远处向他招手。他非常惊讶地发现塔玛拉长高了，比他离家前高出整整一个头。才十五岁，就和露丝一般高了。她也变苗条和漂亮了。露丝穿着便裤，头发剪得很短，眼睛藏在一副新眼镜的镜片后。没错，她们都给吓坏了，恐惧藏都藏不住。他向她们走去。海关官员头也没回，一声不吭地就让他过去了。他们拥抱。实际上，他并没有拥抱她们其中一个，而是把她俩都紧紧揽在怀里。塔玛拉突然失声痛哭，狂野不祥的哀嚎在空旷的候机室回响。一个睡眼惺忪的警察起身向他们跑来。他们花了好一会儿工夫才让塔玛拉平静下来。最后她突然止住了哭，甚至含泪向他微笑。与此同时，一个脚夫拎起他的行李。他以为什么地方出了差错，结果那人是露丝雇的。

以色列的夜晚，月光如水的夏夜。地上可以闻出几个月没有下雨的气息。他们走到那辆旧车的旁边。尽管一连四十八个小时的无眠之旅让他精疲力竭，他还是坚持要自己开车。露丝让步了。他开得很慢，比以往任何时候都慢。车里渗出一股淡淡的汽油味，有毒然而令他陶醉。透过挡风玻璃可以看到即将沉入地平线的明月，大得让人透不过气来。他好像回到那些值夜班的漫长夜晚，竭力挣扎着让自己保持清醒。他在肚子里打腹稿，准备单刀直入地进入话题。但露丝想分散他的注意力，鼓励塔玛拉多说。那孩子坐在后座上，情绪早已恢复平静，开始不厌其烦地讲述她在学校排的一出戏，她在戏中扮演了一个重要的角色。他没有听，一门心思放在引擎传出的噪声里，里面透出一种陌生不祥的气息。

家。一切保持着他离家前的样子。已经过了四点，不过他们都没有去睡觉，而是坐在桌边喝茶。塔玛拉的絮叨渐渐变成模糊不清的呢喃，头也随之垂了下去。他们送她上床，毕竟只是一个孩子。他去她的房间关灯，发现她蜷缩在毯子里，房间跟以往一样凌乱，书和纸摊了一桌。他弯腰亲吻她，她说："等着瞧吧，最后肯定是虚惊一场。"但他从她的眼睛里看到了恐惧，她也躲开了他的亲吻，好像怕传染似的。她闭上了眼睛，他的心紧缩了。眼睛滑过桌上打开的书，是她的《少年百科全书》，正好翻到"癌症"那一条，中间是放大了的细胞组织插图。他关上书，把灯熄掉。

露丝正静静地等他，旁边放了一杯新泡的茶。四周一片寂静。现在，他想跟她谈谈医院的事，但她阻止了他。现在不要。明天。假如他一定要谈的话，谈点别的东西，比方说水坝。快早上五点了，他倒是毫无睡意，脑子非常清醒，可以好好谈一谈水坝。

最后他们终于进了卧室，准备上床。一阵轻轻的晨风吹来，惊动了橙子树。那树就长在他熟悉的长方形窗户外，还挂着冬天的残橙，因为他离家无人采摘，现在都枯萎了。

他说："塔玛拉长高了，变漂亮了。"

她说："已经有男孩追她了。有一次，她让我读一封情书，某个叫丹尼或者盖迪的男孩写的。笑死我们了。"

"你戴了眼镜。"他突然耳语般说道，倒在床上。

她的手机械地去扶眼镜架。"但是你也喜欢我这个样子。"

他抱住她。尽管他已经疲惫到极点，他还是想跟她在一起，跟她做爱，哪怕只为了证明他还活着。然而，她轻轻地推开他，亲吻了他的头顶，脱掉衣服，换上睡衣，上了她的床。他还想坚持。也许是因为熟悉的房间燃起了他的欲望，也许是她赤裸的脚。最终他放弃了。不管怎么说，在非洲之旅以前他们就出现了一些问题。现在？他已经两天两夜没合眼了，又是早上五点，很快就要进医院。他让步了。

她立刻睡着了。他却无法成眠。六点钟，他在窗子上看到了姗姗降临的早晨。他睁大眼睛，绝望地碰了碰他的妻子："我睡不着。"她马上醒了，闭着眼睛问他："怎么回事？疼得睡不着？"

"不疼。就是睡不着。"

"因为你的病？"

"不光是那个。"

她沉默了一会儿，突然从床上爬起来，闭着眼睛摸到拖鞋，梦游般地向洗澡间走去。回来的时候手里拿了一杯水和安眠药，放在他旁边，然后又上了床，蜷着身子睡着了。他抿了一口水，没有碰药丸，还是睡不着。晨光射进窗子，一个炎热的夏日。

塔玛拉在十点的时候醒来。露丝给老师写了一张假条："尊敬的先生……塔玛拉的父亲……"他还在床单上翻来覆去，直到十一点，周围才渐渐安静下来，他也终于睡了过去。他跟死人一样睡了整整二十个小时，为此他们不得不将他的入院时间推迟了一天。

他又做了一次检查，速度比上次要快多了。成群结队的医生和护士在他房间里进进出出，以色列特有的忙碌，跟医院刺眼的灯光混在一起。其中一位医生是他战时的老相识，他不停地嘲弄他和他那神秘的疼痛。"什么乱七八糟的东西？"他嘟囔道，毫不掩饰自己的嘲讽，好像整个病压根儿不值一提。尽管如此，检查依然漫长。他们在透射室里折腾了他好几个小时，给他做了麻醉，甚至还给他做了一个"微不足道"的小手术。对医院里的每一个职员，对每一个医生和护士，他都反复声称，"瞧，我不怕知道真相"。但他们仍然对他的病轻描淡写。某种古怪的血液中毒。一名医生提到他曾在一本旅游书里看到过这种病，一种古老的非洲疾病。慢慢地，他的心情平复下来。水务公司的同事成群结队地来看他，不断给他送花。他则一遍又一遍地重复他的故事，不厌其烦地诅咒那个非洲医生。癌症，简直无法相信。那家伙脑子里是怎么想到我会有癌症的？

当他们准许他抽烟的时候，他才真的相信自己没得癌症。

"当然，不是癌症。"他用简单的英语在一张明信片上写道。

那是一个酷热的下午，他坐在床上，汗流浃背地给那个留在水坝上的荷兰人写信。

两个星期后他出了院。露丝是下午到的，在医生办公室和病房之间来回跑了几个小时，领取了一大堆文件、化验单和他的箱子。她似乎非常匆忙。塔玛拉在上音乐课。

街上迎面扑来的嘈杂让他虚脱。他让她开车，自己则陷在她旁边的座位里，拿起一包包的文件翻找，沉默而狂热地撕掉一个又一个信封，一页一页地翻着，竭力辨读医生狂野的笔迹，察看X光、尿检和验血的结果。最后他终于放弃，大声发誓要送塔玛拉去学医，不管她愿不愿意。从现在起他需要一名护理医师。然后，他开始凝听引擎，目不转睛地盯着川流不息向他涌来的世界，露丝则傲慢而又巧妙地穿行于其中。

"你是怎么开车的?"他怒气冲冲地问道，"他们早该把你关到铁窗后面。"露丝依旧微笑着，心不在焉地闯着红灯。行人都在冲她咒骂。

离家不远处有一个他从前常去理发的地方。她突然停了车，匆匆将他打发下车。

"去剪个头吧，伙计。你看上去像一头野兽。非洲那一页我们就翻过去了。"

他瞟了一眼方向盘上方的小镜子，她的话不假。一个硕大、狂野的头，头发像纠结成团的森林，遮盖着一张暗淡、黝黑的脸。披在背后的长发给他的眼睛增添了一丝温柔，好像他是一名艺术家。他立即后悔没有随身带一顶帽子。

露丝一个人继续朝市中心开去，想赶在商店打烊之前买些晚餐的食材。

他在理发店受到了热情招待。他给店里的人讲了内罗毕，讲了印度洋，讲了水坝和那里的黑人。他发觉自己现在讲话开始有套路可循，库存了一些陈腐的故事和主题。他们剪下他的缕缕头发，在他的椅子周围打扫了两次碎发。他的头发给剪得很短，店主向他保证，这是美国当下正流行的一种寸头。付钱的时候发生了一点小小的不愉快，他身上没带任何以色列现钞，一分钱都没带，只有几个肯尼亚先令。店里人都笑了。没关系。他可以下次带。他会留下不走了，不是吗？

等他离开理发店的时候天已经黑了，风吹拂着他的短发，他摸黑找到了自家的房子。露丝还没到家，塔玛拉也不在，他还没有钥匙。他想从后门进去，但所有的门都锁了。他蹲在前廊的台阶上，隔壁花园传来一股新割青草的味道。离院子篱笆不远的街上，一个年轻男人的轮廓依稀可辨，他紧张地走来走去，也许是在等塔玛拉，也许他就住在对面那家房子里，跟他家一样黑。

露丝的车终于出现了。他藏在黑暗中，一动不动地看这个女人吃力地把两个大购物袋从车上拎下来。当她碰到黑暗中坐在台阶上的他时，她吓了一跳。刚开始她没认出他来，等认出后她就大笑起来，扔下袋子，用手抚摸他头顶上的发茬。

"他们把你最后的一点异国情调也给剪掉了。"

突然她生了气。一个男人怎么能容许别人这么对待他的头？

袋子里装了一大堆美味食品。精美的奶酪，昂贵的意大利腊肠，这是她能挥霍的极致了，不过她忘了买面包。他帮她摆好桌子，突然觉得非常饿。他们等塔玛拉等了很长时间，最后等得不耐烦了，正准备先吃的时候，塔玛拉的声音突然从外面传了进来。他走出去，看到她坐在路沿上，靠着一棵树，自行车躺在路上，旁边是一把吉他，先前在门前游荡的那个小伙子就站在她面前，一只手环抱着树，轻轻摇晃着。他站在门口轻轻问道："塔玛拉?"那男孩吓了一跳,匆匆对塔玛拉说了声"再见"。塔玛拉跳起来,拎起吉他,把车靠在篱笆边,进了屋。

她看上去有些脸红,脸上闪耀着激动的光彩。

他还没有开口责备她,她就看着他的短发大笑起来。她在桌边坐下开始吃饭,露丝让两人都起身去洗手。在窄小的洗手间里,两人都俯身挤在洗手池边,他注意到她紧绷绷的衬衫里面细细的胸罩带子。

"那孩子是谁?"

"孩子?"

"我是说那个年轻小伙子。"

"噢,一起演戏的一个人。"

"他叫什么?"

"怎么啦?"

"说啊……"

"盖迪。"

"盖迪什么?"

"你不认识他。他是毕业生,明天就要去服役了。"

吉他成了晚饭的话题。他问了她一个又一个的问题:为什么突然改学吉他?他去非洲以前她不是在学钢琴吗?什么时候开始流行学吉他了?吉他到底有什么可学的?

他什么意思?班上一半的学生都在学吉他。

接着塔玛拉给他上了一课,都跟吉他有关。晚饭快完的时候,她甚至从椅子上起身,给他弹了一首小曲子。结果,她的演奏根本证明不了她深刻的理论。他自始至终心情愉快地坐在那里,品着咖啡,看穿校服的女儿坐着弹吉他,眼睛闪闪发光。他们取笑着对方。露丝沉默不语,有些退缩和悲伤。镜片上的光是他不熟悉的。她开始收碗盘，把它们清走。最后，因为她第二天早上要去耶路撒冷，在大学里工作一整天，她便把自己关进厨房，给他俩煮了一只鸡。塔玛拉突然记起自己还有家庭作业，飞奔进她的房间。他陷进扶椅里，把文件又看了一遍，这一次借助了字典。结果仍然是一头雾水，或许他们根本就在胡说八道。

十一点半他们上了床。他脱掉衣服，裸露的身体立即散发出一股刺鼻的医药味儿——碘酒或者别的什么药味。他一丝不挂地躺在床上，等着给露丝看他的新伤疤，"微手术"的遗址。当她迟迟没有现身时，他拿起一张报纸，开始一页一页地浏览，疲倦和睡意向他袭来。露丝终于进了卧室，看了看他的伤疤，脱了衣服，换上睡衣，浏览了一下摊在床上的报纸。他穿上睡衣，露丝灭了灯。一切跟从前如此相像，他从来没想过他会又一次难以成眠。两点半，他在黑暗中绝望地起身，四下悄悄地走动。塔玛拉和露丝睡得跟死人一样，两人在睡眠中的样子简直一模一样。他听见蟋蟀的鸣唱，婴儿的啼哭，远处传来的车辆声。一轮硕月就从他眼皮底下升起，高高地挂在空中，散发出朦胧的月光。他不敢再将露丝叫醒。这太可笑了，现在，我随时都会睡着，他大声对自己说，在床上翻来覆去地折腾个不休。

等他醒来时，已经是十点多钟了。房间里盛满了上午的寂静，等待他的又是一个大热天。

他赤身裸体地在房子里走动，进每个房间，关百叶窗和窗子，阻挡热气的进入。每扇镜子前他都要逗留一小会儿，端详自己，没镜子的地方就在窗玻璃上寻找自己的形象。头发又长长了，渐渐地回到三周前的样子。他懒洋洋地刷了牙，走进洒满阳光的厨房，瞬间陷入女儿留下的混乱之中。黄油在桌上融化，牛奶在高温中变味，冰箱的门没有关好，果酱正从一片干面包上往下滴，脏碟上放着一片咬过的奶酪。总之，厨房里吃早餐的好像是一队阿飞，而不是一个头发蓬乱的单薄小女孩。那些碗碟包括一套盘子、一把漏杓和一个用来舀牛奶皮的勺子，当然是白费劲儿。盘子中间夹着一页写满公式和图案的纸，显然是在准备今天的数学考试，最后一分钟临时抱佛脚。他烧了一壶水，把整堆脏碟子移到洗碗池里，开始嚼她留下的那片面包。他慢慢吃着，味同嚼蜡，瘫到椅子里，突然叹了一口气。面包屑掉到他乱蓬蓬的胸毛里。

沉默。黑暗中他开始给水务公司打电话，身上还是一丝不挂。每三四天他会给他们打个电话。他在找某个部门的头头，他答应就安排新工作的要求给他答复。但那人不在，他只能跟秘书聊。秘书先问了他的健康情况，他告诉她一切都好，然后问他们做出了什么决定。她去找他的材料，花了很长时间。与此同时，电话那端传来说话声、咯咯的笑声和电话铃声。秘书夹着一大堆文件回来，向他宣布公司给了额外的病假。两个月。

他不明白，心头一紧。额外的病假？为什么？

她自然也不明白原因，不过，她会问她的老板。现在活儿不多，也许是那个原因。无论如何，老板会回来的，如她所说，一周以内。

他们聊着天。她非常耐心（假若她知道他在黑暗中跟她打电话，身上一条内裤也没穿）。他向她问起替代他去非洲的人，是一位年轻的工程师，他不认识。他给他们写信了吗？

"当然。他给办公室的每个人都送了明信片，带风景的。"

"他说了什么？"

"他在那边开心得不得了。"

"开心，"他的心缩了一下，"什么意思？"

"他对那边喜欢得要命，对那边的风景赞不绝口。他还开车跑了很多地方，写了不少乡村趣闻，还有民间传说。前两天办公室还有人说：'怎么回事？我们派去的是一名工程师还是一位诗人？'"

他大笑。一边笑，一边说：诗人……太棒了……

"水坝呢？"

"水坝……"她想了一会儿说，"我猜水坝也不错吧。不过不会很快完工。肯尼亚劳动部已经给我们写了信，要求更新合同。他们计划在另一条河也修一个水坝。"

他兴奋起来："另一条河？哪一条河？"

"不知道……我对这一无所知。"

"南边的那条？"

"不知道。"

突然他的声音有些泄气。"抱歉这么打搅你。但你知道我的那笔糊涂账，不是吗？多么可怕的愚蠢。本来是该我留在那里的。"

是的，她都听说了。那帮医生。怎么可以把那么可怕的消息告诉病人，而且直通通地：你得了癌症！

"特别是当他没得癌症的时候。"他用刺耳的笑声打断她。

"就是。特别是当一个人没得癌症的时候。"她附和他说道，有些烦躁，声音很刺耳。她是一位头发灰白的小个子秘书，现在他记起了她。

突然间她没了耐心。有人冲进房间，门啪的一声关上，太阳照了进去，水泥搅拌机在颤抖，一声吼叫从电话那端传来。

"对不起，我这里来人了。"

“请千万别忘了工作的事……病假……”

“当然，我不会忘的。就等我老板回来……第一件事……”

“我也不会，哪一天我会顺道去办公室拜访一下。”

“大热天的，干嘛讨这个麻烦？”

“没关系。”

挂了电话以后，他又开始轻轻地走来走去，光着脚，像一只巨大的猫。他走进塔玛拉的房间，从墙角拿起吉他，打开吉他套，躺到床上，开始拨弄琴弦。

吉他，一个愚蠢、无聊的玩意儿。它究竟能弹什么？他缓慢、迟疑地摸索着每个音符，一首儿歌、国歌或者旧时的挽歌？五分钟或十分钟以后，他就厌倦了，抛开吉他，去追逐新鲜的消遣。刚从医院回来的那几天，他会在抽屉里乱翻，察看一切东西。他重读了自己从非洲寄回的每一封信，检查那些模糊不清的快照。那以后，他就开始到处翻找一捆一捆的老信件：他在战时写的信，那时还没有结婚，信里有他对爱情的奇怪表白，对犹豫不决的露丝热情奔放的追求。也有同一时期别人给她写的信，女朋友写的，非常投入，充满了俏皮话，字迹秀丽细小。其中，露丝还珍藏了一个女友写给她的全部诗歌，那女孩显然爱上了她。

除了这些就是文件了。露丝一打又一打的学校报告，她的军章（她曾经是一名军官），他们的结婚证，她的出生证，还有塔玛拉的（他的在哪儿呢？），家里的房证。每一片跟她过去有关的纸片都存放在这儿。他想整理一下，销毁那些不需要的。经过很长一段时间的深思熟虑之后，他只扔掉了信封。

真是奇怪啊，这些充满睡意和热浪的早晨。通常，他会在十点到十一点之间醒来，此时房子里窗户大开，强光长驱直入。他会立即堵上窗子里的缝隙，对每一线阳光发起阻击战。然后他会光着身子在想象的黑暗中漫游，孤独地穿行于床铺、椅子和带插图的杂志之间。真奇怪啊，这样的静默，完全是一种新鲜的感觉。没有露丝的房子，好像他们根本就不住在一起。每周有四天她会开车去耶路撒冷，在大学里从早上一直待到很晚，穿梭于课堂和阅览室之间。一个已经不年轻的女人，却生活在年轻的女孩中间。剩下来的两天里她会四处找工作，拜访一个又一个办公室。此外就是采购。晚上要么在厨房里忙碌，要么准备考试。安息日里，她在洗完自己内衣后，突然发觉自己深渊一般的疲倦，于是搜集一堆报纸，沉溺于其中，在沙发上打瞌睡，或者趴在院子里剩下的草坪上晒太阳。身体暴露，几乎可以说是光着身子，涂着润肤油，没有戴眼镜，所以眯着眼，两腿之间放了一个小小的半导体收音机。很难说她是醒着还是睡着。隔一段时间，她会跟她衰老、安静的父母交换两三句话。他们每星期六来看他们，一动不动地坐在阳台上，等着塔玛拉发善心恩赐给他们一点时间。星期六塔玛拉的心情会特别兴奋，像一阵旋风在屋子里横扫而过，没完没了地打电话，似乎在召集一大群人开会。

就是在星期六，在他还不习惯的骚动里，他发觉自己充满了活力。他会提出一个又一个的计划，建议去海滩，去林子里，去埃拉特，去耶路撒冷，去叙利亚边境。他对着那微光闪烁的四肢，对着那纤细如男孩却又刻上了深深皱纹的身体请求，每一次都是徒劳无益。他的妻子在强烈的阳光下沉溺于昏睡。

她的父母走后，他便倒在她身边，关掉收音机，本想挨着她睡觉，结果却开始仔细研究她。他伸手去摸她的头发，想新的法子叫醒她，比如在她耳边低语，建议他俩再生一个孩子。

然后她嘟哝了一声，说她都知道。是星期六，然而他看得出她累得要死。前面等待她的又是一个无情的星期。对,一个疯狂的魔咒。只要让她把学业完成,把考试通过,别说去叙利亚边境,就是更远的地方也不在话下。现在,为什么他不去看看朋友呢?他的那些朋友都哪儿去了?真可惜,他怠慢了友情……

他们还没有做过爱,自他回来后一次也没做过。

她向他道歉。

没错,他是对的,事情不可能老是这样。但他还没有完全恢复,不是吗?至于她,他看得出,她又要倒头睡去。他是对的。这样做不对。没有借口。全都是逃避。然而又能怎么样呢?他是不是该假装他不在家?他本来就是因为一个差错才回来的,不是吗?要是留在非洲又能怎么样呢?

夜晚,她伸手摸他的头,吻他的眼睛,想用手臂抱住他,随后慢慢地沉入睡乡,而他的身体却在继续反应。

这些昏昏欲睡和热气袭人的早晨。他新发现的孤独,过度活跃的思绪。狂热地在身上寻找任何可能出现的斑点。静悄悄的街道尤其让他惊奇,没有孩子们的闹声,一个人都没有。偶尔传来车的声音。这样的早上,好像整条街只剩下他一人。在一种突如其来的烦闷中,他会匆匆套上两件凉爽的衣裤,出门转悠。他沿着那些半独立式的小房,沿着街道两边的树篱,尽可能地避开强烈的太阳光。猫躲在灌木丛里向他窥视,目光焦虑地随着他转动,好像他是演员,独自在空无一人的舞台上漫步,背景是画有蓝天的幕布。

他逃到街道尽头的小橘林里。这条街以前全是林子,现在就只剩下这么一小片了。就在那儿,在窒息阳光的树林里,他穿过一团温暖的绿色光晕,从一片树荫移到另一片树荫,最后,他在一个倒扣着的板箱上坐下,旁边是一汪积水,由水龙头上滴下的水形成。他用干树枝划拉着松土，刻出一条小小的壕沟，将水牵引到山坡上，流进用鹅卵石圈成的坑里，建了一座小小的水坝，然后，用树叶搭了一座桥。他起身用鞋把一切痕迹抹去，从篱笆上的一道缺口钻了出去。

他在家门前的信箱旁停了下来，看了看表，打开信箱，又关上。自从他出院回家后，他就开始在邮箱旁边转悠。就在此处，每天接近正午的时分，他会把写给塔玛拉的信件拦下来。那孩子，那个年轻人和士兵，那个盖迪，显然爱上了他的女儿。在痛苦的煎熬中，在渴望和希望中，他每天给她写一封信。

他的女儿。没错，她变苗条了，长高了，长漂亮了，学会了弹吉他。但她也变得独立，变成一匹脱缰的马驹，逃脱了他的管辖。

她放学回家的时间不定，有时候要等到下午四点才见她的影子。她出现时总是一副精疲力尽的样子，莫名其妙地脸红和兴奋。她一进门就把书包扔到地上，好像再背一码的力气都没有了。然后她把拖鞋脱在书包旁边，赤着脚，没头没脑地朝冰箱走去，啪的一声开了一瓶冷饮。接着她开始读早报。与此同时，他给她热晚餐，晚餐的内容肯定不合她的胃口，这几乎已成定律。她东挑一口，西拣一块，无精打采地咀嚼着，主菜一口也不碰，然后宣布她不饿，一头向电话扎去，跟刚刚分手的女朋友们煲起电话粥来。屏住呼吸的耳语，吃吃的笑声，遮遮掩掩的坦白，琐碎无聊的话题。

假如她正好要去上吉他课，她会把自己关在房间里，弹上半小时的吉他，然后跟她的自行车一起消失。

假如没有课，她会脱掉校服，穿上凉快的上衣和短得不能再短的短裤，仰八叉地躺在沙发上，一头扎进插图杂志或一个爱情故事。这时他跟她说话，她的回答肯定是嘟哝不清。

只有当光线开始消失的时候，她才起身去看有什么家庭作业要做。她拖着书包进了房，好像那是一个沉重的十字架。她堆了满满一盘葡萄或莓果，把书和习字本乱七八糟地摊满一桌，然后开始找不到需要的东西，感到绝望。

她安静了一会儿，突然发现她并不知道老师让她做什么，又跑到电话边。漫长的讨论，澄清。

她回到桌边，安静地坐了一会儿，现在她起身去买新的练习本。自他从医院回家后，她没有一天不需要新练习本。她从碗柜的钱堆（非洲薪水的最后一笔钱）里拿了一些零钱，消失了很长一段时间，回来时满载而归，都是好东西：巧克力棒，糖果，两根开始融化的冰激凌蛋卷，一份晚报。有时候，她唯一忘记买的就是练习本。

她会让他参加她的"派对"，吃冰激凌，跟她分享巧克力棒，细细品尝着糖果。在那以后，父女俩都开始聚精会神地读晚报，一声不吭地交换看过的版面。

强光的势头会减弱的。

天空会失去它的颜色。

然后，一阵焦虑会毫无来由地攫住她。她会扔下报纸，飞奔进自己的房间。

她总是先从英语作业开始，一边用手揪下葡萄，一边问他一些晦涩难懂的词，要求他解释，声音大得整个房子都能听见。来自拜伦、华兹华斯和雪莱诗歌里的字眼，来自莎士比亚悲剧里的字眼：植物的名字、云彩、微妙的光线、远方的风景、城堡和英国贵族。

他对这些词一无所知。

他试图找借口逃避，要求听到整个句子，然后是词的拼法。所有这些对话都是用喊叫声进行，高音喇叭一样的喊叫。最后他跳起身，跑到她的房间，弯腰察看打开的课本，瞟一眼那些艰涩的词，读出整首诗，查阅诗人的小传，研究他们的肖像，搔了搔头，给出自己的猜测，尽管他非常清楚一出口就会遭到否决。

他对暴露自己的弱点恼羞成怒，只能退出房间。

那么，要字典到底有什么用？

然而字典只会让塔玛拉情绪更低沉。

她用手臂抱住他的脖子，哀求他，用自己的生命向他求情，给他说一大堆好话，把他按到她的床上坐下，给他拿报纸，在他的脑后放一个枕头，把葡萄塞进他嘴里，邀请他吃更多巧克力。最后，她把字典放在他的胸口上。

他的任务就是给她查字典。

难道他有更好的事情做吗？

反正他也无所事事。

屋外的夕阳开始西沉。

所有的诗好像都不过是一串晦涩难懂的词。他咒着那些诗人，抽空就扎进其他教科书。地理书上读一点关于非洲的知识（他们对肯尼亚懂什么？），飞快地翻几下她的生物书，研究人体结构。

有时候电话铃响了，塔玛拉会丢下他很长时间，只有在他威胁不给她查字典的时候，她才会快快地回房。偶尔她的女友们来看她，两个胖丫头突然在她房门口现身，她们是从敞开的大门悄悄进屋的，没按门铃。她们发现他懒洋洋地躺在床上，字典翻开摊在肚皮上，四周都是书，晚报在头上飘扬。俩人都窘得不得了，跟他打了声招呼，紧张地问他身体怎么样。他已经知道非洲电报到达的那天，塔玛拉在学校不但哭了，而且还把他的诊断一五一十地告诉了老师和全班同学。这一噩耗掀起了一场情感的风暴。学校的每一个人都希望分担她的悲痛。在操场的一角，她的亲密好友抱成一团，陪她哭泣。

也许这两个女孩就为他哭过，他心里这么想着，一动不动地看她俩小心翼翼地拉好裙边，在离他不远的地方坐下，眼睛盯着地板，沉默而有礼貌。

他呢，裸露着胸膛，光脚丫子朝前伸着搁在窗台上，向她们微笑。

他想知道塔玛拉后来是否特意告诉她的同学们，整个事件不过是一场虚惊。

大开的窗外，树叶在黄昏的热风中颤抖。窗帘的四边闪烁着粉红色的光。他想起内罗毕附近的水坝，心头涌起一阵悲伤，那种渴望。想到那里的非洲人，他不由得暗自笑了。那儿不是有好几千人围着他，工头们跟在他身后转悠吗？

塔玛拉不介意他待在房里，躺在床上听她们的谈话。那两个女孩却觉得很别扭，不过最终也恢复了自如，忘了他的存在，放肆讲起故事，诅咒老师，议论男孩子的是非长短。先是本班的男孩，然后是不认识的男孩，高年级和外校的大男孩。他心不在焉地听着，开始觉得无聊起来。他闭上眼，时而打盹，发出轻微的鼾声。通过眼角的余光，他发现自己的双脚已经出溜远了，高高地伸向夜空的心脏。

偶尔他也按捺不住地加入谈话，无力地为老师辩护。

塔玛拉笑得浑身打颤。那两个女孩则转向他，虽然非常礼貌，却一唱一和地互相支持，证明他是如何大错特错。这是一个事实：所有的老师都是混蛋。

最后他起身下床，去阳台上等露丝回家。

英语课的作业不知怎么给做完了，接下来又做了其余科目的作业。然后是晚饭，闲聊，无所事事的转悠。他会耐心等待属于他的时间，辅导数学的时间。塔玛拉在这门课里的弱点昭然若揭。那出著名的学校戏剧，许多排练都是在上数学课的时候进行的。从不去学校的露丝显然忽视了这件事。

塔玛拉好像连数学的一些基本概念也不知道。她已经开始学解三个未知因素的方程了，而她连分数除法都不会做。因此，尽管塔玛拉毫无兴趣，他还是决定每晚临睡前，父女俩坐下来一起做数学题。

她千方百计赖课，每天都拖到很晚。等她终于做完其他功课、他奉召走进她的房间时，炎热的一天已近尾声。此时的她反应迟钝，无精打采，没法集中注意力，头点个不停。她的房间乱成一团，桌上堆满了书、练习本、皱巴巴的作业纸和巧克力包装纸，吃剩的葡萄枝，倒在桌上的非洲勇士小雕像。窗户大开，窗外是漆黑不宁的夜晚，夜空被炎热的星星刺破。

他会去客厅再拿一盏台灯，在她身旁再放一把椅子，插上插座，让光线更亮，抽出白纸、尺子和圆规，作好了战斗的准备。她呢，光着脚丫子，单薄、瘦弱，双手紧抱着脆弱的肩膀，紧张地咬着笔尖，还没开始就已经绝望了，任凭愚钝包裹自己。

这种时候两个人便会吵个没完。很快他就失去耐心，开始嘲弄她，看不起她；她呢，觉得受到委屈，对他一脸挑衅和敌意，跟他争吵每一个数字。

两人之间的摩擦很快升温，可以嗅到一股辛辣的敌意。

有时候，辅导课在塔玛拉的啜泣声中结束。忙碌了一整天的露丝，不管有多精疲力竭，还是得赶过来把两人分开。

她还只是个孩子。酷热的夏夜，他会一边在花园里来回踱步，一边这么想着。他会绕着树、车、树篱和一块块草坪转圈，看家家户户的灯一盏一盏地熄灭，最后是自家的灯。好像电话、女朋友、巧克力和报纸还不够似的，还要来这么一番吵闹。就在他身边的这个邮箱里，情书一天一天地寄来。假如他不筑坝拦住洪水般涌来的情书，它们就会把她淹没。

而且，反正她也没法辨读他的笔迹，理解他的用词，那些梦呓般的、充满相思之情的夸张用语。没错，她会拿着这些信去烦露丝，寻求她的忠告。夜晚，她会坐下来写回信，准备信封，用舌头舔湿邮票。也许，她会心不在焉地陷入情网……

他呢，独自一人在闷热的风扇下游荡，备受折磨。

他站在那儿，就在邮箱旁边，完全暴露在阳光下，目光粗略地扫过盖迪的信件。接下来，他会把它们叠起，藏到汽车的工具箱里。这些信从来没有迈进过门槛。夜不能寐的深夜，有时候他会走到车边，钻进车里。借着手电筒的光亮把那些信又翻一遍。信的次序完全打乱，日期也弄混了。那位显然深陷情网的年轻人，每天都会给塔玛拉写信。

他是在无意中打开他的第一封信的。那时他刚从医院回家没几天，对清晨的宁静还很不习惯，又饱受沙漠的干燥和高温之苦。他的信就躺在电话账单和市情公报之间，盖着军队的邮戳。他撕开信封，抽出里面的信纸，匆匆开始读，然而一个字也没看明白。这时他才发现信是写给塔玛拉的，恨不得马上把信原封不动地放回去。他不去理会撕开的信封，把信全部折起来，装进口袋。他本想把这件事原原本本地告诉露丝，结果她快半夜的时候才回家，到那时他已经把此事忘得一干二净。等他记起时，她陷入熟睡。他起身读了信，想立即把信销毁，却又决定把它藏到车里。如果信丢了怎么办？这样一封信只会让塔玛拉大笑而已。

盖迪的信大致是这么写的：

收到这封信你可能会吃惊。你可能会笑我。

篱笆边那场被你父亲打断的谈话。

当然，你可以选择不回信。

而我，却会继续写下去。

实际上，你的沉默让我更容易接着往下写。

就这样，他的信一天一天地寄来。她的父亲则会在静谧的中午，把所有的信件截下。

刚开始，他发现他的笔迹很难认，因为盖迪大部分信都是在战地上、在操练的间隙偷空写的，用背包或头盔垫着，借着落日的余晖、月光甚至只有星光。不过很快他就习惯了他那歪歪斜斜、潦草难认的笔迹，用受过训练的眼睛阅读，还能时不时挑出一些拼写错误，可能是在训练艰苦的时候发生的。

信的藉口是他们参演的那出戏，排练时间跟数学课冲撞，两人便因此接近。上演的是出什么戏？刚回来的那晚，塔玛拉在从机场回家的路上嘟囔了一句什么。那以后他再没听到别的任何消息。他必须问她。

显然，她是一位勇敢的地下英雄的真爱。英雄抱着炸药纵身跳到车轮下，炸毁了火车。故事无疑很荒唐，塔玛拉连作者的名字都忘了。

但盖迪却对它大唱赞歌：

我们的戏几乎被人遗忘了。然而到了晚上，在我的帐篷里，我会对着自己反复念诵剧中的台词：我的，你的，别人的。什么东西触动了我，我似乎没法从剧中走出。

有时候他会坐下，整段整段地念台词，只为了唤醒消失的记忆。

"向河边跑吧，在那儿等我，在大坝的旁边。你们中的任何人都不要开火……不要动……保持安静……我一个人在这儿等火车。还有你，我的至爱。跟他们走。你听见我了吗？这是命令！别管我。"

他让塔玛拉给他寄全部的剧本。结果这个粗枝大叶的孩子在记住自己的台词后，就把剧本扔掉了。

除了这些，盖迪还大段大段地描写营地的生活，不厌其烦地写他帐篷里的战友，让她猜他背上的装备有多重，有多少盎司，抱怨枪托反冲力在他肩上造成的瘀伤。小树林的气味。对步兵排排长的控诉。零星的思考。只言片语。

好像他在为自己写日记似的。

刚刚走出高中校门，还没习惯离开笔的生活，盖迪。

时不时地，他会暗示一下她的沉默，但很快又耐下性子，丝毫没有被冒犯的样子，估计到小女孩需要时间来消化他的爱情。有时他会在绝望中责怪自己。"我让你厌烦。"他会在散发出来复枪油味的军用信纸上一遍又一遍地写道。尽管如此，他仍然没法堵住泉涌的文字，还会加上他对死亡的反思，好像他的前方是敌军阵线，而不是橘林中的来复枪射程。"死亡究竟有什么可怕的呢？"他会用学者型士兵那种就事论事的简明口吻写道，渴盼不惜任何代价来打动女孩的心，而她一封情书也没有收到过。

在其中一封信中，他突然想起来问了一下她的父亲的健康状况。他写道，希望他不用再进医院。

当晚吃饭的时候，他对她进行了盘问。露丝看上去很吃惊。

戏中究竟发生了什么？她到底演的是什么角色？她上台表演了多长时间？她在戏中的分量到底有多重？

结果发现在一场戏中，她居然被拥抱，甚至被亲吻。

他听得目瞪口呆。

怎么会到这个地步？

露丝插嘴道，据她所知，那场戏非常自然，充分显示了导演的才能。塔玛拉则满脸通红，瞳孔放大。她含含糊糊地笑着说，排练的时候非常吃力，因为大家都嘻嘻哈哈。她自己也没办法控制住自己，常常会当着他的脸爆笑。

"盖迪演得怎么样？"

这个名字一出口，接下来就是一阵安静，连露丝都吃了一惊。他认识他吗？塔玛拉紧张地问道，显得很慌张。

他也很吃惊：她不是一直在谈他吗？

"我……"塔玛拉自言自语道，慢慢平静下来。

一阵短暂的沉默。

"噢，他还凑合。不过太认真了。"

就是那么回事，他的认真，那才是让他害怕的事。每天正午他都意志坚定地想要毁掉那些充满激情的信件，到了晚上他又改变了主意。要不了几年，塔玛拉就会成人，那时他会让她读那些信的。

只是为了博她一笑。

一堆胡说八道，整个事件。他四处晃荡，一整天心神不宁，要不他干吗在这事上浪费时间呢？睡不着觉的夜晚，他就蜷缩在车里，蜷缩在那些信件上。如今已经攒了一大摞了。

那男孩正在热恋中，毕竟他很寂寞。但他所有的这些话都是骗人的话，尽管无伤大雅。他想，倘若盖迪知道是我在读他的信，他会打心底觉得恶心的。

随着温度不断升高，云彩从天空一扫而光，空气因强光变得浑浊，信也让他越来越烦恼。然而，那些充满绝望和悲伤的信件却变得越来越短。

"我们的戏已经完全被遗忘了。"这个在内盖夫沙漠的山坡上饱受炙烤的士兵这么写道。

然后，信突然就停了。

尽管他确定那孩子没有在演习中中弹身亡，他开始坐立不安，围着邮箱，在邮递员后面追赶。

信已经中断了一些日子了。

他那辆破烂不堪的旧车，瘸了腿的千里马，温度总是过热，上坡时噗嗤噗嗤地喘着粗气，早上则无精打采地昏睡着。就在他从非洲回来的第一天，在宁静的夜晚从机场往家开，就算是坐在露丝的身边他也觉察到那辆车即将寿终正寝。

齿轮箱不祥的颤动，离合器的嘎吱嘎吱声，引擎呼噜呼噜的响声。

露丝的判决：卖掉它，越快越好。

他说：修好它。还有希望。为什么要让自己没车开？瞧，他可以自己动手修。出院后，他就把车从露丝手中接过来。每一个艳阳高照天色湛蓝的早晨，他都会穿上一件旧衣服，向那辆沉默的车走过去，拉开车门和阀盖，钻到车轮中间。

不过，他没有工具。

于是，每隔几天，他会心血来潮地光顾那家修车店，找他需要的东西。店里的师傅耐心地容忍了他。他不就是在这家店买的车吗？虽然很多年过去了，他还是微笑着反复提醒他们：该对这辆车负责任的是你们。

不管怎么说，他们的关系很复杂。

他会不早不晚、刚好在师傅们午休之前出现，那时店里的人眼睛低垂，脸侧向一边回避刺目的阳光。他小心翼翼地把车开进去，停在院子里，不挡任何人的道。然后，他在昏暗的车库里晃悠，好像他是世界上最悠闲的人。他在修车的师傅们中间穿来穿去，从一个检车坑转到另一个，从头到尾看人家修车，到处弯腰看拆开的引擎，看到工具就捡起来。然后他转个大圈回到车旁边，粗暴地拆下某个部件，比方说电器系统，拖到一个昏暗的角落，一件件地拆开。

他在铺子里倒是十分悠闲自在。工人们对他十分容忍。老板本人是一位经验丰富的老修车工，大部分时间忙着打理另一处修车店，很少在这儿现身。他只在开头的一天过来跟他握了握手，态度很友善，还听他讲了一个东非的小故事。那以后就对他放任自流了。

他会不时钻进一条死胡同。那种时候，他就会说动其中一位技工过来听听他的引擎，踩一踩闸，扭动一下开关什么的。他们想到什么就说什么，最后不可避免地加上一句，这辆车快要散架了，最好把它处理掉。

他呢，好像给蜇了一下，反问道，他当然知道，不过，到底能卖多少钱？

价钱之低让他吓了一跳。

不过现在他还没赔钱，因为在铺子里转悠是分文不花的。只有在极少的场合他花上几分钱，买个螺丝钉或者小管子什么的。有时候，午休时分车库空了以后，他也许会哄一个学徒工留下，在安静的车库里用绞车把他的车吊起，仔细察看车的底部。

　　学徒工总是急切地给他建议，想像专家一样解决问题。他则一言不发地听着。在那些安静的时候，他会挖空心思地深入到引擎最核心的部分，到冰冷扭曲的钢筋深处。

　　最后，他连学徒工的服务也不要了。他会在上午十点工人们休息的时候出现，系上一条灰色的围裙，开始工作。一个宏伟的计划正在他的脑子里形成：把整辆车分解拆开，然后重新组装。

　　今天，车库里跟往日一样安静。然而就在他满身油污地蹲在一个角落、手忙脚乱地拧着一颗小螺钉时，一只大手突然落在他肩膀上。修车店的老板就站在他面前，安静，温厚，悠闲。他慈祥地捏了捏他的肩膀，轻声问："有麻烦？"

　　工程师伤心地点了点头，放下手中的工具。让他吃惊的是，老板建议开车带他出去兜一圈，这样可以听一听声音。

　　老板手握方向盘，他则坐在他身边，两人就这么以蜗牛般的速度出发了。修车工一只手握着方向盘，自如得好像在开玩具车。他本来以为他们在街上转个圈就回去，但老板脑子里想的显然更远。他们上了大路，一头扎进正午火辣辣的阳光中，顶着太阳朝海边开去。刚开始两人一言不发，专心致志地听着引擎。然后老板开口了，谈的是露丝。"这辆车基本上还皮实。比它更老还在开的车我也见过。不过，一辆车到了这个年龄就有了自己的个性，变得任性，染上些怪毛病。比方说，其中一个齿轮会变得很固执，必须这么调挡，还得这么扭一下。不过这还不是最糟的。开车的人一定要温柔一点，耐心一些。你是工程师，知道我是什么意思。但是你妻子——这么说吧——她在你离家后接手这辆车，把它当最新型号的捷豹或别的什么好车似的去开。不要命地开。瞧，我不是在说行人，对不起，那不是我的管辖范围。但车就遭罪了。她会一脚踩到加速器上，一口气踩到底，踩得那么重，好像要把整辆车踩乱似的。每两个星期，我们就不得不给她清洗一下汽化器，而她还是会怪我的伙计。我自己就曾亲手抓着她的脚，把它照该放的地方放下去。我甚至还帮她把鞋脱下，让她光脚去踩踏板，感受一下用力的轻重。一点用也没有。条件反射，就是那么回事。我呢，对女性缺乏耐心。这样她就更不明白我的意思。她会跟我争个不休，跟所有的妇女一样，对机器毫无感觉。连车轮都不会换，你的妻子。对不起，我并不想说她的坏话……"

"没关系，往下讲。"

"你瞧，基本上每两个星期左右，她会把车送来修一次。我倒不担心修车的费用，那是你们的事。但那些麻烦让人头疼，打来的电话，车坏的时间，而且也不总是车的问题。她手上会发生一些最不可思议的事。离合器会给堵住，松不开，特别是在冬天，那些寒冷的日子。我得一次又一次地送人去营救她，晚上还得亲自去拖她的车。你看，我们甚至把我的私人电话刻在方向盘上……好让她记住。"

他看了看，果然是。方向盘上刻着几个小小的数字。他的心突然一阵刺痛。

"她什么也没跟你说吗？一定是不好意思。对了，有时候她甚至会在半夜给我打电话。"

"半夜？"他耳语般地重复道，非常惊讶，眼睛盯着突然呈现在他们眼前的大海。

"有一次，她凌晨两点打电话向我求助，车就坏在去耶路撒冷的大路上。我在路边找到她，她正坐在车里发抖。这个时候她不会去找任何别的人。除了你我谁也不信，她说。我说，非常感谢你的信任。我把她的车拖到铺子里，然后还得送她回家。那些日子里，睡前不查查油箱，我是不会上床的。我总是十分警觉……哈哈，一种临战状态。我就差和衣睡觉……哈哈，穿着鞋……哈哈哈。我对我的妻子说，这就是我永远不让你开车的理由，这样你就不会沦落到她的地步了。"

他的心重重地颤了一下，汗水模糊他的视线，脑袋开始发蒙。往日的旧痛突然在心头涨满。平静的大海，湛蓝而美丽，却让他抓狂，让他想吐。

他的脸上仍然挂着微笑。

老板完全平静了。他把车开上跟海滩并行的一条荒弃的小道，好像一个刚学开车的年轻人，沉浸在初次上路的喜悦中。突然间，他转了一下方向盘，朝山坡下来了一个大俯冲，笔直地向大海开去。他沿着海滩开，离海岸线非常近。车开得十分缓慢，歪歪扭扭地，方向盘忽左忽右，让人晕眩。与此同时，他继续跟他聊着天，喋喋不休地抱怨其他的妇女和其他给他找麻烦的车。最后，收尾似的，他把车头对着大海，一头朝浪花里扎去，转了一个大大的 U 型弯。重新开上陡坡时，车尖叫起来，十分费力，发出一种奇怪的高声哀鸣，不过它还是服从了沉默、不为所动的修车工，一口气爬上山坡，接着又上了路。回去的路似乎一下子短了。

修车工沉默下来，若有所思的样子，加了一点车速好快点回去。

工程师坐在车里，盯着让人昏头昏脑的热气，路被热气扭曲得变形，波浪般展开。

他已经平静下来。

他甚至打算谈谈非洲。

他偷偷地从座椅下的工具箱里抽出几封盖迪的信件，浏览着那些熟悉的句子。

等他们回到修车铺的时候，那里已经忙得热火朝天，车工和顾客在院子里兜着圈子。老板把车停在门口，一个字没说就进去了。他招手唤来一个学徒工，让他把引擎上的一颗螺帽拧紧，然后转向工程师，对他心不在焉地笑笑，说："你已经看见了。车什么毛病也没有。我总是这么说：车的好坏取决于谁在开它……别打扰它了。最好不要每天拆来拆去的。它不会有事的。就是别让你妻子去开它。"

突然他伸出一只手，跟他握了握手，向他作最后的告别，然后就消失在车间里。工程师呆在那儿不知所措，连一句感谢的话都没来得及说。

他离开修车铺的时候已经是下午两点多了。太阳在空中安静地燃烧着，迸射出万千火花。碎裂的光片在他脚下颤动，头上顶着燃烧的华冠。但他仍然相信这不是真正的热浪。至少没有昨天那么糟糕。

他启动引擎，慢慢加入爬行的车流中，向市中心开去。车颤动着，变速杆在手下咔咔响动。他以最大限度的礼貌穿过拥挤的交通，耐心而礼貌地停下，让疾驰的车辆和漫步的行人先行。

飞驰而过的司机对他骂骂咧咧。

他把车开进商业区的一条窄巷子里，停在一家老字号家禽店前面的人行道上。店里塞满了装有活鸡的笼子，顾客却一个也没有。老板娘挪着胖胖的身子，帮他从笼里拿出他挑中的牺牲品。那只鸡在笼子里看上去巨大无比，但一旦在老板娘强壮有力的手中扑腾挣扎时，却显得十分渺小。他点头同意，鸡立即转到在一边盯着他们看的屠宰工手中，他的眼睛空洞而傲慢。

几分钟以后，他们就把那惨白、拔了毛的鸡用一层又一层的晚报包好，递给他。他付了钱。

他把鸡放在身旁的乘客座椅上，有那么一刻他想象那只鸡在报纸下面扑腾。手扶上方向盘以后，他呼出一口气。方向盘给烈日烤得烫手，连为他妻子刻的小数字都烤模糊了。他找出一块布把方向盘包好，就这么把车开走了。

又回到了车流里。又坐到颤抖的车里，顶着晒得白热的挡风玻璃（对，一股热浪），穿过昏昏沉沉的街道，朝白色的公寓房开去。到了家，把车倒进车棚里，车鼻子对着沙质的斜坡。一停好车，他就赶紧朝邮箱跑去，掏出邮件。让他吃惊的是，里面居然有一张来自肯尼亚的明信片，那个荷兰人用英文写的："非常感谢你的明信片。我十分欣喜你还没有忘记我，高兴你一切都好。你的继任是个很不错的家伙。我们合作得非常愉快。代我问候你未知的家庭。你的……"

他晒得满脸通红地走进昏暗的房间。眼睛刚刚受过强光刺激，他只能靠手从一扇门摸索到另一扇门。不知是阳光还是体内余温的缘故，手中的鸡变得暖和了。他走进厨房，把鸡放在滴水板上，又走出去，把汗湿的衣服一件一件地脱下，搭在椅子上。这样他又赤身裸体了。他走进浴室，冲了一个澡，把全身擦干，然后套上露丝的白大褂，回到厨房，打开灯，在一个抽屉里找到一把大刀，把它磨到可以照出眼角的皱纹。他打开包鸡的晚报，从里面拿出鸡，把报纸摊开放在一边。他站在那里，盯着蜷缩成一团的鸡身沉吟。他弯下腰嗅了嗅，然后手起刀落，砍掉鸡头和鸡爪，把它们扔进垃圾桶里。他放下刀，洗了洗手，又拿起

157

刀，从鸡肚的下端下手，细心地切了一条长长的口子。他把刀放在一边，用手伸进切口，在里面掏来掏去。他的手指在鸡腔里缠住，血溅了他一身。他松开鸡，洗了手，进客厅拿了一盏台灯，将强光打到那残缺不全的无头鸡身上。他又一次把手伸进鸡腔里掏动，另一只手在里面配合，分开滑不溜秋的内脏，将乱七八糟不能吃的东西和熟悉的能吃的东西分开。最后他把里面的东西都掏出来，堆在一边。那些东西看上去跟鸡毫不搭界。他清洗，摘除，用大量的水冲洗，把所有的东西放到一个大平底锅里，点燃炉子。

现在他松开白大褂的带子，坐在椅子上，兴奋之情平复下来。他拿起一张过期的晚报，也不管周围的血迹和黏糊糊的羽毛，开始读上面的一些奇闻趣事。

门开了，塔玛拉回了家，进门就扔下书包。她满脸通红，身上冒着热汽，晶莹泛光，校服皱巴巴、汗津津的，低垂的睫毛下一对黑黑的眼睛。好像从战场上回家。她轻轻地、若有所思地向他走来，走进黑暗中，踮着脚尖，突然在他脸上湿漉漉地吻了一下，心不在焉地抚弄他的头发，然后一言不发地走进厕所洗脸。他跟在她后面，站在门道里。

"怎么样？"

"什么怎么样？"

"考试？"

"差劲透了。及格是没有问题的。"

她去了厨房，打开冰箱。他仍然跟在她后面。

"找什么？"

"饮料。"

"水……"

"不是，冒泡的饮料。"

"没有冒泡的饮料。"

她绝望地关上冰箱，转了一个小身，好像才注意到房间的光线。

"这么黑！怎么这么黑？"她打开窗子，拉起百叶窗，火辣辣的光线立刻涌进来。

他把她拉到桌边坐下，在她面前放了一只盘子和一块鸡腿。她用叉子叉了一小片鸡肉，纤细的手指上还沾着墨汁。她心不在焉地嚼着，有一口没一口的。过不了一会儿她的吉他课就要开始了。

"有我的信吗？"

"信？谁写的？"

"哦，没什么……"她退缩回去，有点儿失望的样子。

"你的考试。考得怎么样？"

"别老提醒我。"

"到底怎么样？"

她站起身，向大门走去，弯腰在书包里乱翻了一气儿，拿回一张皱皱巴巴写满数字的试卷，扔到他手上，一屁股坐回到椅子上。

他飞快地看了一遍。

结果呢？

她只答对了一题，另外两题完全是乱答一气。至于第四题，应该有几种不同的解法。

什么解法？

她抬头用探究的眼神看着他，然后一阵大笑。

这些重要吗？

已经成人了。露丝。渴望攫住了他。成熟的智慧。她，像花儿一样在他眼前盛开。身体的芳香。她用一只手支着下巴，另一只手玩着叉子。

她的解法是什么？

她讲了她的解法，完全错了。他立即抓住她的错，给她解释了一通。她垂下眼睑，闭着眼睛听他讲解。数学这玩意儿一点也穿不透她冒着热气的夏日身体，怎么也钻不进她的脑袋瓜儿。

"是的，"她最后终于嘟哝道，"其他人也这么说过。"全都一样，两个男孩得出跟她一样的结果。

"什么结果？"

"七。"

"七？"他嘲弄道，精神一振。

"就是七，一模一样。"

"另外那两个也是白痴。"

她一点儿也不气，反而笑了起来，无所谓地耸了耸肩。算了，有什么办法呢？她天生不是这块料。她会当演员。实话说，她当时想的是，如果答案就这么简单，那它一定是对的。

他给她上课。

她根本没听，偷偷瞟了一眼摊在椅子上的早报。他忽然怒火中烧，一把抓走报纸。她考试的失败让他大为震怒，他开始围着她踱步，最起码可以让她听他说的话。假如她早听他的，这次考试绝不会考得这么糟。他的声音越来越严厉，一只大手牢牢抓住她单薄的肩膀，想把这个沐浴在阳光中、懒散地坐在椅子上、满不在乎冲他微笑的孩子从梦幻中唤醒。完全是女人了。被人喜爱。处子之身。然而在他去非洲以前，晚上玩累了的时候，她仍然会爬到他的膝盖上，偎依着他，根本不理会露丝的微笑。

他拿出一张纸，坐在桌边开始做考题。他飞快地做了一题又一题，心情非常愉快。等他抬起头时，他发现家门大开，吉他和女儿都不见了。

突然间，他觉得一阵天旋地转，只好赶紧逃到塔玛拉的房里，躺到她的床上闭上眼睛。不到十分钟后他睁开眼，挣扎着把自己从火热的深渊中拖回，头上大汗淋漓，心中开始恐慌。他不知道刚才是睡过去了还是不省人事，就脱掉所有的衣服，在身上细细察看，然后小心翼翼地坐回到椅子上，非常疲乏。房里没开灯，只有从刚才被塔玛拉打开的窗子里无拘无束涌进来的光。忽然他意识到自己刚做了一个梦，梦到非洲。自从他回到以色列后，他一次都没有梦见过非洲，尽管他祈祷过无数次。

正准备回想梦中的细节时，门铃响了，声音很刺耳。他赶紧穿上衣服，头发乱蓬蓬的，一边想着刚才的梦，一边朝大门走去。

门外站着一个给太阳晒得黑黑的年轻人，来找塔玛拉。

他回答说塔玛拉不在家，想把门关上。

年轻人瘦瘦高高的，戴着眼镜。他后退一步，朝他鞠了一躬，低声问她什么时候回来。

突然他明白了，面前站着的是盖迪。

他一下子清醒过来。

空气活跃起来，一种若有若无的粉色，很不自然，阳光燃烧空气的产物。也许树梢上还游弋着几缕残存的凉爽，但马路、人行道、阳台、房子，还有盖迪自己，都存在于无氧的状态中，一种梦幻般的空气。硕大的太阳熔化成一个火球，飘浮在真空中。

他终于开口说道："她在上吉他课。什么时候回来？谁也说不准。不过她肯定会回来的，因为她还没有开始做作业。你是盖迪？"

那个年轻人，那个大男孩，非常惶恐地答道："是的。"

他的语气里有讨好，还有一闪而过的兴奋和恐慌，急于在这扇未知的门前赢得友谊。

"您是怎么知道的？"

一缕光线跌在他的镜片上，裂成碎片。

父亲没有答话，只是看着那个忧伤而勉强准备撤离的男孩。男孩垂下手臂，轻轻甩动着，脚往后挪，头朝后仰着，好像在邀请痛苦的来访。这种痛苦只有那种饱受相思之苦、明知没有希望却又不肯放弃的人才能体会到。

"请您……只要您告诉她我来过，还会再来找她。也许我应该先打电话。好吗？谢谢。再见。"

但是父亲突然醒过来，意识到他不能让这个男孩就这么跑掉。他把门完全打开。

"你可以进来等。只要你在这儿。她会回来的。家庭作业。此外，她数学也考砸了。"

"我不想耽误她的时间。"

"没关系。"

他侧身让那男孩进屋，把门关上。盖迪根本没想到他会一头栽进黑暗中，陷入黑暗的陷阱。

他径直把男孩引进塔玛拉的房间，把百叶窗拉高一点，让光线进来。房间里非常凌乱，空气闷得让人透不过气，完全是一个孩子的房间，一个还留着婴儿痕迹的育儿室。一只拿不准用途的小凳子（下面有一个壶）。穿着褶裙的玩偶在搁板上排成一排。一面墙上，几个色泽鲜艳的小矮人在跳着舞。时不时地，房间里还会神秘地飘过一阵尿片的气味。

盖迪站在进门的地方迟疑不决。他担心脚上穿的带钉的靴子，不敢相信自己竟能置身于心爱女孩的房间。他的目光饥渴地从一面墙转到另一面墙，最后落在皱巴巴的床上。

他问他要不要喝一杯冷饮。

不，不用，真的不用管他。他的脸被高温烤得发红，汗湿的衬衣紧粘着背。

"都一样，今天非常热。"

"是的，热得要命。"

"那你到底要喝什么？"

"好吧，就给我一些水吧。"盖迪选择了最简单的方式。

父亲去厨房倒了一大杯水，回房后发现那小伙子正借着百叶窗缝隙透过的光，神情严肃地打量书架，仔细研究那些色彩缤纷的儿童书籍、百科全书、中篇小说和童话的标题。他把杯子递给年轻人，盖迪感激不尽，对他非常尊敬。他神情庄重地接过杯子，好像在敬酒一样举了举杯，十分礼貌地抿了一小口。不过，当他注意到塔玛拉的父亲还站在那里等他时，他赶紧把杯子送到嘴边，一口气把水喝光。水从衬衣上滴下，落到地上，很快蒸发干净。他急忙把空杯子还给他。

他没想到塔玛拉的父亲会留下，而且一屁股坐到凌乱不整的床上，让他搬把椅子在对面坐下。

床上放着一个压扁的枕头，上面留着父亲的头印，也许还有刚刚造访过的梦残存的碎片。他拿起枕头，用手把它抚平，希望记起那个正在消逝的梦境。房间里热得跟着了火似的。从百叶窗的缝隙里射进来的不是光线，而是火焰。盖迪喝下去的水从额头上渗出，跟眼泪一样从脸上滴下。他一动不动，眼睛仍然盯着那些百科全书，好像他的命运都写在里面。

这样的沉默。

两人的内心亦如火烤。

盖迪戴眼镜让他十分吃惊。他根本没想过那男孩会是近视眼，特别是盖迪在信中从没给过任何暗示。除此以外，别的一切都在他意料之中：长脸，一脸雀斑，甚至他那微微前凸的嘴唇。

他已经意识到，写这种情书的人不可能是个美男子阿多尼斯。

"这太阳，难道没把你晒得够呛吗？"

"哪儿？"

"噢，我不知道……操练的时候，野外，沙漠里……"

"没有，"一个惊讶的微笑，"已经习惯了。"

在一阵简短的沉默之后，盖迪也开始让他惊奇了。

"到过非洲之后，这样的太阳对你一定不过是小儿科。"

奇怪的是，他压根儿没有谈非洲的心情。突然间他开始怨恨，嘟嘟囔囔地说道："你对非洲的一切知识不过是童话。那儿一点都不热，相反，天气倒是凉爽得很。"

盖迪刚开始对他的直截了当有些畏缩，接着就决定抓住时机。他还有些心存侥幸。假如他命中注定要跟心爱女孩的父亲待在黑暗中，坐在她酷热难当的房间里，那他倒是乐意听听任何关于凉爽非洲的故事。

他没想到的是，躺在床上的父亲马上就对他进行了一番简捷的审问。

关于打靶，关于装备、武器、训练的时间、指挥官、惩罚、晚上做的梦。

盖迪的脸藏在阴影中，眼睛瞪得老大，对提问的精确性既惊奇又入迷。他身体僵硬地坐在椅子边沿，随时准备笔直地起身。

他毕恭毕敬地回答了所有的问题。

提问终于结束了。在重新降临的沉默中，盖迪竭力想听到塔玛拉的脚步声。然后，他摘下眼镜，用衬衣边擦了擦镜片，将他美丽的大眼睛暴露了一小会儿。他瞟了瞟表。他在考虑逃走吗？无处可去的目光，又落在了书架上，忙碌地打量着上面的书。

房间里刺眼的光线暗了一些。一片走丢的云彩从太阳身边飘过。两人的目光在房间里游荡，相遇，分开，落在塔玛拉的书桌上，几乎同时，发现在书籍和纸张之间，零零落落地散放着她的衣服：一件单薄的上衣，短裤，一件极小的天蓝色胸罩。

两人都有些窘迫。但是，盖迪的心中无疑被幸福涨满。

他决定款待他一块鸡腿。

"想不想啃点什么？"

"噢，不用。谢谢。"

"别客气，吃点东西。"

"不用，谢谢。我发誓我一点儿也不饿。"

"吃一点吧。这样以后你不会抱怨，说我们没有好好款待你。"

"我的天啦，不会的。我怎么会这样说呢？"盖迪笑道，笑中透出一丝不安，觉得这里面一定藏着什么滑稽的笑话。

沉默。

盖迪垂下眼睛。

"还是来点吧，你要什么？"

现在，盖迪警觉起来。

"不用，我发誓。什么也不要。"

"这就是你太固执了。我还以为我们是朋友呢。"

那孩子马上投降了。

"好吧……吃什么?"

"肉。"

"肉?"

"一块鸡腿肉。"

"鸡?"

"难道你不喜欢吃鸡?"

"不是……我喜欢……"现在不撒谎都不可能了。

沉默。

"怎么样?"

"我们等塔玛拉回来再吃。"男孩绝望地建议道,看来他确实一点也不饿。

"她要很晚才回来。而且,她也不喜欢鸡。"

盖迪是没法想到这一层的。

"好吧,那就来一点。不过,就一小块。我真的不饿。"

"随你便。"

他跳下床,去厨房拿了塔玛拉吃剩的盘子,回到房间发现盖迪又起来了,绷着两条腿,像困兽一样在房间里走来走去,手里捏着非洲武士的头像。他把盘子递给他。盖迪一遍又一遍地感谢他,好像是他自己要吃似的。盖迪以为,这位父亲终于不管他了。谁知他又上了床,面朝他躺下,看盖迪小心翼翼地捏着鸡腿,送到嘴边,咬了一口。一方面,他想尽快地吃完鸡腿,另一方面,他又不想显得太狼狈。渐渐地,他的胃口开始恢复。他十分利落地咬下肉,又啃了一会儿骨头,然后小心把剩下的骨头放到盘子里,舔了一下嘴唇。

"谢谢。"他小声说道,徒劳地想从口袋里找出一条手绢。

父亲对他笑了笑。

刚才遮住太阳的云现在飘走了，光线变强了一些，不过不再是那种沙漠里刺眼的强光。现在，光线里面渗进了一种模模糊糊的红色，带着一些倦怠。

盖迪伸开两腿。他突然觉得自在起来。吃进肚里的鸡腿融化了他。他弯腰又拿起那尊非洲雕像，抚摸着他的头盖。

"这是从肯尼亚带回来的？"

父亲点了点头，突然发现雕像和那位非洲医生十分相似，这个发现让他惊讶。

他问盖迪是否想做一名医生。

不想。

工程师？

不会，从来没往那方面想过。

那么想做军官？

绝对不会，那是他最不想做的事。他憎恶军队。

那他想做什么呢？

他有他的梦想，盖迪微笑道，拥抱他甜美的秘密。谈到他的梦想，他变得有些口吃了。他想做的事介于导演和演员之间。

父亲想知道他是否肯定他能靠此谋生，养活自己的家人。

盖迪笑了，变得兴奋起来。他还没有想那么远。那是将来的事。忽然间他觉得自己明白了。瞧，现在他的身份是追求者，一名丈夫候选人。他激动得面红耳赤，心里非常紧张。玫瑰色的光从百叶窗缝隙里射进来，在塔玛拉凌乱的床上闪耀着，他好像看到了婚礼的场景。他被一种新的自由感攫住，从椅子上跳下，在父亲的面前来回走着。他脱口谈起剧院，谈到他读过或写下的剧本，还有光线，舞台布景。他的谈话混乱而没有逻辑。激动的时候，他狂乱地挥舞着手中的非洲雕像，滔滔不绝地谈着真正的原始艺术。

几分钟以后，他变得结巴起来。他意识到父亲并没有听他说什么，他只是在看他。他回到椅子边坐下，把雕像放回原地，安静下来。

长长的沉默。

盖迪全神贯注地看着手表，好像要用眼睛吞噬那些数字。

"写这些信的人是你吗？"

"信？"盖迪的脸变得苍白，"给谁的信？"

"塔玛拉。"

"是的……"

父亲朝他友善地笑了笑，跳下床，伸了伸懒腰。

"我全都读了。"

说完这句话后，他看也没看那男孩一眼，就飞快地离开房间，穿过过道，溜出房子，将黑暗甩在身后。他走过院子，瞟了一眼邮箱，扫了扫黑黑的路面，然后是行人，骑自行车的孩子们。他把目光投向街的尽头，投向天边与地平线交接的一抹红霞，搜寻着塔玛拉的身影。最后他终于慢慢地放弃，走到车旁，钻进去，打开工具箱，拿出所有的信件，叠成一捆。他找到一根线绳，扎好那捆信，转身回到原路，在大门边逗留了一小会儿，轻快地甩着扎好的信，看世界准备迎接夜晚的来临。他呼吸着凉爽的空气，终于走进他的黑房子，穿过过道，回到塔玛拉的房间。让他惊讶的是，盖迪已经平静地坐回去，翻着一本百科全书。他终于鼓起了勇气从书架上抽出一卷。

父亲一进房他就合上书，坐直身体。

现在他该走了。他打搅了这么久。塔玛拉一定在路上堵住了。他知道她：一个话匣子。

他紧张地笑了笑。

看到父亲手中的信札他的身体立即变得僵硬。他迫不及待地接过信，好像需要马上看到自己的笔迹。他用手指打开捆信的线绳，那捆信便跟花儿一样散开，叶片在手掌中浮动。

房间里的光汇聚到一起，好像一洼一洼的水坑似的。

盖迪真的糊涂了。

他听到的解释是：塔玛拉没有读过这些信。信根本没到她的手中。就算是交给她她也读不懂。她还只是一个孩子。这些信也不容易读懂，很多地方让人莫名其妙。他们是不是应该说再见了？

盖迪的脸苍白了，晒黑了的皮肤完全褪色，不过他竭力保持平静。此刻，这个害相思病的男孩倒不愿意跟父亲告别了。不仅如此，他变得大胆起来。也许这些白写了的信件伤了他的心。

"到底什么地方让你觉得莫名其妙？"他重新坐下，愤怒而固执地问道。

塔玛拉今天回家真的太晚，父亲焦躁地想。他坐下来，从盖迪的膝盖上拿过几封信，借着昏暗的光在字里行间搜寻着。盖迪朝他凑过来，跟他一起浏览。光线一点一点地从房间隐退。

身边的盘子上，裸露的鸡骨头在微光中闪烁，一顿已经被遗忘的晚餐。父亲东读一句，西读一段，跳行寻找着晦涩难懂的地方。盖迪又一次抓住那尊小雕像，指甲扎进去。

"这里说的是那出戏……"盖迪突然嘟囔道。

"对，那出戏，"他急切地抓住这些字眼，"所有那些都不清楚。塔玛拉已经丢掉了剧本，你这里的引用就脱离了上下文。"

盖迪愤怒地强压住眼泪，开始重新讲述整出戏的剧情。

塔玛拉回得很晚，太阳落山的时候才到家。他们先听到她的自行车声，咣当咣当地压过路面，然后在门口看到她的身影。她把吉他斜背在背上，好像背了一支枪，枪筒从肩膀上露出来。她看见他们面对面坐着，疲惫不堪的样子，雪堆似的白纸。窗台上，还有她早些时候打开的窗子下面，闪烁着一种新的黑暗。

她困惑不安，不知盖迪怎么会坐在她的房间里。她太年轻，对这样的冲击有些手足无措，看上去要哭的样子，跟那晚去机场接他时一样。男孩甚至不敢看她。他低着头，目光亲吻着她的双脚。

父亲好像突然意识到自己的女儿是如此美丽迷人。

"盖迪，你怎么在这儿？"她叫道，朝他走去，对父亲完全视而不见，"为什么你没穿军装来？"

盖迪镇静下来，像一个成熟男人一样站起来，高大笨重，头几乎碰到天花板。

父亲大踏步穿过房门，推开塔玛拉，含含糊糊地嘟囔了一句，关于一个什么婚礼的傻话。

他逃到了外面。门在身后一关上，他的脑子里就只有他自己了。有好几分钟，他在黑黑的院子里走动着，有时在橙树下逗留，抚摸着腐烂、萎缩的水果，追逐着几只不知哪儿来的青蛙。院子里的那一小块地已经没有任何泥土味了。一片干燥的荒地和尘土，一块枯萎的草坪。那两个人完全疏忽了这个花园。如果他还有精力的话，他会在杂草丛中的某处拾起水管，接到水龙头上，朝眼前的一切喷水，房子，炎热干燥的空气。

离露丝回家还有两个小时。

所有的这些大学课程，彻头彻尾的疯狂。

他猛地一下转身，朝停在院头小坡上的汽车走去。他走到车边，机械性地打开车盖，头在黑乎乎油腻腻的铁器中探来探去，摸一摸螺栓，摆弄一下活塞，轻轻地扯一下电线。然后，他砰的一声关上车盖，钻进车，坐在方向盘后面，打开引擎，直到它在尖叫声中打燃。他有些畏缩，在座位上弯下腰，满脸痛苦，闭眼聆听引擎刺耳的喘息声。不管修车工说了什么，他心里清楚这辆车是完蛋了。假若他在非洲再待上一年，他可以把这辆车以旧换新。他伸出手，关上引擎。

不安静的夜晚。各种带着悲剧色彩的声音在空中飘荡，混合，伴随着轻轻的哼唱。邻家的灯光，小孩的叫声。他听到孩子们与他们的父母固执地争辩着。要求，抗议，蟋蟀们的尖声啼叫。就在这儿，房子后面的不远处，有他十五年前安装的一台老水泵，没日没夜地轰鸣，十五年来一直如此，好像一个巨大的心脏在起搏。

还要两个小时露丝才能回来。

房子里被一种奇怪的静寂笼罩着。他飞快地瞟了一眼，整栋房子灯火通明。他们决定开灯庆祝，也许塔玛拉在读所有的信件。盖迪戴着眼镜，在一旁备受煎熬地等待着。

露丝会回来的，塔玛拉会向她哭诉，然后开始摔东西。他再清楚不过了。他知道只要他抬高声音或者举起一只手，塔玛拉就会变成一只狂野的动物，对属于他的任何东西进行攻击，手里甚至会握着一把小锤子。她已经砸碎过一次车灯，折断过他的计算尺。不仅如此，她还会一边歇斯底里地抽泣（也许是在拼命忍住笑），一边把碎片拿给他看。然而今天他完全没有争吵的兴致，也没有吃晚饭的胃口。今晚他不会吃饭。不会开口。如果塔玛拉开口的话，他会动手打她。没错。如果露丝把他拖进争吵，他会跟她翻脸。无论如何，生病的人是他，易怒、该被可怜的人也是他，而不是盖迪。

他应该受到温柔的款待。

他用头敲打着方向盘。

他应该开车去什么地方兜一圈。

他本来打算把车发动起来，但又改变了主意。他从衬衣口袋里掏出荷兰人的明信片，打开头顶上的小车灯，眼睛扫了一遍上面的几个字。

荷兰人——

他总是喜欢说：我是一个居无定所的人。

他把灯关掉，弓起背，双手抱住方向盘，头开始下垂。他要在车里一直睡到露丝回家。

他打起了瞌睡。

夜晚车里已经储存了不少凉意。露丝说过，假如你每天晚上不在车里睡觉，你就不会在床上翻来覆去睡不着。但他心里清楚，要不是每晚在车里打个盹，他早就趴下了。

半小时后，他从熟睡中惊醒，发觉自己手臂酸痛，脑子仍然负荷过重，过了好一阵子才恢复。夜更深了，他瞟了一眼自家的房子，只有塔玛拉的房间还亮着灯。盖迪显然已经离开，从他身边悄无声息地溜过，也许连信都带走了。至于这个世界，跟以往一样，毫无变化，街声，孩子的吵闹声，邻家的灯光，水泵的轰鸣。只是荷兰人的明信片在他手中揉皱了。他又一次打开车灯读那张明信片，翻过卡打量上面的照片。当地的一座小山村，远处是乞力马扎罗峰。确实，他没怎么看过肯尼亚。他们把他从那儿移走，连根拔起。他只知道内罗毕和水坝之间的路。他曾经为自己计划过一次伟大的旅行。是的，一天晚上，那位非洲工头邀请他和荷兰人去一个偏僻的村庄参加一场婚礼，那里住着当地最原始的部落。他们在晚上收工以后六点出发，摸黑开了四个小时的车，最后停在一些黑魆魆的小棚屋前面。

工头们十分窘迫，以为一定出了什么差错，害得这些白人白跑了那么大老远的路。他们找到小棚屋里的一个原住民，跟他用方言比比划划地谈了大半天，他们说的是一种完全不同的方言，弄得双方都精疲力竭，才闹明白确实有一场婚礼，不过要等到午夜以后才开始。现在村民们都在睡觉。婚宴定在村子里安静的广场上举行，就在广场中间一块巨石的裂缝里。村民们对这块巨石十分膜拜。黑夜沉沉地向村子周围那些高大笨重的山廓压下来。整个村庄躺在一片盘根错节的芬芳葱绿之中，就连穿着西装的本地工头在此地也显得有些格格不入。他们坐在那里一边用英语聊天，一边吃吃地笑。荷兰人坐在一个旮旯里抽着烟。他走过去，在他脚边躺下，躺在那儿数星星。在夜晚的凉意中，他的疲倦渐渐变成温柔的耐心。午夜时分，村子骚动起来，黑暗中传来人声。篝火在一个山坡上燃起。黑暗飞快地逃离。

一个陌生男子突然从圣石上一条黑色的裂缝中钻了出来。他是白人，一位年轻的美国人类学家，独自在此地晃悠很久了。今晚他是专为婚礼而来的，身上还带了录音机。彼此介绍一番后，这个美国人便挨着他们坐下，滔滔不绝地谈起婚宴的意义和不同部落间的婚俗，他说得非常快，也不管他们能不能听懂。他很努力地听，不过并没有明白多少，觉得这年轻人的热情太夸张了。低沉的鼓声缓缓响起，裸着胸膛的部落男人走过来，在他们身边燃起一堆巨大的篝火。人类学家跳起来帮他们，打定主意用当地土话跟他们交谈。篝火四下点起，人们不断地从小棚子里走出来，广场上猛然间人满为患，山边也挤满了嗡嗡的人群。有人从巨石上照亮聚会，把他们几个带到篝火旁的贵宾席。他们身边挤满了人。小孩子还是婴儿的年龄，被大人从黑暗中推到被火光照亮的地方。他们围着火堆爬来爬去，爬到他们身边，伸手去摸这些白人。叫喊声和单调平板的吟唱声在人群中荡漾。午夜的喧闹。慢慢地，人群开始手舞足蹈。瘦骨嶙峋的汉子们在一角跳来跳去，他们蓄着胡子，头发蓬乱，屁股上一块遮羞布也没盖。跟塔玛拉差不多年纪的女孩裸着双乳，轻轻地扭动着身体。她们各跳各的，毫无次序可言。一种巨大的疲惫感向他袭来。他不是一个热衷民俗的人，眼前的一切对他来说毫无意义。那些涂着花脸系着草带的巫师，他们一边上蹦下跳，一边做出各种威胁的手势。他旁边的荷兰人也开始打瞌睡了，持续扇着的篝火让他们麻木。女孩们不停地扭动着身体，姿势不变，只是加快了节奏。很可能这些女孩就是新娘。在宾客和表演者之间穿针引线的是一个黑人，十分古怪的一个角色。他头发灰白，穿着牛仔裤，一边用生硬的英文跟人解释，一边手舞足蹈地哼着歌。他想激发这些白人的兴趣，让他们快乐起来。人类学家热切地听他说话，给他鼓掌，兴高采烈地拖着麦克风跑来跑去，匆匆地录下鼓声。当地的工头们刚开始十分漠然，现在也活跃起来，越来越兴奋。周围的场景唤起了他们心中的某种记忆，让他们猛地回到部落时代，加入到大众的喊叫声中。他觉得十分无聊，完全失去了观看的兴趣，自作主张地担起给录音机换新磁带的任务，对它如何运转着了迷。与此同时，场上的圈子里又上来一位重要的巫医，浑身上下缀满了布条和稻草。鼓声越来越高昂。跳舞的女孩们尽管仍然各自为舞，但节奏却加快了。那位白发的黑人凑到巫医身边跳舞，围绕着女孩子旋转，威胁着要抓她们。女孩子尖叫起来。有那么一阵子，他真的开始逮她们，抓住她们的腰，把她们举到空中，一个一个地扔进客人们的怀抱。他把第一个女孩给了人类学家，叫醒荷兰人，把第二个女孩放到他的膝盖上，第三个掉进他的怀里，其余的给了工头们。已经昏昏欲睡的他突然惊醒，目瞪口呆地发现自己的膝盖上坐着一个本地的黑人女孩，如同一只巨大的鸟儿，裸露的身体柔软湿润，汗光莹莹。天鹅绒般的肌肤，古怪的气味，小小的乳房紧紧挤压着他。人们继续跳着舞，新的女孩替代了被劫持的女孩。上百张脸面带微笑地看着他们。欢乐的喊声响彻云霄。他沉浸在甜蜜的感觉中，一动也不敢动，屏住呼吸，生怕自己的任何举动被人群误读。荷兰人呢，此时却活了过来。这个苍白的单身汉让他吃惊。他把烟斗从嘴里抽出，放到地上，手开始轻轻地抚摸膝盖上的女孩，低头亲吻她的肩膀，嘴唇在她的乳房上亲来亲去。他面带微笑地做所有这一切，姿态优雅。整件事不到五分钟就结束了。当他准备动手时，快乐的黑人出现了，把那些女孩一个一个地从他们怀里带走。女孩们回去继续跳舞，很快淹没在人群里。鼓点依旧凶猛。篝火又被扇得旺起来。

回去的时间到了。他们离开篝火，冻得浑身哆嗦地爬上卡车，在黑黢黢的山路上颠簸了近五个小时。他们中的大多数一上车就睡着了，只有他，一路上一会儿眼也没合过。他坐在沉默不语的荷兰人身边，搞不清他是睡着了还是醒着。从零零星星的谈话中，他得知关于女孩子的整个插曲并不是仪式的一部分，而是那个快乐的土人即兴导演的一出戏。他从一个庆祝活动换到另一个，扮演的是主持人的角色。

等到他们回到工地的时候，天边已经现出第一缕晨光。所有的人都精疲力竭了。他跟荷兰人肩并肩地向他们的小棚子走去，一路上默默无语。他的棚子在第一个，因此也最先到。荷兰人嘴里叼着烟斗，向他略略点头以示告别。而他呢，不知为什么，昏头昏脑地拒绝跟他分手，粘着他，陪他一直走到他的棚子，在门口磨蹭。荷兰人微笑不语地进了屋。他不得不回到自己的屋里，一上床就睡着了，但半小时后又疼醒了。那时太阳还没升起。后来的一切就是这么发生的。

离露丝回来还有一小时十五分钟。

他啃着指甲，突然想也许他确实得了癌症。

不可能。那寒冷，神经。

疼痛已经消失了，不是吗？不过假如他闭上眼睛，把全部的注意力放在自己身上，这样坚持一会儿，他又能感到昔日的疼痛。

不，他们不会撒谎的。

至少那孩子会知道，而他会从她那里感受到实情。

他必须得挪窝了。

他会开车去市中心，买一份晚报和香烟，四处逛逛，混到露丝回来了事。

他想把车发动起来。引擎嘎嘎啦啦地响了很长时间，就是打不起来火。他决定用人力来发动，放开手闸和车，头灯已经坏了的车开始沿着小小的斜坡往下滚。轮子转动时发出模糊的沙沙声，像干树叶碾碎的声音，然后速度就快起来。车猛然摇晃了一下，偏离正轨，蜿蜒地滑行。他踩了闸。老天，一定是石头。院子里仍然散布着石头和木头。该死！他从车里钻了出来，想看看车轮被什么东西绊住和撞到。结果骇然发现车轮旁边躺着一个人。一个男人从地上爬起来，抖掉身上的尘土。是盖迪。他爬起来，脸上还挂着眼泪，眼镜也不知给弄到哪里去了，身上脏兮兮的，疼得抱住一只胳膊，弯腰去捡压碎的镜架。他一声不吭，看也不看他一眼，就这么一跛一跛地沿着小山坡朝街上走去。

他震惊地盯着那男孩的背影，决心赶上他，但他已经在街角消失了。

他完全给击垮了，绝望地在沉默的车旁跪下。房子里一点声音也没有，黑乎乎的。塔玛拉窗户上的灯也熄了。他看了看表，还有一小时十分钟的时间要打发。他瘫倒在地，直挺挺地躺下来，胳膊伸开，好像已经被死亡征服。就这样躺在地上，他想，他就在这条路上等待；露丝会从这里回来，不管她是否疲惫不堪，这一次，她一定会把他碾碎。

雅达尔夜行快车

孤零零的北风，恼羞成怒的北风，任性地沿着嘎兹博山脉狂舞，在干涸的河床上哀号，奋不顾身地冲向鹅卵石，却又突然偃旗息鼓。风儿捕获一切，不放过任何小小的角落。自然，它们也知道这个叫雅达尔的小村庄。它隐藏在一道崎岖的山坡上，悬挂于狭长的萨瓦金山谷上方。山谷蜿蜒，伸进一道深不可测的裂缝，弥漫着神秘的气氛，脚下是那个白色的村庄。

只有在这个时候——在风咆哮着穿过村庄、狂暴地撕裂着房屋、毁灭我们的小园子、闯入我们安静的生活时——只有在此刻我们才感觉到有客人来，来造访我们这个偏远的雅达尔村庄。我们的心会先是一空，然后兴奋地怦怦直响。我们在村子里困惑地游荡，顶着狂风行走。安静的忧伤渗进我们的身心，刺激着被旋风模糊的眼睛。我们的视线会徒劳无益地寻找着远方：被巨大的山脉突然中断的远方，在嘎兹博的群山之间不知疲倦地延伸着的山脉，挺拔而交织的山峰。

但在寻常的日子里，天空寂静而蔚蓝，疲倦的风独自漂泊，村子里静悄悄的。一种表面上的宁静。我们等着快车的呼啸声，那列穿过群山飞驰而过的火车：雅达尔夜行快车。

是谁第一个想到在嘎兹博的荒野建这个村庄？没人知道。据说在早年，铁路路基从比莱姆平原一直挖到遥远的帕米亚斯，可以说是嘎兹博地形最难挖的一条铁路线。部分修路的工人决心把这些荒野的山谷当成家园，暗自希望在这里创立新的生活。

传说就是这些工人先在此地安家，然后许诺富饶和希望。他们兴建房屋，耕耘山脚下的沃土，最辉煌的荣耀就是建了一个火车站，相信它会成为四通八达的铁路网中的一个交会点，在这片石头满地的贫瘠土地上开出一条路。没多久，铁路带来的兴奋感渐渐消失。战争在海外打响，这个小村庄仍然孤零零地待在这里，被人遗忘。人们突然发现，雅达尔离任何其他村镇都远得吓人，它跟外面的唯一连结就是那一条条错综复杂的山路。人们寄托了全部心思的火车站，不过是一个毫不起眼的山间小站。每天只有两列火车从村里穿过。一辆在黎明前，是从莱沙矿区开过来的一列老旧货车，嘎吱嘎吱地碾过；另一辆在天黑前经过，那是铁路公司最好的豪华列车之一，穿过两个国家。它，就是雅达尔夜行快车。

接下来是被打断的日子，灰色的日子。每天，当列车伴随着最后几缕柔和的日光疯狂地驶过，时光就减成一道狭长、萎缩的落日。每一天都受制于这个时刻，只有在这个时辰，它的存在才能得到证实。每一天都被分成两半，火车露面前和火车消失后。在那嘈杂喧闹的几秒钟里，火车从高山脚下现身，朝着等待它来临的村子开过来。那几秒钟既可称作时间也可称之为"时间焦虑症"，如同接下来的几代人对这种交织着狂热期待和无力愤怒的模糊情感的称呼。被遏制和驯服的时间伴随着火车在安全的轨道上滑向未知的目的地。

这个村子越是与世隔绝，对它将永远与世隔绝的认识就越清楚，对那个每天重复的神秘时刻的期待也就越强烈——不管人们对那个时刻如何挑剔而吃惊。每个白日，每个傍晚，我们都恭顺而殷勤地聆听快车的到来，追随它的轨迹。

火车时刻表上说：快车到达雅达尔站的时间是六点二十七分。

四点三十分，最先上完课的一批孩子开始下山，向山脚下的村子里跑去；五点，村里所有的孩子们都会在那儿会齐。五点三十分，沙瑞拉太太会打开家里的百叶窗，那扇窗俯瞰一座横跨干河的宽桥。然后，她会搬几把椅子到阳台上。五分钟后，她的邻居和朋友会陆陆续续地到达。六点，所有俯瞰着铁路的小窗都会打开，里面探出形形色色的头。六点零五分，一群活泼的年轻人会在邵丽太太家那棵无花果树下聚集，大声喧哗。塔拉万先生几乎会在同一时间出现，站在那里张口呆看，困惑而又充满期待地四下张望。六点十分，村委会的例行会议将准时结束，成员们和秘书将移师屋前的广场。几分钟后，达迪什会醉醺醺地走过来，哼哼唧唧地寻找他坐的那块石头。六点十五分，葡萄酒商帕纳斯的马车会爬上山路，朝村子里赶来。车后跟着五个民工，他们已经修了很多年的大坝了。他们会缓缓地爬上村东狭窄的山路，为的是将夜行快车看得更清。那个时候，残疾人伊胡迪的窗子会打开，里面探出一颗苍白的头。孤儿梅书拉姆则会狂奔过桥，将大块大块的废铁码到铁轨上。紧接着传来他婶婶的一声惊呼，显然是对他发出的，但总是来得太迟。

六点二十二分，几乎人人都用手遮住了眼睛。夕阳西沉，最后的光线却来得异常耀眼，如潮水一般溢满小桥。落日时分，我会从椅子上悠闲地起身，手里握着两面小旗，绿色的那面打开着，红色的还卷着，准备好对列车的招待仪式。六点二十四分，孜瓦会从隔壁的房子里赶过来，安静而激动地挨着我站下。六点二十五分整，老站长阿迪提先生会从站务室走出。他总是有些匆忙地走着，背有点儿驼，心里很清楚村里所有的人都在安静地看着他。他走到道岔那两条长长的灰杠杆旁，把它们朝自己的方向扳过来。这样他给火车轮子创造了两道平滑的铁轨线，截断了它们跟附加轨道的联络。那是一条跟主轨平行的转轨，通向站台，已经生锈了，上面覆盖着青苔。转轨表面上好像是伴着主轨过桥，实际上是一条死路，好像受压抑的梦想突然悲伤地结束。阿迪提完成了他简短的任务，眉头紧锁地继续在那里等待。他的身体斜靠在两条灰杠杆上，好像在强化他的工作。

六点二十六分。远方传来火车的鸣笛声。一种无言的焦虑开始袭上我们的心头。我赶紧放下红色的旗子，将打开的绿旗斜举到空中。六点二十七分整，火车从群山中现身，突突地朝我们开来，有节奏地响动着，带着喧哗，尖叫着从我们身边驰过，引擎的轰响打断了映现在窗玻璃上的一个充满光亮的安静世界。列车飞驰而过时，车轮有节奏地响着，动作整齐划一。

朝列车挥手的常客有沙瑞拉太太、眼睛总是睁得大大的梅书拉姆和帕纳斯的工人们，不过有一个例外。有时，车上也会有几个乘客反过来朝他们挥手，大概是因为在荒野中经过这么一个小村庄的缘故。所有的眼睛都目送着火车过桥，消失在第一个拐角。然后，人们偷偷地面面相觑，一言不发，面色沉重而不自在。片刻过后，黄昏降临，看车的人们四下散去。

日复一日，过去、现在、将来都会如此。

但她却不那么想，那样的想法孜瓦从来没有过。每天来这儿等着看车的孜瓦刚刚成人，对黄昏日复一日的期待让她变得越来越可爱。她在这忧伤而又乏味的重复中酝酿她对未来的计划。孜瓦心中的不安分快要烧到沸点了，她的目光投向来自北方的风，在狂怒的北风中寻找遥远的决心。这就是我用全身心暗恋着的孜瓦。她知道我的心思，因此躲着我，回避我。孜瓦如此擅长保持沉默，但今天她却破例了。今天她突然摆脱了沉默的外壳。

今天，当最后一节车厢消失在群山中，晚风因山顶正在酝酿暴风雨而变得清新，我跟往常一样注视着站在黑暗中的她，手里的绿旗甩来荡去。孜瓦意外地朝我走来，捡起红旗，仔细地解开缠在上面的结。然后，缓慢地，梦一样地把旗子在地上铺开，用双手握住它。她的脸上带着一种奇怪的表情，蓝色的眼睛闪闪发光。看到我弯下腰，她突然瞟了我一眼，眼神既恐惧又庄重。她鼓起勇气喃喃说道："这面红旗……是崭新的……"

我看了一眼那块红布，突然意识到自己从来没有看到它这样打开过。

"从来没有人挥过这面旗子吗？"她狡黠地问道。

"对谁？"我问。

"对那列快车啊，"她轻轻地反问，"显而易见。"

我无语。村里人从来没有用过快车这个字眼。她察觉到了我的忧虑，但并没有就此打住。她很快起身，天真无邪地问道："真的需要这面旗子吗？"

我朝她充满爱意地笑了笑，不过并没有融化她脸上严肃的表情。她赶快解释她的字眼，非常固执，执意要按她的意思来。

"既然车开得那么快，根本没有机会让它停下，朝它挥红旗又有何用？"

她的直截了当只能让我更窘迫，更不自在。

"你想过吗？"她追问道，寸步不让。

"没……"我魂不守舍、结结巴巴地说道，"没有……"

她停顿了片刻。

"明天又有一场暴风雨，"她忧心忡忡地说，看了看黑压压的天空，"风暴来时，山里面会发生很多事情。"

见我站在那里思索她说的话，一脸茫然和困惑的样子，她心情愉快地走上前来，伸出手指，把我的头发弄乱。她的脸笼罩在黑暗中。

"难道你看不到吗？难道你感觉不到风暴的来临吗？"她问道，然后用她那迷人的声音作结，"我只是为火车担心。"

我呢，竭力想掩饰她的抚摸和甜蜜的小诡计带给我的欢喜，一心一意地等着她往下讲，热切地盼着她的每一次开口。

"我们去见村长，找巴朗东，"她用她刚发现不久的厚脸皮提议道，"我们去见他，告诉他我们的担忧。他一定会理解的。"

我默许了她对我的代表，非常自然，然后，跟中了魔咒似地随她朝村子里走去，那时，家家户户才刚刚打开灯。

精力充沛的村长巴朗东跟往常一样，正坐在村委会办公室（其实也就是他家的房子）的阳台上抽他晚上专用的烟斗。他透过浓密的胡须喷出一缕又一缕的烟雾，目光注视着日落后裸露在天空中的纯净浅蓝色。我们默默地向他走去，一直走到他面前才停下。他好像没有注意到我们的到来。孜瓦用安静而清楚的声音大胆地跟他讲述我们的恐惧、我们的想法，含糊的地方就让巴朗东自己填补。她说话的时候，他一点后退的意思都没有。他镇定而专注地看着前方，继续汩汩地抽着他的烟斗。等她终于把话说完后，他停顿了片刻，把烟斗从嘴上移开，只是说："你们俩为什么不去找老站长？跟阿迪提先生亲口说？让他打消你们的恐惧？"

孜瓦毫不畏缩，一点也不让步。她借着之前鼓起的勇气，厚着脸皮继续说道："我们已经打算好了去见那老头，连时间都约好了。但我们想，巴朗东是一个能干人，是掌管村里重要事务的村长，可以让很多事发生。他一定也对快车十分担心，全村的人都担心它。每天火车过去之后，村里的人都很伤心和消沉。这场即将来临的风暴绝对会增加我们的恐惧。也许村长可以跟我们一起去看老站长阿迪提，我们一起告诉他我们的心里是怎么想的，免得明天我们又在风暴中无助地四处游荡。"

她结束了她大胆的演说，抱起双臂。巴朗东既没生气也没抗议，连吃惊都没有。不过，他突然从座位上起身，眼里闪烁着微光，上前用他那强壮有力的手按了按孜瓦的肩膀。

"好，我跟你们一起去……"他停顿了一下，加强语气说道，"当然，我会跟你们一起去的……"

我们仨在约好的时间里走下白色的小路，穿过寂静而黑魆魆的村子。山脊间漂浮着缕缕薄雾，干涸的河床上泼满寒冷的月光，微微闪烁的光不时被云彩遮蔽。身材短小敦实的巴朗东大步走在前面领路，双脚壮健有力，眼睛直盯着前方，一门心思想着接下来的成就。紧跟在他身后的是无忧无虑的孜瓦。她步履轻快，迈在坡路上的步子毫不畏缩，竭力抑制着脑子里滋生的某个奇异的冲动。我睡眼惺忪地跟在他俩身后，眼睛半睁半闭。

正是风暴的前夕。大股大股的寒流将空气劈开。我缩着肩，目光牢牢盯着脚下熟悉的大石头。

车站完全笼罩在黑暗中。我们在铁门边停下，拿不准是否有权敲门，打破这宁静。巴朗东把手伸进被露水打湿的两个拉杆中间，它们已经被站长推回到原来的位置。然后他抬起眼询问孜瓦。她很快拿定主意，伸出纤细白皙的手，轻轻地在门上敲了敲。车站的宁静没有受到丝毫扰乱。孜瓦又敲了几下，直到里面传来隐隐约约的声响，那是阿迪提蹒跚的脚步声。

"谁啊？"里面传来小心翼翼的声音。

"是我们，"孜瓦的声音沙哑而让人愉悦，"快把门打开。"

阿迪提开了门，手中颤抖地握着一个小火把，朝我们脸上照来。一看到巴朗东，他就开始清喉咙。

"哦，是巴朗东，"他抱歉地说道，"这么晚了，我没想到……这儿天黑后……还没人来过。"

巴朗东面对老站长的窘迫泰然自若。他无拘无束地伸出大手，抓住阿迪提的胳膊友好地握了握，然后径直朝里屋走去。孜瓦紧跟在他后面。当阿迪提注意到我这个忠实的助手时，脸上阴沉下来，不过他什么也没说。我们之间早就判了沉默的命运：厌倦和重复取代了一切要说的话。我们都很清楚，对铁道公司这个琐碎、微不足道的工作，我们已经交换了一切可能的言语。

阿迪提穿的睡衣又短又破，看上去有些可笑。驼背从单薄的睡衣中凸出来，下面露出两条苍白的腿。眼睛发红、湿润、迷迷糊糊地带着睡意。他抖着双手去点床边的一盏大煤油灯，结果油灯没让这间宽敞的大房变亮，倒是添了不少阴影。巴朗东立即在桌前坐下，那可是站长的宝座。孜瓦拖了把椅子在床对面坐下，双手抱臂。我仍然站在门边，背靠厚实的墙。点亮灯后，阿迪提在床上坐下，抱着两条裸露的腿，免受屋内寒意的侵袭。他睁大眼睛，等着我们中间的谁说话。巴朗东用锐利的双眼四下扫了一圈，然后恩赐了他一个问题。

"站子里没有电？"

"没有，"阿迪提立刻回答道，"铁道公司压根儿不想把钱花在我们这个被遗忘的地方。"

孜瓦和巴朗东得意地交换了眼神，巴朗东甚至朝阿迪提点了点头，好像在证实他的话。然后他开始摆弄桌上的纸。没人说话，阿迪提越来越困惑。当沉默变得无法承受的时候，他大胆地问道："到底是什么风把你们吹到我这儿？"

"火车，"孜瓦回答道，"快车……当然……"她的声音噎住了。

一片阴影落在阿迪提的脸上。巴朗东紧张地捻着他浓密的胡须。远远地，他把目光投向阿迪提。

"我们这么晚来，是想知道那面小红旗是否能让快车避开可能的危险。"

"小红旗？"阿迪提喘着粗气说。

"小红旗，当然！"孜瓦嚷道，眼睛放着光。

阿迪提震惊地朝我的方向看过来，但只能看见藏在门边阴影里的我，于是他缓缓地把头转向巴朗东。他完全不敢相信自己听到的，有点手足无措。

村长抓住这个机会把事情说得更清楚："你不觉得快车会大难临头吗？"

老站长面色苍白。

"无论如何，火车全速开过，"巴朗东继续低声陈述孜瓦的奇妙想法，"危险真的来临时，红旗一点用都没有。因此，当我们热爱的乘客随时可能一头扎进岩石上，难道我们就这么对他们弃之不顾吗？我们本来是可以警告他们的。"

阿迪提觉察出事情正在朝一个非常古怪的方向发展，滑向一个完全不同的方向，而巴朗东仍然用他惯有的温和方式敷衍。他把头埋进阴影里，思索了一会儿，然后直截了当地回答道："巴朗东，你就是在为这事烦恼吗？难道你不知道火车现在不脱轨了吗？灾难不再发生。火车跑长途很安全，车轮沿着平滑的轨道优美地滑过。挥舞旗子不过是从遥远的过去保留下来的一个传统，你可以说是一种打招呼的仪式。这事本身似乎多余，确实也是多余。"

巴朗东和孜瓦的脸亮了起来，村长对自己的想法越来越自信。

"说得好，阿迪提，说得好啊。多余，都很多余。我们是旁观者，故而我们也多余。我们这个地方什么也算不上，不过是一个遥远偏僻的小站……一道转瞬即逝的风景……因此一切都是理所当然。火车飞驰而过，我们这些山里人，出于一种固执的奉献精神，其实还是出于无知，把所有的注意力都放在傍晚这么一个奇妙的时刻，看火车驶过。确实如此，"村长的声音里有些发抖，他完全相信了自己的观点，"的确如此，一切都十分美妙可爱。"

房间里充满了可怕的沉默。阿迪提不知该如何回答。恐惧之中，他紧抱双臂，垂下眼睛。孜瓦像中了魔法，十分安静地坐在那里，两手支着头，蓝色的眼睛一动不动地盯着巴朗东。

巴朗东突然俯身弯向桌子，朝阿迪提伸出他短小而有力的手臂，威胁地低声说道："阿迪提，难道你从来就没有想过，我们这样日复一日，到底在等待什么？"

阿迪提沉默不语。巴朗东笔直地坐在那里，身影笼罩在黑暗中，声音平板，好像在对自己说："其实，答案十分简单……"他停顿了一会儿，说："等待灾难。"

"等待灾难。"孜瓦自言自语地说道，脸上充满温柔的微笑。

"等待灾难。"我在门边说道，视线无法从姑娘白皙的后颈上挪开。

"等待灾难，"老站长灰白的脑袋垂下又抬起，"等待灾难？"

"是的，阿迪提，"巴朗东愈加热烈地说道，"为什么？因为没有希望，那些尊贵的铁路大亨没给我们留下任何希望。我们的大山就是为灾难而生的。瞧瞧这些陡峭的斜坡……这深深的河滩……这蜿蜒的铁道……最重要的是，这桥，这座跨越深渊的桥……"

巴朗东激动地说不出话来，他的激情感染了房间里的每一个人。

阿迪提不知所措。

"可是为什么？"他嚷道，眼睛眨个不停，好像就要瞎了似的，"为什么？"

巴朗东朝他俯下身去。

"我们这个鬼地方如此孤独，亲爱的阿迪提，如此偏僻。海外那么大的战争都没有惊动我们。我们从来就不知道什么是真正的悲痛，真正的灾难……"

"那些乘客呢？车上的人……"阿迪提吓坏了，惶恐地问道。

勇敢的村长插话道："我们要的就是那些人，他们一晚又一晚地从我们身边经过，那么近，这些飞驰而过的陌生人。如果不是为了要结交他们，了解他们，哀悼他们的命运，那我们又为了什么呢？"

"全新的人，"孜瓦补充道，好像目睹了奇迹似地张着嘴，"全新的人，阿迪提，全新的世界。"

房间里又一次陷入沉默。精疲力竭的站长把两腿抱得更紧。有那么一刻，他用眼睛搜寻着我——他沉默的助手，但我把自己缩进那扇大门的弧形门框里。他屈服了，灰色的眼睛又转向村长："那下一步呢？"

巴朗东受到了考验。他起身走向窗户，把窗门敞开。我们的目光追随着他每一个自信的脚步。月光清澈如水，缕缕薄雾在我们身边飘浮。此时的村子完全沉入黑暗，跟山廓融为一体。这次的沉默裹了一层新的寒意，一触即破。巴朗东开口了，缓缓地说道："一场大风暴又在酝酿……明天，我们将又一次被抛弃，跟山里的风一起，留在这里与孤独为邻。"

孜瓦的手松开，垂下，巴朗东的话让她神魂颠倒。

"风暴是灾难发生的最佳时机，"巴朗东继续说道，目光投向窗外，"看着火车一头扎进河滩，该是多么恐怖啊！从这样一场灾难中救人，又该是多大的责任啊！"

他飞快地把头转向阿迪提，好像同谋一样地恳求他："明天你就不要出去扳道轨了。会有一次疏漏，我们的快车将会在山脚撞个粉碎，乘客将等待我们的救援……"

村长泄漏了他的秘密。

阿迪提好像被毒蛇咬了似的跳起来，又惊又怒，受伤的灵魂对安静的巴朗东厌恶不已。

"怎么可能，巴朗东！怎么可能？怎么可能？"

站长在房间里踱来踱去。"这是邪恶，"他对一动不动的巴朗东和孜瓦吼道，"我将是这场可怕悲剧的起因？我，一个在此地工作了一辈子、一个忠实地看着每一辆列车驰过连一天也没错过的人？"

他停了下来，目光古怪地看着我们，眼睛里布满血丝。

"不！不！"

巴朗东的头微微低下，嘴角浮起一丝嘲讽的微笑。阿迪提用哀求的目光徒劳地寻找着支持。孜瓦低下头，眼里盈满了泪水，哀悼她失去的梦想。谦卑而善良的我，心里燃烧着对她的渴望，对那个缩着肩站在那儿的姑娘的渴望。

阿迪提受不了我们的沉默。他惊了一下，好像突然想起了什么，朝巴朗东俯下身子，眼睛闪闪发亮，说："明天有位绅士要来，就是那位铁道公司的总监。每次风暴来临他都会来雅达尔。他会对你说的这些话非常感兴趣的，对你的这个新想法。"

这个消息让巴朗东和孜瓦不寒而栗。嘎兹博地区的这位总监无比庄重，对铁路事业鞠躬尽瘁。阿迪提对他发出的每一个声响都惶恐不安，毫无疑问，他会告发他们。

巴朗东起身，朝似乎已经下定决心的阿迪提走过去。他把手放在阿迪提的肩上，用力按下去，愤怒而又竭力掩饰他的绝望。然后，他清晰平静地开口了：

"我们在玩冒险游戏吗？我们是山里人，这片山野是我们的。这是一片被热爱的土地，真正被人民热爱。正因为爱，我们才会紧紧地抓住它，不离开它。我们想要悲伤，想要落在我们肩头的责任。"

他结束了演讲。煤油灯里的火苗噼噼啪啪地响着，灯光渐渐暗了下去。天很晚了，阿迪提坐在自己的座位上，呆若木鸡，无论是他还是我们都没见过村长这么亢奋。孜瓦缓缓地起身，好像十分勉强似地告别这间充满阴影的房间。她大胆地用责怪的目光看了阿迪提一眼，我给她开了门。

我们一言不发地出了门，走进夜色之中，眼睛搜寻着回村的路。巴朗东先迈开步子，他走得很快，脚步开始恢复以往的精神。孜瓦和我掉在后面，用年轻人特有的脚步悠闲地漫步。突然我转向她，抓住她纤细而发热的手，喃喃自语道："我的爱……"

然而她轻松机智地从我手中挣脱，温柔地反驳道："现在不行……现在不行，我们还没完成……"

我羞愧难当，又陪她走了一段路。

第二天一大早风暴就开始肆虐了。乌云在高墙般的山顶上聚拢咆哮，密谋用洪水淹没多石的大地。风暴沿着北边的山脉刮起狂风，在凸出的峭壁上酝酿狂怒的爆发。有时候一阵飓风扫过村庄，咆哮着将松散破碎的云赶到一起，急急地将它们朝南方灰色的地平线赶去，然后消失。被遗忘的太阳从云间喷薄而出。

从黎明开始，我和阿迪提就坐在站台的石椅上，紧张地等待着铁道总监卡纳奥特先生的光临。跟往常一样，我们静静地坐在那里，相互保持一定距离，想自己的心事，听站台上的锡皮屋顶对每一阵小风愤怒地发出声响。我的眼睛因为飞扬的灰尘而发炎，喉咙里的刺痛更是让我难受，不过我仍然拒绝离开座位。我垂头丧气地瘫在长椅上，头缩进拉起的破大衣领子里，眼睛盯着站台上的一堆枯树叶。

阿迪提显得非常焦虑不安。显然他想跟我交谈，但既然我们把该说的话都说完了，他只能把话闷在心里。他开始在站台上踱来踱去，佝偻着身体，用手遮住皱巴巴的前额，燃烧的眼睛使劲儿地盯着前方，看期待已久的铁道总监是否要到了。最后，快到中午的时候，远方出现一个红色的小点，在尘雾缭绕、九曲回肠的铁轨上时隐时现。这个红点只在风暴降临的日子来看我们。阿迪提看上去非常兴奋，在小站台上大步地走来走去，激动地自言自语道："他来了……他终于来了……"

我一言不发，慢慢站起身，用拳头擦了擦含泪的眼睛，朝站台边缓步走去。

铁道总监卡纳奥特先生是位众所周知的人物。他在这个职位上干了很多年，山里的每个人都知道他十分清楚自己在想什么。村民们对他崇拜有加，不过也有些人对他半信半疑。工作中他细心全面，什么都逃不过他的一双锐眼。他牢牢地控制着一切，对村民保持距离。他的言行既严厉又受人爱戴，对所有人说话都彬彬有礼，当然这不排除在必要的时候，他会赌咒和骂娘。他对秩序和程序的坚守已经变成了一个传奇，人们认为他的手段非常公正。

雅达尔这么遥不可及，他来的次数很少。不管他对阿迪提的真实感情如何，反正他跟他也无话可说。他的到来不过是例行公事，无聊得要命。每次来后，他已经习惯了在那张大桌子旁边打瞌睡，而阿迪提和我则沉默地站在他身边。卡纳奥特一贯如此，在铁道线上他警觉、活跃并尽心尽责，但是，一旦他碰巧在一张桌前坐下，面前又站着几个人，他立即会感到疲惫不堪……

小红车快进站的时候速度减了下来。铁道总监准确地在我们身边停下。他熟练地关掉引擎，裹在一件对他来说大了一点的大衣里，毫不费力地从车里钻出来。他扁平的头上戴着一顶大而古怪的帽子，跟他那又矮又圆的身子形成对比。山风的吹拂让他面色红润，神清气爽。他朝我们伸出两只短小肥厚的手，算是打招呼。我和阿迪提弯腰去握他的手，满脸讨好的热情。他含糊不清地嘟囔了一句什么，朝我们转了转他湿润的斜眼。

"多糟糕的天气，多可怕的风……呸！这么一个前不着村后不着店的火车站，这距离！"

然后，他突然抽回自己的手，朝站务室匆匆走去，大衣的袖子在风中摆动。

阿迪提哆嗦着把门关上，绝望的眼睛投向铁道总监，后者已经一屁股坐到了站长办公桌后边的宽椅上，好像穿衣戴帽一样。就在阿迪提紧张兮兮地去取站务记录时，铁道总监从口袋里摸出一根破旧的黑烟管，费老大劲儿把它点燃，开始用他的大鼻孔吞云吐雾。然后，在成功地从嘴里吐出几缕厚厚的、味道强烈的烟云之后，又在吸进烟雾的鼻孔里找到嗅觉的愉悦。他用嘴叼着烟管，开始慢慢地翻大大的书页，检查站务，人却已经开始昏昏欲睡。阿迪提的眼睛一刻也没离开过他。他僵硬地坐在自己窄小的铁床上，又警觉又紧张，好像在等待对自己命运的判决。总监很快厌倦了手上的工作。他一把推开记录簿，舒舒服服地向椅子后背靠去，冲着我们亲切地笑了笑，准备打瞌睡。他的眼睫毛一点点地垂下，盖住了他玻璃般呆滞的眼睛。胖脸上的皱纹开始下垂，伸出的手软软地张着，松弛得让人泄气，滑落到肚皮上。

风吹得锡皮屋顶哗哗作响，窗子在风中时断时续地发出嘎吱声。总监的沉重呼吸有节奏地响着，我们一动不动地站着，不敢惊动他。阿迪提虽然急切地想表达他的恐惧，但他却不敢开口。他安静地啃着指甲，跟平常一样抑制自己。

过了一会儿，睡觉的人身子动了动，总监开始从熟睡中醒来。他睁开自己沉重疲乏的双眼，滴溜溜地打量着房间，然后转到阿迪提身上。阿迪提安静地坐在那里，嘴充满期待地半张着，总监的语气既带着清醒的权威，又有着居高临下的亲切："那么，呃……先生……阿——迪提先生。"

他立即又闭上了眼睛，知道阿迪提没什么可说的。阿迪提恐慌地偷偷瞟了我一眼，然后鼓起勇气，脸因激动而放光，脱口而出："先生……总监先生！他们在密谋破坏快车……昨晚……邪恶的想法……"

老站长住口不说了，又克制地叹了一口气，心里充满了焦虑和不安。

铁道总监一动不动。这种歇斯底里的表演不合他的口味。他闭着眼睛，抬起一只有气无力的手，好像要制止老站长的爆发。

"阿迪提先生怎么了？"他激烈地问道，"到底是什么让他如此失态？"

阿迪提忍住气，让自己平静下来，然后压低声音匆匆说道："村子里有人在密谋。也许已经密谋很多年了。村民们想出一次车祸……他们想要不幸……在海外参战的诉求遭到拒绝的不幸。他们觉得自己被抛弃了，对生活感到厌倦，因此想要火车脱轨，想让我们美丽的火车脱轨！"

房间里一阵寂静。总监慢慢地抬起他那颗硕大的头，歪了歪他那难看的耳朵，好像要解决新问题时一样，用甜蜜的声音询问道："脱轨，阿……迪……提先生？"

"是的，是的，"阿迪提回答道，"毁灭！"

总监往前倾了倾身子。

"毁灭？阿……迪……提先生？"他继续用他那缓慢单调的声音问道，黑黑的眼睛里闪过一丝兴趣。

"是的，事实上，"老站长急切而又完全信服地说道，"他们想在桥上让它脱轨。他们要我干，我，"他用干瘪的拳头打着自己的胸膛，"他们要我今晚不出去扳道轨……"

总监闭上眼睛，又沉沉地睡去。他的头耷拉在胸前，嘴叹息着张开。突然，一丝隐隐的微笑在他毛糙的嘴角漾开。他把一只胳膊伸到桌上，用它支撑自己疲倦的头，睁开两只歪斜的风湿眼，看着满怀崇拜之情等他开口的阿迪提，声音粗哑地宣布道："刚才那番话难道不是甘之如饴吗……我盼了多少年才听到这么精彩的句子……？"

阿迪提简直不能相信自己的耳朵。他挣扎着想弄明白刚才听到的话，灰色的眼睛微光闪烁。

"甘之如饴……？"他的嘴唇不为人察觉地动了动。

"当然如此啦……"另一个慢慢地说，脸上的神情让人琢磨不透，"这台美丽的机器跑这么老远的路，结果我们能给的只是一座与世隔绝的村庄，比一路上的白色岩石不见得有意义多少……"

阿迪提看上去要崩溃了。

总监继续思考着他们的计划，梦呓般地自言自语道："了不起的想法……"他立刻敏锐地盯着我说："这个小伙子，是他想出这个点子的吗？"

我向他谦虚地微笑着，直到嘴角浮起厌恶的狞笑。不过，那位绅士恰如其分地明白了我的意思。他朝我挥了挥他那又短又肥的手。"了不起……他注定要成就一番大事业。"

我低下眼睛，心里非常受用，然后偷看了阿迪提一眼，他仍然非常紧张，嘴里绝望地嘟囔着什么，声音变得嘶哑："我以为告诉他……总监……那个无所不知的人……那个事事苛求的人……他本身……我们对他的信任与日俱增。"

这一番阿谀奉承让卡纳奥特先生看上去十分受用，不过他裹在大衣里，脱口打断道："假如你不介意……假如你许可的话……"

然后他又睡着了。房间里又陷入彻底的寂静，阿迪提和我忧心忡忡地看着总监。最后卡纳奥特终于睁开了眼睛，瞪眼看了看他的手表，准备好了动身。意识到老站长责备的神情，对他生出些怜悯，对他疲倦但充满同情地笑了笑。阿迪提从头到脚打了个寒颤，对这个温暖的表情感激地笑了笑，然后仍然坚持暴露脑子里别的想法。

"先生，站务记录呢？数字都对吗？"

总监从椅子上起身，抖掉最后的睡意，向老站长走过去，后者出于尊敬赶紧起身。他伸出一只笨拙的手，落到阿迪提破旧的铁路制服上的一颗褪色的纽扣上。他拉了拉阿迪提，低声对俯身恭听的老头说："当我的好下属提到站务记录的时候，他在想什么？难道他对这些数字的繁琐视而不见吗？无论他多么忠实和富有奉献精神，他都极有可能在日后发现自己倒头死在站务室的门边，身边连一个为他洒泪的人都没有。而这列快车依然会飞驰而过，连怜悯的一瞥都不会给他，尽管他日复一日地守卫和保护它……"

阿迪提的手指从发间掠过，然后无力地滑向脸边。一阵令人窒息的沉默充满了空气，总监的脸变得异常庄重。他向门的方向走去，把它打开。外面风暴狂吼，等待着我们的是艰难的一天。我用胳膊挡住风，阿迪提在风暴中趔趄不稳，只有总监一动不动地站着，在风中稳如磐石。他欢快地打量着空旷的站台，突然转向阿迪提，尽管扯着嗓门大喊，风仍然吞没了他的声音。

"多了不起的风暴……我今晚会赶回来的，我亲爱的阿迪提！"

他抓住阿迪提的手，亲切地摇着，又朝我的方向挥了挥手，动身走进风暴里，走到等他的车边，大衣拖在身后，被风冲击。总监非常灵活地爬进车厢，用自信的手发动引擎，几秒钟后就消失在一个转弯处。

我费了老大劲把门关上。阿迪提像生根似的立在原地，套在侍奉主人的锁链里。我瞟了一眼桌子后面的空椅子，小心朝它走去，坐下去，椅子上还残留着总监的体温。我慢慢地让自己坐得舒服一点儿，伸开双腿，一种被抛弃的感觉油然而生。接着一阵寒意袭遍全身，我的牙齿开始打颤。慢慢地我把身体贴近桌子，寻求一丝温暖。

阿迪提安静而忧伤地看着我。他想跟我交谈，我也想对他说点什么，但我们谁也没开口。我又一次在椅子上舒展身体，闭上我警觉的眼睛，头耷拉到胸前。没多久我就开始在呜咽的风中打起了瞌睡。

第一批放学的孩子裹着笨重的大衣，已经下山跑到村子里了。就在狂风把沙基拉太太放在阳台上的柳条椅吹倒的同时，她也终于费力打开了俯瞰大桥的百叶窗。到六点钟，其他可以看到铁路的窗子也都打开了，各色头颅从窗口探出。那群年轻的男女又在约好的时间相聚，达迪什已经挨着他们坐下。六点十分，村委会结束了，门砰的一声撞开，巴朗东第一个大踏步地走出来。精疲力竭的马拖着帕纳斯的马车，顶着狂风，最终还是被迫在最后一个转角处停下。浓雾中，五个水坝工人的背影依稀可辨，缓慢但最终还是上了坡。伊胡迪的窗户砰的一声打开了，撞到墙的另一边。孤儿梅书拉姆已经赤着脚走到桥上，把他的废铁码到了潮湿的铁轨上。风吞没了他婶婶的责骂。

现在，村民们都就位等待。时钟的指针缓慢地朝阿迪提每天出现的时刻爬去。孜瓦急匆匆地朝我走来，衣着单薄的身体在寒风中战栗着。扳道岔上的两条杠杆还没动，阿迪提人还没有现身，村民们按捺不住地交头接耳。所有的眼睛都盯着站台，看上去像被遗弃一般。人人都兴奋地盯着那块冻铁的两条杠杆。太阳被行云困扰，整座山沐浴在熊熊的红光之中。在风暴之外，在狂风和急流之外，落日正在远方安静而缓慢地下落。

"阿迪提没来！阿迪提没来！"欢呼声从人群中爆发，都觉得卸了一副重担。六点二十分。已经不能回头了。

孜瓦急切地朝依照惯例被扔在地上的小红旗赶去。她飞快地解开扎住旗子的带子，将旗子抖开。我焦急地留心阿迪提的动静，但站务室笼罩在一片沉默之中。远方传来了火车的汽笛声，在群山中回荡，好像它不是一定要朝这里驰来。孜瓦把小红旗放在我的手里。我立即扔下绿色的旧旗，用两只手举起新旗，朝村里的人挥舞。村民们满意地窃窃私语，但没人挪脚。他们的眼睛在暴风雨中闪闪发亮，拿定决心连一寸闪亮的铁轨也不错过。天空突然乌云密布，好像决意放弃落日的时刻。黑暗和雾毫不留情地逼近，从天空落下，弥漫在空气中，在所剩无几的光亮中唤起忧郁。火车声穿过群山而来，越来越响，回声先于火车到达。我改变平常的程序，站到一块圆石上，鼓起全身的勇气，向列车举起警告的红旗。

火车头立即劈开薄雾，猛地绕过最后一个转弯，笔直朝我们冲。车厢顺从地跟在车头后面，有节奏地击打着晶莹闪烁的铁轨，气势磅礴地奔驰而来。车头打出的两束灯光不是很亮，但却十分自信地挑出定好的路线。孜瓦的眼睛睁得老大，微笑在她脸上冻结。我手上的红旗几乎被狂风撕裂。

百无聊赖的火车司机注意到我，缓缓地对正在发生的事做出反应。他很快地对我鸣了一声汽笛，但我仍然顽固地挥舞着红旗，给他一个费解的回应，古怪而遥远。太阳突然冲破乌云的重围，照亮了火车头的窗子。车头开上我们雅达尔的那条短短的铁路，司机听到下面传来一种新的奇怪的哐当声，恐慌的脸朝我转过来。虽然车轮在生锈的铁轨上发出的声音不熟悉，但车厢仍然一个接一个地经过，可怕的哐当声在覆盖着厚厚青苔的铁轨上一次又一次地重复。难以忍受的悬念让位给竭力抑制的欢乐。"他们向我们开来了！他们上了我们的铁路！"村民们无法表达他们对这份厚礼的快乐。快车想刹住自己疯狂的滑行，但它冲破最后一道屏障，滑出铁轨。那巨大的车厢，那光亮，节奏优美地和忠实的轮子一个一个地脱轨，一头扎进浓雾弥漫的深渊之中。

村民们歇斯底里地尖叫着，胳膊向就在他们眼皮子底下消失的火车伸去。车厢摞在一起，以防脱钩，一节车厢的命运就是所有车厢的命运。这件事就发生在我们的峭壁上，发生在我们那条干涸河底的花岗岩石上，就在我们居住的陋房下面。

金属相撞的可怕声音终于平静下来，一种微妙的沉默被带进这个新的夜晚。村里人朝山坡下赶去。他们惊慌失措地爬下干河的斜坡，冒着生命危险看看他们能做什么。赶到最后一节车厢时，里面的乘客刚好爬了出来，不知所措，很多人受了伤。村民们试图安慰他们。黑夜从山脚下升起，村子里亮起了第一批火把。

孜瓦仍然站在我身边。小红旗在我手中垂了下来，我满怀渴望地看着她。她脸色苍白，浑身发抖，对眼前发生的灾难震惊不已。我伸出手，对她轻轻地笑了笑。

"现在呢，我的爱……"

然而她如陌生人一样地看着我，双唇无言地动了动。她绝望地紧握双手，灵活地朝干河跑去，河谷现在挤满了人。

我拖着双脚向黑黑的站务室慢慢走去。我到了门前，忧虑地走了进去。我把打开的旗子丢在进门的地方，静静地带上身后的铁门。阿迪提坐在桌子后面，垂头丧气地用手支着头。我拖过一个坏了的板条箱，横放在桌子前面。阿迪提看也没看我。

冷冰冰的沉默，简直要让人窒息。我用沙哑的声音打破沉默：

"新的一天就要开始了，阿迪提……我们永远也不会忘记……"

站长脆弱的肩膀颤抖了一下，好像害怕面对即将来临的种种恐惧。他那玻璃般的眼珠让人不忍直视。

"总监……"他耳语般地问,"他什么时候到?他已经到了吗?"

"他肯定会来的,"我充满激情地回答道,"不管怎么样,每一场灾难他都在场。他将牢牢掌控一切……不管怎么说,他经验丰富。"

阿迪提趴到了桌上,长满老茧的手落到桌子上,在桌子前边垂下。年龄沉甸甸地压在他身上。我小心翼翼地伸出手,轻轻握住他的手。

苍白的月亮从东边升起。混乱的声音从灾难现场隐隐约约地传过来,微弱而持久。我陪了老站长很长时间,然后悄悄离开他,溜到灾难现场。

我摇摇晃晃地向干涸的河床走去,心里非常迷惘。我穿过火车残骸,来到被劈碎的树木和撞翻的车厢之中,觉得既别扭又失败。我徒劳无获地搜寻着孜瓦。村里所有的人都来了,没有一个人置身事外。儿童们手握燃烧的火把,神情严肃而紧张地跟在专心救援的父母后面。人们心情沉重,很少交谈,只是庄严地履行着他们作为人的职责,一丝不苟地照护他人和约束自己。他们或分成小组或轮流换班,用绳子和工具干着活儿,轻快敏捷得跟从前判若隔世。几个村民还在用湿麻袋扑灭烟火,兴奋的孩子们为大人们举火把照明,尽一切可能地帮助他们。黑暗中会时不时地传来一声尖叫,伴随着村民们的安抚声。在一处场景里,浓烟从翻倒的车厢冒出,我辨别出巴朗东强壮有力的身影,沉着而充满智慧地主持着救援活动。他的梦想显然得以实现。

我拿过一个熊熊燃烧的火把,开始在人群里转来转去,在黑暗中寻找孜瓦。村民们怀着敬意为我让路，我的地位今天大大得到提升。最后，在河床偏远的一角，在其中一面陡峭的墙壁旁边，我终于看到了孜瓦，正在弯腰照顾一个濒死的乘客。夹在两块岩石之间的火把闪烁着，在她可爱的脸上投下摇摆不定的光亮。深深的哀痛让她双唇紧闭，她深凹的蓝眼睛里溢满了泪水。她的手轻轻抚摸着濒死之人缠满绷带的脸，用年轻的身体吸收着他人的疼痛，全身心地准备吸收这场可怕的灾难。我握着快要熄灭的火把，安静地站了一会儿，最后终于愤怒爆发，抓住她的肩膀。她瞟了我一眼，泪珠在她眼里晶莹闪烁，低声说道："瞧……"

然而我的眼神冷漠而干燥，整个人被一种狂躁攫取，它闷在心头，挥之不去。我把火把扔在地上，用双手捧着她的脸，她的颈子，要求她偿还欠我的债。

"跟我来！"我声音颤抖地说。

"现在？"她忧虑地问道，一副不情不愿的样子。

"来！"我固执地重复道，支撑着她，不放手，把她举起来。她松开乘客，勉强地跟在我后面。我拒绝松开她，用坚定焦渴的手拖着她上了一条通往山里的小路。

我们在满山的石头间灵活地寻找着可走的路。白日的风暴过后，山里的夜安静而寒冷。我们喘着气，心中害怕地走过黑色的岩石，花岗岩的石头，好像要去那笼罩着温柔夜色的山顶，那悬挂于我们头上的峭壁。村里的灯光早就不见了踪迹，我们完全沉浸在孤独之中。

我在一棵古老的橄榄树边停下，伸手把孜瓦揽进怀中，抱住她低下的头，身上的每一寸都能感受到她抗拒的青春。她白皙的肩膀露了出来，在我心中激起一种从未有过的狂躁欲望。我疯狂地抱住她，亲吻她的脖子，跟她一起滚到地上，忘记了世间的一切，只是觉得幸福，抚摸她，享受她，完全沉迷了。

我们饥渴地躺在那棵低矮的树下，周围是浓厚的阴影，身下是黑色的土壤。她闭着眼睛，舒舒服服地躺在我胳膊里休息，脑子里却装满了想法。她睁开了眼睛，用她柔软的手抚摸我的头发，好像回忆往事般地说道："那场灾难……那场灾难……多么可怕……"她的眼睛里有一丝悲伤。我沉默不语。

"死了好几百人……"她继续慢慢地说道，"我们要打着火把奋斗一整夜。"

我身上突然打了一个寒颤。我松开她，好像要逃离她的注视，她的眼睛湛蓝而富穿透力。但是她把手移到我的胸脯，慢慢地思索着一个新的主意："他，我们应该拿他怎么办？"

"谁？"

她没有听见，而是继续沉浸在自己的思绪里，梦游似的。

"我们要把他交上去……他不能继续逍遥法外……"

我的心中掠过一个可怕的念头。

"谁？"我用窒息的声音小声地吼道，"谁？"

"老阿迪提，当然是他啦。"

她抬起眼睛，盯着突然在她眼前展开的一望无际的黑暗。我把她拉得更近一点，喝醉了似的呼吸着夜的气息，这片崎岖多石的倍受热爱的土地。

佳莉娅的婚礼

> 从前有个男人，他钟爱的女人逼他娶她。婚礼前夕，他召来与她放纵过的所有情人，为的是提醒她以往的丑行，也惩罚自己，居然会同意跟这个女人结婚。多么丑陋的男人，多么丑陋的行为！然而，我发现自己挺喜欢他的，他的行为在我的眼里也十分可取。
>
> ——S. Y. 阿格龙

我还没做好承受的准备就被击中了。也不知是什么事，为了什么，我就在它的重击下头晕目眩。我的身体扭曲着，蠕动着，然而已经太迟。血液在惊恐的血管里哭泣。我失去了一切。

纸上的声明用非常小的字体写成：

"佳莉娅和丹尼要结婚了。开往南部的斯多特-奥尔基布兹的巴士将于下午三点从长途汽车站出发。"

让我怨恨的是这些字母，不是佳莉娅深邃的眼睛。这些字母如此决断地组合在一起，把那个魔鬼封在了里面。纸上的空白不断地、无休无止地重申着真相。

我起身，离开家，穿过这栋新楼的院子，朝那片开阔地走去。我爬上小坡顶，走到那株荒弃、孤独的橄榄树旁，站到我永久的位置上。我用沉重的眼睛搜寻着南边的郊区，那儿笼罩着午后的蓝色氤氲。远方破碎的秋云，模糊了已经不那么强烈的太阳的眼睛。在凉爽的地面上，欲望被制服，沉默地裂成碎片。我在那儿站了很长时间，脑子里一片空白，直到突然闭上眼睛，绝望地垂下双臂，转向焦黑色的橄榄树，喘着粗气说："我主上帝啊，这就是结局了！"

一阵轻微的颤栗掠过树梢。它屏住呼吸。我无力地朝它走近，将头靠在它缠结的树枝上，上面挂满腐烂的橄榄。

"没错，我的主啊，这就是结局了。"

痛苦时他总是隐身不见。

我走进树丛。

"我没有生气……我没有哭，"我的声音哽住了，"我只是知道，我的主，我现在的幸福感非常低。最低。"

他闪身躲进黑色的橄榄中，变了形，成了哑巴。我在树干上撞着我的头。

"你会告诉我吗？你会告诉我吗？"

只有风在吹，把我的哭声带到远方。

我踮起脚尖，伸出削瘦的指尖去碰树上的橄榄。我碰到了。

一声尖鸣刺破天空。午后的火车正在回城的路上，如同玩具一样滑过干涸的浅色河滩。我的目光追随它一直到车站。

斯多特-奥尔是南边一座偏僻的小城。我一年前在那里遇到佳莉娅，从那时起就没再回头。

肮脏的汽车站里，没人听说过去斯多特-奥尔的长途汽车。司机们恶意地把我推来送去，让我猜个不停。长途汽车在车站里进进出出，我跌跌撞撞地行走在它们巨大的车轮间。一群推推攘攘的人，好像没有一个人去参加佳莉娅的婚礼。

"我一定在做梦，"我想，心存一丝微弱的希望，"什么也没有发生……"然而我继续在车站里游荡，迷惘而虚弱，铁栏杆标出汽车停靠的港湾。

"你在找什么？"人们问，怜悯地看着我跟跄的双脚。

"去斯多特-奥尔的汽车。"

没人听说过斯多特-奥尔。

"没有这么一趟车。"他们权威性地总结道。

"今天有一趟。"我垂下眼睛。

"为什么今天有？"

"专车……"

"为什么？"

"有一个婚礼……"

"婚礼？谁的？"

"一个人的……"

"谁的？"

"丹尼……"

"谁？"

"佳莉娅。"我低声说道。

"哪一个佳莉娅？"

他们等车等得不耐烦了，想用他们无聊的脚去践踏她。我又重新开始在车站里游荡。

已经是下午三点了。

我绝望地沿着砖墙转圈，墙里面圈着满是尘土的白色停车场。成行的大客车面墙停放，我经过一辆又一辆，排在最后的是一辆雅致的蓝色客车，金属表面在阳光下闪烁着。

看到那辆车后，我慢慢朝它走过去，恼怒的手顺着熠熠发光的镀铬往下滑。

客车高高地坐在巨大的车轮上。我笨拙地爬上前面的保险杠，一只手抓住车的侧镜，直到我差不多半挂半站地抱住它那有些四四方方的车罩。我的眼前是一只红色的徽章，上面凸显着一只怒吼的老虎。我俯下身，把热烈干燥的嘴唇贴到那只雕刻的小野兽上。在我的耳朵里，城市巨大的噪声变成一片低沉的嗡鸣。

突然我记起来了，一阵恐惧扫过我的全身。

她是他的了！他会亲吻她的嘴唇，抚摸她小小的乳房。

他是谁？

我抬头仰望多云的天空。

"主啊，我的罪孽怎么如此深重？"

我垂下眼睛看到了它，就贴在司机座位前方的挡风玻璃上，从今早的报纸上剪下的。同样细小的字母，在玻璃中间挤成一堆，我的眼睛惊讶地睁大了。

它们在跟踪我。

我绕着客车飞快地转了一圈，一个人也没看见。我犹犹豫豫地登上铁台阶，上了空无一人的客车，沿着装有饰钉的地板，噼里啪啦地一直走到车后排的一个座位。所有的车窗都关着。我打开座位边上的窗子，疲倦地望着混乱的车站。慢慢地，我的头舒舒服服地靠到了座位上。

过了一会儿，一阵窸窸窣窣的声音惊醒了我。车上上来一个浑身泥土的男人，看上去好像刚被人从岩石间的矮树林里拖出来一样。他穿着浅绿色的猎装，衣服上缀满口袋、带扣和饰片。他的外衣精致复杂，尺寸吓人，僵硬地在那个矮胖的身体上隆起，无论怎么看都像一个歪歪斜斜的树桩。

他的头硕大无比，往前伸着，一顶绿色的司机帽挂在前额

206

上。带框的墨镜如同两片狭长的树叶，牢牢地贴在眼睛上。肩上挂着一只鼓鼓囊囊的司机专用包，用茶色皮革制成。这头怪物的熊爪子上握着一把新鲜橄榄，用手一个一个扔进嘴里，然后使劲儿地把橄榄核朝闪烁的挡风玻璃上吐去。

我勉强从温暖的睡眠中醒来，用手揉着眼睛。那头可憎的怪物一屁股坐到司机座上，车门带着压缩空气的嘶嘶声关上，引擎发出巨大的吼叫。汽车向前猛地冲去，挑衅地超过其他车辆。

"去斯多特-奥尔？"我从车后的座位上大声喊道，白费力气地想用自己的声音压倒引擎声。司机完全没注意到我。他用强壮有力的手把汽车开到主干大道上，速度慢慢地快起来。

看来只有我一个人去参加婚礼。

我将昏昏沉沉的头靠在车窗上。秋日的微风轻抚着我的眼睛。

去佳莉娅的婚礼……去我钟爱的女人的婚礼……

我的眼皮滑下来，闭上。窗外闪过的城市沉入我的熟睡。

我们伴着在山头栖息的太阳一路行驶。

我的头梦幻般地靠在车窗的栏杆上，眼角有温暖的阳光，在远方的某处徘徊，隐没；小怪兽呢，安静地藏在深深的座位里，全身沐浴在跌落到挡风玻璃上的耀眼光芒中。

我们从南边离开城市，沿着山间的公路蜿蜒前行。与我们平行的是一条单薄的黑色铁道线，在狭窄的干河底时隐时现。巨大的车轮热切地吞噬荒凉的公路。公路在群山中起伏，向南边的平原延伸。

我用手撑着头，眼睛一动不动地盯着向我们匆忙扑来的山路。

被几天前的雨水唤醒的细腻芳香，盘旋在山脚下的岩石间。甜蜜的记忆从面纱般的薄雾中涌出，随同我们一起在地面上漂浮。我有多久没有在田野里行走了？从我在基布兹那些夜出晨归的日子算起，又有多少年逝去了？

我的主啊！

葡萄园的那些个夜晚。一天劳作后诉说彼此的梦想和远景。伸开四肢躺在湿润的泥土上，享受夜的静寂，我们自己的世界。然而我们的心却隐隐作痛。难道这就是我们的家吗？难道这就是我们人生的最后驿站？我们谈论着那些离开的人，那些重新回到城市的人。我们不怨天尤人可也不自在，有一种被抛弃的感觉。

留下的是少数，新的训练小组来到基布兹，无休无止的循环。然后一天一天地算着日子，把即将来临的逃离当作秘密保守。又来了一个新的训练小组，里面有佳莉娅。纤弱，忧虑，穿着蓝色的工装，炽热的蓝眼睛。独自一人，却让整个世界在她瘦削的肩膀前俯首听命，那种魔力让你担忧。她狂野不羁，轻率任性，苦恼地受着煎熬，但在另一个世界里却完整无缺。

你好像被闪电击中。突然间你要直面你的另一半，那已经成长和成熟的一半，神秘而让人惊奇，可望而不可及。那些在清澈的夜晚让你激动的美妙旋律都是因她而起，它们专注强烈。她就在你含在双唇之间的草茎上。

现在我们朝最后一个下坡冲去，浑圆的太阳就挂在开阔地带边缘。司机好像握着方向盘跳舞，身体随着每一道急转而扭动。熊熊燃烧的红太阳浑然一体地挂在他的脸上方，他追逐着它，好像要赶上它，一头扎进去。

然后是我的心疯狂觉醒。她苗条的身影挡住了整个世界。他们说在遥远的某处她有一个恋人，我从来没跟她说过一句话。我在基布兹的最后日子绝望地过去了。接下来我离开了那些小小的房子，那座小山坡，那些菜地。一旦你离去，你就永远不会回头。

一年的想入非非。一年的疯狂期待。我的爱束缚了我，让我没法大声说出对她的爱。在她的整个训练期间，我从得来的零星信息中孤独地跟踪她，对这个无意出现在我人生旅途上的陌生女人忠诚不二。然后，我突然鼓起勇气，满怀希望地打破沉默，跟她交换了几封奇怪的信，直到我去斯多特-奥尔看她。

在那儿，在她狭小和凌乱得出奇的房间里，她听完了我的表白，一言不发，全身颤抖。

我不是她的另一半。

天空被落日吸了过去。云间流动着紫色的形块。车上到处都是拉长的阴影。我们在宽阔的草原上加速行驶，四处点缀着枯黄芳香的小块草地。秋天的耕犁已经来临。所有那些冬天、春天和夏天的日子都沉入枯萎的草茬，如沙沙作响的金色地毯在大地上铺开。一整年就这么给犁到了泥土下面，被排列整齐的沟壑吞没。沉默颤动的空气中还剩下什么呢？

汽车开到一个宽阔的岔路口。在几株开着花的大橄榄树下，三个人正激动地朝着逼近的汽车比划着什么，他们的身影在黄昏中十分模糊。是三个打手势想让汽车停下的男人，一个一个焦急地嚷着：

"去斯多特-奥尔吗？"

"去斯多特-奥尔吗？"

"去斯多特-奥尔吗？"

司机只是得意地猛踩了一下加速器，兴高采烈地从喊叫声中冲过，把他们跟尾气一样抛在车后。然而一转弯，他突然停下车，熄掉还在运转的引擎。车轮出于惯性继续旋转，嗡嗡声渐渐消失，变成单薄的沉默。汽车停了下来，司机把头埋到方向盘上。

三个男人朝汽车全速跑来，恐慌地捶打着紧闭的车门。

"这辆车去斯多特-奥尔吗？"三个男人中最高的一个透过车窗问我，他看上去十分忧郁。

"是的。"我喃喃答道。

"去佳莉娅的婚礼？……"他追问道，仍然喘着气，寻求证实。

"佳莉娅？"我茫然地问道。

另外两个继续捶打着紧闭的前门，想从那个粗心的、趴在方向盘上做梦的司机那里得到回应。

"让他打开车门！"其中一个对我吼道。

我对他含糊遥远地笑了笑。

他们正准备绕到车的另一边去叫醒司机，引擎突然发动了，汽车开始慢慢地朝路上开去。三个人被惹火了，一边追着车跑一边捶着车门。他们又喊又抗议地跑了一小段路，忽然间，伴随着压缩空气的叫声，后车门慢慢地打开了。他们一个一个地还没来得及全爬上来，车门又嘶的一声关上了。他们站在那里，既恼怒又困惑地死盯着那个奇怪的司机。而他已经焕发出新的激情，将车开出老远。

他们在空荡荡的车里迟疑了一会儿，然后在我周围坐下，不过跟我还保持一点距离，用狐疑的目光四下打量。他们对我一无所知，但我知道他们是谁。

他们是佳莉娅的恋人，阿东、伊多和伊提。她早期的恋人。

三个身影越来越交织，最后合成一个浑厚的侧影。奇怪！三个人都已经结婚了。

当年轻的佳莉娅和阿东还是钻松树林子的学生时，他们爱得发疯。她离开时他割破了手腕，流了很多血，所幸被及时发现并救活，但佳莉娅终究没有回心转意。他走了，在其他姑娘的身上寻找她的影子，最终娶了其中一人为妻。

伊多是佳莉娅的童子军领袖，北部一个基布兹的成员。他们在晚上见面，激烈地辩论一些意识形态的问题，然后双双去海滩，在那里交换纯洁无瑕的亲吻。他返回自己的基布兹时想带她走，她拒绝了。

伊提旋风般地出现，在某处的一群人中巧遇佳莉娅。他外表英俊，很讨女孩欢心。夏令劳动营的一个夜晚，他带佳莉娅外出，以为她不过是他众多征服者中的一员。到第二天天亮时他爱上了她。他一晚又一晚地回到她的身边，一次比一次更可怜无助。佳莉娅不再需要他之后，从他身边逃脱，去参加青年基布兹的训练项目。

那便是我待的地方。

现在，那个巨大的侧影用三颗头打量我。黑黑的眼珠不断朝我的方向看，跟踪我的一举一动。我缩头陷进我的座位中。

汽车沿着开阔的平原继续前驶。灯火从静谧的房舍中透出。夜晚的寒意从开垦的田野上升起，天空由蓝转白，渐渐在平滑的地平线上隐退。在一圈圈明亮的灯火外围，遥远的山坡上，有几家模糊的灯火闪烁着。那就是斯多特-奥尔。就在司机懒洋洋地转动方向盘，把车朝山上的灯光开去时，灯火通明的平原突然在车后萎缩。我们换到通往基布兹的一段弯弯曲曲的土坡路，路不长，但十分陡峭，此时汽车开始嘎嚓嘎嚓地喘气，司机却完全无意换到慢挡。引擎痛苦地呻吟着，司机继续残酷地用燃油淹没它。他愚蠢地驱使手中可怜的汽车，无视它的痉挛和劈劈啪啪的声响，直到引擎在半山腰喘出最后一口气，顺着土坡下滑，停下。

方向盘那边响起一阵窸窸窣窣的声音，引得我们都朝黑暗望去。矮小的司机已经打开了身边的车门，人影旋即消失在机罩后面。

前方是基布兹的一大片明亮的灯光。我若无其事地起身离开座位，脚步声在汽车地板上回响着。我走到折叠门旁边，拉开门。那三个家伙跟着我，四个人一起默默无言地在路上走着。阿东突然赶上来跟我并排走，开诚布公地问："你……去参加佳莉娅的婚礼？"

黑色的天空朝我的头顶塌下来。三个人的忧郁像阴影一样向我移来，我咬紧牙关。

"是的……"我无声地承认，脚下的鞋发出嘎吱嘎吱的声响。他们死死地盯着我，直到我全身颤抖。

基布兹的婚礼似乎正在举行，每个人都参加了。鸡笼和牛棚的气味一波一波地扑鼻吹来，让人想吐。远处传来隐隐约约的喧闹声，我们一起朝那边走去。等我们看到食堂的灯光时，不由得加快了脚步。快到食堂的时候，我们的目光专注地盯着窗户里射出的灯光。我们用脚推开大门，从小厅里立刻冲进饭厅。

光线晃得我们睁不开眼，所有的目光都朝我们射过来。我们衣着寒酸，身体僵硬地站在一角，样子十分凄惨。最后的欢闹声扫过脏兮兮的地板，在我们脚下消失。几十双匿名的眼睛死死地盯着我们。没人知道我是谁，但都认出了另外三个。

佳莉娅站在另一个角落，正跟一个女友聊天。我紧紧闭上眼

212

睛。所有被遗忘的脸廓，所有的漫不经心，还有让人敬畏的姿态都回到了我的记忆中，涌过我的全身，让我窒息。我的主啊！我的心在哭泣。我是多么爱她啊！

她的蓝眼睛以一种心不在焉的惊讶扫过朋友们的脸，好像觉察到了婚宴的停顿。最后，她将吃惊的眼神落到了我们四人身上。她的眼睛暗淡下来，嘴唇封住任何言语，脸色变得苍白。她安静地离开她站的地方，飘过寂静的房间，无声无息地朝我们这四个各怀心思却又站在一起的人走来。她停了一下，不知道该先跟谁打招呼。最后她抬起眼睛，朝我这个四人中最陌生的走来。毕竟，我是他们中间唯一一个跟她没有肌肤之亲的人，我对她的爱不图回报。她伸出她纤细的手，我发热一般地握住了，几乎晕倒。她用平淡的声音说道："真高兴你们都能来参加我的婚礼。"

一株繁茂缠结的葡萄藤纵横交错地爬满了食堂后墙。树下覆盖着一条冰冷的长椅。我们四个坐在这个沙沙作响的暗处向外看，身后的墙还在因刚才的欢笑声微微颤抖。

徐徐上升的月亮成熟而圆润，向清澈的天空不断送出一圈圈的光漪。柔软而温情。其他三个坐在我身边，沉默而紧张。显然他们相互并不熟，但都被某种神秘的东西搅动了。他们都十分警觉，盯着那条顺着食堂蜿蜒而下的狭长坡道，通向黑乎乎的房屋。时间一小时一小时地过去了。食堂里终于陷入有节制的沉默，少女合唱团的歌声轻柔而舒缓，逶迤宛转地升入空中。突然，从另一群人里传来开怀大笑，然后是沉默和充满温柔激情的歌声。

我用手抚摸着自己的脸。

寂静。有人开始朗读爱情古诗，向新婚夫妇表示庆贺。诗歌的语言质朴，冗长，跟朗诵者温暖的声音共鸣，充满了夜空。一种甜蜜得令人陶醉的芳香。

我的眼睛变得朦胧了。从薄墙那边传来的声音模糊不清，刺痛了我的耳膜。我想听清他们在说什么，但绝望的努力让我头晕。我感到疲乏。那些小巧的基布兹房屋在我眼前变得模糊起来。时间爬上我头顶上方的天空，也爬到我的身边——那三个人就坐在那儿，奇怪地喘着粗气，沉默地期待着什么。我开始打盹，头耷拉到胸前。我挣扎着想保持清醒，把注意力放在浮游于天际的一轮满月上，但它的黄晕包围了我的眼睛。我沉入睡眠，猛地警醒，然后又睡了过去。我的腿变得虚弱不堪，胳膊有气无力。一轮硕大的圆月在我的梦境中漫游，我不知道它是我眼前的这个还别的什么不知名的月亮。我睁大眼睛梦着天空和天国，在冰冷的梦中蜷缩成一团。突然我醒来，那三个家伙正用闪闪发光的眼睛盯着我。他们坚决不睡觉，沉默而固执地熬着夜，对打瞌睡的我投以怜悯的注视。

又起了一阵风，吹得我们头上的葡萄藤绿叶沙沙作响。沾着灰尘的硕大绿叶触碰我们的脸，好像在魔法世界一样。一阵寒意袭过我刚刚被梦境温暖的四肢，我的头滑到那三个家伙的一条大腿上。时不时地我将身子坐直，头昏脑涨，两眼无神，但很快又会胆怯地滑到那条大腿上。

几个小时过去了？我在哪儿？佳莉娅在哪儿？在墙的那边，她在那儿。今天是她结婚的大喜日子。我来这儿做什么？为什么我这样躺着？我是怎么遇到这三个家伙的？他们在等什么？

手表上微微闪光的时针已经滑过了午夜。食堂的门开了，灯光随着笑声一起涌出。一个人影在蜿蜒的小道上快速地移动。那三个人从椅子上站起来，弯着腰，满心狐疑地开始追逐那个人影。我跟在他们身后。

那个人影经过了两三个大楼，然后进了另一座楼的一个房间。三个家伙跟着亮光，其中一个悄无声响地打开门，然后一个接一个地进了房间。我紧跟着进了门。

一个年轻男子在里面换衬衫。看到我们进来，他正在解纽扣的手僵住了。

"你是丹尼……"他们缓缓地断言道。

丹尼完全被我的存在吸引。我变成了丹尼。我在做梦。

他的眼睫毛很长，目光十分坦然。头发在窄窄的额头上翻着波浪，轻轻一甩，姿势很迷人。他的五官粗糙而健康，充满了深深的宁静。我白白地在他身上搜寻出类拔萃的品质。

他们——就是那三个家伙——轻轻关上门，慢慢朝他走去，围住他，用贪婪的眼神扫视着他的全身。

"我们来是为了认识你。"阿东平淡的声音在沉默的房间里响起。

囚犯张了张嘴，露出困惑的微笑，但很快被三个男人一脸的严肃抹去。包围圈向他步步逼紧。

"我们三个大老远跑来是为了看佳莉娅的丈夫……不是佳莉娅。"阿东用单调乏味的声音补充道。

丹尼询问似的看了我一眼，好像在问，为什么那个待在角落里、看上去阴郁孤单的我被遗漏掉了。跟其他人一样，他知道那三个是谁，但对我一无所知。佳莉娅甚至没觉得有提到我的必要。

"我们来看看谁是那最后的一个，"阿东固执地往下说，他的脸色严峻，另外两个沉默地呆在他旁边，"我们来看谁是幸存者。"

丹尼的眼睛颤抖了一下,不过很快又恢复了他惯有的平静。阿东朝他又移近了一点,脸几乎贴到丹尼的脸,激动地小声说道:"你的新婚之夜得跟我们度过,"他停了一下,"我们都得坐在这儿。"

我对那个站在那儿、害羞地低着头、看上去毫不出奇的男人突然涌起一阵强烈的情感。他没有反对,只是谦卑地打量围着他的三个男人,声音带着怜悯说道:"你们还爱着她……"

阿东愤怒地眨了眨眼。

"不对,"他咆哮道,嘴上咧开一种邪恶的狞笑,"我们已经忘记了她。只有她留下的侮辱仍然啃噬着我们。她的夜晚现在已经跟所有别的夜晚无异,但我们受到伤害的自尊心……"

我的目光落到阿东手腕上那条丑陋的疤痕上,那是他自杀未遂的证据。

一阵沉默降临房间。突然,他们不约而同地向他伸出手,抓住他的裤子,扯着他的衬衫,把他从地板上拎起。他的腿在空中颤抖,但人还是保持着平静。他用大大的眼睛凝视着他们。

房间里只听得见撕扯衬衫的声音。那三个家伙慢慢地把他举到空中,扔到床上——他的婚床。他们迫切地朝他俯下身,好像他是一个病势垂危的病人,然后围着他坐下。

他一动不动地躺在那儿,对自己惊奇的命运听之任之。伊提朝他弯下腰,仔细地审视他的脸。"你并不英俊,"他懊恼地说,"你的五官十分粗糙……"

阿东弓下高大的个头,朝那个打败者的头俯下身:"你也算不上是一个天才。"

小个子的伊多把头放在丹尼的胸口上,听了听他的心跳。

"你是一个普通的男人，"他用挖苦的口气惊讶地说道，"毫无特别之处……"

从头至尾，阿东都在用他带伤疤的手腕摩擦着丹尼的头发，怜悯地爱抚他。"你看事物的角度和她一样吗？"

丹尼绝望地说不出一句话。

"她明白跟你在一起的每一件事吗？"

"她怎么没在早上离开你？她怎么没有从你身边逃进她古怪的梦里？"

阿东把他缝了很多针的红伤疤伸到丹尼颤动的眼睫毛下。

"你连那种可以讨她欢心的可怜虫都不是，"他的声音越来越小，"然而她竟选中你做她孩子的父亲？"

他长长的手指在丹尼的脖子上滑来滑去，轻轻地掐住他的喉咙。伊多俯身压住那个屈服的身体。

"难道是她怜悯你？"他喃喃说道，"可是她根本不知道怜悯为何物……"

丹尼的眼里充满了恐惧。

突然，他们好像同时受到电击，不约而同地开始摸他的身体，用手全身上下地摸。慢慢地，他们俯身压到躺在他们下面的身体上，疲惫不堪地在他全身上下蠕动。他们的四肢变成一个巨大的结，在床上沙沙作响地滚动着。丹尼给压得喘不过气来，身体消失在三个家伙的身下。

"他们会杀死他的。"我在角落里欢叫起来。

然而他用最后一股力量从人堆里跳出来，离开那些紧抓他不放的残忍的手，回到房间的中心。他的头发乱蓬蓬的，衬衫撕破了，纽扣也给解开了，脖子上留下阿东掐他的手指印。他看了看那三个家伙，仍然在床上纠缠不休，他飞快地瞟了他们一眼，又收回目光。

"怜悯我……"他回想着刚才听到的话，忍不住大笑起来，笑声中充满了讽刺意味，"是我怜悯她。"

那三个人闻言惊呆了。我的血轰的一声奔腾起来。

他在撒谎！

我向他走去。他陶醉得有些忘乎所以。

"求婚的人是我吗？……"

他上前面朝我站着，昏头昏脑地盯着我，盯着我这个陌生人。他退缩了一下，开始喃喃问道："你……是谁？……"

然后好像为了继续滑向毁灭，他嘲弄地加了一句："你是另一个遭到拒绝的追求者吗？她是不是给了你几个晚上，然后逃之夭夭？……"

我的手已经伸了出去准备干掉他。它突然变得强壮而绝望。我狠命地抽他耳光，直到他的整个身子僵硬起来。然后我开始重拳相击。他没有还击，他知道规则。在冰雹似的拳头下他屈身下跪，一言不发地抱住我的腿。我又朝他向我仰着的已经受伤的脸上打去，默默地流着泪，直到他瘫倒在我脚下，静静地躺在地上。

那三个家伙看着我，眼神有些恍惚。

佳莉娅闻讯赶来，不过在门边突然停止，好像变成了石头，目光投向还躺在我脚下的丈夫。他身上流着血，一副被打败的样子。他抬头看着她，受伤的嘴上浮起一丝温柔的微笑。他笨手笨脚地擦着嘴上的血，想从地上坐起来，但没有力气。他动了动嘴唇，说："他们是多么地爱你……"

他们沉默地交换着爱意满溢的眼神，目光简直没法从对方身

218

上移开。突然，我注意到他眼睛凹陷，里面闪烁着奇特、富穿透力的火花，跟她的一模一样。他是她的，她是他的。他们老早就在另一个世界合体了。这辈子只是一个重新发现的过程，再一次合二为一。

我那时在哪里？

我必须得离开。我神智清醒地朝黑夜走去，它就在敞开的门的另一边。他们都用怜悯的目光送我离去。丹尼想从地上站起来，那三个赶紧过去帮他。

佳莉娅跟在我后面。

我们俩走进朦胧的夜色之中，谁都不说话。我本来是想开口的，但她的沉默封住了我的嘴。她霸气而强势地把我带到基布兹的外面，想把我丢在野外，放逐我。

蓝色的衣裙在她身上飘动着，头发吹拂着她那美丽而让人捉摸不透的脸，如同阵阵欲望的波涛。白色的丝袜在黑暗中闪烁，随着她甜蜜的大步上下跳动，践踏着我的阴影。她把我带到基布兹篱笆外面的土路上，突然停下脚步，低头轻轻说道："从这儿可以笔直走到大路上。"

我拒绝离开。

"再见。"

她转身离开，脚步缓慢而带着心事。

我沉默地站在那儿，脚好像生了根一样。她走了很远，突然又回过头。当她看到我还站在那儿看她，对我生出一股怜悯，转身回来。我的眼睛里充满了泪水。她走回来，在我面前站住。

"你走吧，看在上帝的份上。"

"我爱你。"

她的眼睛里流露出痛楚。

"我爱你,"我固执地重复道,"我爱你。"

她后退一步。

我吓坏了。血液涌进我灵魂的空井,消失在井的深处。我狂野地舞过小路,舞进长着蓟草的田野。

"这儿就是我要支起帐篷的地方。"

我疯狂地比划着,给她看帐篷的大小。

"不大,佳莉娅,但我会住在里面。"

我像疯子一样乱跑,拖过一块大石头,把它放在帐篷的门口。

"我会坐在这块石头上。不分白天黑夜地坐着,双手抱臂,看着那座山。"

我坐在石头上,双手抱臂,凝视着闪烁的光亮。

"这块石头会长出青苔,长长的、光滑的青苔。它会覆盖我,缠绕我,从我身体里长出。"

突然我紧紧贴住她的身体,喃喃地说道:"没人会指责我。没人会对我的爱找茬。"

那个单薄的身体悲痛得开始摇晃起来。

我紧紧抱着自己双臂,把头缩进肩膀间。

"他会死去,在一场事故中……死于某种可怕的疾病……当然都不是他造成的……你会成为我的。"

她张开嘴,眼光朦胧。

"我会等待这个消息。我会耐心地等到我的眼睛变成石头。然后他们会带来新闻:'你的佳莉娅要来找你了。她的丈夫死掉了,所有的情人都弃他而去。她在山坡上,正在下山,瞧,她来了……'"

"今天是我的婚礼。我结婚的日子。"

我站起身，把手插进破裤子的口袋里，向她走去，贪婪地盯着她美丽的脸庞。

"我从来没有伤害过你。"

她沉默地点头证实。

"我从来没要过不属于我的东西。"

我走得更近，用充满欲望的呼吸爱抚那可爱的身影。

"除了打招呼，我从来没有向你伸过手。"

我伸出双手紧紧抱住她的臀部。她纤细的身体颤抖了一下，温暖而柔软。我低头耳语道："除了在梦里，你从来没有碰过我的唇。"

我把嘴唇凑到她深凹的眼睛上。她瘫到我的怀抱中。

"我的兄弟……我的朋友……"她喘着气，手指很快从我的发间滑过。我抓过她的手，一只一只地亲吻它们。戒指在她的手指上闪闪发光。我疲倦地咬了一下那单薄的金指环。我的整个灵魂开始呻吟，强烈得我无法承受。

"佳莉娅，我甜蜜的佳莉娅……那三个回家后会把他们的妻子拖垮，而我会回到那棵空洞的橄榄树边等死。"

她的脸上充满了泪水。我的四肢突然精疲力竭，于是我放开她，重重地坐到石头上。

"够了……"我闭上眼睛，等我再睁开时，我看到她站在我旁边。

我垂下头。

佳莉娅弧线优美的身体消失在山顶上闪烁的灯光中，而我还站在原地仰望星空。

寒风呜咽着吹过平原。我坐在岩石上，浑身发抖。永远颤栗下去，直到我的骨头化为灰烬。地里的残茬对我毫不怜惜。我独自一人走着，任由干枯的秫秸摩擦着我的双腿。我想迷失自己，借着苍白的月光在这辽阔的陌生田野里游荡。

公路前方驶来一团黑乎乎的东西。是载我来此地的长途汽车。我昏头昏脑地朝它加快脚步，头又重又晕。我走了好一段路，但距离似乎一点也没减少。然后我意识到汽车在沿着土路开。我开始奔跑，想赶上它。现在我离它越来越近，脚步声被汽车的引擎声吞没。然而，汽车显然也开始加速。汗珠从我的前额流下，跟我脸上干枯的泪水混到一起。我的双腿用尽了力气。我开始吼叫，吼叫声在我身后振动，消失在广阔的田野里。

"司机！先生！"

但是我前面的那团黑影朝我潮湿的脸上喷了一团白雾，算是回答。

"停车！"我拼命喊叫道，用破碎的心带来的所有愤怒，纵身一跳，抓住后窗上的铁条，拉住不放。汽车像子弹一样射出去。我的身体绷得紧紧的，腿在空中荡悠着，重重地撞到金属车皮。

我想从车窗里把自己拉进去，但胳膊已经向疲倦和恐惧投降了。一天的疲乏像洪水一样涌进眼睛，双臂简直要断了。我抬起头，用下巴吊住铁条，然后把疼痛的胳膊伸到车里面，摸到座位的扶手抓住，头先进，腿还在外面扑打着。汽车摇晃了一下，向后猛推一把，不过我的脸已经落到座位上，湿润的嘴唇碰到皮革。

汽车加速飞驶起来。

"先生。"我从后面的座位上小声叫道，头朝下趴着，痛苦不堪。

此时我的头已经在流血，脚还勾着车窗上的铁条。我费了一些力气才松开双脚，人滚到柔软的座位上，上气不接下气。

车内一片漆黑，只有仪表板上的一个小红灯在光滑的标度盘之间闪烁。那个黑影坐在司机座上，笨拙，坚定，毫无怜悯之心，扁平的司机帽盖在剃光的脑袋上。公路两边的树影神秘地掠过，消失在车厢内五颜六色的广告中。我站起身，双腿颤巍巍地往前走，在空旷的座位中东歪西倒。走到司机宽大肥厚的背后时，我沉默地停住脚。

他好像完全没有注意到我的存在，墨镜后面的眼睛死死盯着前面的路。直到此刻我才注意到车灯没有打开，我们在凸凹不平的路上越滑越快。一声惊呼在我喉咙里窒息。

他肯定对这条路了如指掌，因为汽车简直就在黑暗中飞行，每个迂回曲折都能及时拐过。但是渐渐地记忆背叛了他的信任，他开始有些失控。时不时地，他会转一些不必要的弯，拐下公路，巨大的车身险些撞进壕沟，几乎散架。

"你这个样子会翻车的。"我在他的头上紧张地叫着。

然而他对我的存在一无所知。

我用手碰了碰他的背，想提醒他，但他根本没有感觉。他全部的心思放在驾驶上，双手牢牢地握着方向盘。

"别开了！"恐惧中，我抓住他厚厚的、光滑的手，不过他还是毫不退缩。肥胖，对外界漠不关心，他一门心思赶着路。绝望中，我开始抓他温热的手，拉他的肩膀，但他一把把我甩开，甩趴在地。

"司机，你要送掉我们的命的。"我愤懑地说道。

我的胳膊已经垂下来，抵着变速箱，我想拉变速杆，但拉不动。我爬到下面的脚踏板旁边，但他双腿坚固如铁，粗壮可怕的铁桩。我想咬他的脚，但毫无感觉的他继续踩着加速器，汽车危险地朝路的一边歪去。

"司机，先生，"我在他的脚下哀叫，在黑暗中精疲力竭地打着滚，"行行好吧……"

我昏了过去。

等我醒过来时，汽车一动不动，车厢内光亮如昼。我的头贴着金属地板，白色的灯泡上上下下地照着明。我用手遮住眼睛，避免强光的刺痛。

矮胖的司机全身站起来，十分关注地看着我。他缓缓地抬起手，摘掉墨镜，第一次露出他的脸。脸凑得非常近，一张好色的脸，又红又胖，上面嵌着两只鼓鼓的褐色眼睛，眼白一直暴露到肿胀的根部。古代异教神的脸，他的嘴如刀切开的一条小口子。

我想起家旁那棵烧焦了的橄榄树。

他非常注意地打量我，眼神把我碾成碎片，吸进眼底的深渊，驱走我的自怨自艾。突然，他的同情心被唤醒了。他俯身抓住我单薄的胳膊，把又脏又怕的我从地板上拉起来。他把我拉得很近，直逼他巨大的前额，上面犁满了上千条狂野的圆弧形皱纹。他困惑地盯了我好久，最后终于张开嘴，用深沉有穿透力的声音宣布道："佳莉娅的婚礼结束了……"

话说得非常奇怪，出乎我意外。

我回视他稳稳的凝视。

"是的。"我悲哀地说，彻底被击败，心灰意冷。

"我们是不是继续往前开？"他用一种顺从的口吻征求我的许可。

我做梦似的转着眼珠子。汽车停在黑乎乎的大平原的中心。前面的路被车灯照得透亮，一条安静的沥青路。

我转向他，沉默地期待着他再开口。

"我们是不是继续往前开？"他重复道，打断我的哭泣。

我把头靠到司机的胸前，充满感情地说道：

"求你了。"

洪　峰

过去的两星期以来，一场风暴正在南方的岛屿肆虐，且有愈演愈烈的趋势。顷刻之间，薄雾笼罩一切，乌云成群结队地来到这块平原栖息，如同一团团肮脏的棉絮。坚硬清冽的冰雹从天空喷薄而下，横扫这片荒野，猛击这座灰色的监狱。有鉴于此，在今晚风暴刮得最狂野的夜深人静之际，在看守房打盹的我突然被叫醒就毫不奇怪了。叫醒我的人是一名哨兵，被监狱长派来召我去他的办公室，接受可怕的午夜训旨。

哨兵的传令还在黑乎乎的墙上回荡，我就裸身从粗硬的毛毯下钻出来，梦中所有的其他演员都消失在床单的褶皱之中。我哆嗦着穿上污迹斑斑的制服，手飞快地上下摸索，扣上一排长长的纽扣。我的脸已经转向窗外，凝听着越刮越大的狂风。我刚来这座监狱不久，还是名新看守。因此我对一切都十分警醒上心，渴望在工作中有所建树。如果没有这些在夜晚搅得我心神不宁的梦，我觉得自己可以算得上是模范看守了。我刚完成看守培训那些僵化严格的课程，毕业还不到一月。我在那儿学会了怎么毫发不差地发射冲锋枪，学会了跨栏和肉搏，学会了怎么读懂那些简明扼要的狱规。是因为我的沉默寡言让他们相信我能控制自己的激情，因此我得以被送到这座偏僻岛屿的小监狱来服务？没错，这里关着真正的罪犯，免于死刑改判终身监禁的杀人犯，不过他们人数极少，而且也非常老了。

我在黑暗中笨手笨脚地穿着鞋。我不点蜡烛，想为这块皇家领地省点开销。这世上有允许看守值班时胡思乱想的狱规吗？我不知道。只要我还没有学到狱规的最后一条，不确定是允许还是不允许，我就宁愿相信我有这个权利。不过我也知道，虽然我一言不发，我的脸还是会背叛我的内心，起码对这位我正要去见的监狱长而言。哪怕是在半夜，我还是得穿戴齐整、骄傲而兴奋地出现在他面前。我穿过那永远惨淡的号子走廊，跟随昏暗的灯光一直走到尽头，走进最深的一角，下了三级台阶，走进监狱长的办公室，照规矩向他敬了礼。

他坐在办公桌的后面，一副随时随地警觉而提防的神情。他是一名个头矮小的中年狱官，头发花白，干巴巴的脸异常严肃，是我尊重的那种老式警官。窗上钉有铁条，拉上了窗帘，上面挂着象征着这片国土的巨大红徽章，荣耀无比。他的两条长腿犬蹲在地毯上盯着我，眼里充满悲哀的尊严。除了抽打窗户的冰雹声，监狱里笼罩着一片巨大压抑的沉默。监狱长直盯着我的脸，眼里燃烧着大胆的欲念，跟他脸上严厉冷酷的线条成鲜明对比。他坦率地开口说话，话里只有一个信息：

洪水要来淹掉我们的小岛了。

监狱长是怎么知道这个消息的？不是从任何可疑的天气预报员，他们对我们这个小岛一无所知；也不是从首都的中央监狱机构，他们几乎忘了我们的存在。监狱长的消息来源是他自己的详尽研究，他没日没夜、不知疲倦地读着我们的监狱日志，一卷一卷地锁在他高大浩繁的书柜里。他的前任们死在岗位上（他们不可能知道还有其他的死法），漂白的骸骨就埋在海底，活着时他们把岛上发生的一切事无巨细地记下来。就是从这些记述里监狱

227

长知道了洪峰的事,知道它的先兆和毁灭性的力量。这座监狱一共被淹过三次,彻底毁灭之后又重建。新手如我也从监狱史中学到了这些历史。然而我从来没有想到过这场风暴,这场狂野地扑打着狱墙的狂风,竟然会将古代的洪峰又一次带到我们眼前。

我想也没想就朝他的桌子靠近了几步,心中燃起一种新的兴趣。我体内焕发出的这种光芒是幸福吗?

监狱长把手放在其中一只爱犬的脖子上,挑逗地抚摸它的毛发。他压低声音告诉我,根据狱规,监狱长必须带领手下的人在洪峰来临的那天逃离,囚犯们将被锁在号子里,留下一两名看守在岛上坚守。这名看守不仅要出于自愿,还要有能力担得起重任。说到这里,矮小的监狱长垂下眼睛。除了我这名急于出人头地的新手,还有谁愿意接过这个担子呢?

每次听到狱规我都会很激动,但这次听到监狱长从所有的看守中独独选中了我,我非常诧异,几乎要跪倒在他脚下。我咬住嘴唇,以免欢喜地叫出了声。

我是不是还要一个人跟我一起留下?监狱长询问道,眼睛闪过一丝狡猾的光芒。在这座监狱里,除了我俩,再就是一个厨子,一个理发匠,一名军械师和一个锁匠。但我知道他脑子在想什么。

“我谁也不想要,先生。”我温和地回答道。

不,我心想,我不要任何后勤人员,他们都是些试图逃避纯粹看守职责的人。就在我看着他摩挲爱犬的手和趴在他脚下受宠的狗时,我突然想到一个主意。

“先生,把你的狗留下陪我吧。”

这一次我成功地让这个小个子吃了一惊。他珍爱这两条狗,它们跟他已经亲密到让人疑心的地步。他是一个孤独的男人,没有孩子，妻子远在遥远的首都，留在这儿陪伴他的就只有这两条狗，一条公的和一条母的。他把它们从小狗养成大狗，对它们十分溺爱。现在我想把它们从他身边带离，把它们变成名副其实的狱犬，凶狠猛烈。但他又如何能拒绝我呢？我即将独自留在这座黑暗的监狱，面对上升的海水。他双手颤抖着，一言不发。他轻声告诉我岛上备有一艘古老的小船，由过去的看守造来救命的，前不久刚换上从首都运来的新引擎。这条船会在海水升上来淹没小岛的时候助我一臂之力，帮我逃脱。狱规是这样说的："当洪水淹没地面的时候，最后一名看守将离开他的囚犯，逃离小岛。囚徒们进进出出，一代又一代，而看守却只有那么几名，应该永远保留。"

他把引擎的钥匙递给我，钥匙又小又亮。明天，我将拿到监狱号子那些沉甸甸的钥匙。

我的主人，也就是监狱长，他会逃到哪儿去呢？到山里去。当然是山里。哪怕是透过号子里窄窗的铁条也能看见那儿，就在覆盖着山顶的密林中。我的主人会带领手下逃到那儿。兴许他还能找到一座干燥的小屋。他们说那儿有座小村庄，低低地坐落在群山之间干涸的河床上。谁知道呢？他的命运也许比我的还糟。不管怎么说，我已经举手行了告别礼。让我吃惊的是，他没有回礼，而是从椅子上起身，脸上流露出悲戚的神情。他离开他的狗，围着桌子绕了几圈，在我面前停下，踮起脚尖，把他毛茸茸的爪子搭在我的肩膀上，像父亲一样。一阵颤栗穿过我的全身。他的话，他的暧昧难懂的告别词语，深深地侵入我沉默的脑海：

"水淹上来的时候控制住你的激情，抵御诱惑，经受住考验，设法逃命，你自己，还有你的狗。"

说得好极了，主人。

黎明时分，雨停了一小会儿。两条被锁在办公室的狗从窗子里拼命伸出头，对着遗弃它们的小个子主人哀嚎。逃亡者们背着行李，脸色阴郁地依次穿过走廊。他们锁好一扇又一扇的门，将一串又一串的钥匙放在我的手上，弄出欢快的叮当声。在院子里，他们让我看了用绳索系在监狱楼边的小船，我满不在乎地点了点头，有点不耐烦地陪他们向大门走去，走到外面，走到平原上，然后将门锁住。我的目光立刻投向远方的地平线，但我什么也没看见。监狱离大海仍然很远，只有在阳光灿烂的日子里才能看清蓝色的地平线。他们爬上装有铁条的囚车，把行李堆在囚犯的座位上，然后用目光打量我。他们对自己的逃离感到高兴吗？我们的告别简短而不动感情：受狱规管理的人与人之间的关系是僵硬的。囚车立刻发动，驶进平坦的沙地里，伴随着两条狗绝望的狂吠，消失在浓雾中。

现在，我是这座石头建筑唯一的主人了。选择在平原上建房的人是多么睿智啊，远处来来往往的一切——所有那些进攻或逃跑的可能性——都被我尽收眼底。我打开大门，走进院子。每次开门我都会随手把门锁上。我对钥匙一向有兴趣，喜欢和它们打交道，特别是那些又大又重的监狱钥匙，它们裸露的牙齿在半张的嘴中永恒地冻结。我要穿过很多扇门才能上二楼，走廊的两边排列着号子。囚犯已经从他们毫无目的的昏睡中醒来。他们坐在门边的小凳子上，门不是用铁皮做的，而是用铁条，这样囚犯总是暴露在光天化日之下，没法图谋任何不轨。他们看上去就像关在笼子里的猿猴，只不过总是沉默着，一动不动。他们的罪行在很多年前就犯下了，甚至可能在我——他们年轻的新监狱长——出生之前。现在他们老了，剃得光光的头隐藏了过去的胆大妄为。监狱的理发匠给他们理发时煞费苦心，设法不留下一根头发。出于无聊，他用剪刀剃掉一切。囚犯大多高大肥胖。这些年来除了拼命吃政府的口粮，他们什么也不做。很难看出他们是有暴力倾向还是废人一个。

他们用平静的眼睛打量我。他们总是面对走廊坐着，好像在等待什么。在等待什么呢？自然是他们的早餐。关在办公室里的狗不再哀嚎，现在他们的叫声里充满了饥饿。于是我赶紧打开厨房，照墙上的说明立刻开始做饭。之后我把饭菜装在推车上，推着它叮叮当当地穿过没有窗子的昏暗走廊。每扇门的铁条之间都开有一扇小门，我从那里接过一个盘子，盘底有上一顿的剩菜，然后再递给他们满满一盘新鲜的饭菜。他们习惯了这种来来回回的交换，整个程序彻底在沉默中进行。他们一定意识到现在我是他们唯一的看守了。这里发生的一切他们都心知肚明，尽管根据狱规他们不可以互相交谈，更不能跟看守说话。我们能跟他们谈什么呢？我们既不是审讯者，也不是法官，只是防止他们逃跑的看守。法律制定了，判决也被宣读了，假如他们还没有被带上绞刑架，那是他们的命，命是没什么可讨论的。我可能忘了提——在我肩上的皮带上，一直挂着一架上了膛的冲锋枪。

早餐发放完毕。狗的哀嚎震动着我的耳膜。我打开办公室的锁，它们冲出门向我扑来，用舌头舔我的脸和手，高兴得发疯似的。我费了老大劲才让它们平静下来。从现在开始，我是它们的主人了。我把它们当日的口粮放在它们面前，算得上是此处发放的最大块的肉了。它们扑到肉块上，狼吞虎咽地嚼着，眼珠狂喜地转动。我安静地看着它们饕餮，一动不动地站在那里，直到它们把一切吃得干干净净。我准备了自己那份简单节省的早餐，迅速、漠然地吞下难吃的饭菜，然后去院子里看风暴。

浓雾。我睁大眼睛想看清海水，结果还是什么也没看清。我竖起耳朵捕捉海水的呢喃，好像在等待爱人的脚步，但野蛮的狂风呼啸着穿过浓雾，淹没一切声响。根本看不清太阳在哪里。世界是一片无边无际的灰色。我回到走廊。寂静，只有囚犯们埋头吃饭的声音，咀嚼他们最后的早餐。

一整天忙个不停，洗盘子，扫地。时不时地，我会突然拎起冲锋枪，冲出厨房，在走廊里巡视一阵子。号子里的犯人根本不看我，他们都是些普通人，精神层面的东西不在他们的视野之列。现在他们打开了书，开始了每天的阅读。老迈的杀人犯手捧来自监狱图书馆的惊悚小说，一些谋杀和淫秽的故事。书的最后几页往往破损不堪（或者是给恶意地撕掉了），这样读者永远无法得知罪犯是否被抓住，从侦探白费力气的追踪中得到极大的满足。每月一次，我们会推着推车从走廊这头走到那头，收回二十一本书，把它们的次序打乱重新排好，然后从另一头推回。一些囚犯碰巧又拿回刚还的书，另一些得到的是新书。因此，他们熟知这些书就不奇怪了。然而即便是现在，他们昏花的眼睛依旧迷失在破书烂页之中。难道他们不知道自己死期将近？难道他们感受不到上涨的洪峰？哪怕他们只站高一点点，或者把目光向山顶投去，他们就能从高墙的缝隙里看到地平线已经伸到海边来了。

正午。几缕迷失的阳光突然从两扇狭窄的窗子溜进厨房，照在洗涤槽上。我正在热午餐。两条狗钻到一个角落去做他们每日的例行交配。这是它们在监狱里养成的可悲习惯。我站在那里看着它们，心头被巨大的悲哀充满。下午的时光单调辛苦，我又开始洗盘子，扫地，擦门。我是这些囚犯的仆人，不是他们的主人。但当夜色降临，黑暗笼罩这座监狱，我做完了所有的活儿，此时我的周身会充满一种甜蜜的疲乏。我又一次惊奇地发现，我是整栋楼唯一的主人，没人在中间干扰，没人发号施令。只有我和法律。我用被白天干活磨糙了的手拿着那串成日陪伴着我的钥匙，在我的城堡里游逛，穿行于那些沉默的石头间。我在黑暗中摸着路，狗在前面嗅着每一个角落。穿过走廊时我注意到囚犯们的眼睛疲惫不堪，好像被黑色的海水洗过一样。然而他们一整天连一根指头都没动过。我打开走廊里昏暗的灯。囚犯们任何时候都不能待在黑暗中，光线总是要保持半明半暗。我的目光游移到钉在每个号子前发黄的纸片上，上面模模糊糊地列举着囚犯们的罪。这是监狱长的命令，说他们的重罪必须记下来，让我们每天都能看见，这样我们永远都不会怜悯他们。在这个偏僻荒芜的岛上，怜悯是一种危险的感情。

夜像巨鸟一样向我扑来，一个时辰比一个时辰黑。囚犯们头也不抬，继续埋头阅读。年年在这样坏的光线下阅读，脸都快凑到字上了，眼睫毛掠过书页，几乎所有人都因此近视了。谁会担心监狱的囚犯变瞎呢？我走进办公室，填了当日的表格，把趴在旧文件报纸堆上的狗锁在里面。然后回到我的隔间，锁上门，把钥匙藏在枕头下面。我点上蜡烛，借着微弱的光线把武器拆开，方便擦拭。冰雹抽打着这座楼房，但没有一粒漏进来。这座监狱已经重建过三次了，每一次都在前一个的基础上得到了改进。现在他们要第四次重建了。除了风的嚎叫，四周绝对一片寂静。谁能祈求比这更深的沉默呢？一种真正的幸福感涌上心头，蔓延开来。我独自一人，但我并不害怕孤寂。因为这不是一种个人的孤独，是由狱规的命令产生的孤独，而狱规由国王制定。随着最后的咔嗒一声，我把冲锋枪的枪托跟枪身接上，把钢光闪闪的它放到床上，放在床单之间。然后我和衣躺在狭窄坚硬的床垫上，狱警的床垫应防止看守睡得太沉。紧绷绷的床单，叠好的被毯，枪就像残酷的孩子一样躺在我的身边，所有的一切都印着国王的徽章。我拿起狱规。我的主人，也就是监狱长，已经不再读狱规了，他只读前任们留下的日记。但我知道日记只是评论，狱规才是真家伙。我只读这一样东西，因此读得很慢很全面。读了一两个小时后，疲乏让句子在我的体内哼唱起来，如轻柔的吟诵，如悲哀的悼词。午夜时分，我强迫自己合上狱规手册，要不我会读一通宵。我是监狱体制中的一员，我知道监狱需我睡觉，这样我的头脑才会一直保持清醒。我吹熄蜡烛，在黑暗中睁大眼睛躺着。一切都锁好了，不会有人闯进笨重的门。谁又会在这凄凉阴郁的平原上游荡呢？

早上床单乱糟糟的，一切都乱了套。枪掉到地上去了，钥匙钻进枕头深处，皇家徽章从头上滑落到裸露的身体上，皱皱巴巴的，毫无生气可言。我又做了什么梦？我不想记起，也不能记起。我赶紧扯直灰色的床单，叠好毯子，抹掉夜晚的记忆，然后惭愧地跑去看洪水是否来临。

洪水来临前的两天就这么忙忙碌碌地过去了，像灰色的梦，里面装满了柔软的幸福。一有空我就跑到窗边去看窗外开阔的世界。我惊讶地发现风暴的来势越来越弱。风完全平息了，只剩下柔和的细雨，淅淅沥沥地从灰色的天空飘落。寂静笼罩着一切。是监狱长弄错了吗？所有这一切是洪峰来临的前奏吗？远方的海水沉默不语，什么也不告诉我。我的目光慢慢挪到岛屿的另一边，投向那些无动于衷的山峰。逃兵们无疑已经到了那里。我毫不后悔自己选择了留下，在此处等待。

我忠实地履行着一天的职责，给囚犯们换碗，喂狗。两条发情的大狗迈着长腿跟着我，谦卑而忠实，像两个到民间游走的愚蠢贵族。夜晚我填表，写下几句对灰色天空的感想。夜深时我锁上隔间，然后沉浸于对狱规的阅读和沉思。

第二天还是灰得让人吃惊，令人激动。天空现在平静了下来，一滴雨也没有。平原安详地躺在那儿，弥漫着期待中的寂静，整个宇宙都在聆听。气温突然窜得老高，但太阳仍然没有冲破灰幕，一整天就这么灰蒙蒙地过去了。傍晚时分，光线终于从天上隐退，我带着两条狗，锁好身后一扇又一扇的门，下了楼，把大铁门打开再锁上，穿过监狱那方方正正的院子，打开外墙的大门，离开了我管辖的区域，锁好身后最后一扇门，如同男人锁好家门。两条狗在开阔的地带发疯似的奔跑。我开始在单调的平原上行走，那里没有路也没有标识，只有干燥荒芜的沙堆。夜幕扑过海面向我迎来，经过我，扑向渐渐暗下去的岛屿。没有风，一丝也没有。我继续向前走，离锁住的监狱越来越远，皮带上的钥匙叮叮当当地响着，像轻轻的铃铛声。狗在我身边嬉闹追逐。它们会一口气冲出很远，然后突然愤怒地一路奔回，舔一下我的手，又继续游荡开来。有时候它们会停下，茫然不解地盯着某块无名的沙石，把潮湿的嘴凑上去，寻找某种只有它们才知晓的神秘气味。它们在监狱里度过了一生，对这次意外的出行欢喜无比。我也非常满足。我本来是想看看海水是否上来了，结果不知是因为黑暗还是距离，监狱在我眼中变成一个模模糊糊的阴影。有些人可能相信我会乘机跑掉，带着两条狗跑得远远的，把锁在沉默中的囚犯连同这块平原一起抛在脑后。跟囚犯相比，我们看守略有些优势，可以在走廊里和监狱旁边的平原上自由行走，这可能会给某些人造成错觉，以为看守是自由的。然而我们并不自由。我们也是囚犯，不过是自愿被囚禁的。到目前为止我们仍然清白。

也许这就是最终我为什么停下，中断了我悠闲平静的横穿大平原之旅。确实，我还没有接触到大海，但我接触到了干涸的万物，它们正在等待海水的到来。黑夜降临了。监狱变成了平原上一个微不足道的小黑点，但我知道它是我生命的一部分。柔如轻烟般的空气用渴望充满了我的眼睛，狗停下搜寻，回到了我的身边，竖起耳朵聆听。我转身开始往回走。狗困惑地望着我，不明白我在一无所获的情况下，为什么突然停下脚步往回走。它们挑战我的权威，继续朝大海的方向走，直到消失在暮色中，不过最终还是绕了个大圈回到我身边，然后又一次兴高采烈地在我身边蹦蹦跳跳，好像什么也没发生过。现在，西边的太阳开始下沉了，我可以从远山上的缕缕红云看出来。等我回到监狱的时候，黑暗已经笼罩了一切。我容光焕发地打开监狱的大门，心里非常安宁。囚犯们坐在一片漆黑的号子里，手里捧着书，耐心地等我给他们打开昏暗的灯光。一切如旧。他们连逃跑都不敢想。直到现在我才意识到自己对这个地方有多么依恋。填表时的激情我这里就不多说了。

黎明时分，我在梦中听到来自远方的撞击声。第一波洪水就要来临。看不见的海水冲打着陆地，不顾一切地向前奔涌。狗变得坐立不安。它们已经醒了，跟我一起从高高的窗子往外看，毫无来由地吠叫。水让它们惊恐莫名。现在，洪峰还只是一条模糊的蓝线，好像地平线在朝这边移来，就是那条只能在大晴天见到的地平线。洪水现在还只是在闹着玩，不经意就征服了毫不抵抗的平原，连自己都有些吃惊。它们只是探险者，曲线前进，随时准备对路上的石头让步，为了征服陆地而改变自己，故而一到监狱的墙边就尊敬地停下。它们没打算伤害谁，只是来用舌头舔一下这座岛屿，跟现在舔我胳膊的那只狗一样，愚蠢地乞求食物。

我用拳头把它击退。这两条叭儿狗在监狱长大，跟那些野蛮嗜血的动物完全不同。它们多愁善感，有一对充满热情的悲哀眼睛。我怀疑它们有能力对人发起进攻。任何哼哼唧唧和咆哮以外的行为都超出了它们的想象。就是这点威胁很快也会变成一副可怜相。

走廊里传来碗敲打铁栏杆的声音，十分有节奏。这是囚犯们在要求供应早饭。洪水分散了我的注意力，早餐因此耽误了很久。囚犯们也听到了水声，但他们靠在门边无精打采，身体上看不出任何紧张的迹象，空洞的眼睛也没有一丝兴奋的火花。我尊重他们的沉默，他们可能也尊重我的。我听说曾经有过一段时间，他们互相说个不停，不时地对吼，但随着时间的流逝，他们逐渐厌倦了彼此，谈话严格限制在必需的事情上。很快他们就发现，唯一必需的事就是沉默。

现在，除了通过我，他们彼此间没有任何交流。

干活的时候我一得空就跑到窗边，站在那里着迷地盯着洪水。海平线势不可挡地往上涨。第一波惊讶的探险者已经越过监狱，继续悠闲自在地往前移，戏弄着每一块石头，以它们特有的满不在乎的方式征服了整个平原。它们会继续向前翻滚，直到抵达山下。在那儿，惊讶会变成崇拜，它们那随性游戏的主宰会变成无助的摇尾乞怜。但在监狱的四周，洪水已经打起了漩涡，没完没了地流动着。它不再是一条细细的水线，而是一条激流，一团一团澎湃的水把平原变成了深湖。水现在漫到墙顶了，高高地耸起，越过峰头，化作无数晶莹闪亮的瀑布奔进院子，淹没房上的瓦，飞快地接近监狱，舔墙上的灰色石头，邪恶地密谋它的胜利。水抚摸着停泊的小船，让它轻轻地荡漾。

白天的时光很快就过去了。我一次又一次跑去看水，每一次都惊讶不已。囚犯们眼皮都不抬，坐在那儿沉湎于书中。但我的脑海里尽是洪水细弱而连绵不断的哀鸣。我不认为水声能传到远山那边。我给我的囚犯们供应了晚餐，对他们的麻木既惊讶又痛心。为什么他们连头都不抬？我收回脏碗，将它们清洗干净。我已经三天没吃东西了，只尝一两口就放下。洪水上涨之快让我惊讶。我像孤魂野鬼一样在走廊里游荡，心中开始想念遥远国度的所有人，他们对这里发生的事情一无所知，照旧享受他们的生活。我的心中充满了自怜，被它淹没。快乐和悲哀混杂在一起，我爬到一个黑暗的角落，哭了一会儿。但眼泪很快就干了，我又一次变成残酷的看守，欺负那两条吓坏了的狗。当我再次穿过走廊，看到囚犯们仍然埋头看书，愤怒涌上心头。我梦游似的扣上冲锋枪的扳机，射了一长发子弹，弹头穿透微明的墙壁。灰尘，烟雾，还有一股硫磺味儿。囚犯们待在号子里一动不动。至高无上的君主啊，我就在这儿，在这条昏黄狭长的走廊里，指引我不要接受任何诱惑。眼泪又一次涌了出来：什么时候我也能离开这儿逃进山里呢？

只引起了一阵很小的骚动。我立即镇静下来，回到工作上，擦洗熏黑了的枪筒。然后我去收每个号子的马桶，把粪便倒进海里。

深灰色的夜晚，洪水翻滚个不停。死一样沉寂的世界。洪水不过就是海水回家而已。海水总是要回来，重新拿走它先前征服的一切。谁也不要对它追寻远古的犯罪轨迹感觉糟糕……我望着高高的窗子，海水悄无声息地升到一楼窗外的墙根下。一个黑乎乎的东西在墙边飘荡。那就是我逃离此地的小船，正随着上涨的海水慢慢地向我升起来。

囚犯们变得警觉了吗？他们一定听见了洪水的喧腾。跟我一样，他们也能从窗上的铁栏杆里看到涨洪。也许他们老得爬不上墙了，但瞟一眼我的脸色也应该能明白一切。我锁好我的两条狗，它们跟我寸步不离，一副悲戚的神情，尾巴夹在两腿中间。我站在那里听了一会儿水声，然后进我的隔间，锁上门，点燃蜡烛。明天是最后一天了，这一点确凿无疑。我会带着钥匙逃跑。监狱楼会在水中倒塌，钥匙会掌控在我的手中——古老的传说就是这么说的。这将是一次完美的逃离，正确的逃离。以后他们会在此地建一座新的监狱。确实，放弃这片荒凉的平原将是一个浪费，这里海水时不时地来造访，淹没这些年老的囚犯。不过我会逃离此地求生。我会带着失去了门的钥匙在国王的宫殿前行走——一个忠实的仆人，甚至可能在首都得到嘉奖。

我和衣躺下，每夜都是如此。我拿起狱规，准备静下心来读。然而心绪还是太乱。衣柜上裂了一道小缝的镜子照出我苍白的脸，眼睛周边一圈黑眼圈，嘴唇毫无血色。当我宣称晚上睡了觉时，其实不过是怕违反了看守晚上必须睡觉的规则，这样我们白天才有精力保持警觉。实际上，大部分夜晚我只是一连数小时躺在那里，眼睛睁得大大的。我抱着方方厚厚的狱规躺在那里，眼睛盯着上面密密麻麻的印刷。全书分成几个章节：指令，法律和戒条。有时候我也幻想立法者跟我开玩笑，在手册上写下的都是些晦涩的诗，根本没有这些律令。手册上并没有明确提到洪水，不过也许字里行间有这个意思。我开始觉得全身疲乏。曾经教我们狱规的那位老师的影子开始朝我逼来。他是一位非常严厉、思想深刻的老师，永远穿着黑衣。是他点燃了我对这些枯燥文字的热情。我沉浸在冥想之中，苦苦思索着他的身影，直到火苗熄灭。我还是睡不着。水没完没了地哗哗流着。只要我一打瞌睡水就会在我梦中出现。夜半时分我突然惊醒，被一阵恐惧攫住。我打开门，看到水已经长驱直入，流到了地面，正朝房间里涌去。等我从走廊撤退时，我看到囚犯们懒散地坐在凳子上，有的借着昏暗的灯光看书，有的捧着书打瞌睡。其中一个总是醒着，好警告其他的囚犯。有时候，我真想走进其中一个号子，坐在凳子上，跟他们一样平静地埋头读书。

逃离监狱的那个早晨。洪水缓缓地朝楼梯涌上来。我觉得头重，就顺着走廊走到两扇窗子边，朝外张望。灰色的天空下是灰色的大海，缕缕薄雾在海上飘浮。我们沉陷在一片汪洋之中。动荡不宁的海水从远处涌来，漫过平原向群山涌去。不过一夜之间，船升高了整整一个楼层，现在就在办公室的窗口下飘浮。我只要破窗而出就可以跳上船了。

一股洪水的气息，这气息让我陶醉。水冲过墙向我流来，一股奇怪、陌生的水流。我下了最后一级干燥的台阶，狗小心翼翼地跟在我后面，竖着耳朵，下着滑溜溜的楼梯。他们用舌头舔了舔洪水，勃发的情欲已经消退了。

整个早上我都在打扫监狱，准备逃离。除了狗和武器，我打算什么都不带，当然，还有狱规。这是毕业时授给我的礼物，上面刻有国王金光灿灿的题辞。狗觉察到我要逃跑，寸步不离地跟着我。洪水现在上涨得很慢，已经没了刚开始的势头。洪水现在跟平原一般高，慢慢地会升上来淹没监狱楼。我现在甚至能看到一小汪水（不知道它来自何处）积在走廊门口。正午时分，我把剩下的所有食品给囚犯们分好。淹死对他们来说可能是更好的结局。

然后我就把自己关在办公室里，填写当天的表格。我记不清自己填写了些什么，但确实记得自己在桌旁待了很长时间，找到恰当的词语时情绪很激动。现在我用力擦洗每个角落，把东西摆放整齐。这个地方本来就秩序井然，但对要求严格的狱规来说，就是这种秩序也可能有美中不足。

我朝窗子飞快地瞟了一眼，上面的一层薄雾告诉我黄昏正在海面上徘徊。我并不担心天黑，完全不担心。在黑暗中逃离很合我意。

我从小房间的衣橱里拿出一套黑色的制服，衬里上印有皇家徽章。这是一套正式的服装，我只在庆典、行刑等重大场合时才穿上。衣服上褶皱不少，不过还是新的。我自从毕业典礼后就没有穿过它。我脱下肮脏的工作服，一丝不挂地大步穿过走廊，完全暴露在囚犯们的视线下，一点也不觉得羞耻。我用自来水熟悉的冷水冲洗了四肢，回到我的小房间，穿上干净的衣服，扯平了衣上的褶皱，穿上高帮靴，准备好了进入黑夜的旅行。我将点着火把在黑暗中跋涉。

洪水已经淹到了最上面的楼梯，涌到了二楼楼梯转角处，像一个自信的、喧宾夺主的客人。一股水流突然不知从哪里窜了出来，沿着走廊盲目、胆怯地流着，在裂缝中蜿蜒而过，最后直抵墙角。洪水很快就会抓住我的手，向我致以湿冷的敬礼。一种非常奇怪的感觉，在昏暗的走廊里看到来自远方的海水。逃离的时刻来临了。狗在我脚下兴奋地蠕动着身子，尾巴重重地拍打着地板。想到又会见到他们小个子的主人，他们也很激动。我穿上外衣，用短小坚韧的皮带抽了它们几下，把钥匙挂在带扣上，枪扛上肩，狱规握在手中。我没法自欺，离开这座快要沉海的黑色监狱让我难过。整整三天，我是这里唯一的统治者。我已经喜爱上了这条长长的走廊。

我沿着号子慢慢地移动，身上的钥匙叮叮当当地轻响着。最后一次检查我的囚犯了。他们仍然在埋头看书，有几个在打着瞌睡。这些家伙就这样跟我告别吗？他们一动不动地坐在凳子上，像生了根似的，脸上有着那种老囚犯的平静，带条纹的囚服凸显此地枯燥乏味的日常生活，跟我身上穿的节日盛装形成对比。狗猛烈地拉扯系在我腰带上的皮带，拖我前行。其中一个囚犯开始咬自己的牙齿，是哪一个？我愤怒地扫了一眼号子，他立即安静了。他们真的平静吗？或者这平静是装出来的？我马上就要弃他们而去了。我想象自己驾着小船飞快地向群山驶去，抛弃这座监狱以及夹在铁栏杆和被风暴猛击的大海之间的囚犯，我留在这里的一切都在法治之外。我吃惊地看了看手中的小书，条文不为人觉察地从各个角落涌来，在它们的属地聚集，然后把自己叠进狱规中。它们将不可避免地跟我一起离开这里。

无政府状态。我突然想到这个词，开始颤抖。

我停住脚步，拉回一心想要逃脱的狗。监狱长已经逃走了，把这个地方托付给我。现在我也要逃了，我把这个监狱托付给谁呢？有一小会儿我在想把我热爱的狱规留下，留在这条昏暗的走廊里，这个浸泡在洪水中的大楼的心脏，但我知道洪水会把它冲走，如同一切没有生命的物体。周边的墙突然好像裸露一般。我看着我的囚犯们，他们低着头，想像他们失声哀嚎，砸碎号子的门，逃进秘密的通道，狂怒中毁掉这座摇摇欲坠的监狱，将来之不易的沉默击成碎片。

我可以一页一页地撕掉我的小宝书，把它们统统贴到墙上，也可以把它们焊进铁栏杆，或者揉进囚犯们的面包，但这些都没用。我绝望地想着。囚犯们看到我停下脚步，眯起眼睛好像在问：你还在这儿？我们视线相接。他们中间有没有一个人当得起我的信任，值得我把手册传给他？

我立刻做出一个大胆的决定，以国王在这座监狱的私人代表

（私人代表！我激动得流出了眼泪）的身份。我从皮带上取下钥匙串，把枪抬到腰间，打开扳机，很快掉过头，把号子门一个一个地打开。铁锁发出惊讶的嘎吱声，连狗都对我这种无法理喻的行为感到震惊。所有的锁都被打开了，二十一扇厚重的铁门。我用短短的枪管支配整个走廊，大声命令所有的囚犯都出来。门尖叫着被打开了，囚犯们走了出来，差不多都是高个子，低着剃得光光的头。两条狗吓坏了，开始咆哮。一看见囚犯它们的身体就掠过一阵仇恨的颤抖。囚犯的衣服上仍然可以闻得到久远的罪恶。我费了老大劲才抓住它们的皮带，不让它们挣脱去攻击他们。囚犯一个一个地从我面前经过，赤脚拍打着地上一汪汪的洪水。他们爬了三级台阶走进办公室，没忘记带上正在读的书，怕我让他们无聊，这帮歹徒。

接下来我在监狱长放在办公桌后面的椅子上坐下来。两条狗拴在我的皮带上，一边站一个，像傲慢的猛兽。枪放在桌上，枪口指着囚犯。现在我不再是一个手足无措的年轻看守，我的面前站着二十一个体型魁梧、疲惫不堪的囚犯。他们身上的汗味冲进我的鼻子，一股无法忍受的臭味。我把油灯举过头顶，墙上映满了长脸的影子。我打开狱规。我应该从哪里开始呢？我能够把上面的内容都教给他们吗？书上的每个句子都相互关联，没有一条规则可以独立存在。于是我从第一页开始。我读了最开始几条相对简单的规则，声音清楚、热切。我一点儿也不想解释，对文字的力量充满信赖。时间很短，我可以在这里逗留一阵子而不用担心有生命危险。我发觉站在办公桌前的这帮囚犯听得非常认真，让我惊讶不已。我的声音里充满了狂喜。我只是想要他们明白，是法律将他们托付给命运的安排。我边读边用手指一页页地翻着书页，吐字非常清晰，整个人完全沉浸在文字中。时间一分一秒地过去了，他们的兴趣开始减退，手开始摸索身后的墙想靠一靠。几个家伙甚至大胆地垂下眼睛，低头开始看手中的书。我对这些小动作视而不见，只是加快了读速。我压根儿不敢抬头看周围的一片茫然。我知道以自己现在的读速，他们是听不懂什么的，但我宁愿尽可能多地涵盖这些条文。其实，就算是我读得慢，他们也懂不了多少。我声音里的热忱依旧。整整一个小时就这么过去了。我端着油灯的手累得耷拉下来，声音也开始变嘶哑。狗躺到了地板上。现在我开始整页整页地跳过不读，只挑我喜欢的条文读。但是文本现在也变得晦涩起来，读到的条文是我自己也不熟悉的。我的演讲开始变得漫不经心和混乱起来。油灯里的火苗越来越弱，囚犯们仍然站在我面前，黑压压、沉默不语的一大片。有几个家伙站着打瞌睡，我可以听见他们轻轻的鼾声。字母在黑暗中变得模糊起来，我用想象填塞漏掉的字眼，飞快地创造出新的规则。他们不会注意到有任何不同。等我的声音最终哑掉、火苗行将熄灭的时候，我抬起了我的眼睛。

他们毫无反应。我跳起来审视他们的脸，现在我可以看到有几个囚犯嘴角耷拉地站在那儿，嘴唇发着抖。一股怜悯油然而生，这么老的男人。但我很快平静下来，迅速移到门边，低声下了命令。他们依次从我面前经过，很近，如此近。他们排着长队，慢慢下了三级台阶，安静地进了自己的号子。一种骨子里的自律，对指着后背的枪口非常驯服。我跟着他们走下台阶，在淹了水的走廊入口迟疑了一下，聆听他们把凳子拖回原地的声响，然后安顿下来。现在该我走过去，锁上他们的号子了。但是我做了什么？我是不是耽误得太久？我的手伸向腰带去取钥匙，钥匙却不知去向。我发疯似地翻着外套的口袋，里里外外地搜了个遍，然后在地板上找，但那重重的一串钥匙是不见了。我瞟了一眼走廊。死一般的寂静。洪水亲吻着我的靴子。

我的钥匙被偷了。

恐慌中，我冲上三级台阶跑回办公室，身后跟着用皮带拖着的狗。我徒劳地搜索着地板，我刚才站过的地方，在桌上翻找，抓起还放在老地方的狱规，看看下面有没有。毫无疑问，我身上的钥匙给人偷走了。

我立刻回到走廊，端着枪冲下那三级台阶。假如我发现他们从开着的号子里跑出来，我会向他们开枪扫射，直到最后一人。然而当我到达走廊入口停下脚步的时候，我只发现死一般的寂静。没有一个囚犯离开号子。到目前为止他们仍然藏在背后，策划着我看不见的邪恶。我没法冲到走廊上去搜索钥匙，以免他们从后面向我进攻。我别无选择，只能握着枪，紧张兮兮地站在走廊入口。他们继续沉默不语。说不清其中谁握有我的钥匙。他们这种不用语言、只用看不见的手势沟通的能力太高明了。一个小时过去了，两小时也过去了，我略略侧身靠着墙，狗就躺在我的脚下。不，我一点也不可怜。相反，这种没法预期的新考验让我兴奋不已。我仍然十分坚定，远没有落到可怜的地步。我一生中只遇到几次真正的考验，每一次新的考验都让我的精神更充实。我已经忘记了在窗下摇荡的小船，忘记了群山。我睁大眼睛站在那里，倾耳聆听。两条狗也竖起耳朵聆听，被我的激动传染。我可以朝着黑暗大声发号施令，但现在谁会听我呢？我不想在这种艰难的时候当个傻瓜。

激流缓了下来，水惊异地让人恢复平静。我把系狗的带子松了一点，它们爬上三级台阶，给自己找了块干燥的地方。现在，它们的眼睛里充满了悲哀。它们从来就没有真正爱过我，但这一次我让它们彻底失望了。我的恐惧正点点滴滴地在增长。我害怕离开脚下的地方，以免囚犯们开始逃跑，占领整栋大楼。我害怕往走廊里走得更深，免得他们从背后攻击我。

夜晚的时光很快过去了。当囚犯咀嚼着我给他们的食物时，我也觉得饿了。午夜时分，我的腿让步了，跟跟跄跄地走上台阶。水终于接触到我的肌肤了。我坐在地上，新换上的制服已经让黑水弄得脏兮兮的。枪口虽然依旧热诚地指着号子门洞，但我不得不承认，苦苦地撑了那么久，我的四肢已经疲惫不堪。有那么一会儿，我在考虑是不是起身，挨个儿地把号子里的囚犯一一击毙。然而，我想不起狱规中有任何一条可以为此种行为提供法律依据。我是监狱看守，我可能会响应号召为狱规而死。

眼睫毛像石头一样压在眼皮上。可以将睡眠控制得如此好的我，此刻却快要被疲倦拖垮。狗也在我身边打起了瞌睡。它们把我挤得贴到了墙，伸开身体把整个地板占满了。它们显得十分懒散，趴在地上的姿势丑陋不堪，舌头伸得长长的，把地面都弄湿了。腿伸了出来，一股难闻的气味。但我仍然醒着，我的国王。我在这座遥远的房子里醒着，四周是涨了洪的海水。你的囚犯也醒着吗？无疑醒着，因为他们和我一样，受我的行为支配，等我彻底垮掉。我轻声地对自己复述狱规中的段落，防止睡意的侵袭。我疲倦的大脑只记得起开头的条款，最简单、最基本的条款。有那么一小会儿，起身逃跑，用最后的力气逃离此地，这个念头在脑海里掠过。但我还有力气把这些软弱的念头赶出脑海。

狗的昏睡开始传染给我了。谁会想到它们会在我最需要的时刻背叛我呢？我试着朝它们吼叫，揍它们，但我什么声音也发不出。我失去了对它们的控制。我在下坠，沉沦。别忘了我身处海的中央，水的甜蜜正在包裹着我的心扉。我好像看见影子在走廊里移动。一切在我被击败的眼前变得混乱起来。我已经睡着了吗？我的手指仍然扣着扳机。我就知道这么多了。我甚至可能用一颗子弹射穿自己的脑袋。但那又有什么用。这是狱规要求我做的吗？这样能够阻止他们逃进山吗？

枪从我手中滑落了。现在枪口指向地板，而我连抬起它的力气都没有。我从膝盖上抬起手看了看时间，但就算是能看到表，我也什么都明白不了。事情非常明显。我睡着了。我在做梦。我的灵魂在我眼前延伸，如同一条漫长昏暗的走廊。那些影子是从我这里迸发出去的。

黎明。第一缕曙光。门开了。水又变灰了。十分缓慢，洪水此刻是如此缓慢。让人难以觉察。显然是一次短暂的间歇，片刻的优雅，片刻的安宁。我打一会儿瞌睡醒一会儿，再打瞌睡然后再醒来。我正在失败的考验是什么？只是一个保持清醒的考验，一个拒绝睡眠的考验。

昏暗的光，阴影。水声和脚步声。一切都失去了。

他们在攻击我的肉体之前在梦中攻击了我。他们的手因通宵不眠和漫长的等待而颤抖。许多许多双手，冰冷而多筋节。他们用虚荣的拳头把我的头打得麻木了，有点疼但并不剧烈。尽管十分脆弱，他们却不费吹灰之力就把枪从我手中滑脱，拖着昏睡而迷失的我穿过走廊，后面跟着两头昏头昏脑的动物。他们把我拎起来，扔进其中的一个号子里，又从送饭的小门里把狱规嘲弄地扔进去，用偷走的钥匙把门锁上。

我保持平静，我的位置具有一定的优越性。别把我眼里的泪水太当回事。他们不是悲伤而是欢乐的泪水。挨打的地方已经不再疼了。囚禁并不让我恐惧。我没有绝望。也许正是在这里，我对法律的真正含义将理解更深，超过在其他任何地方。我将在这儿理解监禁对国家道德的重要性。我还年轻，需要完善我对狱规的个人认知。潮湿的号子，阴冷苍白的黎明——我说得够清楚了吗？

逃犯们在监狱楼里四处惊窜。他们彼此不说话，而是互相咆哮。他们砸开了窗户，搜寻小船。我听见他们为在拥挤的船上争夺一席之地打斗的声音。要不了多久，他们中就会有人被推下水，用溺水的尖叫撕扯着空气。永远的囚徒。哪怕他们年轻时水性不错，漫长的狱中生活也会让他们忘了怎么游泳。我听到船只砍离系绳的声音。没人知道怎么发动引擎，他们就把引擎扔到水里，用桨划。船只开始移动。一只超载的小船。

我把他们从脑海里赶了出去。

没错，我睡了过去。等我醒来时，太阳已经升得老高，空荡荡的楼里笼罩着真正的沉默。洪水不再上涨了。鸟儿在窗外叽叽喳喳地欢叫着。我的心情又愉快起来。潮势减弱。洪水意外地没有继续上涨。鸟儿知道回来是安全的返回，但人类还没有意识到。他们以为我早就驾船逃进了山里。

我一头扎到脏兮兮的床垫上。留在这间号子里的食物还够我撑一阵子。不一会儿我也坐到凳子上读狱规了。现在，我认识到狱规的拟定者是多么伟大了。他们把它写成诗集，让你一篇一篇地读，在阅读中获得真正的安宁，跟远远近近的一切事物变得接近。但号子里有两条狗，它们可一点儿也不安静。它们在里面兜来兜去，低头贴着墙走，试图找到一个逃跑的洞口。它们互不关心，只想找到出口。所有其他的激情都浓缩成一个热情：对自由的向往。我拿它们怎么办？我没法让它们出去。

我以为自己找到了宁静，事实上这世界根本没有宁静可言。它们发疯似的围着我转圈，长长的身体把这个小小的号子塞得满满的。哪怕是蜷缩在角落里，它们还是会在无休无止的兜圈中碰到我。时不时地，它们直接向我走过来，整个身子绝望地扑过来，把爪子搭在我的肩上，用粗糙的长舌舔我的脸，有时甚至咬一下。它们的眼睛看上去十分悲哀，充满了泪水。我合上书，抚摸它们的头。我把剩下的温情都慷慨地给了它们。

但它们仍然烦躁不安，不时地把身体朝门上铁栏杆撞去，对它们真正的主人发出长长的哀嚎。它们狼一般的嚎叫让我的心一阵颤抖。谁会将我的哀嚎带给我的主人？

它们又开始围着我转。关在笼子里，还有饥饿，两条驯服的狗开始返回到野兽的状态。它们会对我造反吗？我把食物放在它们面前，不过是谷糠和鲱鱼，我仅有的食物。它们朝食物闻了闻，咬了一小口，厌恶地吐了出来。它们要的不是这样的食物。又一次，它们朝我这个临时的主子扑过来，现在它们开始憎恨我这个临时主人了。它们轻轻地咬了咬我，舔了舔我的血，陶醉不已。一种新的激情在它们身上苏醒，下颚上悸动着残忍的激情。我试着把它们系起来，但它们设法把头从皮带上滑脱了。我意图安抚它们，用无穷无尽的耐心忍耐它们。我对它们满心同情，眼泪模糊了我的视线。

世界闪耀着光芒。它的荣耀。水静静地躺着，晨光欢快地迸开。就是从这扇小小的窗口你也能看到世界的浩瀚，它的辽阔。什么也没有，从头到尾没有一个人。山的那一边，他们都认为洪水现在已经淹没了整座监狱。没人知道最后的看守还关在这儿，关在其中的一个号子里，他还活着。狗在伤害他，但截至目前疼痛仍然甜蜜。显然，这是我最后的考验。到目前为止，我尚能忍受。

面对森林

又一个冬天稀里糊涂地过去了。和往年一样，他什么也没干成：答辩推迟了，论文还没动笔。课早就上完了，讲座也都参加了。磨破了的学生卡上有一长串签字，证明它们完成了所有的使命，现在悄然隐退，将剩下的职责交到他虚弱的手上。但文字让他厌烦，连自己写的都烦，更不用说其他人的了。他在一个又一个的出租屋之间漂泊，无根无绊，没有工作。如果不是有个给后进生当家教的临时工作，他恐怕早就饿死了。现在他年近三十，萎蔫的头上已开始谢顶。视力也有毛病，看什么都是模模糊糊的。连晚上做梦都枯燥无趣。梦里没什么情节：一堆黄色的垃圾，上面突然因天恩眷顾冒出几棵小树，一个裸体的女人。同学聚会上人们看他的眼神已经有了些嘲弄的意味。他醉酒的速度之快也成了聚会的常规节目。他从不错过一次聚会。他们仍然需要他。他柔弱的形象广受欢迎，没人能像他那样拉近人与人之间的距离。他以前的同学早已毕业，时常可以看到他们拎着胀鼓鼓的公文包走在上班的路上。有时是中午时分，他们从办公室回来，可能会在街上碰到他，睡意未消，像只寻觅早餐的灰蛾子。他们都听说过他的虚度时光，很快便半怜悯半恼火地一致宣布他"孤独"。

孤独正是他所需要的。他不乏才能，也不缺头脑，只是需要磨练意志。他经常垂下双手，做出最虔诚的绝望姿势，就近找一面方便的墙靠着，无力地盘起双腿，小声恳求道："然而路在何方？接着说，告诉我，路在哪里？"

他渴望孤独。简单地说，他需要重新跟文字熟悉，需要集中精力去对付那些令他筋疲力尽的东西。但这意味着他得进监狱才成。他了解自己（对自己做个鬼脸）。如果真进了监狱，哪怕只有一条极小的裂缝，他也要立刻把它变成逃跑的隧道。不，非此即彼，皆不可行。

有些人满足于这软弱的借口，苦笑着耸耸肩，丢下他忙自己的事去了。但他真正的朋友——那些连妻子都让他惦记的朋友——两个初露头角的讲师，却记得他很久以前的事，对他印象颇佳，只因他在学生时代随口提了几个新奇的想法。这些是真正关心他的朋友。他俩很清楚即将来临的春天对他来说特别危险，知道他与女人零零落落的关系可能只是出于对蓝天的热情。无怪乎某个晴朗的日子，他们在街上抓住他的时候两眼兴奋得发光，"哎呀，阁下，阁下的问题我们终于找到了一个解决方案"。他立刻做出对方期待的渴盼样子，尽管不无狡猾地给自己留了无数条后路。

"什么方案？"

森林护林人，火警瞭望员。是的，新职位。梦寐以求的工作，非常称心，完全、彻底的孤独。在那个地方，他那点儿支离破碎的生存痕迹将会拼凑到一起。

他们怎么会有这个想法的？

报上看到的。对，浏览日报时发现的。

他很惊讶，大笑起来，几乎笑得歇斯底里。怎么办？这算什么鬼主意。森林……什么森林？从什么时候开始我们这个国家有了森林？他们是什么意思？

但他们没笑。这一次他们态度非常坚决。在他能够消化他们说的话之前，他们已经烧掉了他通常用来逃跑的桥。"你不是说不要非此即彼吗？现在有了解决方案。"

他看了看手表，装作有急事的样子。难道没有火星可以点燃他吗？他也讨厌他自己，不是吗？

于是，当春天敞开了半扇窗户的时候，他一大早就来到了森林部，一间洒满阳光的办公室，文秘，打字员，更多的打字员。他快步走进来，携带了令人印象深刻的推荐信，来之前还打了电话预约。负责管理森林的是个受尊敬的人物，已经逼近老年，对他的小题大做有点忍俊不禁（在职位许可的范围内），暗自偷笑。为这么一个不值一提的职位！因此他对来访者有点好奇，甚至考虑要不要站起来欢迎他。应聘者头顶荒芜的一块平地更是为他加分。这家伙看起来很可靠，日后定有更好的前程。

"你确定这是你想要的工作？瞭望台是个荒凉的地方。只有真正简朴的人才能忍受这种孤独。你打算写什么？博士论文？"

不是，不好意思，他现在还只是处于研究的初级阶段。

是的，他浪费了很多时间。

不，他没有成家。

对，戴上眼镜视力没问题。

老经理温和地解释说，根据某个半官方的规定，这个职位是专门保留给那些需要社会救助的特殊群体的，不是为了——怎么说呢——不是为了浪漫，哈哈，不是为了寻求孤独的知识分子……但是，他这次准备破例——仅此一次——让一个知识分子加入各种各样的可怜人当中。是的，他受够了那些特殊群体，那些伤残病弱怪。森林失火了，这些家伙除了惊慌失措地站在那里干瞪眼，等消防队赶到，啥也不会。每次他被迫派一个情绪不稳定的人去，他总是夜不能眠，担心瞭望员因为反社会或其他什么原因，突然莫名其妙地狂性大发，自己在森林放火。他确信他——这个站在他面前的人——虽然整天想的是跟脑子有关的事情，起码能够履行自己的职责，知道放下书本去救火。是的，这是个道德价值观的问题。

对不起，老人忘了他的应聘者打算写什么？是博士论文吗？

他再次道歉。不好意思，他的研究尚处于初级阶段。是的，他浪费了太多的时间。的确，他没成家。

一位年轻的秘书被叫了进来。

他应邀在一份无害的小合同上签了字，期限是六个月：春天，夏天（啊，危险的夏天！）和半个秋天。纪律，责任，警惕性，解雇的条件。他好奇地浏览合同的时候，办公室也安静下来。经理和秘书准备好了签字的笔，但他更喜欢用自己的。他在好几份合同副本上签了名。第一份工资四月五号发放。现在，他让自己在椅子上坐得更舒服一点，但站不起来。仍然很累。他不习惯早起。与此同时，他试图跟他们套套近乎，对工作表现出更多的兴趣。他询问森林的面积，树林的高度。老实说——他有些管不住自己的舌头了，而且是在一种危险的昏昏欲睡中——事实上他还没有去过这个国家真正的森林。没错，偶尔是会看到一片古老的小树林，但他几乎不相信（哈哈哈）负责森林事物的政府部门和这些有任何关系。是的，他经常听到收音机说种植某片森林来纪念这个那个或其他的名人显要，尽管显然没人见过这些森林……树木生长缓慢……很难长高……实际上他明白……这块贫瘠的土壤……在其他国家，现在……

终于，他迟疑地打住话头。自然，他意识到——从一开始就意识到自己犯了大错，从笑得花枝乱颤的女孩眼中，从正在衰老的经理涨得通红、怒气冲冲的脸上，他应该感觉得到。应聘者刚才——用形象的话说——不小心践踏到了森林管理者心中最柔软的部分。他严厉地盯着他，要用长篇大论给他一个教训，这对他有好处。

他问小树林是什么意思？显然是他有眼无珠。我们国家当然有森林，真正的森林。不是低矮的丛林，是森林。请原谅他这么问：这个国家发生的事情他究竟知道多少？他坐车旅行时眼睛都不离开他的书本。太可笑了，这些武断的结论。他，这么大年纪了，听到过年轻人的类似言论，但是应聘者已经过了这个年龄。如果他这个经理有时间的话，他可以在地图上指给他看。但他很快就会自己亲眼见到。在朱迪亚山，在加利利，在撒玛利亚和其他地方，都有森林。也许这都不过是因为应聘者的视力太差而已。也许他需要一副度数更高的眼镜。经理建议他能多带一副眼镜。他不希望看到更多的麻烦。再见。

他们要把他派往何地？

几天后他又回来了。这次接待他的不是经理，而是他的一个手下。他将被派往一个较大的林区。不是一个人，还有一个民工——一个阿拉伯人。他们相信他没有偏见。再见。哦，对了，星期天出发。

事情发生得很快。他切断了一切联系，而这些联系似乎也一切就断，容易得令人吃惊。他腾空了他的房间，房东太太不知为何十分开心。最后一个晚上他与一个有学问的朋友在一起，他立刻帮他制定研究计划。当他的热心朋友在一个房间里忙着帮他把书装箱的同时，未来的火警瞭望员却在另一个房间里抚摸他的爱妻。他脸上心事重重，双手却温柔多情。期待明天，多少总是一件令人高兴的事情。我应该研究什么呢？他的朋友建议他研究十字军东征。是的，这个题目正好适合他。每个人都有自己擅长的领域。他或许会证明光靠自己也能成为一个小有成绩的研究者，只要他不再一天天地虚耗时光。他应该从森林带回某种初步的科学理论。他的朋友再负责搞定数据和事实。

但是到了早晨，当森林部派来接他的卡车把他从睡梦中惊醒的时候，他突然开始想象这一切安排都是为了摆脱他。他在寒冷的晨风中瑟瑟发抖，唯一能够安慰自己的就是这次冒险终将结束并被遗忘。高踞山岭的耶路撒冷，已经被他留在身后的耶路撒冷，现在也和梦一样随风而逝。又有什么好奇怪的呢？他全身放松，任由卡车颠簸晃荡。携带锄头和篮子的民工挤在卡车后部，离他远远的。他们看得出他属于另一个世界。秃顶和眼镜就是标志，许多标志中的一个。

半天过去了。

卡车离开大路，转上一条陌生、漫长的土路，穿行于不知名的新移民居住区。一些民工下车，另一些上来。每个人都听从司机的指示，他是这儿的指挥官。我们在往南开，是吗？广阔的乡村邂逅春日的蓝天。地面仍然潮湿，卡车轮胎下泥块飞溅。快到中午的时候，他第一次在岩石中间看到了零零星星的树木。细长的、浅绿色的小松树。"看来我是对的。"他笑着对自己说。但是越往前树木越高。阳光开始变得稀疏而错落。长长的影子像偷渡客一样悄悄潜入车厢。车上的人不断改变，然而司机、乘客和他的行李则永远不变。森林越来越密，天空不再光秃。松树，一直是松树，唯一的品种，毫不妥协，恒久不变。他又累又饿，满身尘土，早已失去了方向感。阳光在他前后左右闪动跳跃，似乎在

255

作弄他。他不知往何处去，只知道从哪里来。下午三点时民工全部下车，只剩下他一人。卡车沿着一条崎岖的小路向上爬了很久。他心烦意乱，嘴干唇焦。绝望中他试着从箱子里拿本书出来看，但这时卡车停了下来。司机下车，砰的一声关上门，走过来说道："到了。你的前任已经离开——昨天离开的。注意事项都在上面。你至少还识字，跟他们不一样。"

他艰难地把自己和两只箱子挪下车。一座奇特、迷人的石头房子耸立在山顶。周围松树环绕。海拔已经很高，但从他站的地方尚不能一览无余。寂静，森林的寂静。司机伸展腿脚，四处看了看，呼吸了几口新鲜空气，突然点头告别，爬回驾驶室，发动了引擎。

必须留下来的他心中懊悔不已。绝望。现在怎么办？等一下。他不明白。他奔到车边，拳头使劲敲打车门，对着惊讶的司机怒冲冲地低声问道：

"但是食物……食物怎么办？"

好像阿拉伯人照顾这一切。

孤身一人，一手一只箱子，艰难地往山上挪动。渐渐地，整个世界尽收眼底。前门敞开着，他走进底楼的一个大房间。半明半暗，地上散放着一些毁坏的物体，吃剩的食物，小孩的痕迹。失望之情油然而生。他放下箱子，心不在焉地爬上二楼。令人惊心动魄的美景。五座大山全部覆盖着郁郁葱葱的松林。银灰色的地平线上，海天一色。他兴奋得忘掉了一切。甚至准备改变对森林部的看法。

一部电话，一架望远镜，一张纸上写着注意事项。一张大书桌，桌边有一把扶手椅。他在椅子上坐好，开始阅读注意事项，从头至尾读了五遍，拿出笔，纠正了几处文法上的错误。他喜爱地打量着黑色的电话，兴致勃勃。他考虑要不要给城里的朋友打个电话，对某个老情人说些甜言蜜语，或许宣告他已平安到达，描述一下这里的景色。他从未有过一部由自己支配的公共电话。他拿起接收器放到耳边，不停顿的嗡嗡声。他还不熟悉打电话的程序。试着拨号，没有用，还是嗡嗡声不断。最后他拨了一下0，像一个认真的公民期待一个认真的回答。

铃声打破了宁静。

电话中消防队大声惊呼："发生什么事了？"电话的另一边警铃大作。（哪里？哪里？该死！）他还没来得及说话，雨点般的问题就砸过来了。火势多大？风向？他们即刻赶到。他想开口，但结结巴巴说不出来，那边消防车已经发动。他惊慌失措，跳起来，紧紧抓住接收器。冷汗直冒，耗尽气力，好不容易才解释了事情的经过。不，没有火灾，什么都没有，只是熟悉一下环境。他刚刚到达，想给城里打电话。他的名字叫某某某，就这些。

对方一阵沉默。另一个人的声音。一定是他们的头儿。很高兴认识你，先生，我们已经记下了你的名字。你读过注意事项吗？私人电话是绝对不允许的。不过，你刚来，是吗？有什么紧急需求吗？你的太太？你的孩子？

没有，他还没成家。

好吧，那为什么惊慌失措？孤独？他会习惯的。以后无事请不要打扰我们。再见。

身上的环收紧了一点。地平线上一条条粉色的霞光。他又累又饿。今天很早就起床，对此他完全不能适应。居高临下、一览众山让他有点眩晕，何况还有……这一片寂静。他捡起望远镜，有气无力地举到眼前。世界一下子拉近，变得模糊，笔挺的松树扑面而来。他调整森林、群山和天边的大海，以适应他的视力。自娱自乐了一阵，他扔下望远镜，坐到椅子上放松身体。现在他对他的新工作有了清楚的了解。瞭望而已。他眼皮越来越沉重。他打盹，也许入睡。

突然他醒了过来——眼镜上红光闪耀。他在眼花缭乱中惊恐不已，感官变得迟钝。显然森林失火的时候他睡着了。他惊跳起来，心剧烈地狂跳，抓起电话和望远镜，这时才发现原来是太阳，是树林远方的夕阳。他面对着西方。现在他明白了。他慢慢地回到椅子上坐下。他的心一阵紧缩，有点像恐惧，有点像空虚。他觉得自己被抛弃在这个地方，被遗忘。眼镜上有雾，他摘下来擦着镜片。

黄昏降临时，他听到了脚步声。

一个阿拉伯人和一个小女孩向房子走来。他迅速站起来。他们注意到他，往楼上看了看，停住了脚步——他文弱书生的样子让他们吃了一惊。他点了下头。他们继续往前走，但步子现在有点犹豫。他下楼向他们走去。

阿拉伯人又老又聋。他的舌头在战争期间被割掉。被他们还是被我们？有什么关系吗？谁知道卡在他喉咙的最后一句话是什么？阴暗的房间里，最后一抹夕阳照在窗户上，如燃烧的火焰。火警瞭望员握了一下有力的手，弯腰想拍拍孩子，但她吓得直往后缩。孤独之环在收紧。阿拉伯人打开灯。火警瞭望员上楼睡觉。

第一个夜晚，痛苦伤心之夜。微弱的黄灯光令人压抑。到目前为止，能安慰他的只有这壮丽的景色。远处温柔的蓝色大海和向大海俯首称臣的太阳。他局促地坐在椅子上，盯着托付给他双眼的大片森林。他想象一场大火随时可能发生。过了很久，阿拉伯人端来了晚餐。奇怪的味道，各种味道的混合。但他狼吞虎咽，吃得一干二净。他的目光贪婪地在食物和茂密的树林之间来回移动。吃着吃着，他突然发现远方有几处灯火人家，一个村庄。他想了一会女人，然后脱掉衣服，打开没装书的箱子，拿出他的物品。离开城市仿佛很久了。他用毯子把自己裹住，面对森林躺下。凉风轻拂如情人的爱抚。不知此地的睡眠有何不同？阿拉伯人拿来咖啡给他提神，他想和阿拉伯人聊天，也许谈谈景色，或者这昏暗的灯光。他还有从城市带来的话没说完，但阿拉伯人不懂希伯来语。瞭望员疲倦地笑了笑表示感谢。他的秃顶，他的眼镜片的反光，他身上似乎有什么东西让阿拉伯人害怕。

九点半，夜幕降临。蝉声如歌。他拼命抵抗，不想被睡魔吞没。他闭着眼睛，良心受着折磨。望远镜悬挂在脖子上，每过一会他就把它举到睡眼蒙眬的眼睛上，镜片贴着镜片。他睁开眼睛死死盯了一会，发现自己置身于森林之中，在松树中间，四处寻找火焰。一片漆黑。

要花多少时间才能把森林烧成灰烬？也许只需每隔一小时或每两小时观察一次？即使森林起火，他也应该能够及时拉响警报来拯救剩下的部分。楼下的低语声沉寂下来。阿拉伯人和他的孩子已经入睡。而他在楼上，舟车劳顿，头重脚轻，身处三面墙和一个面向大海的深渊。千万不要翻身。他不住地点头打瞌睡，即使睡梦中也摆不脱对火的恐惧，火已偷偷潜入他的潜意识。半夜里他从床上移到椅子上，这样更安全。他的头重重地垂到书桌上，腰酸背痛，困得要命，又悔又恨，独自对抗这黑暗帝国。直到第一晚最黑暗的时刻终于过去，直到从眼角看到晨曦从群山中升起。

第一晚之后他留下来的唯一原因是太累了。昼夜交替如同屏幕上的画面转换，雾蒙蒙的、梦幻一般的屏幕，每隔二十四小时就被晚霞点燃一次。在最初的日子里，似乎不是他，而是一个陌生人胸前挂着望远镜，楼上楼下游荡，心不在焉地嚼着总也见不着的阿拉伯人留给他的食物。突然压在他肩上的重大责任令他不知所措。最难受的是寂静。甚至和自己他都难得说上一句话。在这儿他会翻开任何一本书吗？景色仍然令他着迷，他总是看不够。经过痛苦不堪的十天之后他终于又变回自己。现在，只需看一眼他就能对五座山的状况一目了然。他已经学会睁着眼睛睡觉。瞧，你得承认，这是一个新的成就，相当有趣。

虽然推迟了大约两个星期，另一个箱子，那个装书的箱子，终于打开了。推迟这么点时间他一点都不担心，前面不是还有春天、夏天和半个秋天吗？第一天用来整理分类，熟悉一下书名，随便翻翻内容。不可否认，和这些注释版的、书香扑鼻的大部头著作打交道会让人身心愉悦。正文是英语，引文全部是拉丁语。奇怪的段落，生疏的词汇。他有点担心。他研究的题目是"十字军东征"，从人类的角度，也就是说，从基督教教士的角度来看。具体写什么还未确定。"十字军东征"，他轻轻地自言自语，光是这个词的发音就让他觉得快乐。他觉得这个题目下面肯定隐藏着一些尚待探索的问题。这些问题不仅会让他大吃一惊，也会令别人对他刮目相看。在永远挥之不去的绵绵睡意中，灵感将不期而至。

第二天用来看图片。这些书插图丰富，古怪、有趣的图片。僧侣，主教，一些模糊不清的国王，瘦骑士，小个的、邪恶的犹太人。引人入胜的景色和地图。他研究它们，比较它们，打瞌睡。通往抽象的道路非常艰难，所以他希望在涉及具体问题的时候能多流连盘桓。晚上因为一只小虫子的干扰他没法做研究。次日早上他对自己说："时间太奇妙，在这孤独的山顶上真是时光如箭。"他翻开第一本书的第一页，读作者的前言和致谢词。读其他书的前言，各种致谢词，出版数据。他查询了几个日期。中午时分，因为一场想象中的森林大火他的注意力被从书上引开。他紧张了好几个小时，像打了鸡血一样，一边用望远镜观察，一边把手按在电话上。快到晚上他才终于发现那只不过是阿拉伯小女孩的红色衣服，是她在树林中蹦蹦跳跳的身影。第三天，他正准备解码第一页，他的父亲突然拎着箱子出现在他面前。

"怎么啦?"父亲忧心忡忡地问道。

"没什么……没什么事情……"

"那你怎么变成了看林人?"

"想要孤独一点……"

"孤独……"他惊呼道，"你要孤独?"

父亲弯腰打开书，摘掉厚重的眼镜，仔细地审视书上的文字。"'十字军东征'"，他小声嘀咕道，"这是你研究的课题?"

"是的。"

"我打扰你的工作了吗? 我来不是想打扰你……我只是有几天假。"

"没有，你没打扰我。"

"壮观的景色。"

"是的，非常壮观。"

"你瘦了一点。"

"也许吧。"

"你不能在图书馆做研究吗?"

显然不能。沉默。父亲在房间里四处查看，像只小刺猬。中午时他问儿子:

"在这儿你觉得寂寞吗？你会在这儿找到孤独？"

"是啊，还有什么能打扰我？"

"我不想打扰你。"

"当然没有。你怎么会这么想！"

"我很快就走。"

"不要，别走。多住几天。"

父亲住了一个星期。

晚上父亲试图与阿拉伯人和他的孩子拉近关系。年轻时学的几个阿拉伯单词还滞留在记忆中，他抓住一切机会给这几个单词填上意思，但阿拉伯人完全听不懂他的发音，只是呆呆地冲着他点头。

他们坐在一起但不说话。父亲在这儿，儿子一行字的书都没法看，尽管父亲一再嘀咕："别管我，我尽量不让你分心。"晚上父亲睡床上，火警瞭望员则伸展身体躺在地板上。有时父亲半夜醒来发现儿子还没睡。"也许我们可以轮班，"他说，"你上床睡觉，我来观察森林。"但儿子知道父亲看不见森林，只能看见模糊的斑斑点点。等他衣服都烤焦了他才能看见火。白天两人交换位置——儿子躺床上，父亲坐在桌边试图读那本仍然翻开的书。他多么希望能够与儿子进行一场认真的交谈，激发一些讨论。比如，他不明白为什么他的儿子不去研究犹太人，从犹太人的角度看十字军东征。集体自杀难道不是一件既了不起又很可怕的事情吗？儿子给了他一个和善的笑脸，含含糊糊地答了一句，然后又是沉默。访问的最后几天父亲把心思都放到了那个哑巴阿拉伯人的身上。一大堆问题像水泡一样不断往外冒。他是谁？从哪里来？谁割掉了他的舌头？为什么？他在他眼睛里看到了仇恨。这样的人说不定有一天会在森林放火。为什么不会？

最后一天儿子把望远镜给父亲玩。

拎着箱子，弯腰驼背，瘦小的父亲握着儿子的手，眼泪夺眶而出。

"我打扰你了，我知道……"

儿子徒劳地反驳，含含糊糊地说前面还有大把的时间，还有半个春天，整个夏天和半个秋天。

从升高的座椅上，他看到眼盲心乱的父亲在卡车后面笨拙地摸摸索索。司机对他很无礼，毫无耐心。卡车开动后父亲错误地对着森林的方向挥手告别。他失去了方向感。

整整一个星期，他逐行逐行地啃着艰深的文本。每看完一个句子他就抬起头看一眼森林——他还在期待一场大火。空气越来越热。天边的海平面上方，一层薄雾隐隐发光。黄昏时阿拉伯人回来，衣服已被汗水湿透，孩子看起来也很累。无论从哪个角度看，他自己还是幸运的。此时此地，这里比任何城市的海拔都高。表面上看，他整天都在工作，但是观云赏雾很难说是工作吧？不是吗？气温与日俱增。他不知道现在是否还是春天，或许夏天已经悄然而至。在森林里什么也看不出，它们几乎没什么变化，除了也许松针会褪色变黄。他的听觉变得越来越灵敏。树林的呢喃声在他耳中越来越响。他的眼睛随着日益强烈的阳光变得炯炯有神，他所有的感官都更加敏锐。某种程度上他已经依恋上了森林。在森林中甚至他的梦也变得更丰富多彩。女人身上枝叶茂盛。

书籍很艰深，写作很遥远。结果是，他读完了序言之后又读了另一篇序言。但是，他这么刻苦用功的人，不能跳过任何一个段落。他逐字逐句地翻译，然后把译文改得押韵。简单易记的韵律能够帮助把文字融于他的记忆，从而不会遗忘。

无怪乎到星期五，在几千页需要读的书中，他才读完了三页。"看完了。"他轻声对自己说，指尖在书桌上划过。也许他该休息一会儿？每个安息日，他眼前的绿色帝国总是弥漫着一种忧伤的气息，令他的心一阵阵紧缩。虽然他既不信上帝也不信天使，但总是有一种神圣感让他觉得喉咙堵得慌。

他梳理胡须以表示对这神圣日子的尊重。是的，他的新胡子也和松林一起成长。为了让他混乱的房间恢复一些秩序，他从地上捡起了一张纸。是什么？注意事项。他兴致盎然地又读了一遍，发现了一条他已忘记的指令，或许是他自己加上去的。

"护林员应时常到树林中进行短距离行走，以磨练自己的感官。"

他在森林中最初的行走就像婴儿学步。他围着观察站转圈，扶着墙，好像害怕离开它们。但是树林有魔法般的吸引力。渐渐地，他开始进山探险，一点点地深入。如果嗅到火的气味他会飞奔回来。

但这还不算是森林，只是有这种希望和前景。时而有阳光透过树叶洒照下来，斑驳陆离的影子映在树下的旅行者身上。这不是松涛阵阵的森林，只是很小的一片，像个墓地。一片孤独的树林。松树挺拔、苗条、庄严，像一连正在等待长官命令的新兵。火警瞭望员漫步林间，兴高采烈地嬉戏于光影之中，每一步都把干燥的松针踩在脚下。松树轻柔地、无止尽地洒落松针，为自己披上交织着生命与死亡的盛装。

环树而行的人漫步在林中，其渴望是如此直接，如此猛烈。他的身体隐隐作痛，挤缩的四肢伸展开来的疼痛让他的双腿变得沉重。突然，他看见了电话线。一根有霉味的黄色电线。这就是他与世界的唯一联系。他开始顺着电线追寻它的起源，为它在树林中毫无意义的七弯八绕而着迷。他们派到这些山上布线的一定是个喜剧演员。

突然他听见了声响。他犹豫了片刻，停下脚步，看见了林子中的一片空地。阿拉伯人坐在一堆岩石上，锄头放在身边。孩子正激动地和他说着话，用手势描述什么事情。护林人踮着脚尖，轻手轻脚地接近他们。但他们立刻察觉，嗅出陌生人的气味，陷入沉默。阿拉伯人跳起身，站在锄头旁边，似乎想隐藏什么。他面对他们，默默无语。今天是安息日前夕，不是吗？他心中有一种渴望。他愣在那儿，就像一个因为莫名小事而心烦意乱的主管。柔风吹抚他的眼睛。如果不是害怕和他们站在一起，也许他会轻哼一声。他茫然地笑了笑，眼睛看着别处，开始慢慢地、尽量不失尊严地往后退。

两个留在原地的人也吓得目瞪口呆。孩子因故事被打断而意兴索然，阿拉伯人则开始去除脚下的荆棘。但护林人已经退出，撤回绿色的帝国。他已经在林子里转了一个小时，但仍然不时有新的发现，比如，募捐人的姓名。以前他从未想到这并不是一座无名的森林，而是有名有姓的，甚至不止一个名字。很多岩石上嵌有铜牌，擦得明光锃亮。他弯下腰，摘掉眼镜，念道：芝加哥的路易斯·舒瓦茨，布隆迪国王及其子民。字母上铜光闪烁。这些名字如影相随，如同从树上落下来溜进他口袋的松针。真奇怪。疲惫的记忆试图用这些没有面目的名字来恢复生机。他一边走一边记忆更多的名字，等回到观察站的时候他已经能够背诵一些。他背诵着各式各样的名字，脸上呆笑着。

星期五晚上。

他突然悲从心来。偏偏在这个时候，他的头脑非常清醒。我们星期天就离开，他突然自言自语，开始哼歌，起初声音小得几乎听不见，只是在心里默唱，后来歌声越来越高，在夜空中飘荡，在他身后隐藏的无底深渊中回响。阳光滴滴答答地落下来。霞光撕裂了落日。他对着落日放声歌唱，声嘶力竭，狂放粗野，肆意挥洒孤独。他开始唱一首歌，停下来，连声调都没变又换成另一首。他的眼睛充满了泪水。暗夜终于卡住了他的喉咙，他突然听见自己的声音，停了下来。

森林恢复了平静。残留的阳光流连忘返。五分钟过去了，阿拉伯人和女孩从矮树丛下面冒了出来，低着头快步向房子走来。

安息日在奇妙的宁静中度过。他非常平静，完全彻底的平静。为了换换心情，他现在开始数树。星期天他几乎就要逃走，但卡车带来了他的薪水，这也是他工作的一部分，他几乎已忘掉。他喜出望外，对带着嘲弄神情的司机滔滔不绝地说了一大堆感谢话。这么说在这呢喃私语的世界也有一份奖金，不是吗？他回到了他的书籍。

炎热的夏天。是的，但我们忘了提那些鸟。观察站大概正好位于鸟类飞行路线的交叉路口，不然怎么解释成群的飞鸟从森林猛扑过来，在墙上扑打翅膀，在床上落脚，对着书籍俯冲，撒下一地灰色的羽毛和绿色的粪便，用它们的狂躁不安破坏这儿沉闷的气氛，然后消失在向大海绕行的途中。他也发生了变化。没错，晒黑了，但不仅仅如此。热浪淹没了他，让他害怕。沙漠的干燥空气随时可能引起森林自杀，因此他加倍警惕，望远镜紧紧贴着眼睛，他要对森林严加照看。研究完成了多少？看完了大约二十页，前面还有数千页。记住了些什么？一些词句，某个理论的结论，十字军东征前的氛围。夜晚很平静。如果没有蚊虫的叮咬，他本来可以从事研究，本来可以心无旁骛的。一夜又一夜他关掉灯坐在黑暗里。那些词句一点点离他而去，像蜕皮一样。蝉。豺狼的嚎叫。蝙蝠的翅膀穿过黑暗。风声瑟瑟。

徒步客也开始来到森林。有些独来独往，更多的是成群结队。他用望远镜跟踪他们。各种有趣的年龄。他们像蚁群一样穿过森林，蜂拥而至，相互喊叫、欢笑，扔下背包，脱下衣服挂到树枝上，而且很快就向房子走来。

他们要水。水！

他下楼来，令他们大吃一惊。松林中的秃顶，厚厚的眼镜。事实上，一切都显示其原创的个性。

他站在水龙头边，坚定而挺拔，解除他们的干渴。每个人都请求他的许可上楼去看一下风景。他欣然同意。他们挤进他的小房间，发出羡慕不已的惊叹。他笑容满面，仿佛这一切都是他的作品。最让他们惊讶的是海。他们从没想到从这儿可以看到海，但很快他们就看厌了。看那么一眼，羡叹一声，然后就变得坐立不安，急于离开。他们偷看他的笔记和他的大部头书籍，下楼时对他和他的风景的无限崇拜之情溢于言表。领队向他要关于此地的记载，但是没有任何记载可以给他们。这儿的一切仍然是人工的。这儿什么都没有，甚至没有可供门外汉参观的遗址，只有一些捐款者的名字，镶嵌在岩石中。他们对这些名字有兴趣吗？例如……

他们大笑。

女孩们很和善地看着他。不，他并不帅，但难道他不可能被她们中的某个人刻在心中吗？

他们点燃了篝火。

他们希望烧烤，或者取暖。职业道德的警报在心中响起。小小的火苗从森林中升腾，一股蓝烟在树顶欢快地跳跃。火警？是，又不是。他目不转睛，透过他的望远镜盯着那些充满活力的身影。

快到黄昏时，他出发去探索他火光摇曳、寻欢作乐的帝国，他希望给他们以警告。他轻轻地、悄无声息地走近篝火，走近笼罩在火光中的人影。没人察觉他的到来。等突然看见他出现在身边时他们大吃一惊，十多双年轻的眼睛一起看着他。领队立刻站了起来。

"怎么啦？您有事吗？"

"火。小心。一点火星，可能烧毁整个森林。"

他们立刻向他保证，把手放到年轻的胸前，向他庄严地承诺，要用他面前闪亮的所有眼睛去仔细照看。他们会将火苗限制在划定的界限内，他们当然会。他觉得这样如何？

他退到一边。风波平息？是，又不是。在人影的摇曳中，在火光的闪烁中，他徘徊流连，目光转来转去。姑娘们和她们裸露的洁白大腿，修长苗条。火苗轻声吟唱，柔和，温柔。他痛苦地握紧拳头。如果也能温暖一下他的手就好了。

"想加入我们吗？"他们礼貌地问道。他高高在上的存在造成了某种微妙的尴尬局面。

不，谢谢。他不能。他太忙。他的研究。他们见过他的书，不是吗？现在只好离开了，维持故作镇静的步履。但是刚从他们的视线中消失，他就发现自己躲在树后，藏身于松针密布的树枝中间。他从远处眺望篝火，眺望女孩子，直到一切逐渐消散，他们铺开毯子准备睡觉。咯咯咯，女孩子矫揉造作的尖叫声，领队的训斥声。在他还没来得及考虑从众多的身影中挑选一个之前，天将破晓。最好还是沉默。已经半夜了，他摸索着穿过树林，回到观察站，坐在他的位置上等待。其中一个身影也许会穿过黑暗向他走来。但是没有，没人来。他们都累了，已经沉睡。

第二天也是如此，以后每一天都是如此。

早晨他打开书，听见远处狂放的歌声。他的眼睛还没离开书页，但是手却不由自主地握住了望远镜。带斑点的寂静。阳光透过树枝闪耀。他的眼睛依然忠实于书页，但心已飞到别处。他的眼角追随着森林中行进的队伍给他们分门别类，确定年龄和颜色，年轻人的快乐。远远看去，他们就像十字军的队伍一样，有点壮士一去兮不复还的感觉，除了这些女人都是袒胸露腿的。他浑身颤抖，差点透不过气来。他摘掉眼镜，使劲把头往书上撞。半小时后他们抵达。要水喝要风景看，和往常一样。他们听说上面可以看到精彩绝伦的风景。也许还听说过他这个学者，但是他们什么也没说。在领队带领下，他们分批进入他的已成为公共财产的房间。他们刚在森林里散开，立刻就点燃了篝火，仿佛这是他们最重要的必需品。晚上他匆匆地穿行于一个个山坡之间，从一处篝火赶到另一处篝火，既是出于要警告他们的责任感，也是由于某种想要展示自己的潜在欲望。但他从未加入他们。他更喜欢隐藏在丛林深处。他们的歌声在他心中奔腾回响，更要命的是他们的窃窃私语。炎热的夏日之夜，总有些秘密透过树叶泄露出来。

渐渐地，这些徒步团体变得混杂起来。一个远足团体刚走，另一个又来了。等他好不容易记住几个响亮的名字时，它们的所有者已一去不返，树枝间空剩余音缭绕。他开始厌倦这些。不再费神去警告他们小心防火。相反，他倒乐意见到一次小火灾，一场小骚乱。不过，这些徒步客非常有责任心。他们自己谨慎地踏灭篝火的余烬。领队提前过来请他放心。

他完全荒废了学业，这连飞鸟都知道。他目不转睛地盯着那些鸟以免它们接近他的书桌。上次翻开书到现在已经一个月了，而他仍然在两个词之间纠结。他说：等酷热减弱，徒步客都离开，我将与时间赛跑。如果他能够跳过那些文字直接抓住问题的本质就好了。他时不时在笔记本上乱写一气。各种胡思乱想，猜测，假设的纲要等。也没多少，一天一句。他希望能通过迂回进攻来掌控局面。但是即使森林就在他的面前他也怀疑自己是否能够掌控它。你看，阿拉伯人和小女孩消失在树丛中，而他竟然找不到他们。傍晚时他们不知从哪个方向冒出来，仿佛森林现在仍能够孕育他们。他们轻柔地走在地上，避免碰到其他人，绕路而行。他冲着他们两人笑，但他们却退缩不前。

星期五。森林里人多为患，挤得令人窒息。有步行的，有自驾的，遥远的城市呕吐出来的人流。他的孤独在哪里？他瘫坐在椅子上，像个被罢黜的、失去江山的国王。夕阳在树梢上流连忘返。安息日之夜。即使热闹喧嚣，风声瑟瑟，他光靠耳朵就能听到疲惫的土地在年轻靴子的不断践踏下发出的微弱哭声。一位徒步客代表来见他，他们想问他一个问题。他们在争论一个问题，并为此打赌，想让他来当裁判。地图上标示的阿拉伯村庄的准确位置在哪里？应该就在这附近，一个被遗弃的阿拉伯村庄。你看，他们甚至知道村庄的名字，好像是……事实上，它一定就在这儿，在这森林中……也许他听说过？他们只是好奇。

火警瞭望员露出厌倦的神情。"一个村庄？"他重复着，对他们的荒唐报以礼貌、宽容的微笑。不，这儿没有村庄。地图肯定错了，测量员的手一定抖动了。

但是到半夜时分，在半睡与熟睡之间，在人们呢喃耳语和松林蓬勃生长的时候，村庄的名字突然闪现在他的脑海，他变得烦躁不安。他下到一楼，摸黑走到裹着破布熟睡的阿拉伯人的床边。他粗鲁地唤醒他，对着他轻声说出村庄的名字。阿拉伯人听不懂。他的眼睛因为疲惫而毫无生气。一定是火警瞭望员的口音太重。因此他又试了一次，一遍又一遍地重复那个名字，阿拉伯人听着，突然听明白了。他脸上所有的皱纹都充满了惊讶、怀疑和急切。他跳起来，毛茸茸的，一丝不挂地站在那儿，朝着窗户的方向猛地举起他粗壮的手臂，热心地、绝望地指着森林的方向。

火警瞭望员谢了他，然后离开，把那赤裸的笨重身体留在房子中间。第二天早上醒来时，阿拉伯人会以为自己做了一个梦。

庆典，庆典的季节。森林变成了庆典式的。松树垂着头，被荣誉压弯了腰，它们有了意义，有了归属。拉起彩色丝带划分新的领地。豪华客车沿着石路颠簸而来，铮亮的小轿车前呼后拥，有时前面还有兴高采烈的警察骑摩托车开路。从车上下来的是大腹便便的名流显贵，像黑熊一样步履蹒跚。女人像蜜蜂一样围着他们乱转。他们慢慢排好队，用黑皮鞋踩灭烟头，肃立静默，向他们自己的记忆致敬。火警瞭望员也参加了这些典礼，不过是在远处，他和他的望远镜。驯服的、暴风雨般的掌声，剪刀咔嚓，镁光灯闪耀，彩带垂落。新铭牌揭幕，向世界揭示一点点真相。在被征服的树林里巡游一番之后，这群达官显贵消失在各色车辆里，分头离去。

耀眼的光环哪去了？

晚上，火警瞭望员来到垂落的彩带边，来到感恩戴德的树林中，什么都没发现，除了一段干巴巴的铭文，上面刻着大同小异的文字："由撒克逊子女捐献以纪念巴尔的摩的撒克逊父亲，谨以缅怀他的父爱。一九××年夏末……"

他从高处观察时有时可以看到其中有个人，总是忧心忡忡地扫视四周，时常仰头看树，仿佛在搜寻什么东西。经过很多次典礼之后，心不在焉的火警瞭望员才意识到他就是那个负责造林的老人，他每次都来，穿同样的衣服出席每一场典礼。

有一次他下去见他。

老人走在一帮显要尊贵的外国人中间，正结结巴巴地用他们的语言说笑话。火警瞭望员从树林中钻出来，和他差点撞个满怀。外宾们吃了一惊，停下脚步，心神不安地停止了谈话。女士们惊得往后退缩。

"你要干什么?"老人气势汹汹地问道。

火警瞭望员微微一笑。

"你不认识我了? 我是护林人，也就是说，是火警瞭望员……是你的职工……"

"啊!"老人用拳头敲了下额头，"我没认出你来，刚才太突然了。这身破烂让你完全变了样，你还留了胡子。对了，年轻人，你孤独得怎么样了?"

"孤独?"他有些惊奇。

老人把他介绍给众人。

"一个学者……"

他们笑着，勉强地用指尖碰了碰他的手，继续上路。他们怕他不干净。老人却对他非常热情，忽然心念一动，停下来问道:

"这么说还是有森林啰。"他开玩笑地揶揄他。

"是的，"护林人老老实实地承认，"森林嘛，是有……但是……"

"但是什么？"

"但是火灾嘛，没有。"

"火灾？"老人有点疑惑，向他倾过身子。

"是的，火灾。我每天都坐这儿琢磨。真是个平静的夏天。"

"平静不好吗？事实上，这儿好几年都没火灾了。实话告诉你，这片森林从来都没发生过火灾。大自然也得乖乖地服从我们的事业啊，哈哈。"

"我本来还以为……"

"以为什么？"

"以为每隔一两天就有火灾呢。比如说，所有这些警钟长鸣、随时待命的装备难道都是瞎忙乎？这些救火车……电话线这么多员工……这几个月盼得我的眼睛都望穿了。"

"盼？哈哈，真会说笑！"

老人行色匆匆。司机们正在发动汽车。留在林中过一个安静的夜晚，这就是他需要的一切。在走之前他想知道火警瞭望员对那个阿拉伯哑巴的看法。他这么问是因为卡车司机说那家伙在储藏煤油……

护林人心中一动："煤油？"

"可能是司机不怀好意，胡乱猜测吧。这个阿拉伯人是个温和的家伙，是吗？"

"太温和了。"火警瞭望员迫不及待地表示赞同。他在老人身边走了几步，神秘兮兮地轻声问道："他是本地人吧？"

"本地人？"

"因为我们的森林是生长在……嗯……生长在一个村庄的废墟上……"

"村庄？"

"一个小村庄。"

"一个小村庄？哦……（他终于想起来了。）是的，这儿以前
是个农场之类的地方。但那是很久之前的事情了。"

很久之前，是的，当然。还能有什么……

以一天的活动为例。

晚上没睡，早上没醒。阳光在指尖跳跃。今天是多少号？没
办法知道。囚犯在囚室的墙上划线记录日子，但他不是在监狱
里。他是自愿来的，走也要按照自己的意愿走。他本来可以拿起
听筒，让那些在救火车边随时待命的消防员告诉他日期，但现在
他不想让他们虚惊一场。

他下楼到水龙头边，在胡子上喷了几滴水使其焕然一新，然
后上楼回到房间，举起望远镜作早餐前的巡视。他突然一阵兴
奋。森林里浓烟四起？不，是望远镜的问题。他用脏衬衣的衣角
擦了擦镜片。森林立刻清晰地出现在面前。真扫兴。过了一个夜
晚树也没见长大。

他又走下楼梯。他拿起一条面包，给自己切了参差不齐的一
片，放进嘴里迅速嚼起来，目光在包番茄的报纸上来回移动。这
并不是因为他对新闻有多大兴趣——谢天谢地——而是他想继续
保持对眼睛的训练，以免它们忘记印刷字母的形状。他回到他的
观察岗位，嘴里仍在和一个烂了一半的大番茄缠斗。他连吸带
吞，番茄汁流得到处都是，最后不得不把剩下的一大块吐出来扔
掉。安静。他打盹，醒来，长时间盯着树梢发呆。一天的时间在
眼前展开。他轻轻地靠近他的书。

进展如何？读了多少页？最好别数，不然他会陷入绝望。目
前他平静安详，为什么要大煞风景呢？重要的不是数量，不是

吗？迄今为止读过的他全记得滚瓜烂熟，倒背如流。这些文字在他胸中跌宕起伏，流转自如。在目前，也就是说，在过去的几个星期里，他把他的满腔热情都转化成了一张纸。一张图片？更准确地说，是一张地图，一张本地地图。他会把它挂在墙上造福于他的继任者，这样他们也许会记得他。看，他已经签上了他的名字，从签名开始，以免日后忘记。

画什么呢？树，但不仅仅是树。还有群山和蓝色的地平线。他每天都有进展。如果有彩色蜡笔，他还可以画一些鸟，比如那些本地特有的鸟类。他特别有兴趣的是那个埋在树林下面的村庄。也就是说，这儿并不总是这么安静。他的好奇心严格地属于科学性质。那个老人怎么说的？"一个学者。"他抚摸自己的络腮胡子，手来回挪动梳理着纠缠在一起的、脏兮兮的胡须。什么时间了？还早呢。他读了一行，是关于教皇对德国皇帝的态度的，又昏昏睡去，突然从睡梦中惊醒。他点燃一支烟，把燃烧着的火柴扔向森林，但是火柴在空中熄灭了。他把烟头弹向树林，但是烟头落在石头上，在孤独中燃为灰烬。

他站起来，烦躁不安地来回踱步。什么时间了？还早呢。

他去找阿拉伯人，对他说早安。他必须给他留下自己昼警夕惕的印象，免得某个早上在睡梦中被他谋杀。自从他在阿拉伯人耳边吐出那个消失的村庄的名字之后，阿拉伯人就变得疑神疑鬼，仿佛成天都有人监视他一样。火警瞭望员在松树间快步前行。经过几个月的漫长夏天，他的步履变得如此轻盈。他的悄然出现让两人大惊失色。

"你们好。"他说，用的是希伯来语。

两种不同声音的回答。孩子的声音甜美，阿拉伯人的是刺耳的咕噜声。火警瞭望员暗自笑了笑，匆匆忙忙地离开，仿佛他日理万机一样。树林里零星散落着一些凿过的石块，建筑物的轮廓，废墟和遗址。他搜寻人类留下的印记。他每天都来，翻动几块石头，寻找痕迹。

一个男人和一个女人紧抱着躺在地上，好像两尊连底座一起翻倒在地的雕塑。一颗满是胡茬的头悄悄伸过来，吓得他们魂飞魄散。冲他们笑笑赶紧逃吧！两人显然是从徒步团体中溜出来的一对恋人。

他在寻找什么？已成过往烟云的零思残绪，已经完成使命的言辞余响。但在通常的一天，比如说我们作为例子的这天，他能发现什么呢？装满煤油的小罐头盒。太好了！得有多大的热情才能把一个又一个罐头盒装满，然后藏在小女孩的旧衣服下面。他弯下腰查看这些宝藏，平静的液体上面漂着死去的松针。他的影子反射回来，带着若有若无的气味。

他满心喜悦地回到房子，打开一盒肉罐头狼吞虎咽地吃了个精光。然后他擦了一下嘴，朝满是树枝的空中远远地吐了一口痰。他翻了两页书，阅读红衣主教给一个犹太人的回信。这些歪七拐八的拉丁字符真好笑，但它们却可以传达如此强烈的威胁。他睡着了，醒过来，意识到自己差点错过东边山上的重要典礼。从此时起他望远镜不离眼睛，远远地混迹于达官显贵之中，甚至可以根据讲话者嘴唇的运动读懂其意思，自己再补充以声音。这时火红的落日抓住了他的目光，转移了他的注意力。他就这样带着每天重返的兴奋，忘情地沉浸于这壮丽景色，这可怕的壮丽景色之中。

之后他擦去沉默的电话上的灰尘。公正地说，他对属于森林部的设备照顾得可谓无微不至，而他自己的装备则已经破烂不堪。松掉的纽扣散落在树林里，磨破的衬衣，褴褛的裤子。

一帮开车兜风者的私人聚会，喇叭按得震天响，他们要在森林露营。他疲倦地嚼着他的晚餐。夜幕降临，带来古老、熟悉的伤感。

阿拉伯人和他的女儿已经入睡。黑暗。树林中出现的第一次笑声是打在偷听的他脸上的一记耳光。他在黑暗中翻了几页书，拍死了一只虫子，吹起了口哨。

夜晚。他睡不着。

然后夏天结束了。森林变得空旷起来。第一阵秋风。如枯叶一样随风而来的却是他徐娘半老的情妇，那个送他来此地的朋友的妻子。一袭连衣裙，一顶宽边草帽，她翩翩而至，咯噔咯噔踩着高跟鞋在他房间里走来走去，到处翻箱倒柜，查看他的书籍，翻弄他的笔记。她到附近短期度假，想起了他。一个男人独坐空房，每晚面对森林，不知怎么样了？她想给他一个惊喜。对了，不知道他得出了什么结论？也许一次新的十字军东征？她很想知道。她丈夫对他评价很高，说在孤独中，在树丛里，他可能开花结果，长成一株栋梁之材。

火警瞭望员非常感动。他什么都没说，只是指着墙上的地图。她快步走过去，却看不明白。事实上她对文字更有兴趣。他写了什么？她很累。费了好长时间才找到这里，她简直累死了。风景很不错，但是这个地方太乱了。谁住楼下？阿拉伯人？原来如此。她来的路上碰到过他，想向他问路，结果却大吃一惊。哑巴，被割掉的舌头。但是森林部？向他们致敬。谁能想象这个国家能有这么大片森林。不过，他的样子变了。长胖了？新留的络腮胡太难看。为什么他不说点什么？

她一头倒在床上。

他站起来，带着现在已进入他血液的安静走近她。他摘下她的帽子，蹲下来解开她的鞋带。颤抖着，充满欲望，呼吸急促。

她吃了一惊。赶紧把疲惫的赤脚抽回来，有些害怕，也许还有些如释重负。但他已经放开她的脚，拿起望远镜查看森林，对着树丛看了许久，等待火苗。缓慢地他转过身来，望远镜还贴在眼睛上，调皮地把镜头对着她，看她脸上的细小皱纹，汗滴，还有她的疲惫。她对他笑着，如一张老照片。但是没多久她的笑容就变成了抗议。她生气地抱紧身体，举起一只手："哎，你！住手！"

快到日落的时候他才成功地剥掉了她的衣服。望远镜仍挂在胸前，挤在他俩的身体之间。每过一会他就冷静地中断他的亲吻和抚摸，举起望远镜巡视森林。

"职责所在。"他抱歉地呢喃道，给赤裸、羞愧的女人一个古怪的笑脸。所有的一切都融合在血红的落日光辉之中，远方湛蓝的大海，安静的松树，他干裂嘴唇上的血迹，绝望，无用功，孤独的工作。她的手无意中碰到了他的秃顶，赶紧缩了回来。

等阿拉伯人回来时他们已经结束。她躺在随处乱扔的衣服中，昏昏欲睡。一个美丽的夜晚悄然来临。他坐在桌边，还应该干些什么？黑暗把她变成了一个剪影。森林对她施展了魔法。她突然惊醒过来。阿拉伯小女孩的柔软声音让她全身发抖。她到这儿来干什么？她迅速穿上衣服，扣上扣子，系上鞋带。她的声音在黑暗中漂浮。

其实她来是因为可怜他。没人想到他会坚持这么久。他究竟什么时候睡觉？她被送到这儿来是为了释放他，把他从孤独中释放出来。没有他的消息引起他们的疑心。她的丈夫和他的朋友们开始疑神疑鬼，开始担心，哈哈，担心他可能在孕育某个秘密，某个新颖的观点，可能做出某种才华横溢的研究，把他们都甩在后面。

突然，一股夜风从无墙的一面的缺口里涌入，在房间里旋转，最后消失在墙角里。他激动起来，两眼放光。

"可怜我？没有必要。我什么时候睡觉？总是在睡……不过和城市的睡觉不一样。现在离开？就这个样子？太晚了。我还没数完树呢。新颖观点？也许，但不是他们想象的……不完全是科学的……更像的是人文的……"

她想让他送她穿过森林吗？或者她希望自己一个人走？

她跳起身。

他们走近路穿越群山。他走在前面，她摇摇晃晃地跟在后面，高跟鞋踩在石头地上，腿酸脚痛，狼狈不堪。尽管林密枝茂，他却步履轻盈，像蛇一样在叶丛中飞速滑过，连头都不晃一下。她则在他身后的树枝中挣扎，它们像皮鞭一样不停地挥过来。月光暴露了他俩沉默的旅程。你现在怎么看？我的秋天之爱？我是否已完全疯掉？但这本来就是可以预料的，不是吗？你给了我一个回合的快乐，现在又把我抛向孤独。对我来说，树已经取代文字，森林已经代替书籍。就是这样。永恒的秋天，松针无止无尽地落在我的眼睛上。我仍在等待一场大火。

他们默默无语地到达黑色的主道。她的高跟鞋带着最后的愤怒敲击着沥青地面。他端详着她。她的脸上有划痕，手臂上流着血。森林如此霸道地留下它的印记。她强忍住没哭出来。沉默给她以尊严。几分钟后，一辆时髦的轿车驶过来停在她身边，两鬓斑白的司机招了招手。她上车后离开了。没有告别。在漫长的路途上，她终将被他的手拖垮。

他掉头往回走。刚走了几步阿拉伯人突然从眼前冒了出来。他气喘吁吁，神情呆滞。你有什么事，先生？你从哪跳出来的？

阿拉伯人举起她的草帽。火警瞭望员笑着向他致谢,摊开双手表示无能为力,她已经走了。他的观察力真惊人,没什么能逃过他的眼睛。他从阿拉伯人手中接过帽子,一把套到自己头上,朝着他稍微点了点头,阿拉伯人立刻戒备起来,神情警觉地四处查望。他们一起沉默地返回森林,他们的帝国,只属于他俩的帝国。火警瞭望员大步走在前面,阿拉伯人紧跟在后面。风轻云淡。月光投过树梢倾洒下来,照得他们全身透明。他领着阿拉伯人走在永远雷同的道路上。阿拉伯人赤脚而行,悄然无声。转了一圈又一圈,最后来到寂静的、凿过的石块中间,他藏东西的地方。阿拉伯人的步子缓了下来。他的脚步声越来越慢,仿佛死去又活转过来。火警瞭望员心里一阵冰凉,双手如冻僵一样。他跪倒在地,地面沙沙作响。谁能还给他所有这些空虚的时光?森林阴暗,空荡。没有人。没有篝火。此时此刻,他多么希望能在火边温暖一下他的双手。他堆起一些枯黄的松针,拿出火柴擦燃,但火柴立刻熄灭。他又抽出一根火柴,用手围成杯状,嚓,火苗闪了一下又熄灭了。潮湿的空气背叛了他。他站起身。阿拉伯人观察着他,疯狂的眼神里带着期望。火警瞭望员轻轻地绕过一堆石块,走到他那可怜巴巴的、藏东西的小地方,捡起一罐清澈的液体,倒在松针堆上,把燃烧的火柴扔上去,火苗呼地一下子蹿了上来,焦煳的火苗,幸福的火苗。他的心情总算好了一些。阿拉伯人惊得目瞪口呆,跪了下来。火警瞭望员伸出双掌放在火苗上方,阿拉伯人也依样效仿。火苗已经到了最高点,两人的身体紧贴着火。他本来可以让火焰燃烧,自己去大海中沐浴。时间,浪费在这些树林中间的时间,将替他完成他的工作。他沉思着,心思飞到别处。火势渐弱,在他脚下慢慢熄灭。阿拉伯人看起来既痛苦又失望。篝火燃尽,最后的火星也被小心翼翼地踏灭。这

280

次只是一点教训。火警瞭望员游离不定的心在矛盾中颤栗。他身心交瘁，起身离开。阿拉伯人垂头丧气地跟在后面。

坐在堆满书的桌子边的是谁？是小女孩。她正张大眼睛尽情享受这夜景。阿拉伯人把她放这儿代替可爱的火警瞭望员。不错的主意。

接下来是一些奇怪的日子。我们会说：秋天来了。但是这本身说明不了什么。松针好像落得更快，阳光更加柔和，云朵萦绕，秋风瑟瑟。他魂不守舍，越来越狂乱。所有的典礼都结束了，捐款者已回国，徒步客开始上班，学生返校学习。他自己的书堆得乱七八糟，上面满是灰尘。他玩忽职守，离开他的椅子、书桌和忠实的望远镜，不分日夜地在森林中游荡，一边走一边用手中的树枝抽打沿路的小松树，仿佛想给它们留下印记。他猛然间泄了气，头靠在一个铜光闪闪的铭牌上休息，摘下眼镜，透过繁茂的枝叶，寻找灰色的天空。突然，似乎有哀叹声传来。完全是胡思臆想。他再次打起精神站起来，踏着荆棘与岩石，继续在森林中转悠。在他的意识里，总是隐隐约约有一个声音在召唤，在森林的尽头，在森林的另一边，将会有一次相遇。但每当他穿越森林到达那儿，无论是在半夜、中午还是黎明，他看到的只不过是一堆黄色的垃圾，一个奇怪的河谷，某些受到诅咒的梦魇。他伫立良久，面对空旷的、没有树木的寂静，觉得相遇已经发生，是一次无声但却成功的相遇。整个春天和漫长的夏天他都没能睡一个好觉，如果在这些最后的日子里，他能一直昏睡不醒该有多么美妙。

他已对火灾不抱希望。火对这片森林无能为力。因此他现在有空就随心所欲地置身于森林之中，而不是面对它们。为了安慰他的良心，他让小女孩坐在他的椅子上。没用一分钟就教会了她用希伯来语说"火"。这段时间她成长得真快。她就像一匹高贵的母马，有一双不可思议的眼睛。她的身体已出乎意料地成熟，脏乎乎的气味已经变成了女人香。刚开始她的父亲得把她绑在椅子上以免她逃走。没错，老阿拉伯人现在对玩忽职守的火警瞭望员俯首帖耳，走哪儿都跟着他。

自从那晚他俩在小小的篝火边围火取暖之后，阿拉伯人也变得成天没精打采。他丢开了形影不离的锄头，脚下的草地已经发黄，荆棘遍地丛生。火警瞭望员躺在地上，看到他阴郁的面孔突然从树枝间探出来。通常他不理睬阿拉伯人，继续躺着看天。偶尔他会叫他，阿拉伯人则走过来，跪在他身边，沉闷的眼睛里带着恐怖和期望。或许他也没法传递任何信息，一切将在黑暗中继续。

火警瞭望员开始对他说话，平静，入情入理，以一种循循善诱的方式。他给他讲十字军东征，阿拉伯人低着头，拼命想理解，陌生的语言有迷人的旋律。他告诉他那种狂热，那种残忍，那些集体自杀的犹太人，儿童的十字军东征，所有他从书中看来的点点滴滴，还有他自己凭空建构的各种理论。他的声音温暖而充满想象力。阿拉伯人越听越紧张，心里充满了仇恨。黄昏时他们回来。在柔和的秋色下，火警瞭望员带着阿拉伯人去那个被树林吞没的房子，在那儿徘徊了一会。这时阿拉伯人会用急切、含混的手势讲述什么，蠕动着他那被割掉的舌头，使劲晃着脑袋。他想说，这是他的房子，这儿曾经是个村庄，他们想掩盖这一切，把它埋葬在一大片森林之下。

火警瞭望员看着这出哑剧，心里乐开了花。怎样才能激起阿拉伯人的怒火？显然他的妻子们是在这儿被谋杀的。无疑这是一次见不得人的勾当。他慢慢走开，装作没看明白。这儿曾经有一个村庄吗？除了树之外他什么也看不见啊。

阿拉伯人和他越来越亲近。他们待在楼上的房间里，三个人像一家人一样。火警瞭望员伸开手脚躺在床上，小孩被拴在椅子上，阿拉伯人蹲在地板上。他们一起等待总也不来的火灾。森林阴暗、强壮，不断地稳步成长。已经是他最后的日子。他的合同即将期满。他不时地站起来把一本书扔进箱子，吓阿拉伯人一跳。

夜晚越来越长。沙漠的热风夹着雨点袭来，海面上的闪电发出柔弱的光亮。最后一天到了。明天他将离开此地。他已忠实地履行了职责。没发生火灾可不是他的错。所有的书籍都已装箱，地板上到处是散乱的废纸。阿拉伯人已经消失，他从昨天起就不见踪影。那孩子难受得要命，每隔一会就抬高尖细的声音哭。火警瞭望员越来越担心。中午时分，阿拉伯人突然出现。小孩朝他跑过去，但他视而不见。他走近即将离职的火警瞭望员，用强壮的双手抓住他——因为轻感冒，他的手有点软弱无力——把他推向观察站的边缘，拼命想向他叙述没有舌头的他能够叙述的一切。也许他想把即将离职的护林人从二楼扔进森林？也许他相信只有他——火警瞭望员——才能懂得他？他的眼睛在燃烧，但火警瞭望员安详平静，毫无反应。他用手掌捂住眼睛，耸耸肩膀，含含糊糊地笑了笑。他还能干什么？

他收拾衣服，把它们塞进另一个箱子。

傍晚时分，阿拉伯人又消失了。小孩出去找他但空手而归。时光缓缓地消逝。一颗雨滴。火警瞭望员做了晚餐端到小孩面前，但她吃不下。她像个小动物一样，一次急匆匆地冲进森林去寻找她的父亲，但又一个人伤心绝望地归来。快到半夜时她才终于睡着。他帮她脱掉衣服，把她抱到床上，盖上一条旧毛毯。她长大后会是一个多么寂寞的女人啊。他陷入沉思。似乎有什么东西在他的指间流淌，有点像怜悯。他到外面转悠了一会。然后回到观察站，坐在他的椅子上，昏昏欲睡。明天他将在何方？何不与消防队告别一下？他拿起听筒，没有声音。线路不通。没有咕噜声，没有电流声。神圣的寂静也征服了电线。

他心满意足地笑了。在黑暗的森林中，只见阿拉伯人如悄没声息的匕首飞速地移动。他坐着观察，像大戏开场前的观众等待大幕拉开一样。有点激动，有点困倦。午夜场表演。

这时，火光突然出现。火苗出乎意料地从森林的一角一跃而出。长长的、优雅的火苗。一棵树在燃烧，一棵好像在祈祷的树。它经受漫长的审判最后交出自己的灵魂。他拿起听筒。没错，线路不通。他明天就要离开。

单个火苗在大森林中的寂寞。他开始担心地面太潮湿，荆棘不够多，一个火苗之后演出就要结束。他闭上了眼睛。在这最精彩纷呈的时刻，他的睡意却最浓。他站起来烦躁不安地在房间里来回踱步以保持清醒。片刻之后他的脸上堆满了笑容。他开始数火苗。阿拉伯人在森林的四个方向都点了火，然后手持火把像个恶魔一样在森林里奔跑，一路上到处点火。他将任务完成得如此圆满、周全，真让火警瞭望员刮目相看。他下楼去查看孩子，她仍在睡梦中。回到观察站，森林在燃烧。他本应跑去拉响警报，请求支援。但他却不紧不慢，平静安详。再次下楼，替小孩整理毯子，帮她拨开眼前的头发。上楼，一股热浪扑面而来。外面火光熊熊，五座山全部在燃烧。狂暴的火焰在树梢不停地肆虐咆哮，直冲云天，松树纷纷绽裂、倒下。他激动万分，欣喜若狂，沉浸在幸福之中。阿拉伯人在哪儿？阿拉伯人从火中对他诉说，想诉说一切，一吐为快。他能听懂吗？

突然他感觉房间里还有一个人。他迅速转过头来，原来是那个女孩，半裸着身体，眼睛直瞪瞪的，火光在她面庞上玩耍。他笑了笑，她哭起来。

森林从容不迫地燃烧着，巨大的热浪奔涌而来。最初的兴奋已经过去，大火从景观变成了现实。火焰像听从调度一样从四面八方直奔观察站。他本应拎上他的两个箱子溜之大吉，但是他只带上了孩子。附近居民区的灯光已变得如此渺小可怜。他们显然确信当局正全力以赴地控制火灾。谁能想象火势正四处蔓延，越烧越旺？等村里的护林人来唤醒那些熟睡的人时，那将是几个小时之后了。夜正凉，没人乐意钻出温暖的被窝。他用手抓着浑身发抖的孩子，走下楼开始撤退。整条道路都被火光照亮，直至远处。他的背后是熊熊大火，面前是疯狂燃烧着的血红月亮在空中飘浮，仿佛它也想观看这火焰。道路在面前展开，他觉得头重脚轻。他们走得很慢，身影时明时暗。小路边松树在窃窃私语，在焦虑不安中等待，可怕的传言已传到它们耳中。

远远可以看到观察站已全部沦陷在大火中。大地正在扔掉它的枷锁。走了很远很远，树终于越来越稀疏，最后完全消失。他抵达那个有一堆黄色垃圾和河谷的地方，他梦中的场景。几株干瘪的、歪歪扭扭的树，沙漠的树，奇特而带咸味，已经被晒干烤焦，火对它无可奈何。他把赤脚的女孩放在地上坐好，一下子瘫倒在她身边，精疲力尽。

透过睡眼惺忪的眼睛，他看到闪光耀眼的救火车终于呼啸而至，是其他人叫来的。他们也知道大势已去。在睡梦中阿拉伯人出现了，疲惫不堪，衣衫褴褛，浑身黑污，脸上伤痕累累。他抱起孩子消失得无影无踪。火警瞭望员睡着了，真正的睡眠。

黎明时分，他带着晨露哆哆嗦嗦地出现在岩石上面，擦着他的眼镜，哈，又成了一个前程可观的小学者。五座光秃秃的山，细长的、蓝灰色的烟雾漫山遍野。观察站耸立在一片光秃之上，像一个巨大的恶魔张着白色的窗口粲然而笑。乍看起来，森林似乎没有被烧毁，而是拔出它的根须，动身去旅行，奔向那遥远的地方，比如说，大海，而大海已突然出现在眼前。空气中透着寒意。他整理了一下凌乱的衣服，扣上幸存的唯一一个纽扣，搓了搓双手取暖，轻轻地踏在仍在冒烟的余烬上，快步如飞。第一缕阳光照在他的秃顶上。人们因群山突然赤身露体而悲伤，为战斗失败、血汗白流而悲伤。寒冷的天空黑云压顶，山雨欲来。他听见人们议论纷纷。到处一片狼藉。黑灰，烧焦了的树干，伤口仍在冒烟，与没被大火光顾的残枝败叶纠缠在一起。无论脚踩到哪里，立刻火星飞溅。只有纪念铭牌完好无损，不仅如此，经过大火的洗礼它们更加闪光发亮，在阳光下金光闪闪：芝加哥的路易斯·舒瓦茨，布隆迪国王及其子民。

他走进被烧毁的楼房，顺着烧焦的楼梯往上爬。房子里仍然冒着热气，简直就像在地狱里行走。他来到他的房间。他逃离后大火曾经光顾，在这里恣意狂欢，带来恐怖和混乱。他是否要从烧成灰烬的书籍谈起？或者是扭曲变形的电话机？或许融成一团的望远镜？本地地图居然奇迹般地生存了下来，只烧坏了一个角。枕头和毯子上，仍有火苗在欢快地嬉戏。他转身眺望浓烟四起的群山，皱起了眉头：烟雾中，村庄的废墟出现在他的眼前，浴火重生。它简单的轮廓，如一幅抽象画，如所有消逝和被埋葬的一切。他暗自笑了，淡淡一笑，立刻收住笑容。在他的脚下，在建筑底层弥漫的蓝烟中，他看见了老之将至的森林负责人，他裹着风衣，脸色铁青。这家伙是从哪儿突然冒出来的？

老人向后仰起两鬓斑白的头，充满怨恨地盯着上面。从他的岗位上高高向下俯视，他自己的神情免不了带一点轻蔑。两人就这样对峙着，目光对视了几秒钟，火警瞭望员装作刚认出他的样子对着雇主傻笑了笑，慢慢下楼朝他走去。老人发疯似地奔向他，恨不得把他碎尸万段。他悲愤填膺，几乎崩溃，哽咽着要求他立刻解释清楚。

但是没什么可解释的，没什么可说的。整个情况就是：突然爆发了火灾，我拿起电话，但线路不通。情况就是这样。我必须救那个孩子。

其他的嘛，大家都看见了。是的，火警瞭望员对森林也很有感情。整个春天、夏天和半个秋天，他已经深深依恋上了森林。以至于事实上，（实话告诉你）他自己的书一行都没看。

他觉得老人气得要爬到地上去撞石头，把头上的头发一根根拔光。卸任的火警瞭望员有点奇怪。因为森林是有保险的，是吧？（至少按他粗浅的看法应该买保险。）火灾损失不会减少老人部里的预算，不是吗？现在（他发现今早他的头脑特别好用），他很乐意听听别处的森林火灾。他敢打赌那些火灾都很小，完全不值一提。

只可惜此时从烟雾中鬼魂般地出现了消防队员和几个胖胖的、满脸汗水的警察。很快他就被穿制服的人围住，其中有几个累得瘫倒在地上。虽然火灾的调查还未完成，但是他们已经发现了令人震惊的线索。

是纵火。

是的，纵火。晨露中混合着煤油的气味。

老人几乎垮掉。

"纵火？"他转头看着火警瞭望员。

但他只是轻轻地笑了笑。

调查立刻开始。首先，消防队员得写报告。他们把火警瞭望员拉到旁边，拿出纸张和漂亮的圆珠笔，但他们在遣词造句方面似乎有点小问题。真令人尴尬。他机灵地帮助他们，更正错别字，重新组织句子。他们非常感谢。

"火灾中你有什么损失？"他们富有同情心地问道。

"哦，没什么要紧的。一些衣服和书本。无须挂齿。"

等他们完成报告已经是早晨了。两个警察不知从什么地方带来了阿拉伯人和孩子。如果他小心避免与阿拉伯人燃烧的目光对视，今后他也许还能睡个安稳觉。两个面目凶狠的警官在岩石中间临时搭了个审讯室，让他坐在石头上，开始进行交叉审问。持续了好几个小时。他对他们的执着感到吃惊：他们埋头苦干，坚持不懈，一页又一页地记录。他大开眼界，这才是真正的研究。烈日当顶。他又饿又渴。审问官们啃着硕大的三明治，却连面包屑都不给他。汗水模糊了眼镜。一个奇怪的秋日。楼房里他们在对阿拉伯人进行类似的审问，用阿拉伯语加手势。只能听见提问。

负责森林的老人在两个审讯室之间不停地来回走动，补充自己的问题并做记录。审问官让嫌疑人背靠石头坐下，一遍又一遍地问相同的问题。烧焦的森林像腐烂的尸体一样散发出强烈的恶臭。审问官加快了节奏。真烦人。他看见了什么？听见了什么？做了什么？简直是对他的侮辱，如此执着于具体过程，仿佛这才是重点，仿佛没有某种观念牵涉其中。

中午时分审问官换班，新来的把整个过程又重复了一遍。嫌疑人汗如雨下。一晚上没睡，现在还在光天化日之下，在被烤焦的岩石上受盘问，真是丢脸。如此无聊。他吐痰，发脾气，怒气冲冲。他摘掉眼镜，整个人变得麻木。他的回答开始自相矛盾。

到下午三点，他终于垮掉，说阿拉伯人可能有嫌疑。

这，当然是他们一直等待的回答。他们从一开始就怀疑阿拉伯人。他们给他戴上手铐，然后一切都很快结束。警察发动了他们的车，阿拉伯人被塞进了其中的一部，他脸上露出心满意足的表情，很有成就感的样子。小孩绝望地拉住他。秋天的云，秋天的伤悲，一切都平淡无味，毫无意义。他突然走到负责森林的老人身边大胆地问：小孩怎么办？老人没回答。他苍老的目光在失去的森林里流连，仿佛在告别。老人也快发疯，他的感官越来越不听使唤。他空洞的眼睛盯着火警瞭望员，仿佛他也失去了舌头，仿佛他什么都不明白。火警瞭望员提高声音又问了一遍。老人走近一步。

"什么？"他无力地嘟噜道，泪水盈眶。突然他朝火警瞭望员扑过去，挥起拳头朝他猛击。消防队员好不容易才把他推开。的确，他只怪这个人，这个知书识字、戴着眼镜、自以为是、玩世不恭的家伙。

警察过来解围，让他上了一辆警车。受老头对他的敌意的影响，他们对他很不客气。还没来得及与这个他度过了六个月的地方告别，他就被拉着飞快地向城里驶去。他们把他扔到一条小街上。他走进视线所及的第一家餐馆，狼吞虎咽，直到几乎把自己吃爆。然后他沿着街道散步，满脸胡荏，又脏又黑，像个野蛮人。第一场尘雨已经把路面淋得脏污狼藉。

晚上，在一个破旧的旅馆里，他可以放心地美美睡上一觉，第一次睡觉不用担心职责，只是睡觉而已，没有任何其他牵挂。但他只是昏昏欲睡，却怎么也睡不着。郁郁葱葱的森林总是在备受困扰的眼前浮现。也许他会因为不幸和怀念而痛苦，也许他会觉得局促压抑，因为现在他是被关在四面墙而不是三面墙中。

明天会如此，也许以后的每一天都将如此。孤独被证明是成功的。确实，他的笔记和书都在大火中付之一炬，但如果有人认为他不记得的话，他记得。

但现在，他在他熟悉的城市里变成了陌生人。他似乎已经被遗忘。新的一代已进入圈子。那些喜欢开玩笑的朋友碰见他时，会用力拍一下他的背，带着讨厌的笑容说："我们听说你的森林被烧光了！"正如我们说过的，他仍然年轻。但他真正的朋友早已对他绝望。冬天的夜晚他遇到他们，冷得瑟瑟发抖，如湿淋淋的狗乞求温暖和光明，而他们只是皱着眉问："又怎么啦？"

最后的指挥官

与公元二世纪犹太坦拿学者同时代的诺斯替教徒认为，
有必要区分两种上帝，一个是善良但隐藏着的上帝，他值得
选民的崇拜；另一个是物理世界的造物主或创造者，等同于
《旧约》中的"公正"上帝。

——哥舒姆·舒勒姆《因罪而救赎》

一

战争结束后，我们在幽暗的办公室做文案工作，就一些似乎
重要的事情交换公文。如果输掉了战争，我们恐怕会大难临头，
会因死去的战友犯下的谋杀和抢劫罪而被追究责任。但我们赢得
了战争，我们带来了自由，不过他们得给我们找些事情做，否则
没人愿意撇下那跑得飞快的、装满机关枪和弹药的杀人吉普。

现在我们穿着干净的衣服，脸上没有一丝尘土。只有加法器
在身边轻鸣。到夜晚，这疯狂的都市有一个又一个的晚会供我们
排遣寂寞，还有一次又一次的灯红酒绿让我们寻欢作乐。我们的
眼睛变得虚弱。

每年入夏，预备役军人都要进行军训。连长们像柔软的白色子
弹一样在办公室飞来飞去，令人心烦，但他们从来不碰我们这些退

伍军人。开始我们觉得被怠慢了，但我们安慰自己，毫无疑问，这个世界需要我们和我们手中削尖的铅笔。我们曾不知疲倦地战斗了七年。我们的夜晚因恐惧而变得空虚。现在，他们让我们在枯萎的荣誉花环上休息。所以我们就在一堆堆的信件后面设防。

但是今年夏天，奇怪的事情发生了，我们也没能逃脱。我们的好兄弟，负责分配预备役军人的连长记起了我们。召集令意外地降落在我们的桌上。无法逃避。

一个晴朗的日子，他们把我们这些逃兵役者和退伍军人装上货车，一路南行，送到山顶。

谁知道呢？要不是因为雅各农这个黝黑、瘦削的家伙，我们现在可能已经重新操起生疏的武器，背起装备，在想象的新战场上冲锋陷阵，战斗到底。进攻，撤退，反攻，顶风冒雨，征服自己。原来的连长突然出差，最后一刻才指定受宠若惊的他临时替代。

已经抵达沙漠附近的岔路口，也就是我们的出发点，新连长却停滞不前。其他连队都在忙着卸载装备，准备奔赴行动地点，连长们来来回回忙个不停，他却一个人跑到路边的山坡上，悠闲地打着瞌睡享受阳光。我记得大伙都在安静的机器边无所事事，发牢骚叫苦。其他连队已一个个消失得无影无踪，四周静悄悄的，但山坡上的那个黑点却毫无动静。没人知道他葫芦里卖的是什么药。厌倦了彼此，忍受烈日的灼烤，我们当时还没意识到时间从那时起已经不属于自己。戴尔吉和希勒米两个排长，搓手跺脚地找到我。战争时期他俩是工兵，曾一次炸掉了整个村庄，包括村里的居民，从此以后，两人出于恐惧心理一直形影不离。

我看时间已经过去了好几个小时，于是爬上山坡去找他。这是我第一次仔细端详他。他躺在我的脚下，四仰八叉，丑陋的脸上有个骨折的大鼻子。鼻子上架着一副双光眼镜，额头上有一道又深又长的伤疤。他睡得很沉，似乎精疲力竭，但是呼吸却很轻。我知道他也是办公室的一个小文员，但他是单身，而且战时在南方前线曾因大胆和富有领导才能而闻名。我弯腰碰了碰他。我记得他当时的样子，眼泪像面纱一样糊在脸上。谁叫他在阳光下睡觉呢？如果死亡离生活很近，那么死亡就在他的眼睛里。他慢慢抬起头，非常冷静，像经历过永恒的死亡一样。一件卡其布衬衣松松垮垮地套在身上。没戴肩章。

"其他部队已经离开了，"我俯身对他说道，"还没到我们出发的时间吗？"

他看我的表情好像我来自另一个世界。

"什么？"他的嘴唇懒洋洋地张开一下。

我重复了一遍刚才的话。

他有气无力地笑了笑。

"你很着急？"语气里带着一些嘲弄和惊讶。

一直等到热气消散，沙漠里吹来阵阵凉风，他才慢慢爬起来，虚弱地走下山坡，登上一部弹痕累累的吉普。吉普是战争年代的幸存物，分配给我们使用。整个队列跟在他后面。

我们行军了很长时间，慢如蜗牛，休息了无数次。汽车轮子仿佛也灌了铅，在昏昏欲睡的军官指挥下东弯西绕。我们在沙漠深处越走越远，四周荒无人烟，没人知道我们是去哪儿。在北线，我们曾为每一栋房子和每一寸土地而战，但在这片沙漠，我们只有几支小股的零星部队四处转悠，既无目的，也无理由。整个广袤的区域在七天内就被迅速征服。对我们来说，沙漠就是一条灰尘弥漫的狭长地带，比这宽的沙漠我们就无法想象了。

车队如蚯蚓般在凶险莫测的粉白色区域蠕行，阴沉地爬过一个个沙丘。阳光照在汽车上，发出耀眼的金光。荒凉的大地浩瀚如海，给人一种温和柔弱的假象。傍晚时我们发现我们在爬一座很奇怪的山，伊米托斯式的巨大褐色山脊，红黑相间的岩石。山坡越来越陡，车轮渐渐陷入困境，气喘吁吁的引擎终于耗尽了气力，在半山腰的陡坡上熄火，旁边是一条很宽的深沟，沟中已经长出沙生灌木，灌木枝疯狂地纠缠在一起。

我们钻出汽车，浑身乏力，不知该怎么办。四周暮色苍茫，好像鬼火幽幽地发着光。司机卸下军用配给箱，解开装着水箱的拖车，掉头向后，很快就消失在陡坡下。我们开始在一堆堆武器和装备之间打转，梦游一样，一直走到一道悬崖边才停下来站住。悬崖其实是一长串已熄灭的火山坑，沟底已经冷却或只剩余温。每往前一步都是更多的峭壁深谷，一个个小火山坑弯弯曲曲地向白色岩层的深处陷落，然后又鬼斧神工般地碎裂开来。在我们四处转悠的时候，看起来像一只黑鹰的连长一声不吭地跳进深沟，在地上铺了块毯子，蜷缩在上面，很快呼呼大睡起来。大家三五成群地又待了一会，然后在混乱和困惑中一个接一个地跟着他下到沟里。经过一整天的无所事事，大家又累又饿，很快都进入了梦乡。

熟睡的露营地寂静无声，一直到大天亮，阳光缓慢地爬上来，让人睡意更浓。一种奇怪的、令人瘫软无力的热浪从身下不停地冒出来。这热浪源自大山内部的什么地方，我们仿佛置身于一个巨大的熔炉之中。戴尔吉和希勒米爬过来，睡眼惺忪，身体沉重，斜倚在我身边热气蒸腾的岩石中。他们叽咕了一会我才弄明白，他们想知道是不是应该叫醒那家伙，新连长似乎还没有显现任何生命的迹象。

阳光越来越强烈，火辣辣的炙烤让每个人都虚弱不堪。从刺痛眯起的眼睛里往外看,岩石如千百只蠕动的小虫,砂岩在斑斓的色彩下疯狂地变幻出各种形状。蓝天消失得无影无踪,空中只剩下赤裸裸的炽热。没有一个士兵动弹。偶尔有人想移动一下,但立刻双腿发软,瘫倒在地。唯一的例外,我们中最年轻的四班长,他是青年培训营的军官,战时还是个收集子弹袋的小孩。他一个人爬起来为今天的活动做准备。他关心地看了一眼熟睡的连长,然后走到悬崖边坐下,开始擦枪。

早晨已经过去。排里的士兵趴睡在我周围,肚子像被胶水粘在地面上。中午时分,雅各农突然翻了个身,睁眼继续躺着看这个世界。接着他从衬衣口袋掏出一根烟点燃。全体士兵都躺在那里,等着他的每一个举动。我们爬起来,弯腰,那个年轻人也加入了我们。我们一起跪在他身边,他那丑陋的头歪向我们这边。

"今天干什么?"年轻军官冲口问道。雅各农没回答,他的嘴扭成一副奇怪的表情,额头上的伤疤闪闪发光,像一长条血印。

"今天,"年轻人重复道,几乎怒不可遏,"今天干什么?"

雅各农一动不动。他又瘦又黑的手按在他的军用包上,周围是乱成一团的毯子,包里传出纸的响声。他的唇角露出一丝笑容。

"有训练计划。"他疲倦地小声说道。"他们给了我训练计划。"他重复道。

年轻人试图抓住训练计划的要点。

"那我们今天到底干什么?不能就这样睡一整天吧?"

高温让他变得火气很大,而且他似乎说得有道理。

雅各农的小眼睛在希勒米和戴尔吉起伏不停的肚子上扫了一眼,他俩在地上躺成一个交叉的十字,至少从我的角度看是这样。他的嘴唇懒洋洋地嘀咕道:

"今天——休息……也许到晚上……天气会凉下来。现在——休息。"

戴尔吉低头看了看自己被毯子裹住的身段。"休息。"他暗笑着重复道。

我们三人面面相觑。年轻军官想要开口说话，但我们几个已经消失，在那棵小树窄窄的阴影下把身体蜷缩成一团，很快又汗流浃背地回到了梦乡。到天色已暮、酷热消散的时候，雅各农又醒了过来，使劲地抽着烟。大家都很清楚，这个晚上除了睡觉他没有其他的安排。又一次，我们一个接一个地屈服于被酷暑蹂躏后的困倦，饱受令人不安的梦魇的骚扰。早上，我们依旧躺着，只是比昨天更累。

到第三天，我们连衣服都脱了。军阶消失了。我们曾怀疑他是不是有什么特别的计划。但随着无所事事的时光一天天过去，我们知道他打算在这山岩中一直睡到训练结束。

意识到他这明确、简单的目的让我们感到害怕。我们攻击那些骗人的矮树，把它们连根拔起，掰成碎枝。我们用碎枝燃起篝火，毫无胃口地小口啃起随身带的军用干粮。现在连一点点阴凉都没有了。

第四天中午，我们醒来。岩石缝中热风吹拂。阳光烤焦的纸片在我们四周飞舞，我们有气无力地去抓纸片。雅各农任我们的训练计划随风而去。报话机已摔破，联络官用毯子把它捆住当枕头。唯一可以跟其他单位联系的方式被切断。黄昏的时候，年轻军官突然跳起来，登上留给我们的吉普车，开着它逃离这地狱。引擎的轰鸣声打破了沙漠的宁静。他们都睁大了眼睛，但没人从各自的位置起身。他们希望这能惊醒正呼呼大睡的军官。吉普开始沿着陡坡下行，这时干燥的刹车突然断裂，吉普向悬崖边翻滚，幸好被两块岩石卡住。奇迹般地救了他一命。他羞愧地回到我们中间，两眼冒火。这个晚上天空既无月亮也无星星。彻底的黑暗笼罩了群山。

第五天，山里传来汽车的声音，来车大声鸣笛，车里的人对空开枪寻找我们。也许有信件来自凉爽、遥远的城市，被我们完全遗忘的城市。又是那个年轻人站了起来，像只獐鹿，蓝色的眼睛中闪烁着些许惊慌。他被太阳晒得黝黑，十分激动。他扣动扳机，向空中射击，刺破了宁静。枪声相互回应了一会，但是悬崖干扰了回声。汽车开走了。年轻人像发疯了一样拼命去追，一边大声恳求。我们昏昏欲睡，漠然地看着他瘦小的身影在我们周围移动。汽车消失了，一切又恢复了宁静，但他仍然像个受伤的孩子一样站在那儿，松开了手中的武器，直到最后瘫倒在雅各农身边。雅各农疲倦地对着他笑了笑。这天夜里他消失了，再也没有回来。也许他在火山坑里迷路了。

记不清有几天了，反正第六天来了。皮肤越晒越黑，人样也快变没了。过去祈祷的人停止了祈祷。六个工作日就这么无所事事地度过了。到安息日那天，我们睡觉的能力已经加倍增长。现在我们唯一知道的事情就是头的上方悬挂着岩石。我们成片地躺在一起，但每个人都很孤独。宁静让我们听得更清楚。我们想说话时就小声耳语。没人寻找我们，没人跑到这儿来。有时候，在蜿蜒的河谷下面，似乎可以看到三个微小的人影，裹着黑衣，一人在前，两人在后，组成固定队形。这些是被我们击败的敌人，沉默而心怀怨恨。没人能清醒地看到危险，只要一把匕首就可以把我们全部杀掉，一点声响也没有。

偶尔在夜晚的时候，假如真有人头脑清醒，他会辗转反侧，无法入眠。他会自己跳起来，仔细观察每一道山脊。他会绕着露营地巡逻并轻声呼唤那些熟睡的人。他也想昏睡不醒。当他走近雅各农丑陋的面孔时他会停下来，似乎听到了附近山中传来的哭喊，而那正是黑衣人消失的地方。没有什么别的事好做，他就发疯似的堆石头。然后他的热情突然消散，干涩、苍白的神情又回到他的唇边。他就地倒下，回到遗忘的状态。第二天天亮后，在睡觉的间隙，他发现身边只不过多了一堆石头。

整整七天，我们像囚犯一样困在这里，屈服于这个永远睡不够的、瘦小的魔术师。我们灌了铅似的腿不断被绊倒，脑子里意识越来越模糊，而与此同时，我们好像中了魔法一样地快乐。

"全能的上帝啊，"不时会听到有人低声感叹，"战后我们为什么没来这里呢？"

在夜里，人们一次又一次地梦见战争。

二

今天是星期天吗？我们正沉浸在冥想中的时候，天空突然传来轻微的轰鸣声。往天上看去，无垠的亮光中有一团灰点在我们头顶盘旋。我们揉了揉眼睛，一架直升机像小鸟一样在峡谷上空翱翔下降，掀起漩涡般的灰尘和强风。直升机突然停在半空，扔下几只包，放下绳梯，一个强健的身体沿绳梯爬下，向飞行员挥了挥手，直升机如蓝天使一样消失在天空。困惑、疲惫的我们伸长脖子向尘土中张望。他捡起他的包，迈着我们已经不会走的坚定步伐向我们走来，精神焕发，有人情味，身材魁梧，充满父爱的蓝色眼睛，一双知道如何鼓励人的手。肩上的肩章闪闪发光。他退后一步，端详着我们这群好奇地看着他的影子——又黑又瘦，赤身裸体。

我们盯着他。我们知道，他就是我们的敌人。

他果断地做出了决定，走到一个吓得赶紧站直身体的士兵身边，简短地说道："我是你们的连长……副官在哪？"

我们把他带到仍在呼呼大睡的雅各农身边。他庞大的身躯完全盖住了雅各农那瘦小的身影。我们蹲下来碰了碰那熟睡的家伙。他睁开他狡猾的小眼睛。

"雅各农。"我们小声说道，全都低着头，惊恐不安。

连长用眼睛打量着他，有点迟疑。

"你是我的副官？"

他躺在地上点了点头。我们都提心吊胆地看着他的丑陋面孔。

"发生什么事了？死人了吗？"强壮的连长转头向我们问道。

我们一个个张嘴结舌，说不出话来。我们想告诉他，我们已经死了，但他并不想要我们回答。他已经不听我们说话了。他擦了擦汗，问道："你们为什么来到这条沟里？我在天上飞了好久才找到你们……我好不容易才挤出时间……他们说战争结束以后你们就没做过任何事情。"

没人眨一下眼睛。他惊讶地扫视着这条火山沟。

"这儿究竟发生……一派混乱……这样躺着，还赤身裸体？"

他的声音如鞭击一样锐利。我们默不作声。雅各农疲倦地闭着眼睛，头仍然挨在地上。连长揪住他的耳朵要求他回答。

"今天，休息。"戴尔吉终于开口了，声音仿佛来自坟墓。

"休息？"连长咆哮着，他的咆哮声惊醒了其余还在睡的人。

"休息，"希勒米无辜地嘀咕道，眼里有些惧意，"今天不是安息日吗？"

连长气得龇牙咧嘴，连我也不无歉意地小声解释：

"我们把日子弄混了。"

所有的人都点头附和我。我们的灵魂都卖给了那个躺在地上的家伙，他用死人一般的眼睛安静地盯着眼前的一切。

连长有点吃惊。他军衔很高，不习惯有人在他面前放肆无礼。哪怕是在战时，人们提起他的名字时仍肃然起敬，尽管那时他只是一介平民。那时他满世界跑，就是他为我们储备耗尽的武器装备带来了新的弹药。他本来可以在他宽大的办公室享清福的，但他却总是找机会参加主力行动。当他听说军队在征召战争英雄和逃避服役的人时，便自告奋勇地担任连长，本来人们以为他来不了，但现在他却出现在我们面前。

他不再说话，弯腰在几个包里翻找。他看上去孤独而强健，一个白色的身影。他在沟外搭起一个帐篷，把自己关在里面。黄昏时他爬出帐篷，绕着四处乱扔的一堆堆装备转了一会，找到一个坏掉的灯。他将它修好并点燃。来此地之后我们第一次有了灯。他身边的灯彻夜未熄。整个晚上，我们可以透过帐篷的帆布看到他伏案制定训练计划的剪影。

第二天黎明，天还没亮他就轰我们起床，凶狠霸道地把我们从沟渠里押出来，不久我们就睡眼惺忪、全副武装地排队站在他面前，准备出发。迟到者被他派往山顶去点火，迎接旭日。他让军官们回去把肩章戴好。等到金色的阳光燃亮天空、山顶的火焰熄灭之后，迟到者返回，我们全体排队追随他往山上攀登，雅各农跟在最后，像个黑色的影子。山势陡峭，但我们终于登上了山顶。放眼望去，天宽地阔，一望无际。我们一整天都在向峭壁下射击，胳膊像断了一样又酸又痛。傍晚时我们跟着他跑步下山，等我们竖起一根高高的旗杆之后他才允许我们吃喝。晚上，在群星闪烁的夜空下，我们又一次爬上山，对着黑暗射击直到半夜，周围一片子弹击中或打空的回声。下半夜我们轮流站岗，打盹的哨兵被不知睡觉为何物的连长惊醒。

我们只睡了几个小时就到星期二了，他又出现在我们面前——干净整洁，精神抖擞，不怒而威。在晨曦中，我们拖着沉重虚弱的步子，轮流举着他带来的、已经被遗忘的战旗，听从他按圣诗格式写就的命令。一整天我们都在挖沟，修掩体，建露营地。我们双手满是水泡，如麻风病人一样。根本没有休息的时间。他巡视一个又一个战壕，大声责骂偷懒者。我们绝望地用目光去寻找雅各农，但他给自己找了个睡觉的深坑。在我们徒劳无功地敲击岩石的时候，他却躲在坑里打盹。时而可以看到他烟头上的青烟袅袅上升。晚上我们挖洞用作厕所，把洞用罐头盒的铁皮盖住，把四处乱拉的粪便收集起来倒进洞中。从现在起大小便一律到悬崖边解决。当夕阳余晖吻上滚烫岩石的那一刻，他首先赶到那儿。连队所有的人有气无力地踌躇不前，冰冷的目光像被胶水粘住一样，盯着那个蹲在岩石上的强健身影。

晚上，篝火点燃了。他让我们围成圆圈，听他讲战争。过去的战争和未来的战争。有没有战争的时候吗？有休养生息的时候吗？他站在我们面前给我们朗读关于战争的书籍，声音简洁干脆，仿佛在下命令。我们困得不停地点头打瞌睡，但他向打盹者扔石子，让他们醒过来。半夜时分，他突然命令我们唱早已忘到九霄云外的战争歌曲。我们惶恐地面面相觑，犹如在噩梦之中。但他坚持不放过我们。我们唱了起来。刚开始有点犹豫、嘶哑，但渐渐地，我们的歌声变成醉醺醺的、粗野的哀嚎。我们被一天的劳累和酷暑折腾得精疲力竭，古老、血腥的战争歌曲在我们口里变成了狂吼乱叫。他站在那儿，双臂交叉在胸前，唇角露出一丝笑容。唱完歌他立刻变得严肃起来，用坚定的手势让我们安静，安排我们回到床上或哨兵岗位。明天会很忙，他说。

星期三，我们练习冲锋。我们已经遗忘的所有战斗技巧，在一天之内又回到了我们身上。他率领我们从一个山坡冲向另一个山坡，从一座山峰冲向另一座山峰，告诉我们如何冲锋，如何赢得战斗。然后我们分散到岩石密布的山中，奔跑、射击、卧倒，直到他说我们赢得了胜利。中午时分在河谷跑步之后，我们的眼睛因为高温和灰尘变得模糊不清，这时不远处突然出现了三个黑衣人。我们停下来观察，但是连长咆哮着跑了过来，他本来在我们后面，钢盔滑落到他发热的脸上。他发现了他们，打开扳机，向他们开火。他们迅速消失在峡谷中，如幻影一样。

雅各农在哪儿？

有时我们似乎看到他一声不吭地走在连长身边，一个黑暗模糊的影子。但大多数时候他独自一人在山脉中行走。连长能轻而易举地管好我们，却好像有点害怕他那奇怪的副官，那个总是疲惫不堪的军官，他在整个战争期间一直在和死人打交道。

傍晚，就那么一小会儿的休息时间，连长在一部车上捣鼓起来。他非常在行，车很快就被修好。晚上，两只大车灯亮了起来，一种奇怪、强烈的灯光。整整一个晚上，灯光照在周围的山坡上，我们顺着灯柱来回冲锋。恐惧又一次抓住我们。衣服上的硫磺味儿挥之不去，战争的记忆又重新回到我们心中。清晨的凉风在山脚下找到我们，人人累得几乎要趴下，但我们仍用最后一点力量，打起精神听他讲连他都没打过的战争。又是一个不眠之夜，黎明时我们回到废弃的火山沟，回到旗帜边。他用他那对蓝眼睛盯着我们，露出微笑，对我们说："今天是星期四。"

早晨，我们又有了一个新的训练计划。他站在山顶，让我们接近他但不能被他发觉。漫山遍野的士兵像虫子一样往山上爬，试图躲开他的视线。毫无希望的不可能。每次我们以为自己已经到达山顶可以接近他的时候，他警觉的目光总是能及时阻止我们，让我们又重新回到起点，回到雅各农躺在地上、微笑着吞云吐雾的地方。本来我们打算在大岩石中间找个石缝睡上一觉，但是从昨天起我们就滴水未沾，而水就在山顶上，放在他的身边。渴得发疯的我们不停地爬滚，弄得全身伤痕，唇干舌焦。一直到中午也没人能够成功地接近他。他赢了。

下午，在我们听到送信的汽车在山里乱转之前，他听见了，立刻把我们召集起来，命令我们去迎接。我们行军了很远才发现汽车陷在一个小河谷里。我们把车轮推出泥坑，清理车前的道路，搬开石块。作为酬报，我们收到了皱巴巴的、信封发黄的信件，里面是留在城里的人写给我们的信。写的都是些鸡毛蒜皮的小事。我们气得想要把信件扔掉。他站在那儿，命令我们每个人都要回信，就像在战争时期一样，让他们知道我们还活着，不用悲伤。我们爬在岩石上草草地写了几个大字，用不满的眼神公开地盯着他，然后一路小跑回到山边的营地。

星期五他心情不错。他说："我还什么都没开始做呢……我想做的事情一半都没做完。"整整一天，他不停地打开又收起他带来的各种地图和彩色示意图，给我们讲解正在发生和将要发生的事。看见我们在他面前打瞌睡，他就派我们去山沟边扎帐篷，必须扎得方方正正。因为你那该死的疲劳，你走到哪儿都会倒霉。

傍晚时分，他指示那些以前有祈祷习惯的人重新开始祈祷。甚至连不可知论者最好也祈祷，以平和他们被扰乱的心灵。他站在那儿看着他们，直到他们匆匆忙忙地结束祈祷。晚上他拿出一盒他带来的又碎又干的饼干和我们公平地分享。他很开心，他自己这么说，只用了短短的六天他就带来了巨大的变化。我们不再蹲在无聊的山沟里垂头丧气。他缓慢、坚定地搓着他强壮的双手。难道这一切不是都很好吗？我们没有回答。他本来也没想听我们回答。这六天里，除了他，其他人说过一句话吗？

夜色渐渐包围了我们，天空一片漆黑。远处传来低沉的轰隆声。帐篷的帆布被风吹得呼呼作响。乱七八糟的东西全都塞在整整齐齐的毯子下。我们说：今晚我们要休息，我们要睡觉。但是他不乐意。他要总结，要显示他自己的功劳。战争结束以后我们没做任何事情。整个晚上他都给我们讲对战士的要求。

安息日。眼中有石变成了脑中有石。嘘。安静。就像我们刚来的那几天一样。现在我们可以睡觉了，但我们却无法成眠。我们不时张开沉重的眼皮去看他在做什么。他怎么放松？他休息吗？小小的帐篷令人窒息。阴凉处既热又脏，其实没多少阴凉。我们拼命想闭上眼睛，我们必须闭上眼睛。我们经历了恐怖的一个星期，另一个恐怖的星期即将来临。时间一点点过去，但睡眠仍迟迟不见踪影。我们痛苦地醒着，像觅食的狗一样在地上四处摸索，想找一块属于自己的地方。

雅各农。我们提醒自己，还有一个人在被遗弃的山沟里呼呼大睡——为什么他还没离我们而去呢？

我们从红肿的眼角不情不愿地看到连长在帐篷之间转悠，机警敏锐，精神焕发，对着疲顿萎靡的我们笑着问道：

"你们为啥不睡觉？你们不是说累了吗？晚上我听见你们的喊声。"

三

傍晚，安息日结束之后，他召集军官和雅各农到他的帐篷，就接下来的七日强行军作出指示，我们将穿越约翰的荒漠和平原，抵达遥远的沙漠中一个位于十字路口的水井，那儿会有车等着接我们回家。整个晚上他把我们留在他的帐篷里，详述行军训练中的每一项计划，不厌其烦地叮叮每一个细节。进攻、冲锋、挖战壕、撤退、复杂的夜间突袭等。他用红铅笔在地图上圈上那些他要我们与假想敌交战的地点，用笔尖残忍地示意我们背着想象的伤兵需要行走的公里数。他要求行军按照严格的军事要求，全副武装，带足弹药、干粮和水，中途不休息。他命令我们带上帐篷和弹药箱，这样火山沟里就不会留下任何痕迹。

我们气愤地紧咬嘴唇，看了一眼雅各农，他在帐篷里一个阴暗的角落使劲抽烟，但没有抬头。我们绝望地交换了一下眼神。戴尔吉鼓足勇气，向正俯身看地图的连长悄悄地举起一只手，声音有点发颤。

"为什么要带帐篷？"他嘲弄地问道，"反正我们根本没时间在里面睡觉。"

连长的蓝眼睛直盯着我们。戴尔吉胆战心惊，等着连长大发雷霆。

"毫无意义……"他的话在唇边止住。连长压住火气，冷静的声音因为愤怒而有些发抖。他又一次开始讲战争，过去的和未来的，讲流血，讲那些将战死疆场的人，讲哭泣，讲学会打胜仗的必要。突然，他把头转向角落中一言不发、一支接一支抽烟的雅各农，仿佛知道这一切麻烦都是因为他的沉默。雅各农把香烟从嘴里移开，扬起眉毛做出惊讶的样子，用温和、平静的声音说道：

"当然，本来就是这么计划的嘛。"

接着他把香烟又放回嘴里。连长的目光柔和下来。他扫了一眼我们这些坐在那儿垂头丧气的人。他知道这是一次高强度的行军，但难道我们有其他选择吗？我们是战场的主人吗？多年之前，在战争时期，这儿曾经是战场，曾有人穿越约翰荒漠长途奔袭。他向我们俯身，双眼炯炯发光。也许在路途中我们会发现遗留下来的装备，甚至阵亡战士的骷髅。他的目光严厉地看着帐篷褶皱后面的阴暗角落，带着无法掩饰的伤感。非常遗憾，这次行军他没法带领我们。

黑暗中听到他的最后一句话，我们一下子心花怒放起来。我们简直不相信我们的耳朵。只有雅各农依然泰然自若。

"你不和我们一起？"我们问道，带着无法掩饰的兴奋。

"不……我只能在这儿待七天……没有更多的时间。"

我们低下头以免他注意到我们的如释重负。只有傻乎乎的希勒米不小心说漏了嘴，用兴奋的声音问道："谁来接你呢，长官？"

他居高临下地笑着回答："送我来的人……明天早晨。"

我们满心感激地与他握手。

等他讲演完毕，我们走出帐篷。来自沙漠的凉风轻轻吹拂。离天亮只剩几个小时，尽管这一夜让我们精疲力竭，但我们全无睡意。希勒米和戴尔吉在悬崖边点燃篝火，我们四个人围火而坐，温暖包裹着我们困倦的四肢。繁星闪烁的夜空朦朦胧胧，映出群山长长的影子。我们不时地偷看一眼坐在我们中间的雅各农。这是我们第一次看见他完全清醒的样子。他眼睛深处闪着光，脸上带着奇怪的笑容。

火光引来了连长。他和蔼、友善地与大家道别，顺便提醒我们要执行他的命令。在悬岩边上，他不无谨慎地朝我们走来。他来了，坐在我们中间，在火上烘烤他强健的双手。火光映照着他英俊的脸庞，他的目光投向约翰平原之外的远方，平原的边界直指北方，是山脊延伸的终点。然后他把目光转向我们，久久地盯着我们。他的眼神毫无怯意,清澈明了。他毫不留情地直视雅各农,试图撕开他披在身上的盔甲。但他继续平静地朝着另外的方向抽烟,目不转睛地盯着火苗。连长突然把头向后一仰,半问半答地说道:

"你在这儿打过仗……在这些山中。"

雅各农抬起眼睛看他。他的眼睛第一次露出感兴趣的光芒。

"是的。"

"他们说这儿的战斗很艰苦。"

"是的。"

"为什么?"

"我们被包围了。"

"被包围?"

"是的。"

"在哪里?"

"就在这里……就在这座山周围。我们藏在这条沟里……我们躲起来了。"

"然后你们突破重围打败了敌人。"他不是在提问,而是在陈述事实。

"不……我们逃跑了。我们穿过约翰平原逃跑了。"

"约翰平原。"我们窃窃私语。

"是的,"雅各农回答说,声音很平静,略带懒散,"半路上他们杀死了我们所有的人。撤退持续了七天。"

"七天?"我们惊得跳了起来。

"七天。"

黎明时哨兵唤醒了整个营地。大伙起床时一个个吓得半死。长途强行军的消息已经泄露出去。他们抱怨着收拾行装,又抱怨着折叠帐篷。他们搬出弹药箱分发弹药，怨声载道，怒气冲天，晨曦为之变色。他们啃着干粮，按小组组成队形，肩负背包，手里握着铮亮的武器。阳光顺着山坡投射过来，如金色的断箭，照亮了连队的战斗队形。战士们弯腰站立，背包之外还加上钢盔和武器弹药，帐篷高耸在肩上如同一座压扁了的高塔。六十双眼睛不怀好意地寻找雅各农。连长从战士前面走过，手中提着他的背包。牢骚抱怨如稻浪一般伏地涌来。

我们和他在一起七天，每天都如受烙刑。他试图执行命令，带来的却是恐惧。现在他想把我们从这里赶走，在未来的七天里，让约翰荒野的岩石折磨我们的双脚。为什么？这儿有什么是我们需要的吗？这儿有什么是我们在寻找的吗？这儿只有丑陋秃鹰与尸体。他并没有强迫过我们做什么事情。我们累了。我们睁大眼睛凝视过深渊。烈日灸烤过我们。

连长对战士演讲，描述行军道路，谈论军事演习。如果我们能在七天之内抵达目的地，我们就可以早点回家。他笑容满面。我们有决心在七天内完成这一艰难的行军任务吗？没人动弹。没人说话。他根本没想要听到回答。他完成了简短的讲话，开始用目光搜寻雅各农。雅各农从队伍后面钻出来，头上戴着钢盔，手里拄着拐杖。这时天空传来微弱的轰鸣声。所有的眼睛一起转向空中。高空中一个小灰点在缓缓移动。

连长对雅各农说道，他的声音划破空气：

"带领你的人出发吧！"

雅各农抬起他的黑眼睛看了连长一眼，一动没动。所有的目光像被胶水粘住一样，固定到正在寻找我们的飞机身上。我们的脚好似钉在地上。如果我们能走下山坡，我们永远不想回来。

连长怒发冲冠，声色俱厉：

"你们还在等什么?"他冲着排长们大声吼叫,排长们站在队伍旁边,目不转睛地看着他,吓得不知所措。士兵们不情不愿地开始移动脚步。他们扛起弹药箱准备出发,但目光仍然没有离开飞机。飞机越来越大,像外空飞船一样扶摇而来。雅各农突然迈动脚步,缓慢地走到连长面前站住,有点像鞠躬一样地微微点了下头。他额头上的疤痕看起来像一个龇牙咧嘴的黑洞。

连长吃了一惊。

"先生,"雅各农的眼睛眯缝着,嘴里结结巴巴蹦出一句平民用语,"他们想看你是怎么离开的……这样他们将永远记住……求你啦,先生……"

飞机的噪声变成了震耳欲聋的轰鸣声。漩涡般的强劲气流扑面而来,掀起阵阵风沙。直升机晃动颠簸着,慢慢地接近地面,在空中停住。谢天谢地,连长喊了什么我们一句也听不见;我们只看见他的嘴唇在动。直升机的门开了,一架绳梯放了下来。驾驶员戴着太阳镜和耳机,冲着地面上全副武装的我们笑着。

雅各农用拐杖捅了捅身边的岩石。所有的人都屏声静气地等待着。直到此时,连长才明白我们的计划,尽管我们整装待发,沉默无言。他像个疯子一样来回奔跑,但是可爱的飞机轰鸣淹没了他的声音。他两眼含泪,双手突然颤抖起来。飞行员不耐烦地加大了飞机的声响,仍然笑着。这奇怪、隔绝的地方——远远不同于一个迅捷的蓝色世界。

他躬着背,冲着士兵们挥舞拳头,独怆然于天地之间。我们第一次看见他茫然无措、孤独无助的样子。他爬上绳梯,突然停了下来,转过轮廓分明的头对着我们。他的嘴唇颤抖着咧了一下,他喃喃地说着什么,最后几个字没发出声。一定是骂人话。我们向他低头致意。直升机吞没了他的身体,立刻冲天而去。轰鸣声渐渐减弱，飞扬的尘雾回归地面，飞机消失在云端，永恒的群山又恢复了平静。

所有的人都一言不发地向后转。我们解下背包，丢掉武器，扔开弹药箱。悄悄地，踮着脚尖，像对上帝心存敬畏的人一样，轻手蹑脚地行走，陶醉于光影之中。我们着魔似的走到帐篷厨房，把它推倒在地。有人使劲踢那盏灯，直到它粉身碎骨。我们修建的厕所，一眨眼就被摧毁，罐头盒铁皮在空中飞扬。两根固定的旗杆被折成两截。一切都恢复到先前的样子。没多久，我们又一次仰天躺在火山沟中，享受晨曦，享受火热滚烫的阳光。雅各农已经闭上了眼睛。

恐怖的炽热在我们身上燃烧。太阳没有放过我们。我们的疲惫、我们的厌倦与时俱增。我们又回到雅各农那瘦骨棱棱的手中，依赖他那温柔的仁慈。我们还有很多天可以在此蒙头大睡。

日子一天天地过去了。一个昏睡不醒、瘫痪麻痹的军营。偶尔，我们中间某个人张开眼睛，看一眼头顶上发亮的广袤一片，那个被叫做天空的东西，万一有个小灰点在空中盘旋、降落到我们中间又把他带回来呢？

一九七〇年的初夏

我想我应该再次回顾一下得知他死讯时的情形。

一个夏日的早晨，天空明朗，六月，本学年的最后几天。我起得很晚，一睁眼就是亮晃晃的白天，有点晕乎；没听新闻，也没看报纸。似乎失去了时间感。

到学校时已经迟到，想从绿荫下的空气中捕捉上课铃声的最后一丝回响，但徒劳无功。开始在空荡荡的操场上踱来踱去，穿过一排窗户投下的光和影的方阵，走过嗡嗡作响的教室。突然发现校长正在后面追赶，大老远喊着我的名字。

不过我已经走到了班级的门口，十二号教室，压低了的喧闹声从空荡荡的走廊深处传来。教室的门关着，以免被人发现我的缺席，但他们的兴奋却出卖了自己。

校长从走道的另一边又喊了一遍我的名字，但我没理他，推开了教室的门，里面喊叫声、欢笑声闹成一片，但很快消退成失望的轻声叹息。他们本以为我今天不会来了。我站在门口等他们自行恢复秩序。他们身穿蓝色校服，发型怪异，满脸通红，手忙脚乱地跑回自己的座位，有人踢倒了椅子，有人扔掉了经书，渐渐地，课桌上都铺上了白纸，准备考试。

一个学生在擦黑板上的胡言乱语——对我的形象的歪曲。他们直视我的眼睛，肆无忌惮，暗自偷笑，不过什么也没说。目前，我头上的白发尚能镇住他们。

　　就在我手拿试卷悄悄走进教室的时候，校长赶到了。他气喘吁吁，脸色苍白。所有的眼睛都盯着他，但他根本不看学生，只看着我，试图轻轻地触摸我，拥抱我；三年没和我说过一句话的他突然间变得如此温柔，用几乎是恳请的语气低声说：我有话和你说……没关系……别管他们……你跟我来一下。有给你的通知……来吧……

　　整整三年，我们之间没有说过一句话，每次见到对方如看见石头一样。整整三年，我没进过教师休息室，没在里面的椅子上坐一下，没碰过里面的茶壶。我一大早闯进校园，课间休息时在走道或操场来回散步。夏天我戴一顶宽边大帽子，冬天穿一件竖领的大衣，混在来来往往的学生中间。放学后很久才去办公室，留下我们班的成绩表，粉笔自取。

　　我和其他教师也基本上毫无交流。

　　三年前我就该退休了，事实上我已经接受了这不可避免的命运，甚至准备尝试写一本经书教学手册，但是战争突然爆发，周围的空气充满着隆隆的炮声和遥远的哭喊声。我找到校长说我现在不打算退休，我要一直坚持到战争结束。特别是现在年轻的教师一个接一个地应召参军，他会更加需要我。但是，他却看不出战争与我个人有什么关联。"战争很快就会结束，"他带着一种古怪的笑容说道，"你该休息休息了。"

　　但我不仅没有休息，反而迎来了一个惨烈的夏天和令人震惊的头条新闻。两个非常年轻的校友在两天内相继阵亡。我再次找到他，深为不安，双手颤抖，话不成句地告诉他，现在这个时候，在我们把他们送往死亡的时候，我不能离开他们。

　　但他看不出他们的死和我有任何联系。

暑假开始了，我没法歇下来。日复一日，我在空荡荡的校园里，在办公室和校长室附近转悠，等待消息，和家长交谈，打探他们儿子的近况。我看着身穿军装的学生来问考试成绩，到图书馆还书，从远处嗅闻他们身上的火药味。接着又是一个死讯，突如其来，是一位稍微年长的校友，很招人喜欢的一位一年级老师，在泥泞的小路上触雷而亡。我又找到校长："你看看。"但他一见到我就想打发我走，说他已经安排人给我领退休金的表格，还计划开一个欢送会。我理所当然地拒绝了。

新学期开始的一星期前，我提出可以不要报酬，只要他让我继续教我的那几个班级，但他已经招了一个新老师，课表上没了我。

开学了。我和其他人一样早早来到学校，带着公文包、课本和粉笔，准备上课。他在教师休息室附近发现了我，着急地问出了什么事，我来干什么，但我正在气头上，没睬他，连看都没看他一眼，就当他是石头一样。他以为我大脑的哪根筋出毛病了，但在刚开学的忙乱中没顾上管我。而我则在人群中寻找新老师，一个瘦瘦的、脸色苍白的年轻人，跟在他后面。他走进教室，我稍停片刻也跟了进去。不好意思，我微笑着对他说，你一定走错房间了，这不是你的班。在他缓过神来之前，我已经走上讲台，拿出破旧不堪的经书。他结结巴巴说了声对不起就离开了教室。至于那些没想到还会见到我的一头雾水的学生，我根本没给他们说话的机会。

等校长得空赶来的时候，我已全神贯注地在讲课，全班也听得聚精会神。我没有让步。

下课期间我留在教室里，待在一大帮学生中间。校长在教室外面等我，但不敢走近。如果他胆敢走近我会冲着他大叫大嚷，当着所有学生的面，他很清楚这一点，而他最怕的就是闹出丑闻。

我靠霸王硬上弓夺回了教职。除了学生之外我不和任何人打交道。刚开学的几个星期我几乎不出校门，恨不得晚上也在校园中游荡。校长像着了迷似地缠着我，尾随在我身后，诉说，恳求，锲而不舍，一会儿温柔多情，一会威胁辱骂，给我讲道理，谈友谊，回顾我们之间多年的合作，花言巧语地劝我写书，甚至打算资助我出版，还不时派说客来。但我一概不理睬，无论是在街角还是走廊，在无人的教室或在家门口，甚至在他夜访坐在我家扶手椅上的时候，我都是要么低头看地，要么仰头看天或天花板，像一尊白色的雕像一样凝固在那里，直到最后他绝望地放弃。

他本打算把我拉进他的办公室，但我不愿离学生太远。我往走廊中间走了几步，停了下来，迫使他在众目睽睽之下道出实情：

大约五六个小时以前……

在约旦峡谷……

当场阵亡……

死前应无痛苦……

尚未通知他妻子，也没通知他的大学……

我是第一个知道的……

他填表时写了我的名字，不知为什么用的是学校的地址。

你现在一定要坚强……

突然间眼前一黑。四周一片黑暗。太阳如燃尽的烛火一般在我眼中熄灭。学生们感觉到发生在我身上的日全食，但却不知所措，对我需要帮助的紧急状况毫无准备。校长倒是说得很流畅，仿佛这过去的三年里他一直在练习播报这段新闻。直到他突然发出一声轻轻的叹息。

不过我并没有晕倒，只是跌坐在地板上，很快又站了起来，没用人扶。眼前有了点光亮，仍然很黯淡。在这空荡荡的教室里，瘫坐在学生的椅子上，只见人们蜂拥而至，从附近教室匆匆赶来的教师，好奇的学生，教职员，校工，还有那些我三年没说过一句话的人，一下子都来了。有些人眼含泪水，围在我身边，像个大家庭一样，让我不再孤单。

他不在我身边很多年，三个月前才从美国回来。他们全家人乘坐的飞机绕道远东，半夜才到达。我在机场等了六个小时，本以为他们不会回来了，我将和来时一样孤零零地离开机场。但到半夜时，我正在某个角落的长凳上打盹，他们却突然出现在昏暗的过道上，朝我走来。不像刚下飞机，而像是爬山归来，衣服皱巴巴的，蓬头垢面，背着沉重的旅行包，其中一个包里有一个脸色白净的小孩，正用温柔的双眼看着我。

我在他身上几乎找不出儿子往昔的痕迹。他留着大胡子，胡须浓密而柔软，已经开始有少许白发，言行举止中透出一种全新的、平静的稳重。我本以为他不可救药，要打一辈子光棍，可他回来时，已是一个丈夫，一个父亲，而且快成教授了。简直让我眼花缭乱。他领着妻子上前。她穿着裤子和磨旧了的流苏外套，苗条，长发飘逸，也许是他的学生。她笑着朝我欠了欠身，轮廓清晰，非常美丽。反正，至少在她那冰冷、透明的手指触碰到我的那一刹那，我发现她如此美丽动人。

我心花怒放，赶紧起身跟他们拥抱，亲吻他们，至少得亲吻孩子，但他高坐在旅行包上，我够不着。等我好不容易碰到他，他便冲着我用英语叽里呱啦起来。那苗条的女生也加进来，两股声音，不知所云的英语词句，雨点般劈头盖脸地向我打过来。我转身向儿子寻求解释，他微笑着听了一会，好像开始也和我一样一头雾水，然后告诉我他们是因为我俩长得如此像而惊奇。

接着是过海关，漫长、痛苦的过程，他们似乎有什么嫌疑，我远远地看着他们的大包小包一个个被打开，翻了个底朝天。好不容易可以回家了，坐在昏暗的出租车里，穿过晨曦渐露的春夜，孩子已垂头入睡，蜷缩在前排座上两人之间的旅行包里，宛如新摘的花朵。我坐在后排一大堆行李之中，置身于吉他、打字机和一些卷成筒筒的海报中间，眼睁睁地看着没扎紧的大包小包慢慢地散开。

儿子很快进入了梦乡，怀里抱着他熟睡的儿子。儿媳却出乎意料地清醒。她不看窗外的路，不看这片她从未见过的土地，也不看全新的天空和天上的星星，而是整个人转向坐在后面的我，头发乱蓬蓬地撩着我的脸，问题一个接一个，像打机关枪一样。她谈论战争，也就是这儿的人怎么看待战争，他们到底想要什么等等，好像在指责我，好像我私底下很享受这场战争，好像存在着什么别的选择一样……

当然我只是连猜带蒙，因为她的问题很多我都听不懂，从来没人教过我英语，我会的那点点英语都是凭空听来的。当我的班级因为考试安静下来的时候，或者当我在空荡的走道等待上课的时候，我会听到从空中传来的其他班级英语课的声音，仅此而已。

何况，这么长时间的熬夜已让我筋疲力尽，要听懂她的问题更是力不从心。儿子还在前面座位上熟睡，庞大身躯上的脑袋晃动着，留下我和她单独相处，面对她精致的面孔和她刚刚突然戴上的薄薄眼镜。如此年轻的学者，也许是新左翼，还有那香水的味道，从她身上隐隐约约散发出花瓣的清香。

我好不容易才开口回答她的问题。无可救药的英语，我自己生造的词与希伯来单词的拙劣混合，时不时令她不知所云，费劲地想弄明白我的意思，最后她终于沉默下来。不一会，她开始轻声哼起歌来。

到了我住的地方。尽管舟车劳顿，他们立刻就显示出经验丰富的旅行者的高效率，在门边脱掉凉鞋，赤脚忙碌起来。他们飞快地卸下行李让司机离开，拎起睡眼惺忪的孩子，两人一起，三下五除二地脱下他的衣服，把他塞进一个缝制得有点像裹尸布的被单之中，然后放到我的床上。直到此时，他们才似乎突然发现自己已累得筋疲力倦，当着我的面就开始宽衣解带，半裸着身体在这狭小公寓中走动。而天已经破晓。他们把毯子在地毯上铺开，我瞥见了她裸露的乳房，如凝脂白玉，她困倦地朝我笑了笑。我突然睡意全消，完全失去了睡觉的欲望。我把他们的门关上，在剩余的狭窄空间里来回踱步，等待日出的征兆。他们睡得很沉，去学校之前我进去帮他们盖好裸露出来的脚。中午我疲惫不堪地回到家中，迫不及待地想要和他们交谈，可他们还在睡觉，三个人全都没醒。我几乎要抓狂了。我一个人吃完午餐，在已经尿湿了的孩子身边躺下，试图打个盹，但仍然睡不着。我爬起来，开始在他们的行李中乱翻，想看看他们带了些什么，也许一本书或一本杂志什么的，但没过几分钟我的手就变得酸软无力。

快到黄昏时我实在受不了这种寂静，我轻轻地推开门，走到他们身边。他们各顾各地蜷缩在毯子下面，正在弥补因为环绕地球而失去的时间。我再次帮儿媳妇把脚盖好，但却掀开了儿子身上的毯子。

他慢慢醒了过来，呼吸粗重，一丝不挂的庞大身躯上满是体毛，他睁开眼睛，在微弱的光线下看见我正俯身看着他。他大吃一惊，似乎突然间没认出我来。"你怎么啦？"他从地板上轻声问道。

"还是在学校，每天早上，校长还是什么都没说。"我轻轻地叹了一口气，对他说道。

突然间他似乎一头雾水，尽管我一直孜孜不倦地给他写信，告诉他所有的细节。也许他根本就没看见我给他的信。两人都沉默着，周围一片寂静，除了他身边年轻女人的呼吸声，她又掀开了身上的毯子。他逐渐地恢复了镇定，缓慢地把毯子拉上去盖住身体，眼角露出了笑意。

"你还是在那儿教经书……？"

（他已经对我无话可说了。）

"是的，当然。只教经书。"

"这么说——"他继续笑着，"一切正常。"

"是的，一切正常——"又一阵沉默，"当然，除了我有学生被杀死之外。"我情绪激动地冲着他小声嚷道。

他闭上了眼睛，不一会儿又坐了起来，裹着毯子，满脸胡茬，拿起烟斗塞进嘴里，开始沉思，如同古代的先知一般。他解释说战争不会持续，你没注意到这些迹象吗？战争不可能继续打下去。这时他妻子也醒了，坐到他身边，和他一样裹着毯子，向我露出灿烂的笑脸。她顾不上洗漱，也没喝杯咖啡提神，眼睛还没完全睁开就准备开展交流，加入谈话，表达她的观点，在这春天的暮色中，在这杂乱但充满他们体温的房间里。

慰问的队列从走廊向办公室行进，我被簇拥在中间，像一名尊贵的客人，像一名被活捉的俘虏。教室门开了一道小缝，像被学习压力撑爆开的，老师的面孔，黑板的面孔，学生的面孔，整个学校都在观看我，好像重新发现了我——

……我们根本不知道他回来了，你从来没提过，你什么都不说。我没想到你们还记得他，尽管他以前也是这个学校的学生。他多大年纪了？三十一岁。上帝，什么时候才有个完啊。这么年轻。也没那么年轻了，他下飞机时我就吃了一惊，变老了不少……刚回来就让他去服兵役？不给他一点喘息时间？怎么没给他喘息时间呢？他们给了他三个月。现在这时候谁都要上战场。他没参加六日战争，也没参加之前的战争，他并不比其他人特殊，是不是？但为什么刚参军就派他去约旦峡谷？是有点奇怪，我从未想过他们还会觉得他能派上用场，他自己也以为会被派去耶路撒冷看仓库……

我们穿过烈日炙烤下空空如也的操场……

……他妻子怎么样了？是个美国人，根本不懂希伯来语。她在这里有亲戚吗？没有。还有孩子，孩子多大了？还是个小孩子。大概三岁吧。唉，万能的上帝啊，真让人伤心。有人去陪他们吗？我会去陪他们……

又一条走廊，更多的教室和门，一个穿浅蓝色校服的学生在后面追赶我们，累得满脸通红。

……什么事？老师的手提箱和书落在教室了。噢，没关系，就留那儿吧。我会去帮他拿的。你们现在在那儿干什么？什么也没干……我的意思是，我们在等待……我们都很难过……也许你们可以照样继续考试？就我们自己？当然，为什么不能……

总算到了办公室，大家都垂头肃立。

……已经多年没进你的办公室了。是啊，我们之间的那点不愉快，毫无意义。先坐下，歇会儿，接下来要面对的会更难，我自己也相当震惊。他们打电话告诉我时，我简直不能相信。你想要我们和军方联系吗，也许你自己和他们谈？不，没必要。他们也许应该派人来接你，也许应该告诉他的妻子，还有大学。不，没必要，我自己去告诉他们。我去耶路撒冷，我不希望有人在我之前告诉他们。但是这样不行，你不能就自己一个人去，必须和军方联系，还得有人去医院……嗯，去辨认……你知道……我去确认身份。哎呀，你站起来干啥？我们能帮你做点什么？整个学校都听凭你差遣，只要你说句话。你需要什么？我什么都不需要，只想离开，只想现在就离开。我带你离开，我和你一起走，这种时候你一个人走太不明智了。也许有人可以开车送你。为什么要车送？我住得这么近。你抓得太紧，我要透不过气来了……

但是他坚持要陪我。他抛下学校，抛下他那忙忙碌碌的帝国，挽着我的手走在大街上，拎着我的手提箱、外套和皱巴巴的经书。他的眼中流着泪，仿佛阵亡的不是我的儿子而是他的儿子。每个街角我都想摆脱他。不用了，我说，但他坚持要跟着我，好像害怕撇下我孤身一人。到家门口时，我们终于停下脚步，立在清晨的蓝天之下，犹如两块长满青苔的灰色大岩石，他的安慰话如水汽般从头顶蒸发。那些话他不信，我也没听。

沉默终于降临，他最后的几句话随风消散。我从他手上接过我的东西，外套、经书和手提箱，催促他赶紧回学校，但他仍然拒绝离开，仿佛从我的沉默中察觉到即将崩溃的征兆。我把手伸过去，他握住了不肯松手，紧紧地抓住我，好像我突然神秘地获得了一种控制他的力量，仿佛他再也无法与我分开……

我把他扔在门口，自己进了公寓。室内的阳光有点陌生，周日早晨的阳光。我拉下窗帘（他还站在门口），脱掉衣服，冲了个淋浴。我知道今天会有很多人试图接近我，拥抱我。我光着身子在热水中冲了很久，头隐隐作痛，不知道该怎么用结结巴巴的、浸透着眼泪的英语把他的死讯告诉给他的妻子。洗完澡，换上干净的内衣，从衣柜中翻出一套厚重的黑色西服穿上。透过窗帘，可以看到校长依然站在门口，脚下像生了根似的，陷入沉思，周围的一切似乎与他无关，好像真的放弃了他的学校。我开始整理房间，拔掉电话，放下所有的窗帘。突然，我如受重击一样瘫倒在地，倒在他们那晚睡过的地毯上，开始哭泣。等我起来时夜幕已经降临。我的太阳穴开始痛。我轻声呼唤校长，但他已经离开，留下空荡荡的街道，任我通行。

那天后来的晚餐是在阳台上吃的。那是一个芳香扑鼻的春夜，他们三人坐在绿树掩映的阳台上，周围是盛开的鲜花，脸颊上是饱睡后留下的红润。我已经疲乏不堪，颤抖着双腿给他们端来面包和水。他们拿出旅途剩下的罐头摆放在桌子上当晚餐，好像还在旅行，在前不着村、后不着店的途中歇脚。孩子仍然包在白色的裹尸布中，端端正正地坐在那里，目光清澈，口中咿咿呀呀，与后院传来的蟋蟀声争吵不休。

儿子的注意力全部集中在食物上。他狼吞虎咽，不停地切面包片，把一盒盒罐头吃得干干净净，眼泪都吃出来了。我徒劳地想让他说话，谈他的工作，他到底研究什么，打算教什么课，是不是带回来了几本新的福音书。他坐在那里，微笑着，开始说话，不停地挠头，解释不清，不觉得我能理解。即使他给我看资料估计我也看不明白，尤其是那些资料都是英文的。是一种新的尝试，介于历史学与统计学之间，其方法本身就是一场革命……

然后他的注意力又回到食物上，低着头静静地咀嚼，胡子上沾满了面包屑。我在他面前坐下，靠近他。已经二十四个小时没合眼的我，开始轻声而绝望地向他诉说，声音里充满着如焚的焦灼：无休无止的战争，我们的孤立无助，早报上的新闻，学生的心不在焉，流血，讲台上漫长的课时，崩溃的历史，一切的一切。在我说的时候，孩子也在旁边用英语讲个不停，一会儿咿呀学语，一会儿唱歌，还不时用餐刀敲打空罐头盒子。那晚的夜空繁星密布，我的儿媳妇无心休息，睁大眼睛含笑看着我，我的话她一句也听不懂，但她听得很专注，不时急切地点头。只有我那儿子老走神，眼睛里流露出我熟悉的心不在焉，我的话他充耳不闻，心思早已不在这里，格格不入，漂泊不定……

夜色渐深，每隔一个小时我就要打开收音机听整点新闻，播音员的声音一次又一次粗暴地抽打着黑夜。其中有个什么人与儿子观点相左，他诅咒了一句，站起身，开始在院子里来回踱步。这时孩子已安静下来，坐着在一大张纸上画夜景，画我和他还没见过的蟋蟀。儿媳妇又来到我身边坐下，还没有对我或我的英语完全绝望。她跟我说得很慢，好像我是个后进生。她的夏装衬衫敞开着，头发扎在后面，头上系着一根黑丝带，基本上还是一副学生打扮，正是很多年之前，在遥远的过去可能会让我坠入情网而且年复一年让我魂牵梦绕的那种女孩。

夜长人已醉，风露渐逼人。她突然来了兴致，要在外面露营。她从房间里面抱出毯子，给已趴在纸上睡着了的孩子盖上，也给我和她丈夫盖上了毯子，然后走过去坐到他的腿上，偎依在他怀里。他已经拿出烟斗在抽着，心事重重，不知道在想些什么。他和她用英语简短地交谈了几句，开始拼命地吻她。

我劝他们在我这儿多住一天，但他们说不行，得尽快安定下来，要找公寓，给孩子联系幼儿园。我跟他们说了晚安，拿起收音机，走进房间，上床，立刻进入了梦乡。黎明时分，半睡半醒中，我看见他们把大包小包装进一部黑色的出租车，向耶路撒冷开去。

没有准备，没有期盼，你发现你自己像小鸟一样，也踏上了去耶路撒冷的旅程。在一个阳光明媚的星期五早晨，在一辆飞驶的、空了一半的长途客车上，你置身于沙沙作响地翻看报纸的乘客之中，不再在七弯八拐的破旧公路上颠簸劳顿，而是风驰电掣般地穿越加宽了的河谷，穿过道路两侧飞快后退的树林，没有任何标志，没法知道车是往耶路撒冷还是相反的方向开。

你突然放声大哭，或者觉得自己在哭。你惊奇地看到周围的乘客慢慢地陷进高高的座位中，手中的报纸也凝固了片刻。你站起来，强忍悲痛，穿过通道，从人们悄悄看你的眼神，你明白他们理解你，理解你的悲伤，但他们爱莫能助。你差点吐在人们身上，但是他们示意司机停车，你踏着铁梯下到路边。黄色边线的附近是一堆堆泥土和沥青，你想在这里吐，吐到山坡上，吐到松树上，但你什么也吐不出。清风作弄人。你缓过气来，远处的反向车道上，车流疾驰而过，奔向平原，好像是在另一条路上。你爬上客车，嘟哝着道歉，人们抬起头来，友善地看着你说：没关系……

无法接受，伤痛欲绝，心情沉重。到达耶路撒冷山脉后不久你往儿子的住处走去，那是在老边境线上浴火重生的一个棚屋区。鹅卵石小巷已铺平，古老的水洞连成了下水道系统，废墟变成住房。庭院里，婴儿们在爬行玩耍。你终于找到了地方，铁门轻轻一碰就开了。你透不过气来，这消息卡住了你的喉咙。你轻轻地走进去，公寓因为大扫除而弄得乱七八糟，窗帘被卷起，椅子爬到了桌子上，沙发上放着花盆，扫把、撮箕、提桶、抹布散落一地。收音机里播放着有合唱队和鼓点伴奏的阿拉伯歌曲，英勇豪迈的歌曲。一位年迈的阿拉伯清洁女工，正使劲地拍打红地毯。他的妻子不在家，孩子也不在。你的力量正在消失，你跌倒在已被漫长岁月磨光滑了的地砖上。在震耳的歌声中，你拼命从记忆深处挖掘早已忘掉的阿拉伯词句。"听着……孩子……我的儿子……死了……"

奇怪的是，我的哭声并没有吓着她，她立刻明白了我属于这儿，我有权利，也许她从我的相貌中看出了和它们的相似。她慢慢地走过来，手里还拿着地毯拍打器，一个干瘪的丑老太婆。（他们从哪儿把她挖出来的？）她满脸皱纹，显然有些耳聋，因为收音机的音量已经开到最大。

我又冲着她喊了一声，手指着收音机，她赶紧走到一个装有好几个扬声器的复杂装置旁边，佝着腰调整旋钮，直到歌声逐渐消失，只剩下一个不知藏在什么地方的扬声器仍发出低沉的鼓声。她走回我身边，干瘪如瘦猴，弓腰曲背，裹着裙子，头上围着头巾，站在那儿等我开口。

"儿子……"我又试了一次，但没说出来，泪水呛住了喉咙。我开始四处走动，在翻转过来的椅子和仍在滴水的花盆之间，在搬家用的箱子（还没打开呢）、电压转换器和唱片之间穿行，在这间我一无所知的公寓里领略美国式的乱七八糟。她跟在我后面，伴着鼓点声，赤着脚，手里仍拿着地毯拍打器，从我脚下拾起散落在地上的东西，挪开椅子，放下窗帘，令本来就无法收拾的混乱更是乱上加乱。

我来到卧室，只见被子床单凌乱不堪，长裙散落在地上，床单上和枕头上都留有她的身体的痕迹；角落里又有无所不在的搬家的箱子，叠放在一起。

悼念仪式得在这儿举行……

我坐到床上，抬头打量圆屋顶的线条，推测这栋房子的结构，老妇人跟在我身边，觉得应该有人陪着我，希望帮助我、伺候我，也许是准备等我倒下了好把我裹起来。我再一次打起精神小声向她解释。

"我的儿子……小的……"

这次她终于明白了。

"小的?"她问道，似乎我有很多儿子一样。

我绝望地站起来，想让她走开，但她已经对我生出了依附感，如此忠实，也许因为我也是老人。她等着我的指令，显然，在这个家里她对听不懂别人的话已经习以为常。等到看见我开始整理房间时彻底乱了手脚。叠被子和床单（在两张揉成一团的毯子之间发现了一部电话，拔掉电话），把毯子在床上铺好，把衣服放回箱子，在其中一个箱子里发现了一些没用过的尿布，透明包装，整整齐齐一大堆，好像他们计划生一个部落。

隔壁房间仍然鼓声咚咚。

老妇人在我周围焦虑不安，手足无措，想帮忙又不知怎么帮，有时突然蹦出一句话，或一会哭一会叫，同一个句子说了一遍又一遍，不知疲倦，直到我明白为止。她以为我说的是小孩。

"不，不，不是小孩，"我俯身对她说，她的衣服有一种熄灭篝火的焦煳味，"他的父亲……"

这句话对她的打击似乎要猛烈几十倍，"他的父亲，怎么会——?"她大为震惊，难以相信，禁不住后退了一步。

这时我突然担心起孩子来，开始找他，想带他回家。她立刻明白了我的意图，把我拉到门边，站到门槛上，朝小巷的方向又做手势又喊叫，指给我去幼儿园的路。

一间沐浴在阳光里的房间，里面有香蕉的香味，正是听故事的时间，孩子们背着双手坐在小板凳上，围成一圈，一色的蓝围裙，我还没认出哪一个是他。他们全都安安静静、聚精会神地听着小个子老师缓慢、自信和优美的声音。很多年都没见过小孩子能够如此安静，从没想象他们居然具备保持安静的能力。

身穿黑衣，眼睛红肿的我，突然置身于孩子们之中，跨过一堆堆积木，还在试图找他。我一定是疯了，偏偏来到这么个地方。我恨不能跑到墙上贴着的一幅幅画下面，钻到一排排挂起来的小毛巾后面躲起来。老师冲着我喊了一下。

亲人去世……

黎明之前……

脸色苍白的老师没听见名字，以为我是胡言乱语，也许是我找错了幼儿园，然后他从座位上站了起来，像个竖着的细竹竿，抱着双臂，默默地、非常严肃地承认我们之间的关系，听从老师的吩咐。老师突然明白了，走过去把他搂在怀里，对他说了几句英语，把他从圆圈中抱了出来。

很快，小午餐盒挂上了他的脖子，蓝帽子戴到了他的头上，他用英语问了句什么，他早上画的一幅画也立刻拿给了他。透过我的蒙眬泪眼，我看见占据整张纸的是一个光灿灿的红太阳。他的小手交到了我的手中，我的手指握住它还可以合拢。我还没告诉任何事情他们就把他交给了我，而我可能是任何一个想从幼儿园拐走孩子的老头！

回到了公寓。阿拉伯老妇赤着脚，悄无声息地在厨房里忙着，孩子和她一起，提前吃午餐。偶尔可以听到他们的轻声细语，她对他说阿拉伯语，他用英语回答。远处的沙沙声从敞开的窗户传进来。现在，我们只等她回来了。一两天内这里的一切将天翻地覆，屋子里会装满了人。一两个月后一切将会消失。她将把孩子装进旅行包，回到她来的地方。我发现了他的书房，走进去，把自己关在里面。房间里昏暗阴凉。地板上堆着一摞摞书，书桌上纸张凌乱。什么都没收拾就去了军队。辈分颠倒。我沿着书桌转了一圈，轻轻碰了碰他的纸堆。谁有本事收拾这么个乱摊子啊。我最后一次检查他的作业是在十五年前。我想让一些阳光进来，但没有成功，百叶窗卡住了，拉不开。我回到书桌旁。他到底在忙些什么？有何计划？怎么会乱成这个样子？我碰了碰纸堆的顶层，电话账单、电费账单、大学的传阅件立刻散落开来。他自己好歹是个老师。我掀开第二层，有账本、厚厚的英文杂志、陌生男人为广告摆拍的照片，有几个还半裸着，全是长头发，胖瘦不一的标新立异者展示新潮的领带或斑纹裤，还有几个用处可疑的电动小玩意儿。我突然发现了他的烟斗，一股不熟悉的烟草味，我谜一样的儿子的标志。儿子，我的孩子。中魔般地又一阵天旋地转。眼前越来越黑。我走到窗前，拼命把百叶窗拧松。星星点点的阳光，一缕新鲜空气。透过缝隙我发现一个新角度来看充满生机的河谷，对面是大学的新楼。我回到桌边继续翻寻。同事寄给他的手稿，统计数据的图表，这些以后一定得读一读，他写的笔记，书名，有望建构新的理论体系。我拿了一些塞进口袋。又发现一点真正属于他的东西，一摞手稿，他的笔迹，半英文半希伯来文，标题是"预言与政治"。也许是一本书，或一篇论文。我拉开抽屉，也许什么地方有他的私人日记，但抽屉差不多都是空的。更多的烟斗，一个破相机，旧药包，跟他的女学生妻子在树下、山脚、汽车旁和河边的照片。在照片的后面，抽屉最里面的角落里，我发现一把小刀，刀刃锋利，装饰精美，上面刻着"和平"二字。

这时前门开了，整个房子立刻充满她轻快的脚步声和笑声。孩子在唱歌，接着是阿拉伯妇人急匆匆的嘀咕声。阳光从敞开的门中向我流淌过来。而身穿浅色裙子的她，仍因赶路而热汗流淌，肩挎背包，眼睛上戴着太阳镜，整个一名游客。她站在那儿，看见我这个不速之客，先是吃了一惊，然后很快转为笑脸，但我瘫在书桌后面的椅子里，穿着黑西服，手里拿着把小刀。

她步履轻盈地朝我走了几步，突然觉得有什么不对，停下脚步，惊恐万分，似乎从我的身上探测出了死亡的印记。

"出什么事了——"她声音颤抖，仿佛我命在旦夕，衣服下面隐藏着致命的伤口。

我站起来，扔掉小刀，被火热的阳光击中。我开始走动，从她身边经过，嘴里嘟囔着早晨的消息，用的是经书中的古希伯来语，知道她听不懂，一字一句都反过来刺在我身上。我的心中对他们充满了怜悯，我抚摸了一下孩子的头发，对阿拉伯老妇人点了点头，情不自禁地顺着房间里火热的阳光往前走去，穿过仍然开着的前门，直奔阴影笼罩的河谷，直奔大学。得去寻求他们的帮助。

沿着差不多是两点一线的直线，我穿过河谷向大学方向走去。在杂草丛生的灌木中，在生机勃勃的壕沟深处，有那么一会儿我几乎不见天日。我突然想起了你，只想着你，疯狂地、如饥似渴地想你，我被杀死的、唯一的儿子。我哭得喘不过气来。中午已快过去，安息日正迫近，在耶路撒冷的他们对你的死讯依然一无所知。你的妻子也没有真正明白到底发生了什么。我错了，我本应让有关当局去履行他们的职责。

这儿是乱石，陡坡，还有灌木从脚下看不见的地面缠绕盘旋而出，真难想象在靠近大学的地方居然有如此荒野之地。

我终于读了你的论文。你瞎担心，怕我看不懂，但尽管被你的成长弄得焦头烂额，对你不无绝望，我还是一看就懂，深受启发。你回来是为了传播你的福音，我支持你，我的儿子。我的口袋里塞满了你的笔记，我将好好学习英语，我将攀上主之山，等待圣风降临。

我拄着一根粗树枝，从一栋大理石建筑的后面闯进环绕大学的铁丝网。好久没来这所大学了，一排排新大楼让我不知所措。我开始寻找你的系办公室，在走廊里东转西绕，穿行于氧气瓶、昏暗的实验室、小图书馆、温室和嗡嗡作响的计算机之间。学生们正在离开，校园在我的眼前空旷起来。

绝望之中，总算在图书馆主楼逮着了一个匆匆忙忙抱着一大摞书的教授，但他从没听说过你的名字。他有点尴尬地指给我去办公室的方向。几个正要下班回家的员工仔细听我说完，告诉我电话线路已经关掉，更主要的是，他们也无权处理这类消息，也许我最好去找警察。我突然意识到，他们以为我是疯子，或者是个老不毕业的复读生，一个想引人注目的怪物。身穿沾满泥土的黑西装，手里还拿着根树枝。是树枝让我显得如此可疑。

我立刻把树枝扔到操场中间，匆忙赶回系办公楼，走进一间灯还亮着灯的梯形大厅。在阶梯的最上方，一个强壮的校工正忙着关窗帘。我从阶梯最下面大声问他是否知道你，他听说过你，至少还知道你的模样。"大胡子教授。"他说道，向下朝我走来，晃动着手里的钥匙，把我带到走廊尽头你的办公室。门上有一长串想要咨询你的学生的名单，旁边是一张打印的因你服兵役而请假的通知,通知的另一边是你要求学生在你不在期间阅读的书目。我把这些纸叠在一起,翻过来,在上面写下了阵亡通知,我的爱儿。校工从我身后看见了通知,他立刻相信了我,拿来些图钉帮我把纸片固定在门上。

我们一起走下楼梯,我向他讲述有关你的事情,我们的脚步在空旷的大楼里回响。这儿暗淡的光线不那么刺眼,让人觉得舒适,我缓下脚步,踌躇不前,想多流连一会,但校工突然不耐烦起来,不由分说地把我往外推,把我推回到阳光之下。

烈日疯狂地燃烧着,把世界融化成末日的烈焰。匆忙中我只来得及说了句:什么初夏,这儿已经是酷暑。又回到了飘忽的状态,身穿让人汗流浃背的西装,在一栋栋白色的大楼和锁住的精神实验室之间游荡。我踩着柔弱的耶路撒冷小草,向剩下来的几名美国学生走去。他们懒散地躺在草坪上,恣意享受阳光,赤着脚,胡子拉碴的,有几个还半裸着身体,一边听着录音机里的流行歌曲,一边低头看着练习本和英语《圣经》昏昏欲睡。大老远他们就冲着我喊"你这伙计",似乎想邀请我加入他们谈话。而我也真的加入了他们。在他们中间穿行,从他们身上跨过,踩着他们松弛的、四处散开的肢体,用重新拾回的树枝轻轻敲打他们。当年如果我真下决心的话,我自己也会成为大学教授,不是吗?

远方,地平线上的某个地方,那摩押平原。

他们笑着,迟钝萎靡,也许嗑了点药。"老家伙",他们对我说,不知把我当成了什么人,也许以为我是个废物,街头卖毒品的混混。他们拿我开心,"你真厉害",他们说,横七竖八地倒在地上,在稀落的草地上打滚,他们半句希伯来语也不会说,坐飞机到这儿才两天。我俯下身对着他们,甚至准备要考考他们,测试他们的《圣经》知识，我开始用结结巴巴的英语对他们说话，他们很快就听明白了。

"听我说，孩子们。我的儿子昨晚阵亡。在约旦。我是说靠近约旦峡谷。"我指着蓝色薄雾中隐隐约约的远方。他们依然大笑，"太棒了。"他们兴高采烈地说道，拍着我的背，急于拉我加入他们，要让我融化在消融于他们歌声中不断膨胀的节拍中。

"……亲爱的校长兼朋友，谢谢你让我在同学们神圣的毕业典礼上向他们致辞。我知道，把这种殊荣让给我一次对你来说是多么的不易。毕竟，多少年来，你不曾讲过一堂课，你的手没沾过粉笔，你不曾碰过改卷子的红色铅笔。你再也不用在课堂前一站就是几个小时，因为你忙于教育行政工作，而你喜欢行政工作远甚于任何真正的教育。正因为如此，你总是迫不及待地等待这一时刻，想在焦虑的父母面前像导师一样对这些年轻人滔滔不绝，特别是在目前这种艰难的时局下。

"但这种时候谁不想对年轻人作演讲呢？能有这种机会我们的心情都十分激动，亲爱的同学们，长发的、笨嘴笨舌的、有点呆头呆脑的同学们，没有理想、心中茫然的毕业生们，你们享受好车、舞会，在夜晚的走廊里卿卿我我，但尽管这一切，你们仍然有捐躯沙场的决心和准备。冒着敌人的炮火，长年累月地生活在地下掩体之中，在夜幕的掩护下向未知的铁丝网发起冲锋。如此年轻，如此纪律严明，你们的服从命令让我们惊叹不已。难道不是这样吗？亲爱的家长们？

"女士们、先生们，我在这里演讲不是以一个老教师的身份，而是以一个曾经是父亲、但已不再是的身份。我就这个样子来到这里，你们可以看到我在蓄须志哀和我身上的黑西服。我没什么话要对你们说，只是想支持你们。我也失去了一个儿子，尽管他已不那么年轻。我们本来以为他会在耶路撒冷看守仓库，但他却被派到约旦峡谷。三十一岁，我唯一的爱儿。亲爱的家长和同学们，我不想用我的悲伤增加你们的负担，只是请求你们看看我，要防备那万一的不测，因为我在某种程度上已有心理准备，所以在最可怕的时刻能够坚强面对。

"即使在星期五知晓他死讯的那一天，在我去辨认遗体之前，当我孤独地顶着烈日在草坪上徘徊，在大学的大楼之间穿行的时候，我就想到了你们，开始思索我要对你们说的话，如何才能把我的个人悲痛转化为共享的经验，给你们以启迪……"

远远地，在夏日的云彩之上，我向下俯视自己。一粒微小的尘埃，离开了白色的方块建筑，慢慢地穿过一大片四下飞溅的沥青。一个十字路口。周围的一切——权力的心脏，一排排政府办公楼，红色的议会大厦，雪白的博物馆大楼，青苔般葱郁柔软的松树，好像被牙咬过的山脉，炸碎的岩石，公路如带，一层层环旋缠绕——只不过是为了改变这景观。一个小黑点从东边过来，在微粒旁边停下，喷出一股黑烟吞没了它。

这是一辆老掉牙的出租车，还带有烧焦的痕迹，我落坐在汗水湿透的破烂坐垫上，示意司机开车。

往南。穿过这令人窒息的空气，这固执。墓园山，线条扭曲的墓地看上去如同疯狂的涂鸦，四周是更多的大楼，大建筑工程，脚手架和大吊车，像导弹发射井。房子与房子交配。建在石头上的天堂之国。

司机，一个连胡子都没刮的混蛋，看不出年龄，嗑着葵花籽，嘴里哼着小调，不时从反光镜中看我一眼，准备和我交流眼神。

而我闭上眼睛。

出租车沿着山坡蜿蜒蠕行,抵达一条河谷,身后留下粗长的车辙。医院已经进入视线。这儿本来是一块红色落石,后来被改造成一座带窗的水坝,一架小直升机在天空盘旋,如正在捕食的飞鸟。

我衣服上沾的草纷纷落下。我打起了瞌睡,进入梦乡。出租车突突作响,车门晃动,车窗下沉。泉水的吟唱让司机兴致高涨,放弃了与我交流的希望,他开始引吭高歌,肆无忌惮地使劲敲打方向盘。

但是我已超越这一切,俯视着四野。长长的河谷从耶路撒冷通向希伯伦山,河水奔腾而下,融入荒芜的永恒之山。一眼望去,只见橄榄树林,石墙,羊群,美不胜收,千年未变的古老王国,更远处,是大海和沙漠的入口。这片可怕的土地紧紧地掐着我的脖子。

我轻轻拍了拍司机的脖子,他的歌声立刻停了下来。我开始诉说。他起初没听懂,以为我疯了。但快到医院时他总算明白了个大概。

是的,三十一岁⋯⋯

唯一的儿子⋯⋯

黎明之前⋯⋯

他们在等我,正如他们早上所说的。在铺了地砖的院子中央,在群山的中央,一个四肢粗壮、胡子发红蓬乱的随军教士,一位穿卡其军装的先知,正面向太阳站在那儿等我。我坐的出租车刚到他就看到了我,似乎我身上已经刻有丧亲的标记。他赶在我消失于某个四面通透的玻璃门之前拦住了我。

"你是他的父亲?"

"我是他的父亲。"

"就你一个人?"

"就我一个人。"

他非常震惊。两眼冒火。怎么会这样?他们怎么可以让你一个人来?因为不仅要辨认遗体,而且还要做最后的告别。

我知道,但我没回答。只是用无言的热情紧抓住他。总算有一个真正的拉比,一个上帝的使者供我差遣。我默默地贴近他汗迹斑斑的衣服,轻轻碰了碰他的军徽,他没料到我的手会抓住他,我衣服里的热气在他身上搅动,我的虚弱令他吃惊。他尴尬地用手臂环抱我,垂着肩,眼含泪水,用同一个拥抱动作把我转向从西边喷泻而进的阳光中,轻轻地把我拉进了室内。

我们走进一个宽大、空荡的电梯,立刻开始慢慢下降,我们的身体不再接触,他靠近控制按钮,我则在另一边,我们之间隔着一个空担架。

他倾听着,侧着头,面无表情,眼中火焰已熄灭;我显然又在诉说,自己都没在听,只是机械地揭开伤痛,那些言词似乎很遥远,很模糊,今天已经说过好几遍:三十一岁,快提教授了。唯一的儿子,过去的几年里和他离多聚少。他从美国回来才几个月,留了络腮胡,几乎认不出来。我的爱儿。他留下一个妻子,美国人,年轻,背景模糊。留给我一个孩子。留下了手稿,未完成的研究,满屋子搬家用的箱子,留下了电线和电压转换器。足以让人发疯。我们的孩子被杀死,留给我们一些东西……

我谈论他时似乎他仍然离我很远,躺在沙漠中的某个地方,好像他不是就在几步之外,好像我在走向他时没有缓慢但确定无疑地在晕倒，我轻轻地踉跄了一下但最后稳住了脚步，随军教士的眼中重新燃起了火焰。门突然自动在我们面前敞开……

他抱住我。我一定露出要逃走的迹象。他领着我走过地下室里亮着灯的走道，里面充满马达的呼吸声。在两条过道的交叉口，一阵风突然向我们吹来。人们从一个小房间里站起来迎接我们，医生，官员，看见我进来都低下头，短暂地闭目默哀。一些人立刻往后缩，悄悄溜走，另一些人则相反，走近我，想要触摸我。教士轻声道："这是父亲，他一个人来的。"我惶然无措，又开始喃喃自语那些熟悉的老套。立刻有人走近我，倾听着，大家安静下来。

他们对我非常体贴，扶我到椅子上坐下，帮我戴上小圆帽，迅速从我衣服中找出身份证，记下什么东西后拉开了一扇推拉门。他们扶我站起来时我已全身无力，漂浮着任由他们的手把我拉进一间地下室。裸露的水泥地，到处是屏风，天使翅膀的拍打声。

我浑身发抖。

屋里显然有流水声，好像有泉水涌出。

流淌的鲜血。

我的孩子。上天对我的诅咒。

已经有人站在一个屏风边，拉开帘子，掀起毯子，我仍然远远地站着，呼吸微弱，心跳几乎停止。在某种可怕的好奇心驱使下，我从扶着我的手中滑出，不由自主地飘过去，查看一个死去的年轻人的苍白面孔，他毯子下什么也没穿，半睁的、空洞无神的眼睛周围有一圈细细的血迹。我退缩了回来，小圆帽轻轻从我头上滑落。

一片肃静。所有的人都看着我。教士一动不动地站着，手插在背心里，随时准备着拿出角笛，对着我们轻吹。

"不是他……"我终于小声说道，心中无比惊讶，绝望的感觉更加强烈。水声喃喃地在这被诅咒的房间里流淌。

有人又打开了几盏灯，仿佛这是光线问题。没人吭声。我意识到没人想要弄明白。"不是他，"我又说了一遍，有气无力，声音几乎听不见，"你们一定弄错了……"大家这才开始惊诧起来。教士找到附在担架上的一张小纸片，大声念着名字。

"只有名字是对的……"我依然小声说道，然后，在一片寂静和来历不明的水流声中，在空气中甜甜的腐烂味道中，我退回到小房间，这小房间已成了我沙漠中的绿洲。

教士在身后开始诅咒什么人，人群一哄而散。

这是星期五的下午。尽管看不见太阳和群山，我也知道我们是在郊外，在某个医院的地下室里，荒芜的峡谷深处。周围的人都想要回家。离安息日越近，人们越觉得回家的路远。他们一直很耐心地等待着，知道仪式很简短，用不了几秒钟——进去，看一眼，哭泣，离开，也许还得在表格上签字，因为得留下证据。毕竟，我不是第一个，也不是最后一个来此地的人。

但是现在我害得他们无法回家。看见人们走进来内疚地低着头，我也不好受。而他们见我在角落坐着，更是无言以对。错得太离谱了。隔着墙壁可以听见铃声不断，忙乱的电话声。他们试图把事情弄清楚以免让我抱有虚假的希望。

不过我并没抱任何希望。只是突然站了起来，默默地看着其他人。不过是休战，我告诉自己，短暂的停火而已。我的起身让他们大惊失色，以为我要痛揍他们一顿，而他们也做好了挨打的准备，但我根本不是那种人。我只是昏头昏脑地在房间里沿着墙根慢慢移动，像条狗一样，在某个角落找到一盘发霉的饼干，拿起一块开始咀嚼。从早上到现在我什么都没吃。

但是饼干哽在喉头，仿佛我嚼的是尘土或骨灰，或尘土与骨灰的混合物。

我吐了起来。

终于……

他们一直在等着我呕吐，早有准备，显然已习惯了。他们立刻扶我在椅子上坐下，清理干净，给我一些有盐味的东西让我嗅闻。

"不是我的儿子……"我冲着他们嘀咕道，脸上血色全无。

教士又出现了，脸色阴沉，眼睛里放着光，一副绝望的样子，胡子乱糟糟的，歪戴着帽子，徽章在肩上闪闪发亮，他轻声请我回到有水流声的房间。

这次我面对的是三个屏风。房间里灯火通明，他们把所有的灯都开到最大，仍然以为是光线问题，只要足够亮就可以让我信服。他们从未碰到过这种事情，怀疑这一切都是某个可怕的糊涂鬼造成的。于是，又一次，我摇晃了一下，流淌的鲜血。我的儿子。上天的诅咒。又一次，我呼吸微弱，心跳停滞。从一副担架滑向另一副担架，消逝的面孔，这么年轻，和我班上的学生一样的面孔，只是双眼紧闭，略微上翻。

不是他……

他们把我带回第一副担架，似乎决意要把我逼疯。

"对不起……"我身体摇晃了几下，倒在了教士的身上，倒在了我才发现的沿墙修建的水槽上。

我认为有必要再回顾一下得知他死讯的情形。

夏日的早晨，天空从一端到另一端被彻底撕开。六月，学年的最后几天。我起得很晚，身体倦乏，隐约地不知对什么有些吃惊，也不知道是几点，就这么直接进入亮晃晃的白天。

上课铃响过才踏上学校的台阶。铃声仍在树梢上逗留，在绿荫下的空气中回响。快步穿过空荡的走廊，夹在匆匆赶向教室的最后几个学生中间，慢慢走向我的班级，老远就可以感觉到他们的紧张，他们不耐的低语。

几个放哨的挤在门口，看见我后诅咒了一声，赶紧进去警告其他学生。女孩儿发出最后的尖叫声。我站在门口，他们紧张地在座位边挺胸直立，课桌上摊开的白纸犹如投降的白旗，白纸下面是经书。

我用经书实施的暴政。

每次考试都至关重要。

我向他们问好，他们坐了下来。我叫上来一个长发、柔弱的女孩，她默默地接过试卷，轻轻地在各排座位间分发。教室里更加安静，大家都低着头。那种吓呆了的寂静和与扫视试卷后的骚动。

我知道试卷很难。以前我从未出过这么残酷的题目。

渐渐地他们抬起了眼睛，露出难以置信的神情，脸上燃烧着怒火。他们相互交换着绝望的眼神。有几个朝站在高高讲台上的我举起了手指，但我用手势示意他们放下。他们目瞪口呆，不明白我是什么意思，还没开口我就阻止了他们。每个人都在自己的座位上孤独无助。突然有人起身去拉开了窗帘，好像他们缺的就是光线，但这毫无效果。稀疏的光线照在身上，让他们更加心烦意乱。他们轻咬着笔，想写，但写不出来，有几人已经撕掉了稿纸。有人站起来，满脸通红地离开了教室。另一人跟着他，接着是第三个，突然间大家都要造反似的。终于。

这时传来了校长匆匆的脚步声，似乎已有流言传到了他的耳中。他推开门走进来，面色苍白，气喘吁吁。他没看学生一眼，径直朝着我走上讲台，一把抱住我。我们三年没说过一句话，现在他却突然在学生们惊讶的目光中把紧紧拥抱我。轻声对我说：停一下……别管他们……没关系……跟我来……

第一种选择——不坚持。放过那些人，不占用他们的时间，不与夕阳抗争，让安息日平安降临耶路撒冷，让拉比按时回家。暂且中断一切联系，离开，下山，走进暮色，悄悄地穿过暗黑的街道。从后门进入房子，脱衣，什么也不想，什么也不说。等待，拔出电话线，关紧房门。收拾床铺，努力睡个觉；等待更有权威性的电话。

第二种选择——坚持。喊叫，撕烂衣服，指责随军教士和其他人，要求直接证据。召集更多的人，组织一个搜寻队，在安息日的前夜穿过耶路撒冷的大街小巷，搜遍一个又一个医院的停尸房，上天入地去寻找他。

另一种选择——保持平静。什么都不做。走过去躺倒在担架上，盖上毯子，就在这个医院，这个小房间里。已经有人把一杯水送到我的唇边。

我睁开眼睛。原来是教士，满脸胡茬、愁眉苦脸的先知，身边围着一群医生，他无比温柔地亲手把水递给我。

他觉得他们欠我一个解释。

但他没法解释。

在黑暗中摸索。

更多的沉默。

他从未碰到过这种事情。

这儿的人都百思不解。

事情错得太离谱了……

他知道，打电话是没用的。应该做的是追根求源：到他所在的旅、营甚至连里去发现真相。

他知道我已伤痛欲绝，但谁知道，也许是不幸之中的大幸呢。

他本来不想用这种表述，这件事太重大。

他很害怕给我虚假的希望。

有一段很精彩的经书注解，充满智慧，不过现在他不想用它来打扰我。

如此乱世，令人震惊。

主持一个又一个葬礼。

晚上坐在家里还要修改葬礼上的致辞。

他弯腰看着我：留在这儿，盖着毯子躺在担架上一点用都没有。我们应该去耶路撒冷。

如果可能的话，最好能赶在安息日之前……

因此他建议我打起精神——如果我还有精神的话。建议我掀起毯子，走下担架。他们再也不会让我独自一人到处奔走了。

忽然间，从犹太法律的角度，我的身份也变得不确定了——我的衣服是否应该照犹太风俗，在亲人死后撕开一道口子？为保险起见，为了避免虚幻的希望，为了赶在安息日之前——

他从口袋里掏出一把小折刀，掀开我身上的毯子，当着众人的面在我的西服上割开一长条口子。

我们开始从地底深处缓缓上行，同一部电梯，同样的慢速度，跌跌撞撞走进同一个院子，不同的阳光，不同的空气，新的寂静。我们爬上河谷，开出山腹，阳光追随着我们，照耀在教士的小型军用轿车顶上。他风急火燎地开着车，对天狂按喇叭，胡须飞扬，方向盘顶着肚子，在几乎空荡荡的公交车中间横冲直撞，试图赶到安息日前面，而安息日正自朦胧的东方从天而降。

耶路撒冷已被安息日的威力所征服，夏日的街道上荒无人烟。我想起了我的房子，我们的街道，绿树成荫，花香满径，人们忙着洗车，路沿上水声潺潺。

云彩挂上了松柏枝头，突然让人有了些秋天的感觉。我们疾驰进一座空旷的巨大军营，沿着山头树丛散开。此时城里传来悲叹般的笛声，宣告安息日的到来。教士很快停车，关掉引擎，双手从方向盘上挪开，开始倾听周围的声音，如同倾听福音一样。然后去找营部找人。

但是军营里面没有人，只剩下空荡的营房，用纸板遮住的窗户，裸露的、到处是裂缝的水泥墙，写着军用邮箱号码的黄色小牌子。部队已经开拔到前线，这里只留下了个空架子。空白的墙上写着：犹太教会QM兵营A连。

松垂、撕开的铁丝网，脚下杂草丛生。教士围着军营转圈，我也亦步亦趋跟在后面。他一会跑过去敲想象的门，一会退出视线，消失不久又重新出现，胡须在树丛中闪闪发亮。

从未在军中服过役的我，独立战争期间也只是在路障边站站而已，现在终于累得在废弃操场中央的岩石上弯腰坐下，撕开的衣襟在胸前晃荡，全身上下一股古老宿主的气味。

如此绝望——

从早上开始我就不断地向深渊坠落。

周围这悲哀的寂静。

突然，一群人像是从地底下跳出来一般围住了我，毛茸茸地打着赤膊的士兵，松着鞋带，拎着毛巾，半导体里放着安息日的歌曲；满脸倦容的司机，从其中一个营房里走出，正要去冲淋浴。他们默默地把我簇拥在中间。衰老而疲惫的我，又一次开始重复同一个故事：三十一岁，今早接到阵亡通知。大学讲师，留下妻子和一个孩子，他们还不知道呢。我自己到耶路撒冷来辨认，却发现不是他……

　　人人惊愕不已。

　　手中的毛巾扭成了一团。

　　怎么不是他？

　　不是他。不是他的遗体。是另一个人的。

　　谁的？

　　我怎么知道？

　　那他呢？

　　这正是我要问的。也许你们知道谁可以帮我？

　　他们气得发抖。小说中才会发生的情节令他们震惊。这些拿着毛巾和肥皂盒、浑身汗毛的士兵立刻关掉半导体收音机，将淋浴抛到脑后，抓着我的双臂扶我站起来，一边安慰我，一边咒骂军队。他们一生中从未遇到过这种事情。看起来他们想找个什么人，也许找个军官痛打一顿。有个士兵想起旅部情报官的吉普就停在某个地方的树下，他们立刻带我过去。吉普停在一片矮树林下，旁边是一个由兵营改造成的仓库，上了锁。吉普就停在那里，上面架着机枪，装着弹药，前轮靠在仓库的门边。他们想撞开门但没成功，于是砸破玻璃，看见昏暗的房间里堆满了弹药箱。房间一角有一张行军床。一个体型瘦削的军官，穿着军装和军鞋，手枪放在大腿上，像婴儿一样蜷缩着身体，在满屋的弹药中间呼呼大睡。有人翻进去唤醒了他。

他立刻醒过来，睁开眼睛，等待着。他们七嘴八舌地告诉他，并用手指着泥塑一样呆在窗边的我。他没看我。穿着皱巴巴的衣服坐在床上，对众人的激动无动于衷。只是等到吵嚷声平息下来、突然可以听到风吹动松林的沙沙声时，他才开始隔着大老远对我说话，声音缓慢、平静。

你叫什么名字。

我告诉了他。

他叫什么名字？

我告诉了他。

但死者不是他？

不是。

谁带你来的？

教士。

他的眼神暗淡了，沉默了好一会儿，最后轻声问道：

你有什么要求？

找到他……

他没回答，好像又睡着了。然后他起了床，仍然又倦又困。突然，他拿出了将军的架势，叠好毯子，打开从里面插上的门走了出来，走进松林，消失在松树的呢喃声中。司机们跟过去，在一个半埋在松叶中的锈水龙头边找到了他，把他的头按在水龙头下冲了个痛快。然后他跳到一边，闭着眼睛，任水往下流淌。这时司机们真打算揍他一顿了。但甩干水后他的眼睛变得炯炯有神，他低着头，做出了决定，开始冷静地给司机们发号施令。他派了一个人去寻找正在四处找人的教士，命令另一个人去把吉普车加满油开过来，而其他人已经把我抓住，抬了起来，仿佛我瘫

343

痪了似的。他们在吉普车上腾出一块空间，把我塞进油乎乎的机关枪、弹药箱和烟幕弹之间，在我两鬓斑白的头上套了个钢盔，下巴上牢牢地系上了安全带。

有人打开了战地报话机放到我身边，里面立刻传出细细的尖叫声。吉普车不为人觉察地开动起来，好像自行驾驶似的。司机们围绕在周围，半推半跟随。在最后一分钟，他们不知从哪里找来了迷路的教士。他浑身汗湿，心力交瘁，还在梦想着他的安息日。他也加入了缓慢的队伍，跟在后面。看见我挤在机关枪中间随车而去，他并不惊奇。他们把我从他身边带走，他乐见其成，甚至准备祝福我一路顺风。他还能干什么呢？他在军官区没找到人，试图和前线军官联系也没联系上。不过他已经留了言，讲述了整个故事的来龙去脉。

但他仍然徒步跟在缓缓行驶的吉普车后面，穿过树丛，伴随着报话机的沙沙声。还有什么呢？还有什么让他不安呢？毕竟终于有了条线索，死者的案卷，摊开在某张桌子上。他突然想到——也许这一切都是误会，也许只是名字相同，但不是我的儿子。也许，最好在我出发去沙漠之前，让我起码看一眼案卷里的照片。他把一个帆布文件夹塞进我手中，周围的人凑过来跟我一起看。我打开文件夹，第一页就看到一个削瘦的男孩，我的儿子，十五年前高中刚毕业时的照片，短发，倔强的目光看着我。

现在是下午五点半。高高的天线划破最后一抹阳光。吉普车蹒跚地穿过耶路撒冷，仿佛在寻找某个失踪的人，不找到绝不罢休，与此同时，它把耶路撒冷橘红色的安息日碾碎在风尘仆仆的车轮之下。

行人纷纷止步，盯着车上的黑衣老人，头戴钢盔，眼睛红肿。我握枪的样子里一定有什么东西让耶路撒冷人觉得受到威胁，先是西半城的犹太人，然后是阿拉伯人，好像我要对他们扫射一样，而我连扳机在哪里都不知道。

我问那位年轻军官。

他指给我看……

我摸了摸它……

（这么小。）

然后是终于降落在东耶路撒冷的安息日，最后一抹消逝的绿色，全白的、裸露的石头房子，路边灰尘般的泥土，四野里不知何处升起的蓝色炊烟，不远处抬头瞟了我们一眼又远去的阿拉伯人。

接着是另一个降落，这次是公路，向着日落后的灰蒙蒙的沙漠，绕过一个烟云缭绕的转弯。

终于，我们隆重地、全副武装地开进了我从未涉足过的约旦峡谷。

立刻开始寻找神的迹象，一个死去的、遥远的、在经书中存在过的神，他隐身在路边荒瘠的群山中，在摇起路障的老兵被阳光晒裂的脸庞上。

在这儿，我一直等待的时刻，我早知道，我早知道，加快速度，死而复生。吉普车飞快向前疾冲，年轻军官好像在与人角力一样，紧咬着嘴唇，眯着眼睛，疯狂、贪婪地开着车。我在风驰电掣中紧紧抓住机枪，手在衣服内晃来晃去，不停地从口袋掏出各种纸张——公共汽车票、旧发票、学生名单、我儿子桌上的笔记、讲稿、早上考试的课文。

终于在天色下坠的时候找到了部队。悲伤透明的沙漠之光正在消逝，军营里到处是帐篷、营房、坦克、半履带车和高耸的天线，烟囱上烟雾缭绕，似乎支配这儿的是一个不同的安息日。穿大号军装、晒得焦黑的老兵移开了另一道路障，似乎整个沙漠都被路障分割了。

人们围过来……

他们在等着我们……

他们甚至跟着吉普奔跑。

"老父亲来了。"有人大声喊着，似乎我是什么神圣的大人物一样。

很快他们把我从车上卸下来，小心翼翼地把我和机关枪分离，解开缠在我身上的子弹袋，取出我误塞进枪管的一颗子弹，抬我下来，在越来越浓的夜色中，领着苍老、满身尘土、歪戴着钢盔的我去见指挥官。

突然，在遥远的群山之外响起了枪声。

我的心凝固了。

他们扶我身体的手是如此温暖；他们高兴一位老人来到他们中间，一位头戴钢盔的平民，与他们共渡沙漠之夜。他们是如此快乐，那些刚开始只是窃窃私语仿佛有罪的想法冲口而出："他没有阵亡"，"不是他"，"你被误导了"……

但黑暗中传来指挥官坚定、明确的声音。我看不见他的面孔，声音有点熟悉，无疑是我以前的学生。我几乎就要认出这个声音，不可能认不出……

战斗发生在半夜，遗体在黎明前转移到医院。那些战士相互间几乎不认识。有些人已经多年不在这个战斗单位。文书只是根据身份牌作为依据，后面的一切手续都是以此为基础。他没看过死者的脸。他们本来以为一切正常，但不久前刚接到耶路撒冷的电话，告诉了他们整个故事，说我们正在来的路上。他们立刻启用整个通讯网络。士兵分散在各地。他们直接查询姓名，是否有人叫这个名字。不久前刚发现了一个：三十一岁，来自耶路撒冷。还有他的军号，和死者身上的身份牌号码一样。也就是说，身份牌不知怎么弄混了。他们仍在继续调查。不过他们没问其他问题，不想影响他的情绪，告诉他已经通知他的家属。但是他们肯定他就是我的儿子。一定是。既然我已经来到这儿，也许最好让我亲眼见他一面。这样所有的人都可以安心。最好在天亮之前。他正在巡逻，很快就会回来。已经安排他们在附近候命。既然我已经深入前线……到这个位置……也许我不妨继续往前一点……当然，如果我还能坚持的话……这儿，坐上这部装甲车……指挥官开始夸赞我的勇气，鉴于……

我突然意识到，他害怕我。我的缄默，我无穷无尽的耐心，我站在这儿面对他的样子，步履蹒跚，不提任何要求，被动地顺从，头上仍压着沉重的钢盔。在他的管辖下出了错，而我沉默的暴政令他惶恐。

这时远方又传来一阵阵密集的枪声，零零星星的回响。

这次我被带到一部重型半履带车旁。他们打开铁门，安排我就坐，关上了装甲板。两三个士兵爬上车顶在机关枪边就位，另一个士兵弯腰贴近战地报话机开始轻声交谈。

半履带车没开灯，蠕动得奇慢无比。我坐在一个漆黑的铁箱子里，只有一个小红灯泡发出微弱的光亮。我明白我们正在重返约旦。他们要把我送到边境的另一边，带我走向事物的源泉。之前发生的一切不过是序幕。

突然，我们的车停住，引擎也安静下来。有人弯腰从外面打开铁门放我出去。外面是几条土路的交叉口，沙漠和还未变成沙漠的旷野，苇丛和道路两边沟渠里的灌木。夜色宁静，没有枪声，微风吹拂，群星闪烁。我们等待着，蹲伏在车边树丛中的石头上。我又一次发现自己被转手，交到一个不老也不算年轻的人手中。他长着一副聪明、富有同情心的面孔，笑着注视我。我身上有什么东西令他发笑，也许是钢盔，我试图把钢盔撬松一点。笑脸依旧。原来是我的年龄让他觉得好笑。

"七十岁了。"

安息日之夜。火柴在半履带车上划了一下，点燃了香烟。士兵们低声交谈着，偶尔咒骂几句，计算还得在这里过多少个安息日。战地报话机响起了轻微的对话声，有人在远方呼叫："能听见我吗？听见了吗？"但没人费神去回答。

我该怎么办？

我告诉他。

他笑了笑。他也同有此问。

"是我的希伯来语。"我轻声说。

你的希伯来语怎么了？

"也许保留了一些古老的修辞。"

不，他笑了，不是。是因为你的眼睛，它们的表情。他曾经有个历史老师，也是同样的神情。

"什么历史？"

"犹太史。"

"他看起来像我？"

"是的。"

"尽管有区别。"

"什么区别？"

"历史与经书之间的区别。"

"为什么有区别?"

我站起身,撕开的衣片从胸口垂下,开始冷静而热情地给予解释。

"……我现在要阐述演讲的要点了。前面的一切只不过是序幕。校长先生,同事们,女士们,先生们,亲爱的同学们,请原谅我,不过我觉得有必要对我们中间可能消失的人说几句。

"表面上看,你们的消失不算什么,毫无意义,徒劳无益。因为从历史的角度看,无论你多么顽强,你的死亡不过是不同环境下令人厌倦的又一次重复。山脉的不同颜色,沙漠的不同地形,一种新的灌木丛,或者一种令人震惊的新式武器,但却是同样的鲜血,相似的痛苦。

"然而如果我们再一次审视它,结论却截然相反。你们的消失充满了意义,化为深深的烙印,是鼓舞人们的巨大的、取之不尽的精神源泉。

"直截了当地说,根本就没有历史。只有一些零散的文字和陶器碎片。任何进一步的研究都是浪费。一次又一次地沉迷于收音机,在报纸中寻求救赎,完全是疯狂愚蠢之举。

"一切又会充满了神秘性。你的笔记本,你咬过的铅笔,每一件你留在身后的物品都充满了渴望。我们在你身后转圈,无意识地踏碎你轻快的脚印,当我们在沙漠之夜,在路障边,在一声不吭的大地上停下的时候,我们必须保持警醒。"

正在这时,大地上传来了一阵声音,从东或西或北边——我已经完全失去了方向感——巡逻队在飞扬的尘土中抵达。两三辆全副武装的军车,马达声越来越响。黑暗中不时有灯光向路基照射过来,划过群山和夜空。

在这轰隆隆的巨响声中，一定有我的儿子，一个在书桌上到处乱扔研究手稿的三十一岁的列兵，现在困在一辆轻装甲车里，紧挨着一挺机枪或迫击炮，用灯光照我，用枪管指着我。

他们的灯光照见了我们——

有人向我们的方向开了一枪。

他们忘了我们是谁，以为我们是潜入的敌军——

每个人都拼命喊叫。

他们会杀死我们的……

他们在不远处停下，两辆半履带车和一辆坦克，马达轰鸣，搅动河中的溪水。夜色朦胧，看不清面孔。身边的军官走过去找他们的负责人。我钉在原地不动，扫视着黑暗中一个个模糊的轮廓，但很快就放弃了，意识到那只是徒劳。我浑身颤抖，准备随时认出他来。

几个士兵跳下车对着履带小便，突然我看见了他，身躯庞大，长发，孤独，走路如梦游，他也在小便……

他还没看见我，我没动位置，远远地看着他。知道他的全身一定已经发臭。他小时候每次出去徒步一两天回来都会全身臭烘烘的，仿佛他穿越了整个沙漠一样。

这时他们也发现了他。指挥官喊了他的名字。他转过身，拉上拉链，走过来，如同一大块木头。奇怪的是，在这深夜里看见我——他的老父亲——头戴钢盔，离约旦河只有几步之遥，他居然毫不惊奇。

两个军官抓着他。半履带车的引擎停了下来，四周突然变得非常安静。

"是他吗？"

"是的。"我轻轻地触摸他。

他冲着我们笑了笑，满脸胡茬，对发生的事一无所知，疲惫不堪，站在我面前，身上挂着手雷，来复枪吊在肩上像扫把一样。

"出什么事了？"

如何对他解释？

"家里一切都好吗？"

如何告诉他我以为自己已经失去了他，侵入了他的房间，翻了他的手稿，并打算收集起来出书？

"通知说你已阵亡……"

不是我，有人说道。

他不明白怎么可能。身上的装备过重，他不得不弯一点儿腰，钢盔推在脑后，脸上表情莫测，他的眼睛盯住我，和他儿子的眼睛一模一样，和我盯着他的眼睛一模一样。小时候我要揍他的时候他就是这样看我的。

他们让他出示身份牌。

越来越多的士兵围了过来。

他开始异常小心地从口袋里面往外掏东西：纸、鞋带、子弹、四英寸乘二英寸的擦枪布，更多的擦枪布，但就是没有身份牌。弄丢了。记得是绑在急救包上。

"急救包呢？"

交火时给急救员了。这么说他把身份牌也一起给急救员了。我开始怀疑他也考虑过消失，在约旦之侧，或许他只是想给我以暗示。

急救员也按规定被找来……

他们从黑暗中捞出一个瘦小的中年人，他垂头丧气，使劲抽着烟，什么都不记得。是的，有几个人把急救包给了他，但是他不知道什么身份牌。在死者身上发现了身份牌就挂在他脖子上了。没必要用急救包。半路就发现他已经阵亡。反正完成了任务。没有，没有辨认他的身份。不知道他是谁。几乎不认识任何人。他本来属于另一个旅，不知怎么被错派到这里。希望回到自己的部队。不懂为什么要让他困在这里。他想念他的战友，再说，他们很快就要退伍，到时候他怎么办？……

他们让他离开……

在漆黑的夜色中，儿子终于慢慢明白了整件事情的原委。他面容舒展，双眼清澈，身板也挺直了。他调整好来复枪，又变得生气勃勃。而我觉得马上就要瘫倒，想要靠在他身上。

"今天早上，在学校，校长通知了我，"我终于开始对他说话，"疯狂的一天……"

围着我们的人群挤得更紧，分开了我们。他死而复生的故事让他们热血沸腾。他们拿我们父子开玩笑，想知道所有的细节。我们俩站在那儿浑身发着抖，笑得非常勉强。

军官们开始解散人群，把他们赶回半履带车。夜色已深，巡逻队应该继续上路，战争还在进行。

突然间只剩下我们两人，都戴着钢盔，但我没有武器，胸前只有撕开的衣襟。

"你搞什么名堂？"我快速地轻声问道，用尽了最后的气力。

直到此时，他才真正看着我，有些震惊，我长途跋涉，来到他受困之地的边界旁，与他坦诚相见。

"你自己也看见了……"他的耳语带着些许绝望和苦涩，仿佛是我发出的征兵令一样，"如此浪费时间……如此毫无意义……"

在重新发动的装甲车的阴影里，在他还没有从夜色模糊的沙

漠中消失之前，在我还没有在他面前倒下并昏昏入睡，我怎样才
能匆忙地、快速地给予他某种理由、某种意义？

　　还没有开始做梦，不过已经入睡了。我是说我的心入睡了。
饥困无力的我站着打盹，只觉得自己在摇曳的星光和东升的月亮
下越来越小。云动景移，意识渐渐模糊。慢慢地，一切感觉都消
失了。我没有听见远处再次响起的枪声，也没有闻到沙漠中灯芯
草和锦葵的芳香。手中握着的东西无声地落在了地上，是刚刚
离开的一个模糊的人影塞给我的。在半履带车射向我的那束灯光
下，他拍着我的手如同一个被击败的男主角，把我的身体交给某
个愿意接收它的人（又一个不同的人，非常年轻）。那人把我带
回坦克，关上了我头顶的钢板。又一次坐在小红灯泡旁边，关上
大灯，在黑暗中开始了回家的旅程。
　　直到此时我才第一次注意到我的经书经文弄丢了。所有的经
文。我将无法通过任何考试，哪怕是最容易的考试。最后的章节
滑落到地上，被咯咯作响的履带碾成泥土。
　　约伯终于打破缄默，开口诅咒自己的生日——
　　这是先知哈巴谷的祷告——
　　大卫在犹大旷野的时候作了这诗——
　　当乌西雅王驾崩的那年——
　　交与伶长、调用百合花——
　　雅歌——
　　哈利路亚——
　　还没得到做梦的许可呢。借助穿透云层的月光，我发现前方
有一部民用车，车灯大开，发动机在轻声轰鸣，车里无人。接
着，他们几乎是推着我走进一个大帐篷，在白色的灯光下，在报

话机、纠缠的电话线和帐篷门帘上晃动的裸体画报之间，我的儿媳妇站在床铺中间，一群通信兵围着她，中了魔似的盯着这个在傍晚像风一样闯进他们帐篷的年轻女人。

"他没死。"满身污垢、半梦半醒的我立刻用结结巴巴的英语告诉她。

但她已经知道了，她一直认为所有这一切都不过是我的幻觉，现在她唯一想做的就是欣喜若狂地跳上来拥抱我。

但我先行了一步，缓慢而迷糊，透过一千层面纱。我刚迈出两步，脚就绊在电话线上，手在画报上抓了几下，最后倒在了她身上，亲吻她的额头，抚摸她的头发，沁人的香水味偷偷潜入我的第一个梦，她的皮肤冰凉，光滑，缺乏温暖。

这个新左翼……

悄悄地散发芳香……

寻找温暖……

这时她崩溃了。通信兵们大惊失色。她想要哭，先用英语说了句什么，然后又缓慢地重复了一遍，还出乎意料地爆出几个希伯来词，最后终于哭出来，无声地抽泣着。

直到这时我才注意到帐篷角落里有个老通信兵，正弯腰在用战地电话与远处的什么人联系，希望渺茫地想发现死者的真正身份。

又有人来接我，把我和她带到军营另一边的一座帐篷，给我们提供外出执勤士兵凌乱的床铺，让我们睡到天明。接着他们又拿来了午餐盒装的食物和一瓶庆祝安息日之夜剩下的葡萄酒，在地面上点上一支蜡烛，然后离开了我们，把我的儿媳和我留在这约旦峡谷，留在这只摇摆不定的烛火映照下的黑夜之中。

早已饿得昏天黑地，食物的香味令我晕头转向。于是，坐在床上，食物放在脚边地上，没看她一眼，也没气力说英语，我像个野蛮人一样弯腰狼吞虎咽起来，没有餐刀，只有一把残缺不全的叉子，混合着弹药、硝石、沙漠、灰尘和汗味，军用食品对我来说成了美味佳肴。我拿起酒瓶凑到嘴唇边，把便宜的葡萄酒一饮而尽，略甜，微辣，还带有一股枪油和坦克燃料的味道。我很快就醉了，仿佛有人远远地从体内击打我，最初是钝击，然后变得越来越尖锐。

枪声。人类又在相互射击。我醒来时发现自己躺在床上，已经当成无沿便帽戴惯了的钢盔被摘了下来，鞋也脱了。月亮不见了踪影，蜡烛也已熄灭，夜色更深。风乍起，拍打着帐篷的门帘，带来凉爽的沙漠空气。没有起身，身体仍很沉重，脸上像婴儿一样沾着食物残渣，我辨认出她的侧影：坐在另一张床上，长发披散，肩头披着一件士兵的军服，裸脸赤脚，正坐着抽烟。大半夜了，她仍然没睡。也没动食物。她的头转向我，出神地、惊奇地盯着我，促使她昨夜冲破重重障碍来到此地的恐惧更加强烈，仿佛我用我的力量杀死了他，又用我的力量让他起死回生，仿佛我从未希望另一种可能性一样。

枪声仍未停止。单发的枪声，似乎来自另一个方向。但我觉得自己已越来越适应它们了。她也一点都不害怕，不为所动，尽管他仍然在战场上，在缓慢碾压路面的半履带车里，随时可能被杀死。

我仍须回顾一下得知他死讯时的情形。

夏日的早晨，蓝天晴朗，六月的最后几天。我起床起得很晚，晕晕乎乎地，如大病初愈，直接走进阳光。

上课铃已响，我缓慢、从容地上了楼梯，穿过乱糟糟地挡着路的学生，进入走廊。沿着打开的教室门往前走，穿过面容疲倦的教师，来到我的班级，发现他们安静、冷淡，留着长发，经书掉到地板上。一个学生在黑板上画花，十多朵碎碎的白花。

我登上讲台，他们抬头看我。教室里窗帘紧闭，光线有点暗。我意识到我对他们来说不再重要，失去了对他们的权威，他们用不着我了，我已经属于过去。

我太熟悉他们这种神情了，但我毫不担心，因为我知道他们终将回来。几年后我将在附近看到他们，与他们的妻子或丈夫一起，低头追逐他们的孩子。当我在街头遇见已经觉醒、拎着菜篮子的他们时，我将重新获得对他们的权威。哪怕只有短短的一刻。

但是最近几年告别变得非常困难。他们要动身去遥远的沙漠。我是说，那些鲜活的血肉，挺立的头颅，年轻的眼睛。有些一去不返。已经有好几个年级的学生没能回来。有些失踪了。我的心理失去了平衡。我仍然心神不安。他们的痛苦，他们的优势，那些我无缘分享的经历。甚至那些回来的人，尽管他们也拎着篮子，带着孩子，但他们茫然看着我的时候眼睛似乎蒙上了一层面纱，多数人甚至对我视而不见，仿佛是我欺骗了他们。我是说，仿佛我用那些材料欺骗了他们。仿佛我们教给他们的一切——律法，箴言，预言——在那种地方崩溃了，在尘土和烈火中，在孤独的夜晚，没有受得住另一种现实的考验。但什么是另一种现实呢？万军之主耶和华？全能的神啊……究竟什么是另一种现实？有任何真正的变化吗？我是说，这些想象的革命征兆。

纠缠于这些不安的想法，我开始发试卷，我自己一排排地分发，把试卷放在他们的课桌上。周围变得更加安静。他们阅读试题，轻声叹息，然后拿出白纸，开始起草他们直接、高效和缺乏想象力的答案，他们的风格枯燥而贫乏，但也可能突然无缘无故地变得抒情起来，只是最后终将在沙漠之中枯萎，终结。

他们将是我的死亡……

还有我的儿子，从美国归来，笨拙，满脸胡茬，如此温文尔雅的一个教授，不再年轻。他带回一个校园女生，苗条的女生，披着一件磨损的流苏外套，肩上背着帆布背包，还有一个脸色苍白、只会说英语的孩子。他们走下飞机，看着我，仿佛他们带回来新的福音，革命的信息，还有另一种现实，美妙但是未知……

突然，我觉得泪水夺眶而出。仍然在课桌之间走动，地板上到处是落下的经书，我弯腰捡起一本又一本。学生们的目光追随着我，盼着能有机会抄袭，或者至少传递几句悄悄话，也许能帮他们多得几分。然而这一切很快都会被他们放弃，身后留下的只是空荡的教室，角落里的一堆椅子，干干净净的黑板，刻在课桌上的名字，如同刻在墓碑上一样。

突然间我渴望一种全然不同的告别，那种可以铭刻在他们记忆中的告别。我情不自禁地走到窗边，拉开窗帘，让大片飞溅的阳光如鲜血般洒向他们。我走到门边，敞开教室门，站在门槛上，半只脸对着走廊半只脸朝着教室。我知道他们的心在悬着。这是不是个陷阱？我在这儿还是不在这儿？

这时我看见了校长，满脸忧伤、心事重重地沿着空旷的走廊走过来，缓慢、沉重地向我走近，像一台老旧的坦克。在过去的几年里他内心深处有些东西已经跟不上这时代。再过一两年他也将退休。他抬头看见我站在门槛上，又低下了头，仿佛我是一块木头或鬼魂。他仍然以为我不想和他说话，好像三年不说话还不够长一样。教室里的窃窃私语声越来越大，还有翻动纸张的声音，相互传递答案，但我纹丝未动。我转过脸，看着走廊的窗户，明朗的夏日景色尽收眼底。远方是犹大山丘、摩押平原和其他的一切。身后学生们的影像映射在窗户上，融入这景色，在一片蓝天之上，在树顶上，远处耸立的天线，飞机的轰鸣声。

校长在我身边停下。三年来第一次。脸色苍白。必须打破沉默。

五六个小时之前……

在约旦峡谷……

当场阵亡……

六一二导弹基地

一

夜里他知道自己天亮前会醒上那么一小会儿。好像有人把他从床上推到地毯上，又抓住领口将他从地上拎起扔到椅子上，让他面对黑暗中泛着微光的灰色电视屏幕，屏幕上依稀映射出他的面孔。他筋疲力尽又毫无睡意，将一根苦涩的烟斗塞进嘴里。他想说点什么，哪怕讲一小段课也行。

几分钟后，他开始在黑黑的公寓里游荡，在厨房、卫生间和孩子的房间里进进出出，打开卧室的门，站在走道中间，影子投到斜躺在单人床上的妻子身上。他在卧室门前徘徊，等着听她睡梦中的呢喃细语，也许是呻吟。然后他转身回到客厅，走到收音机旁，摸索着调台，低沉遥远的音乐、《古兰经》里的段落、远处的信号。他瘫坐在扶手椅上，想着即将来临的离婚，如何分割这个家。不过现在他体力不支，呼吸粗重。他跪在地毯上，拽着床单，闻着脚印的气息，又一次进入梦乡。

当晨光从阳台上的宽门洪水一般涌进时，除了收音机上那个停留在两个台中间的红色旋钮以外，黎明前的清醒踪迹了无。

接下来他起床，把水壶放到炉子上，洗漱，穿衣，折起床垫、被单和毯子，将夜的痕迹悉数抹去。然后他把孩子叫醒。在过去的几个星期里，他就那么把孩子直接从床上拎起，把半睡半醒的他抱进厨房，放到椅子上，边喝咖啡边和睡眼惺忪的孩子说话。

他已经有几个月没与妻子说话了。最初的争吵发生在很久以前，原因已经记不清了，现在是无休无止的战争。有一段时间，他们整天吵个不休，纠缠着对方不放，有时甚至吵得忘了上班。闹到半夜时，狂怒之下会随手摔碎手边的碗碟。现在则是各人管自己，紧急信息由孩子转达。孩子最近长大了不少，家里的沉默让他饱受折磨，他也变得心事重重。

两人分开做饭，轮流吃饭。偶尔在楼梯上狭路相逢时，他们便会身子僵硬，低下头，摆出一副倔强骑士的姿势。在那些她不知为何外出、半夜还不见回来的夜晚，他孤零零地躺在客厅的床垫上，徒劳地等待钥匙插入前门的声音，在气恼中睡着了。黎明前醒来时却发现她斜躺在床上，睡得十分安稳，没事人一样。那种时候他真恨不得她死去。到了早上，他一个人忙着给儿子穿衣，做早餐，送他去上学，然后开车去大学，路上找几个搭便车的人聊天。但现在是春假期间，一大早没有学生。在交通路口排队等绿灯的时候，两个在大学做清洁的女工看到了他，向他缓缓爬行的车跑过来。他停下车让她们上来，不理会她们的连声道谢，载着她们猛烈地驰过这反常的、几乎称得上狂野的春天。单调的春天吹着阴湿的冷风，还残留着冬天的痕迹，而冬天也不像冬天，不过是寒冷的晴空加上无精打采地挂在树枝上的干瘪花蕾。

他慢悠悠地穿过大学校园，特意找人搭腔。他走进空荡荡的图书馆，在靠窗的桌上摊开稿纸，从馆藏书库里取来亚里士多德的《形而上学》，开始阅读这古老、艰深的文字。明年他得跟学生解释这些内容。他阅读时非常安静，无法形容的缓慢，但并不专心，眼睛不时从书中抽离，瞟一眼窗外的灰色世界。学术休假年的时间也很快变得支离破碎，一年不跟学生打交道，在图书馆里消磨时间。他已经有三年没发表任何东西了。朋友们都说他完蛋了，跟死去无异。他早该认真着手做点事情。但是，他还是又一次跳起身找人说话，随便什么人，去另一个房间翻报纸，在走道里转悠，回到书桌，看了一两页书，又起身出去，在烟雾缭绕中走到会计室看他们是否算对了他的工资。然后他去看信箱，只收到一个细卷筒，里面是一个老同学寄来的诗集。每年春天，他都会自费出版一本空洞无聊的爱情诗集。他撕开包装纸，扫了一眼作者题词，随手翻了几页，心里充满了厌倦。然后，他回到走道，继续他漫无目的的闲逛。他盯上一个纤弱、精致的女生，停下来跟她一起研究公告板，屏住呼吸，鬼鬼祟祟地盯着她看。已经很长时间了，只要稍有暗示，他已准备好随时不顾一切地坠入情网。最后他退却了，无精打采、不情不愿地回到阅览室，回到他的书，等读完二十页后却发现自己什么也没看进去。他开始强迫自己对每一段话都进行小结，好像一名新生。他盯着敲打窗户的沙粒，几粒竟奇迹般地钻了进来，落在他缓缓移动的笔边。

中午，他到馆藏书库还书。

"需要我把书保留到下午吗？"年长的女图书馆员问道，她常常看到他在夜幕降临前突然出现在图书馆。

"不用，我下午要坐飞机去西奈，到一个导弹基地讲课。"他不经意地告诉她，面带微笑，希望能让她刮目相看。

"那你什么时候需要？"

"和平时一样，明天早晨。"

她连头都没抬。

"是的，我今天晚上回来……"他轻声提醒了她一下。

但老太太只是心不在焉地笑了笑，一点也没听进，也许对她来说，这么短的距离根本算不了什么。

　　一周前，当负责军队讲师团的女孩电话通知他讲课一事时，他自己倒是惊喜了一番。三点钟准时到机场，讲完课后他们用飞机送你回去，她告诉他。其实对我来说，他说，在那住一晚也无所谓。但她坚持道：不，他们送你回来。但是既然已经去了，住一晚也没关系。她还是坚持不让步，似乎这么大的沙漠就缺他的容身之地。好吧，她哪里知道在家他是睡在客厅的床垫上？

二

　　他是在今年初冬被调到这个巡回讲师团的。在此之前，他们每年征召他两次，分别在夏天和冬天，每次两个星期，负责守卫建在野外的两个巨大的高压电塔。夜晚站岗成了越来越严酷的考验，长夜难熬，无止无尽，到半夜，时间简直像完全停滞一样。他累得昏头昏脑，大脑一片空白，枪也落进了玉米地，他恨不得能钻过十字形的铁栏杆，坐在电塔里面，像铁笼子里的大猩猩一样，任头顶上单调的电流声嗡嗡作响，无助地盼着冻僵的天空重新动起来。

　　有天早晨，一位预备役老师给他们讲了一次课，谈以色列的官方政策。他觉得讲课内容很粗糙，课后就开始打听讲师团的情况以及加入需要的资历。后来他找过去，全面介绍了自己的背景和学历，还提供了一份初步的讲课题目清单。令他惊讶的是，他当场就被录用了。现在，每隔一两个星期他就被召去讲一次课，游走于不同的部门、训练营和要塞之间，去一些他原本一无所知的遥远地点。整个国家在他的面前展开。他到各地漫游，翻山越岭，对士兵讲课和说教。

听众也突然变得完全不同了：不再是十来个哲学系学生，面前摆着形而上学的教科书，咬文嚼字地与他唇枪舌剑。现在是各色各样的人群，小伙子和成年人。他们奉命而来，他的话对他们来说犹如春风拂面，而他也受到尊重。他们给他提供咖啡和饮料，请他吃饭，当他表示有兴趣时，他们还会向他展示新式武器，坦克架桥车或弯管枪等。有时，如果他碰巧在下午到了前沿阵地，需要等他的听众起床，他会自己爬上观察点，从巨大的望远镜里眺望对方阵地，观察敌人微小的身影不时从沙丘里钻出来，在闲暇时填充沙袋。

他也讲课，在原野、前哨基地和部队食堂里，在蓝天下、帐篷里和山顶上，在地下掩体，大清早、正午时分和晚饭后，一遍又一遍地重复讲述两三个题目、同样的笑话和其他一切。口若悬河，恣意挥洒，连他自己都觉得惊讶。每次开始讲课时他仍然有那么一点点期盼和兴奋，但一开口这种感觉很快就消散了。面前那些士兵的面孔也是五花八门，打盹的，哈欠连连的，紧张的，嘻嘻哈哈的，烦躁不安的。讲完课回答完问题后他就可以自由回家，而这些士兵还得留在那里，在漫漫长夜里站岗放哨。每当想到这些他总是不免有些得意。他试图在不断变化的听众中记住一两个面孔，但总是记不住。风景呢，却留在了他心里。远处山脉的景色，干涸的河谷，与隔离墙纠缠在一起的泥泞路，还有武器、坦克、旋转炮、机关枪的红外瞄准仪，现在又有了导弹。他还没见过导弹。

三

中午他离开大学，天空像个灰色的大漩涡。他毫无同情心地从一群等着搭便车的女生中间穿过，开车向家里疾驶而去。想到要去西奈，当晚就回来，他仍然觉得这是件很神奇的事情。

到家后，他在楼下的邮箱里埋头翻找，好像有什么等待已久的未知消息。他看了看妻子的信件，把它们放回信箱，又匆匆过了一遍写给自己的一些无关紧要的邮件，一边上楼梯一边拆信。他走进寂静无声的公寓，直接到厨房，开始加热几天前给自己准备好的午餐，焦糊的味道一天比一天难闻。然后他清理桌子，洗碗，去卧室拿他的军事装束。走进卧室时他吃了一惊，她还在半明半暗的灯光下呼呼大睡，斜躺在床上，跟他离家前一模一样，表情平静得仿佛时间停滞了下来。这是怎么回事？他很想去唤醒她，问她怎么了？不过话说回来，这又关他什么事？如果她死了倒是一了百了，但整个卧室都可以听到她的呼吸声。床边放了一个水杯，安眠药片在昏暗中泛着白光。他把军装收在一起，有卡其布裤子、旧皮夹克、灰衬衣和靴子，然后脱掉衣服，穿着短裤走来走去，制造一些噪声，但她仍无动静，她露在外面的脚如大理石般洁白。欲望神差鬼使地萌动了那么一小会儿，但太阳刺透云层，照亮百叶窗的缝隙，箭一般地射在他身上。他把百叶窗拉起来一半，只见天空已云消雾散。再看了看寂静的街道，已经放学的孩子们正在回家。他稍等了片刻，看到他的儿子也出现在街头，一个人，背着沉重的书包，步履艰难地爬着坡。他心底突然涌出浓浓的爱意，于是轻轻放下遮阳罩，穿上军服，把旧军帽往头上一套，冲了出去。

他在楼下接到孩子。他小脸通红，被一天的课程弄得疲惫不堪，身上左一块右一块，都是最近这些天打架留下的伤痕。他把儿子拉到身边，帮他理顺头发，整理凌乱的衣服，劈头盖脸地给他发了一大堆指令。吃什么，做什么，妈妈问起来怎么回答。他要坐飞机去西奈给一个导弹基地讲课，晚上就会回来。小家伙没怎么在意飞机或西奈，只听见了导弹。他两眼放光露出了笑意。真导弹吗？当然。但是别喊醒你妈妈。如果有人打电话来，告诉他们爸爸不在家，妈妈睡着了，就这些。小家伙听着，不断地点头，不停地说是，好，好，已经看起来有些可怜兮兮的了。现在，讲师把他拥在怀里，亲吻他，而这孩子则低着头，站着不动，不知为什么，这段日子被爸爸亲吻时他总是身子僵硬，甚至还脸红。这时，天空中乌云又卷土重来，下了几滴雨但很快就停了，仿佛在做什么实验。他急忙奔向他的车，在高速公路上往机场方向开去。

四

他看到特拉维夫缓缓地向一边倾斜，跷跷板一样，好像在用力翻转过去，但很快云层在它顶上降落，它开始下陷，陷入海水中，灰绿色的、波涛汹涌的海，被风叮咬、搅打，波峰堆积如羽冠。目力所及，一片无边无际的大海。天空还剩什么呢？一团朦胧的光影在翻滚。不像春天的春天。

他打开用学生书包改造而成的军用背包，看里面装了什么。早上收到的诗集在临动身的时候塞了进来，头痛药，安眠药，提神药，香烟盒，上次讲课留下来的一个烂苹果，剃须刀，最后是他的卷起来的讲稿，已经被压扁，还有用大号字写的笔记。"犹太复国主义与其他意识形态的冲突"，"作为犹太人的以色列人"，"长期斗争下的以色列社会之面貌"。他总是在最后一刻才确定讲课的题目，取决于他的心情好坏，周围的噪声大小，照在仰视他的听众面孔上的光线强弱，还有离家的距离。有时他到一个地方，滔滔不绝地讲上一个小时，然后立刻离开。有时他又特意挑起讨论，编造一个想象的问题，然后冷静而坚定地开始辩论。

这段时间飞机一直平稳向西全速飞行。海岸线早已消失得无影无踪，好像他们是在飞往欧洲而不是沙漠。但飞机不久就开始转向，向后绕了个大弧线，朝内陆飞去。

飞机上只有他不是军人。士兵们脱掉了军帽，把武器塞在沙发座椅下面，坐着玩填字游戏，低声交谈。坐在他身边的是一个娇小纤细的女兵，拿了一份晚报，蜷缩着身子靠在窗边，似乎害怕他会摸她，尽管他根本没这个打算，只不过想说说话，随便聊几句，不抱希望，也没有任何期待。他还不确定自己是否自由，和女人交往时笨嘴拙舌，还没开始就已经放弃。

他的目光越过她的头顶，贪婪地看着陆地一点一点地回到视野中。沙丘、房子、田野，硕果仅存的果园沿着灰黄色山坡一字排开。天空已经放晴，躲了一个早晨的太阳正在他们前方翱翔，光芒四射。飞机的轰鸣声和夏季的干热让人昏昏欲睡，周围的人一个个垂着头，像嗑了药一样两眼呆滞。他本想睡一会儿觉，但仍然非常兴奋，眼睛盯着下面缓慢移动的沙漠，寻找新的景色。烟斗在手中变得越来越沉重。他轻轻接住从旁边座位滑落下来的晚报，女兵似乎放松了戒备，轻盈的身体随着飞机的下降懒洋洋地向他靠过来。一支发夹掉在他膝盖上，轻柔地唤醒了他的欲望。他突然灵机一动有了个构想，想做一次具挑战性的颠覆性讲座，就在导弹基地，在精心挑选出来的军人面前。

现在他们已经进入沙漠深处，士兵们活跃起来，身边的女孩也抽身坐正，她张开眼睛，眨了几下，闪掉一颗泪珠。他把晚报递过去，她摸着散开的头发，神情茫然地笑了笑。

"我们什么时候到？"他问道，把发夹也还给她。

她飞快瞟了一眼外面毫无特征、变化无常的沙漠：

"我们已经到了……"

的确如此。马达的咆哮声减弱下来，飞机开始下降，在跑道上滑行，但他仍然什么都看不到，只见一片荒芜。他把眼睛贴在窗口上，贪婪地捕捉着每一个细节，兴奋地发现了一排鹰钩鼻形状的银色战斗轰炸机。

"鬼怪式……"他认出了这些飞机，异乎寻常地激动。这些日子里，任何武器都让他兴奋不已。

"只不过是些涂了颜色的模型……"纤弱的女兵盯着他微笑道，仿佛刚刚才真正注意到他，"你以前从没来过？"

"嗯，来过，五六年……只待了几个小时……就在这一带……"

"五六年？"她重复着，困惑不解的样子，"五六年发生了什么？"

"西奈半岛战役。我被空降到这里，附近的一座山上。"

飞机停了下来，士兵们纷纷起身，戴上帽子，背起枪，向出口涌去。一位飞行中从没露面的空姐，身穿色彩鲜艳的制服站到门边，对每一位乘客亲切微笑，向他们告别，好像他们是来夏令营度假的游客。他跟在女兵后面缓缓向前挪动，眼睛盯着她的脖颈，但一下飞机她就不见了踪影，跟以往一样，连句再见都没说。

五

沙漠中的一个机场，人们兜着圈子，一种荒蛮西部的感觉。十多辆车停在围栏边，像一排等待乘客的出租马车。客货两用车、吉普车、面包车、卡车、半履带车，甚至还有一辆旧坦克被派来接两个士兵。

他在空旷的机场来回转悠，累得不行，头有点痛，像针扎一样，灭了的烟斗在口中发苦。他一只手拎着旧箱子，另一只手拿着有人在机场托他顺便带给当地教务官的电影胶片。正是装胶片的黑色薄手提箱上的图片引起了一个黝黑、瘦削的士兵的注意。他萎靡不振地走过来，手里抱着个用线缠在一起的大收音机，里面正在播放一首带有颤抖哭腔的埃及流行歌曲。他递过来一张小纸片，上面用娟秀的女性字体写着讲师的名字，拼写有点错误。

"对，是我……"

士兵如释重负，把纸条卷成一团扔掉，领他上了一辆大卡车，收音机在他们俩中间的座位上倾泻着它的曲调，他们缓慢地穿过一个忙乱的大型营地。

而他已经开始向司机提问题了。

"直接去炮兵阵地吗？"

"不，只到命令我们去的地方。"

"那炮兵阵地在哪儿？"

"不远……"

"你觉得我今天来得及赶回吗？"

"没问题。"

"那儿是些什么人？"

"正规军。"

"都是高中毕业生？"

"不全是……你要讲什么？"

"呃，我还不知道……到那儿以后再决定……也许我会让他们自己选……"

他不喜欢提前透露讲课的题目。从第一印象看，他们似乎守旧、沉闷，不好相处……．

"给他们讲毒品吧，"司机慷慨大度地建议道，"你懂毒品吗？"

"毒品？"讲师反问道，觉得有点好玩。

"对啊，几个星期前我送一个老师去给他们讲毒品……大伙可喜欢听呢……"

"那为什么还要另一个老师也讲毒品？"

"为什么不行……这题目有意思……也许可以讲其他种类的毒品……"

讲师暗自发笑，一缕甘甜的香烟从他的唇间逃脱。

"他们吸毒吗？"

"我敢说他们想……"

他们来到一片干涸的土地，周围是山坡、铜色的土包、军用垃圾、棚屋和其他建筑，两边都是车，摇摇摆摆地你超我赶，有时还在他们前面横向穿过。时不时地，他们得在绳索拉起的路障前停下，绳索的一端牵在一个皮肤黝黑的家伙手中，模样和司机差不多。他懒洋洋地倚靠在藤椅上，一个因无所事事而变得扭曲和麻木的士兵。

"你们去哪儿？"

"让我过去。"

"去哪儿？"

"关你屁事。让我过去……"

"去哪儿？"

"去六一二，该死的，让我过去……"

但是另一方仍一动不动，手脚摊开斜躺着，脸上露出一丝邪恶的微笑。

"车上是谁？"

"不关你事。让我过去。"

"车上是谁？"

"讲师。"

面前的绳索放了下来。

六

卡车继续往前开，来到一个服务基地，经过一片广场，停在了一座雕塑旁边。这座雕塑毋庸置疑是军人头脑的产物。一架埃及飞机的尾翼从中间撕开，锈迹斑斑，失去光泽、已开始长毛的裂缝中，插着当年击中这架飞机的导弹。导弹在这里获得新生，被涂上鲜艳华丽的色彩，上面刻有从经书中断章取义挑出来的诗句。

"这就是我奉命让你下车的地方……"司机关掉收音机，像蝴蝶一样翩翩飞走，扑向在营地另一边踢球的一帮士兵。反正他已经习惯这样被转来转去了，从一个人手中转到另一个人手中，从一部车转到下一部车，有时一个人被扔在昏暗的营房、战壕或仓库里，等待他的听众集合来听他讲课。

他跳下卡车，还是一只手拎着手提箱，另一只手拿着电影胶片。夏日的阳光从蓝天毫无遮挡地射下来，炫目耀眼。他在操场上溜达，在两排红色的活动房屋之间来回踱步，以一个不属于这片沙漠的外来者身份审视着周围的环境。绵延伸展的低矮山丘形状难看，平淡无奇。军营里传来坦克的隆隆声和随风传来的命令声，嘈杂声和大块死一般的寂静混在一起，十分不协调。

他在雕塑旁转过身，轻轻拍了下导弹，倾听里面传来的空洞回声。他从碎裂的尾翼上剥下一片金属，惊奇地发现居然可以轻而易举地用手指把飞机捏成碎片。十五分钟过去了，他还是一个人。没人来接他。他走近那群正在踢球的士兵，观看那些闪烁着晶莹汗珠的古铜色身体追逐足球，沉默但看上去很激烈。现在他已经认不出谁是他的司机了，他早已脱下衬衣加入了球赛。他站那儿吸着他的烟斗，脚下贫瘠的地面有些轻微的波动，一小股沙子从地上扬起，仿佛一场风暴就要来临。和往常等待的时候一样，他已经开始惋惜失去的时间，自信如果此时坐在图书馆里，他一定能够心无旁骛。山丘的影子拉长了一点，还是没人来。他们已经忘记了他。当然，他无所谓，反正今晚要回去，反正他们会设法让他离开这个地方。不过，他还是希望能够讲课。他渴望说话，渴望不停地说话，打破这几天的沉默。他回到卡车，按了几次喇叭，走到其中的一个营房开始敲门，一扇门，又一扇门，第三扇门，他发现自己面对着一个两鬓斑白的老上校，周围都是导弹：导弹模型在下午的阳光下闪闪发光，墙上是导弹示意图，还有飞行导弹的照片。一整套关于导弹的理念。

上校没注意到在门口犹豫不决的他。他弯腰坐在那儿，聚精会神地读一本手册。

"对不起，打扰一下……"他把召集令递给他看。

上校抬起头，摘掉眼镜，伸出光滑的、几乎女性般纤细的手接过命令，扫了一眼。

"不，不是这儿……要找的是金吉儿……"

"金吉儿？"

"她是教务官……讲师归她管……"

他指了指对面的营房，把召集令还给了他。

讲师慢慢往外走，看着架子上玩具般的导弹，很想摸摸它们，于是真用指尖摸了一下。

上校好奇地观察着他。

"你打算讲什么？"

他站在门槛上，一时不知怎么回答。他把烟斗放进嘴里，咬了下烟杆，又把烟斗取了出来。唔，他还没做最后决定（好像有人在乎似的，好像他的题目有什么内在缺陷似的），这么说吧，有关犹太人的身份认同，或者以色列社会的简介及其长期斗争，或许犹太复国主义与其他意识形态，比如新左翼的冲突，取决于听众。他不在乎听众提问题，他们可以提能够想到的任何问题，他将尽可能地回答。

上校看起来有点惊讶，好像他的这些题目太奇怪，想法太独特，甚至隐隐约约地有些骇人听闻，有让他担心的理由。

"你还是打算今晚就回去吗？"他问道。

"他们答应了我的……"他突然觉得恐惧，怕他们会拘留他。"最后一班飞机……你怕我赶不上？"

"你会来得及的。"

现在他开始着急起来。他带上身后的门，穿过空地，在一扇门前停下，敲门，推开门，走进一个昏暗、乱糟糟的房间，介于办公室和女孩子的闺房之间。借助门外的光线，在略微发霉的气味中，可以看到一张床和床上凌乱的火焰般的红发。一个女孩，一个女巨人，一个硕大的红脑袋，背朝天，盖着毯子躺在床上。她的衣服扔得到处都是，衬衣和蓝裙子，一堆短裤紧挨着军用电话。脏乎乎的咖啡杯子，空酒瓶子，一地的葵花瓜子壳。

他厌恶地碰了碰她。他本来可以掀起毯子，静静地躺在她身边，一直躺到夜晚结束，动身的时刻来临。但他只是轻轻地碰了碰她，带着些怨气。

372

"你是金吉儿？"他问道，看到自己在那两只蓝色大眼睛中的反光在打量自己。他把皱巴巴的召集令递过去。"我是讲课老师，该安排我去六一二了。"

他已经对"六一二"直呼其名，好像那是个很熟悉的地方，好像他已经在炮兵阵地之间来来往往很多年一样。

她笑了笑，拿过命令，看都没看一眼就塞到枕头底下。

"这么说你来了……"

"我半小时之前就来了。一直在这儿转悠，而我今晚还得回去。照这个样子肯定来不及。"

"来得及。"

她又对他笑了笑，挑逗性地咧着大嘴，仍然盖着毯子，显然光着身子。他回了个笑脸，有点尴尬，被自己的笑弄得手足无措。真是个女巨人。即使有足够的时间，她也不可能适合他。他们静静地僵持着，等着她从毯子里出来。

但她还是躺着不动，眼里满是笑意。

"还来得及，如果你让我穿衣服的话。"

他的脸涨得通红，转身离开这昏暗的房间，满地的瓜子壳在脚下窃窃私语。他让门开着，走到广场，在雕塑边走来走去，异常兴奋，刚留在身后黑暗里的白色弧体在他眼前时隐时现，白得耀眼。他转身朝她走回去，大胆地盯着她，目光毫不掩饰。她仍然不紧不慢地穿着衣服。她出现在门口，穿着孩子气的超短裙和凉鞋，风衣上戴着褪色的上尉肩章。他已经等在那儿，站在她身边，仰望着她的脸。"我可以用下电话吗？"

"这么快就想家了？"

"不是……有点事……只不过……我只是……"

她让他坐在她那仍然温暖的床上，帮他接通线路，走了出去。家中的孩子拿起电话,沙漠所有的咆哮声立刻加入进来。

"尤伦,是爸爸。"他对着喘着粗气的颤抖线路使劲叫着。

但孩子听不出他走样了的声音。

"爸爸不在家,妈妈在睡觉。"透过嘈杂声他听到孩子平稳的、训练有素的声音。

"我是爸爸……你听不出是我吗?"他拼命地喊道。

但是孩子挂断了电话,沙漠的咆哮声也随之消失,线路寂静下来。不远处,有人正在给另一个人打电话,嘴唇温柔地蠕动着,好像在冲他说着甜言蜜语。

红发女郎站在走道里,好像一根火柱,平静地看着他与电话搏斗。

"打完了?"

七

其实,他应该马上回家,回到彷徨无措的孩子身边,摇醒那个还在睡觉的女人,她的脑子一定出了毛病。然而,他还是爬上了红发女郎驾驶的那辆又旧又脏的吉普车,车里扔满了瓜子壳,混杂着机枪子弹。食品罐头上的商标脱落了,糖果粘在军事文件上,润滑油瓶子之间还放着一只超大号的白色胸罩。战争器械与女性随身用品的混合体。只有在现在,在他坐在她身边,弯腰把手提箱和胶片放在两脚之间后,他才注意到她其实并不年轻了。双肩已微呈弓形,这是特大号体型的宿命。也许这是她报名参军的原因。想想看,在这红色的沙漠,她显得不那么引人注目。他平静地打量着她硕壮的大腿,苍白而不是棕褐色,但仍然吸引人。年轻一代,他这么想着,觉得既奇妙也有点排斥。他的目光

374

落到踩在脚踏板上的大脚上。等到他的眼睛完成对她的扫视，她冲他笑了笑。十分不幸，这一切对她来说似乎都是家常便饭。她举起一只手理了理头发，荆棘王冠红光闪耀，然后猛地一下发动了吉普。

不过她开得很慢，似乎还在犯困或走神，绕着雕像转了两圈，才转上前面一条箭一般笔直的坑坑洼洼的路。在积满灰尘的车窗外，是荒凉的沙漠，低矮、萧瑟的山包和沙丘，顽强生长着的灌木丛上覆盖着一层沙土，景色单调乏味。这令人厌倦、饱受战火蹂躏的沙漠，除了战略优势之外便别无所长，即使是正在降临的黄昏也不能让它变得柔和一点。

"这景色……真压抑……"他说道，想打破沉默，跟她交流。刚开始她似乎没听见，但吉普突然停了下来，在空旷的公路中间。她疑惑地看着他：

"你觉得沙漠压抑？"

急刹车，直截了当的追问，好像这与他或她个人有什么关系似的，好像他的话有多重要似的：

"它怎么让你压抑了？"

他吃了一惊，笑了笑。阳光照在他的脸上，他只好结结巴巴地解释。所有的军营早已消失在身后，在阳光下，在这片空间，只有他们两人，只有马达缓慢的旋转声相伴。她专注地听着，目光一会儿看他，一会儿看风景，然后又回到他身上，仿佛可以对此做些什么，仿佛风景是可以改变可以修补的。

"我想我已经习惯它了，"她带着歉意地说，"我觉得它很美……"

然后，以近乎荒唐的礼貌语气，温柔地说道："对不起……"

"这不是你的错……"他笑了笑，蜷缩在座位里，一点都不潇洒自如，他知道自己不潇洒自如。尴尬中，他在一片狼藉的瓜子壳中间发现了一只完整的葵花籽，捡起来，嗑开，心不在焉地嚼着，等待重新上路。慢慢地，他们继续往前开，还是在第二挡，在颠簸的道路上缓慢爬行，好像他们拥有全世界的所有时间似的。快到六点钟了，而他还有课要讲，还得赶回家。

又是一阵沉默，她继续冲着他笑，仿佛有求于他。巨人般的红发女郎，弯腰握着方向盘，头发随风飘舞，不时轻触吉普车的帆布顶篷，而他则盯着周围的山丘，避开她的目光。一段遥远的记忆从心头掠过。

"你从没来过这儿吗？"

"我来过……"他回答得很快。

吉普又突然停了下来，仿佛她开车的时候不能说话，仿佛他的话需要停下来仔细研究。

"我五六年时来过这里。"

"什么时候？"

"西奈战役期间。"

"也是来讲课？"

"不，当然不是！"他咧嘴大笑，居然有这种念头！"我被空投到这附近，某座山上，也许就是那边的那座……"他指着地平线附近的一座山，正被晚霞染红。

她若有所思地听着，双手放在大腿上。他今天是不会有机会讲课了。

"这儿来的每个讲师都要讲他参加的某场战役……有一次我们这儿来了个讲师讲故事，讲得我头都大了，后来才知道他讲的是第一次世界大战。"

"第二次……"他纠正她。

"第一次，"她坚持说，"我也是，本来以为他说的是'二战'。他看起来没那么老……"

他没回答，转头看远方，开始不耐烦起来。这女孩有些傻。

"我没伤害你的感情吧？"她的声音非常轻柔。

他吓了一跳。"没有。"他看了看坐在身边的她，双手放在大腿上，对着他甜美地笑着。吉普摇晃了一下开始继续前行，烟斗从他手里滑落到地上，滚到脚踏板下面。他弯腰去捡但被她阻止，她捡起烟斗，却没把烟斗放到他伸出来的手上，而是亲热地塞进了他的双唇之间，他悄悄地闻着她的气息，大型动物特有的气息。原来她想玩的是这个？

他有点兴奋起来。他们继续安静地往前开，朝着晚霞映红的群山，还是同样令人心烦的慢速度。他不敢再开口，怕她又突然停车，那这条路将永远也走不完，此时，他已满怀激情地想要讲课，发自内心的渴望。黄昏的夕阳，拉长的影子，空旷的原野，在这片沙漠，在西奈——这正是他要去演讲的地方。他们在哪里？人民，民族。站在他们面前，听人们窃窃私语，听椅子或石头嘎吱作响。轻快地脱掉毛衣，扔到椅子上或地上，摘掉手表，把笔记放在面前，如初次拥抱般开始讲演，声音从甜柔逐渐变得坚硬，去覆盖他们，刺入昏昏欲睡的面庞，渗透他们的注意力，用加快节奏的如珠妙语，令他们俯首投降，两眼放光，因惊奇或抵触而张嘴结舌，最后露出快乐的笑脸。直到他差不多平静下来，开始从他们中间抽身退出，轻松地化解最后的问题，擦擦汗水，留下几个疑问，对未来作出高深莫测的许诺，会心地一笑，收拾笔记、手表，穿上毛衣，然后飘然离去。

吉普在车轮的呼啸声中加快了速度。他看着越来越近的群山，远处夕云乍起。

"从这儿可以看到苏伊士运河吗？"他没加思索地问道，一半是问自己，话刚出口就后悔起来。但是她没听见，或者听见了但没停下，还在继续开车，只不过下了公路，转上了一条泥泞的小路，没有减速，没有换挡，突然开始往山头攀爬，完全无视前面有没有路，以非常陡的坡度直接向上，仿佛想直指云天。旋转的车轮下石子飞溅。四周一片荒芜，看不到房子、导弹或人的任何痕迹。

"就是这儿？"他疲惫不堪地爬出吉普，试图寻找导弹的踪迹，他已经习惯他的听众藏身于山脊背后或干涸的河床之下。

"还没到呢。你要看运河啊。"

"哦，随便问问而已，谢谢。已经很晚了。"他转身向吉普走去。

"过来……"

像唤狗一样唤他。

突然，他有了抓住自由的感觉。

八

此地的山风出乎意料地强劲。他用手抓着帽子，低着头，但仍然被风往后拽。风像埋伏已久一样，从四面八方猛扑过来。已经六点十分了。天空渐暗，暮色朦胧。最后一班返回的飞机是九点。她一定得让他按时赶到，这红发丫头。先前需要他把她叫醒，现在又和他孤男寡女地在山里游荡。她对他有兴趣，显而易见。他跟着她爬过布满岩石的山腰，在风的磨砺下这里已变成死气沉沉的浅粉色。她迈着巨大的步子，不时跳上跃下，弓着腰，这是常年想尽量缩小她高大的身材养成的习惯。她的头发如一团

378

火焰，在他前面闪耀。几个小时前，他还是个坐在大学阅览室里胡思乱想、弱不禁风的知识分子，而现在他却在这渺无人烟的地方，在南方几百英里之外的石山上，跟在一个随心所欲的火柱后面爬山。她想让他干什么？她想要他用留来讲课的这点时间来和她做爱？也许他之前的其他讲师已经在这里和她做过爱。他打了个冷颤，目光落在她强壮的双脚上，它们在岩石上如蓝宝石般晶莹透亮。

几分钟后他们爬上了山顶。山并不高，周围有更高的山，但是它正对着山脉中的一个缺口，视野很宽阔。他气喘吁吁地赶上她，她把运河指给他看，在西边，遥遥可见。一道惊人的蓝光一闪而过。太阳在埃及的海岸线上缓缓下沉。远处的物体——岩石、山丘、灌木丛等，在落日余晖的魔法下，看起来像悬浮在空中一样。她紧挨他站着，比他高整整一个头，她的头发在上尉肩章上轻轻拂动，长着雀斑的脸又一次朝他嫣然巧笑。

"还觉得景色让人压抑吗？"她像对小孩子一样问道。

"少一点……"他笑起来，在岩石上使劲敲击烟斗抖掉烟渣。他可以摸她吗？他踏上一块小岩石，使自己站得比她高，突然，他想起了妻子和儿子。

"也许当年他们就是把你空降在这儿？"

也许。

短暂的沉默。

"你打算讲什么？"

"你是说，如果我们真能到那儿的话？"他讽刺又无可奈何地反问道。

"为什么不能？"

他又一次尴尬地介绍他的讲题目录。他眼睛盯着地面，开始小声地列举各种可能性。长期斗争中社会的面貌，以色列的犹太特性，犹太复国主义与其他意识形态的冲突。激发大家进行讨论或别的什么。也可以让他们提问题，问他们能想到的任何问题，他则回答问题。

她平静地听着，眼睛盯着落日，仿佛他的话连她的衣角都没碰到，仿佛它们绕道而去，落到她周围的岩石上。他咧嘴笑着，弯腰从沙土下烧焦的凤仙花丛中拔出一片叶子，他看到一块破布，下面稍远的地方，有几个饱经风雨、锈迹斑斑的汽油罐，散开的坦克履带，一块被烟熏得漆黑的正方形帆布包，空食品罐头，破弹药箱，等等。一个被摧毁的军营的遗迹，出现在岩石密布的土地上，好像海底的遗迹露出海面一样。

"他们以前听过这类东西吗？"他问道，一种莫名其妙的绝望突然袭来。

她攀上一块岩石，亲切地俯看着他，仿佛想要多少时间就能有多少时间。突然间，他感到自他来这儿以后，漫长的时间过去了。他看着地平线，开始有了平和的感觉。忘掉讲课，去触摸她，就那么去摸她，其他等会儿再说。他很快兴奋起来，弯腰从灌木丛中折下一根树枝，闻了闻，把什么东西放嘴里嚼着，有些激动，这时他突然注意到脚下的灌木丛其实根本不是灌木丛，而是一堆一半埋在土中的旧衣服。一件已成碎片的军用上衣，一个锈蚀的、满是窟窿的水壶，挂在一根旧军用皮带上，一条发霉的裤子。他轻轻踢了踢这些旧衣服，赶紧跳开，心有余悸地又看了看，大惊失色。这些是人的遗骸的残留物，他怎么先前没注意到？一个藏身在沙漠中的古埃及士兵，一具被草草掩埋的尸体，只剩森森白骨，标出那个已经灰飞烟灭的人形。

他抬头看她，她却漫不经心地说道：

"他本来是讲犹太复国主义的讲师……与大伙合不来……惹恼了他们……"

他扫视她的脸，想看她是不是在笑，但白费力气。她仍然很严肃，指着掉在地上的帆布包和破碎的箱子说：

"这是讲以色列社会的讲师，没能说服他们。过于自负……"

这次他笑了，含糊不清地哼了一下。他飞快地扫了一眼周围，向她倾过身体，在她脸上搜寻笑容，但她保持着严肃的神态，只是眼睛不停地眨着。这么说她并不傻啊。他被她吸引住，指着山谷中的一大团黑影，逗着她道：

"那么这是谁呢？"

"这家伙鼓吹犹太道德，"她立刻反击道，"听得所有人都睡着了，包括他自己，等他醒来的时候……"

她停了下来，默不作声。

他拿起烟斗吸了一口，蓝烟缭绕，映在他们被夕阳染红的衣服上。他抱紧手提箱，已经有些焦虑不安，身体颤抖着。一颗星星在天空中闪亮，他突然失去了自信。

"可笑的讲师们……"他说，试图保持开玩笑的口吻，在这片荒芜的山坡上，面对广袤的旷野，面对远处波光粼粼的一条玉带，"穿着老式的破大衣……"

她终于笑了出来。

"不错，他们来时都是这个样子，穿着他们最古老的服装。他们以为他们被派到偏僻荒凉的地方，穿着高帮靴子，拎着旧手提箱，戴着可笑的帽子……"

他摸了摸自己的帽子，满脸通红：

"是的……帽子是有点可笑……"

他要拿下她，就在现在。只需要一点点勇气。抱住她，克制

381

住稍微不舒服的感觉，探寻她身体上光滑柔软的部位，把她的嘴拉过来，给她第一个亲吻。今晚反正是去不成导弹基地了。

他摘掉帽子，扔在地上，向她走近，但她灵巧地闪开，开始向山下的吉普走去，很快就融进迅速降临的夜色之中。她在车轮边弯腰捡起来什么东西。石头？骷髅头？

"这是那个自以为能够回答任何问题的讲师……"

她大笑着钻进吉普，发动了引擎。

九

导弹基地其实一直就在附近，如蚁丘一样掘山而成，非常隐蔽。除了悬挂在高高的天线顶端的一星光亮，其他什么都看不见。但等他们到达门口，在弥漫的灰尘中停下车时，立刻能听见嗡嗡声，仿佛整个蚁丘都在震动。在路障后面，他可以看见缓慢转动的雷达扫视器，巨大的伪装网，以及没有任何装饰的蛋形圆顶结构，从里面可以监听太空深处。此时红发女郎已经开始傲慢又不耐烦地斥责哨兵太磨蹭，仿佛她浪费的时间都是他们的错。接着他们继续发狂似的往山上急驶，一路尘土飞扬，四周的震动越来越剧烈，巨大的地下发电机轰鸣不已，产生强大的气流。

所有这一切都在黑暗中，看不见一丝光亮。所有的灯光都隐藏在地下。现在终于看到导弹发射井了，真正的导弹，没他想象的那么大。红发女郎驾车在蜿蜒的道路上东转西绕，一直朝着上山的方向。随着吉普向前疾驶，两边开始闪现金属屏障，铁板覆盖的战壕，伸向地下深处的铁台阶，前方的地面也逐渐变成了镀铁地板。他们几乎到达山顶才停下来，停在一个发出雷鸣般声音的发电机旁边。她敏捷地跳出吉普，拉开某扇门，立刻被一股强光吸走了。外面只剩下他，一只手拎着背包，另一只手拿着装了胶片的手提箱。不一会儿她又突然冒出来，在惊天动地的轰鸣声中冲他嚷着什么，他一个字也没听见，茫然地傻笑，向她走近。后来她只好自己弯下腰，把手提箱从他紧握的手中硬夺了过去，带着它离开了。指挥官不知道在什么地方，她这就去找他。她又一次打开门，带他走进一片光亮。夜色似乎突然散尽，他觉得自己又回到了阳光明媚的正午。

十

从裸露的灯泡里发出的黄色灯光，反射在窗户上涂的蓝色伪装色上，一瞬间造成了恍如白昼的错觉。

其实这只不过是军队的办公室而已，可能就是作战室，因为墙上挂满了各种地图与图表。两个中士正在下象棋，棋盘搁在横放在两人中间的一张行军床上。他进来时他们飞快地瞥了他一眼，短暂地交换了个笑脸，然后把目光掉开，一声不吭。士兵们突然面对讲师时会显得有点麻木，莫名其妙地发窘，这些，他早已习以为常。他把箱子放到地板上，周围是一堆旧杂志和破旧的惊险小说，人坐进一张豪华的埃及沙发，一定是某次战争的战利品。

沉默。只有外面发电机沉闷的轰鸣声。

他实在受不了这沉默，又站起来在房间里烦躁地走来走去，打量着值班表，导弹布局，标有黑色圆圈的地形图，以及大小山峰的电脑编号等。箭头直指埃及的心脏，指向蜿蜒曲折、径直流向苏丹腹地的尼罗河。

这时两个士兵开始打量他。

"您不坐下……"

"没关系……谢谢……"他稍有点不安，似乎被抓了个正着，但他仍毫不在乎地继续看着地形图，好像想表明谁也管不着自己，好像在忙着发现什么基本原理一样。后来他终于让步，走到他们身边站住，亲切地看他们的棋盘。长时间的沉默。

"导弹的射程是多少？"他轻声问道。

他们显然早已熟悉这个问题："这取决于目标是什么。"

"不是，我的意思是……就那么发射……没有特定的目标……"

"没有目标？"

他只好自嘲地笑了笑，放弃提问，继续看他们下棋。不一会儿，又过去看地形图，试图自己估计它们的比例。

这时指挥官风急火燎地冲了进来：这是个年轻军官，头戴无边帽，高大英俊，还是个娃娃兵，前线有很多这样的娃娃兵，他们总是匆匆忙忙，在战壕里东奔西跑，从不炫耀他们的军阶。他进房间后，看到一个皮肤黝黑的平民安静地挺立在那保密的地形图前，一边抽着烟斗一边用手指在苏丹上面比划。

"干啥的？"一只手有力地按在他肩膀上。

"我是讲师……"讲师说道，推开军官的手。

"我们今晚有课吗？"军官嘀咕着，转身询问两个中士，然后一屁股坐到桌边的椅子上。

但两人只是耸了耸肩，手舞足蹈地各吃掉了对方一只马。

讲师有些不自在，抽了一口烟斗。

"谁带他来的？"

"金吉儿。"其中一个中士答道，心照不宣地冲他的同伴笑笑。讲师注意到他眼里闪着狡黠的目光。

384

"金吉儿？她在哪里？"

"去放电影的地方了……也许正在找你。"

军官显得有点慌乱，随手捡起一节短棍在手里把玩了起来。

"这几个星期，"他略带歉意地告诉讲师，"我们被讲师们狂轰滥炸，他们甚至懒得事先通知我们一下……"

"我们可以取消……我反正无所谓……"

"不用，为啥要取消？我们会想办法的……你打算讲什么？"

他觉得自己像个傻瓜一样，又一次详细展示自己的全部家当。关于我们的大学的现状，或许以色列的自我形象，或者，比如犹太复国主义与新左派的比较。他也许会引导一场辩论。或者让战士们选择，让他们提问……随便什么……

两个象棋玩家低着他们的头。军官听着，流露出些许惊讶，若有所思。

"可惜你不能讲其他题目……比如，毒品……不久前我们这儿来了个讲师，讲毒品问题。大家听得津津有味。他叫什么名字来着？"

但两人都不记得他的名字了，只知道他讲得非常精彩。他向他们展示毒品的样品，点燃了少许粉末，就在这张桌子上，还让他们去吸。

"是的……我听说过了……"讲师最后冷冷地说道，抑制住心里的烦躁，"对不起，但我不是毒品方面的专家……"

接着又是一阵沉默。有那么一瞬间，讲师仿佛觉得夜幕尚未降临，外面的天空仍然很蓝，一个甜美清澈的夏日晴空。

"这些窗户的颜色……"他说，"太奇怪了……"

但军官觉得没什么可大惊小怪的。他突然来了灵感，开始掌握主动。

"吃了晚饭吗？没有？去弄点东西吃吧。别担心，我负责帮你找听众，不管你讲什么他们都会去听。"

说完他把讲师送进夜色中，自己回到房间把两个象棋玩家从床上赶走。

十一

又是孤身一人，朝山下食堂的方向走去。他打量着周围，看着导弹发射井，雷达扫描器，地下掩体的入口，还有巨大的发电机。一路上不时碰到士兵从身边走过，想到他们马上就要集合去听他讲课，心里不免有些期盼的兴奋。继续往前走，周围的人越来越多。成群结队的士兵来来往往，或围在一起。他循着笑声四处张望，寻找那团红发，他丢失的火柱。有那么一瞬间他以为看见了她，兴高采烈的人群中有红光一闪，但等他走过食堂去看个究竟，却发现那不过是个小个子的红发士兵，正手舞足蹈地讲段子。

食堂门前停着一辆大巴，新抵达的预备役士兵个个疲惫不堪，拖着老旧的步枪在周围晃悠，等着被分配去站岗，已经开始在琢磨怎么去混张假条了。食堂人去桌空，晚餐早已结束。一个面带倦容的厨师阴沉着脸给他盛了一些婴儿食物——拌有溏心鸡蛋和可可粉的稀粥。和往常一样，他早已饥肠辘辘，很快狼吞虎咽起来。他还没吃完，已经有人开始收拾盘子，抹桌子，残渣在他周围飞溅……

他站起身来，还没吃饱，想找点什么甜东西来压压口里的苦味，他走到食堂询问了几句，买了一些巧克力，一把剃须刀。他把剃须刀放进口袋，走出食堂，剥开巧克力的包装，一边贪婪地咀嚼，一边晃晃悠悠地顺着山路往回走。三个头戴钢盔、身背子弹袋、头发花白的预备役士兵拦住了他，在他面前挥舞着一份名单。

"你……"他们质问道，"你什么时候站岗？"

他微笑道："我不是你们的人。"

"你什么意思？"

"我的意思是你们弄错了。我不是和你们一起的。"

但他们依然不依不饶。"你不是来服预备役的吗？"

"是，但和你们不是一起的。我是来讲课的。"

"讲师？讲什么？"

他没回答。

"你讲什么？"他们追问着，有些失望，这家伙居然逃避了站岗。

他没回答，默默地打量着他们衣衫不整、焦虑不安的样子，一声不吭。

他们等待着，还没明白他压根儿没打算回答他们的问题，他已经上路了，沿着雷达站和导弹基地之间的山坡往上爬，一个接一个地吃着巧克力，舔着沾满巧克力的手指，留下一路包装锡纸在黑暗中闪烁。孤独，他最近一段时间很孤独，不免有孤独者的怪癖举止。他曾孤身一人去电影院，曾被人看见在红绿灯边自言自语，让附近车上的人忍俊不禁。他在群星点缀的夜空下继续往上爬，不时停下来，瞅着导弹发射井发呆；厌倦，空虚，杂七杂八的琐事，即将来临的离婚，孤独、自己打手枪的夜晚，夹在两人中间受煎熬的孩子……千头万绪一起涌上心头。他突然做出了一个决定。他迅速往四周扫了一眼，见没人注意，便悄悄地溜进其中一个导弹井，要去亲手摸一摸导弹。导弹出现在面前，静静地矗立着，直指天际，粉红如玫瑰。他好奇地轻轻碰了碰导弹，抚摸导弹的侧面，滑腻，湿润，似乎有薄薄的一层油或露水。他举起一只手伸向细长的弹头，紧握住弹翼。蓄势待发的巨物。他蹲下身子，借着微弱的星光辨认导弹上的数字和字母，轻柔地爱抚连接到底座、纠缠不清的黑色电线。突然，随着一阵低沉的嗡嗡声，载有五枚导弹的发射架开始移动，向左旋转着对他冲过来，仿佛要发起攻击。他慌忙跳起来，身体紧贴着发射井壁，准备在必要时往墙缝里钻，但发射架放过了他，盲人般地转向右边，然后昂首直立，瞄准天空，最后终于停下。嗡嗡声又持续了几秒钟才安静下来。有人在远处遥控，导弹直指夜空，仿佛要射向群星。

他捡起掉到地上的提箱，面色苍白、浑身哆嗦地爬出来。两个沿着山路下来的士兵，看见导弹发射井中跑出一个拎着箱子的平民，一下子警觉起来。

他们停下脚步，等他走近。他浑身脏兮兮的，双手沾满了导弹防护油。

"你是谁？"他们挡住他的去路，厉声喝问，声音充满威严。

"我是来讲课的……"他回答道，强压住紧张不安，做出坦诚的样子，脸上露出微笑。

"你在下面干什么？"

"没什么……只是想从近处看看导弹是什么样子……"

"你知道不，它们可能会送你上西天……"

那正好如我所愿，他想对他们说。不过，他只是扭了扭嘴，挤出一点笑容。为了避免进一步引起怀疑，他摆出一副漫不经心的样子，继续在导弹发射井之间东瞅西看。两个士兵站在那里，目光锲而不舍地追随着他。他渐渐加快了脚步，黑暗中差点撞上正等着他的军官和红发女郎。

"吃过晚饭了?"他们急切地问道,好像他来西奈半岛就是为了吃晚饭似的,"快走吧,他们正等着呢……"

讲师听任他们摆布,跟随军官沿着狭窄、陡峭的台阶往下走,星星般的小灯泡不时在头发上扫过。

"小心!"军官的声音从下面深处传来,他赶紧低头,但还是重重地撞在天花板上。

刀戳般的剧烈疼痛。他痛得倒吸了一口气,在台阶上蹲了下来,双手抱头,眼泪只往外流。

军官转身向他走过来,声音里带着幸灾乐祸。

"你也碰头了?他妈的每个讲师都得在这儿撞一下头。你们这帮人是怎么回事啊?"

但他痛得没法回答,话梗塞在喉头,继续附身弯腰下行,低头钻进一个地下室。这地方紫光弥漫,到处都是仪表和各种设备:一个雷达显示屏,控制台,一台小电脑,操纵杆和手柄,电话,电线和数据线等,全部都漆成了军绿色。一个低沉的声音从某个角落传来:

"你们的老师来了。"

房间里就四个人:一个在报话机前,戴着耳机,先前下棋的两个士兵,在一张靠墙的行军床上继续下棋,还有另一个士兵,长着一张无精打采、蠢笨的脸。

"就这么几个人?"讲师讪讪地笑了下,问道。他从未对这么少的听众讲过课。

"就这么多。"

"你留下来听吗?"

"不……我还有事……"

"那姑娘……"他有些绝望。

"讲完了她会来接你。你们两个，别下棋了……"

一个士兵停下了正在移动棋子的手。

"你讲的题目是什么？"军官问道，但根本无意等他回答，"你自己告诉他们吧……"说完匆匆离去。

那么这一刻来临了。他终于要打破沉默，开口说话了。他的头部突然隐隐作痛。他为此已经等了一整天，大老远地被送到这里就是为了此刻。他缓慢地从箱子中拿出讲稿，蓄势待发，尽管站在一个光线昏暗、只有四位听众的烂泥坑里很可笑，而且手中居然还拿着讲稿，仿佛他需要讲稿似的，仿佛他不能侃侃而谈、自我陶醉，为自己潜移默化和势不可挡的雄辩、为它的偏颇和扭曲而折服似的。

四个人平静地打量着他，一言不发，显然习惯了时不时有个讲师从天而降，跑到他们的床铺和设备之间。

从哪里开始呢？尝试一个全新的话题？提几个跟他们有关的问题？个人问题：他们是谁？干什么的？还需要服役多久？退伍后的打算？就从那个蠢头蠢脑的家伙开始，他像个受气包，需要一点点同情，也许几句安慰话。

他拿起一把椅子放在面前，摘下手表，解开外套的纽扣，俨然一副讲师的派头。他搓了搓双手，打算在沉默中安静地开讲。开场白已经想好，只是尚未具体敲定，话题届时自会水到渠成。这次讲什么呢？也许就讲长期斗争中的以色列社会面貌，毫不留情的政治分析，最后却出人意料地凭空转向乐观。这时讲师却从雷达显示屏上看见了自己的脸，如同目标一般出现在被白色虚线覆盖的方格之中。深陷的眼窝，满脸疲惫，乱糟糟的头发，额头上全是血。原来流血了。难怪一直在痛。他轻轻地摸了摸额头，对着那个蠢头蠢脑的士兵笑了笑。不知现在几点了？

"有水吗？"

那傻瓜递过来一个水壶。

他用水冲了下额头，然后喝了几口。脚下的地面被水浸湿。他打了个哆嗦。他们这讨厌的沉默。他走近设备，愉快地笑着。他注意到控制台上一个凸起的大开关。

"这是干什么的？"他指着开关问道，好像这是他唯一不知道其功能的东西。

"给控制台照明的开关。"傻士兵耐心地回答道，四个人中只有他回应。

"照明？"讲师听起来有点困惑，好像不大相信。"我可以试试吗？"说着就把开关一下子拉到底，暗自期待遥远的什么地方发生爆炸，但是唯一发生的事情只不过是控制台上的一排小灯泡亮了起来。他关掉开关。受到这种显然允许他触摸的鼓励，他的手开始四处游走探索。

"哪一个是发射导弹的？"

"你想知道这干啥？"

"没什么……只是想看看是按哪个按钮……"

"没什么按钮……其实也不需要按任何东西……"

他直视着士兵茫然的双眼，他是在骗我吗？他走回去收拾散落在地上的讲稿。就在这儿，在沙漠中间深藏于地底的地下室里，他站在四个士兵面前，被派来给他们讲课，为他们漫长枯燥的生活活跃一下气氛，给他们提供一些信息，也许一些观念，最好能加强他们的信仰，简言之，激励他们。作为交换，他站岗放哨的职责得到了豁免。

他决定现在就开讲，不能再拖延了。无论如何，这堂课他必须得讲。毫无意义地浪费掉的一天，像空壳一样离开了他。他轻柔地说起了开场白。与此同时，那个信号兵，也开始对着绕在他脖子上的耳麦轻声说起话来。他一边看着讲师，一边与遥远的什么人交谈，从挂在墙上的小喇叭可以听到对方的应答，尖尖的声音在报告天气预报，风力和能见度。房间里每个人都聚精会神地听着，信号兵用笔做着记录。

等房间重归安静，讲师迟疑地走回设备边，脸上挤出一丝苦笑。

"这东西可以接通特拉维夫吗？"

"现在？"

"如果可以的话，就说几句话……"。

信号兵站起身，摘下耳麦，戴到讲师头上，很快就拨通了家里的电话，孩子再次拿起电话，声音既清晰又热情，仿佛近在咫尺。

"爸爸不在家，妈妈在睡觉。"别人还没问他就机械性地回答道。

"乖尤伦，我是爸爸。"

这一次孩子听清了。

"爸爸？"

"对，是爸爸。妈妈起床了吗？"

"没。"

"那喊她起床。马上去叫她起床，听见了吗？"

"好。"

但孩子没走开，不愿意放下电话。

他的呼吸声近乎抽泣。

"乖尤伦……"他压低声音着急地喊道。士兵们听到他们之间的对话，抬起头来看着他。他双手抚摸着面前的开关。

"你在干什么呢？"

"没干什么。"

"你吃了晚饭吗？"

"没。"

"我很快就回家。"

"爸爸……？"

"嗯？"

这时孩子突然崩溃了，一下子哭得倾肠倒肚，没法止住。他干号尖泣，哭声越来越响亮。房间的其他人保持着微笑，这时他才想起来他们能从喇叭里听到每一句话，赶紧摘下抽泣的耳麦，徒劳地摆弄了一阵，不知道怎么中断连接，直到信号兵过来救急，喇叭中的抽泣声才慢慢消失。

他一下子觉得如释重负。他放弃了讲课的念头，收拾笔记，重新戴上手表，本打算先说点什么，立刻又改变了主意。他一个字也没有说。下棋的士兵疑惑地看了他一眼，转头继续他们的残局。信号兵拿起一把起子，开始拆卸话筒。只有那个傻士兵继续盯着他，但讲师避开他的目光，在箱子里翻找着，拿出早上收到的诗集，坐下来，开始朗读。他连字母的形状都没看进去就感到乏味了。他太了解这种自作聪明的浪漫主义了。句子都对不齐，还偏偏要摆出一副多愁善感的样子。他平淡无味地念着，有气无力地翻页，几乎闭着眼睛。应该离婚，开始新的生活。

那个傻士兵的目光一直没从他脸上离开。难道他还指望他给他们讲课，给他们启示？他继续忙着念诗，不抱希望地跳页；突然，一首好诗跃入眼帘，只看第一行就知道了，不啻是当头一棒。他很快念了一遍，接着又念了一遍。三个简单明晰的诗节，字字珠玑，粪堆上的珍宝。也许是这家伙抄袭别人的？他又念了一遍，接着又读了第四遍，好像这首诗于他个人有特殊的意义。又念了一遍后，他抬起头来。地下室的人变得模糊不清，如在雾中一般。他面前的雷达屏幕充满雪花般的白点，如皮疹，如大队敌机来袭。"这儿好像有什么……"他想对他们说，但是没人看他，都在忙自己的事情。连那个傻士兵也对他不再抱希望，从口袋里拿出本廉价书坐在那儿读，开心地咧着嘴。

十二

八点整，一个身影出现在他面前。红发女已悄然而至，静静地站在门口，肩挎冲锋枪，注视着他。他坐在地下室的中间，低着头，诗集掉在脚边的地板上。

"讲完了？"她柔声问道。

他没回答，但立刻站了起来，把诗集塞进箱子，对房间的人一句话也没说就跟着她向上爬。一路上低头弯腰地摸索着，尽管小心翼翼，但还是觉得难免会再次碰头，幸好这次她在障碍物边等着，把温暖的手放在他头顶上往下压。

接着他又一次爬到了山顶，在发电机撼天动地的轰鸣声中，填好戴无边便帽的军官递过来的表格。他一副失魂落魄的样子，衣服皱得像穿着睡过觉一样。管它呢，反正他来过这里了。一间营房里透出隐隐约约的灯光，原来他被剥夺了的听众都在这儿。几十个士兵挤在烟雾缭绕的营房里，正在津津有味地看他带来的电影。他气得正要对面前的两个人破口大骂，可她却就在他的眼皮底下，走到军官身边去亲吻他，而军官稍微往后缩了一下。

很快他们又沿着山坡往下开，轮胎下的金属地面一会又变成了泥土地，导弹和雷达扫掠天线已被夜色吞没，仿佛从未存在过一样。大门口的哨兵也换岗了。这次拦住他们的是几个老兵。吉普车逃往自由让他们又羡又恨，因此千方百计想要刁难。尽管两鬓斑白和满脸皱纹，他们仍乐此不疲地拿手电筒往车里乱照，记下车牌，检查证件，固执而又兴致勃勃地填表，冲着坐在方向盘后面的红发女咧嘴笑，对她做鬼脸，直到最后，才不情不愿地升起栏杆。

他们又一次回到箭一般笔直的路上。他回头看去，导弹山已无影无踪，只剩一个红点高高地浮在退隐的天线之上。他很满意事情这样烟消云散，正如身后迅速消失的景色。他看着身边沉默无言的女孩，她手握方向盘，正全神贯注地开车，冲锋枪放在膝上，车灯照在路上，从路面反射回来照亮她的脸。从另一个世界来的苍白遗骸。

他伸出手碰了碰她的大腿。

"那座山，"他用手指了指夜色，"我们经过了吗？"

"没……"她笑了笑，出乎意料地再次驶出公路，速度不减，还是那么风驰电掣般地冲向山顶。

十三

他又一次跟在她后面，时而爬山越岩，时而穿过石缝，在锈罐头盒子和帆布团中趔趄前行。透过依稀的星光，他可以察觉到破碎的弹药箱，可以呼吸凉爽的沙漠空气，可以看见大地向埃及海岸伸展。即便是现在，遥远的运河依然在夜幕下发出微弱的白光。

他怎么可能忘记这个地方？他居然没早点认出这个乱石岗。

这就是当年他被空投下来的地方。现在他已经完全想起来了。那是西奈战役第四天的夜晚。那时主要战斗已差不多结束，战争的大局已定，整整四天，他们待在一个小机场，围坐在一架"二战"时期的达科塔飞机旁边。他们得随时准备投入战斗，但却对战事的进展一无所知，对错失一次精彩壮观的探险机会更是深恶痛绝，每天只能在螺旋桨叶片下的沥青跑道边无所事事，每隔几个小时就有人又送来一挺机枪，一箱弹药，一个对讲机，或一副担架。货堆的体积和数量与日俱增，直到第四天的黄昏，他们被装上突然变得生龙活虎的飞机，两个小时以后像活生生的装备一样被扔到两军之间的无人地带。轻柔的东风把他们送到这座山中。开始他们还试图挖掩体藏身，后来干脆坐下来，在寒冷中瑟瑟发抖，紧张地等待挺进中的部队。快到黎明时，他们遭到等待部队的猛烈开火，直到几分钟后和对方联系上射击才停止下来。一个战友被打死。不一会这些枪手大摇大摆地走过来，兴高采烈，沉湎在进军神速、征服沙漠的喜悦中。他们拿走物资和弹药，然后把他和尸体一起塞进一辆吉普送回后方。以后很长一段时间他一直耿耿于怀，觉得自己被骗了。

"课讲得怎么样？"她背着枪，站在几步之外，瞅着他兴奋地在乱石间来回踱步。

他停下脚步，看着她。

"讲课？"他咧嘴笑了笑，似乎在回忆，"没讲什么课……我什么都没讲……"

"没讲？"

"是的，有啥好讲的？我相信我的前任们把能讲的都讲了。我还有什么可讲呢？"

她笑了起来，似乎松了一口气。

他走到她身边。

"我的意思是，有什么意义？为讲课而讲课？编造虚假的问题？即使我能这么……"

突然他被她脚边的石头绊了一下，烟斗掉到石头上。心中的苦闷，挥之不去。

"我以为你睡着了。"她说道。

他没回答。内心如堤坝崩溃般汹涌澎湃。他张开双手，触摸着周围的灌木丛、帆布条和金属碎片，仰面在废墟残骸中间躺下，小心翼翼地将头靠近地面。薄雾中的夜空，变幻莫测，朦朦胧胧。在他的上面，戴着红色荆棘皇冠的是一张长雀斑的丑脸。真可悲。他闭上了眼睛。

"这个讲师应该被安葬……不能让他就这样躺着……这儿不会再有战争……"

"你确定？"她带点嘲弄地问道。

"我看见强大的军力……亲手抚摸过导弹……谁能突破……？"

"我们该离开了……"他听见她说道。

但他不愿离开，赖在那儿，想抓住这最后的一点自由，准备在这沙漠中过夜，或许甚至去讲那没讲的课。而她甚至不知道他的名字。

但她并不在乎他讲没讲课，只是想摆脱他。她走近瘫倒在地上的讲师，碰了碰他，想帮他站起来，他却如在梦幻中一样弯腰去亲吻她的大脚，啃了一嘴泥沙。晶莹透亮的蓝宝石对他的嘴唇来说不再是完美无缺，而是一股脚臭。这一次她往后缩了下，尽力想甩脱他，拽着他在地上走了一步，把他拉了起来，在她强壮的手臂中，他能感到她的力量。

"你会误机的……"

十四

　　脚下的台阶一级级飞逝而去，他刚踏上飞机螺旋桨就开始旋转，仿佛飞机是因他登机而发动起来似的。和上次一样，又是只有他一个平民，士兵们没戴军帽，举止得体。他们安静地坐着翻看报纸，甚至都没人看迟到者一眼。他立刻把自己埋进后面的一个空座位，系好安全带，看着跑道灯一个个消失，但很快就觉得无聊，烦躁不安的老毛病又犯了，他跳起身想去找个旁边有人的座位。在靠近前排的地方他看见了一个两鬓斑白的老头，是几小时前在服务站与他交谈过的炮兵指挥官。他微笑着朝他点了点头，悄声坐到他旁边，但上校没认出他，继续阅读，同一本手册，同样的聚精会神。讲师稍等了片刻，一只手迟疑地轻轻碰了碰上校的肩膀。对方吃了一惊。

　　"你不记得我了？我是那个讲师。"

　　"什么讲师？"

　　"在六一二炮兵阵地。"

　　老人摘下眼镜，盯着他像看见一个鬼魂一样。

　　"你……从那边回来了……？"

　　"是的……"

　　"他们听你讲课了？"

　　"当然。大家都鸦雀无声。我好不容易才让他们放我走。"

　　"你运气不错。一般来说他们对讲师都非常苛刻。"

　　"但对我不是这样。他们人非常好。向我介绍风景，带我去导弹发射井，向我展示地形图，带我参观控制室，各种设备，雷达等等……给我讲解工作原理……我还差点亲手发射了一枚导弹……"

上校似乎有些厌烦，皱着眉头。讲师的手上沾满黑乎乎的油，衣服带着泥，满脸通红，额头上还有血迹，声音里也夹杂着一种刺耳的尖声。

"一次非凡的经历，亲眼目睹强大的军力……还有完美无缺的伪装……不透一丝光……"

远眺窗外，在天空与黑暗的沙漠之间，他突然看见了自己，正在太空中潇洒地翱翔，他的面容沉重而疲倦，一天没刮的胡茬如灰色的雾气挂在脸颊上，群星在他的头发中缠缠绕绕。

"只有一件事情我不是太清楚——"他还缠住老军官不放，"这些导弹的深度是……"

"你的意思是射程是多少。"

"射程。当然，射程。"

"完全取决于你瞄准什么目标。"

"最大的……"讲师突然激动起来，说道。

但是上校有些不耐烦：

"不，你想要攻击什么？"

"不，我的意思是——随便……不攻击什么目标。"

"如果你不攻击目标，那就不发射。"

讲师低下头。简直是对牛弹琴。这时上校已经着手摆脱他了。他重新戴上眼镜，又开始全神贯注地阅读手册。下面空荡荡的黑夜突然跃出一些灯光，灯光越来越多。人类居住的痕迹，村庄、有路灯的道路、十字路口，万家灯火，然后是大海和海岸，特拉维夫出现在面前。

舱门打开，大家都站起来，上校迅速地从他身边逃走。他最后一个走出机舱，发现外面在下雨。春雨荡涤着小镇。他突然不想回家，在潮湿、空寂无人的机场徘徊了一会，又转身朝人去楼空的航站楼走去，在一个上漏下湿的电话亭里找到了一部电话，斜风细雨扑面而来。

"是我，"他告诉接电话的妻子，"你能听见吗？"

"能。"

还是那么冷冰冰。

"怎么回事啊？孩子在哪儿？"

"睡觉。"

"他总算把你喊醒了……"

"不是……我发现他在电视机前睡着了。"

整个下午就孩子一个人，彷徨无助。这样下去，孩子最终会被他们俩毁掉。

"怎么回事？你是怎么回事？"他气冲冲地说道，雨点抽打在身上，头开始痛起来。

"你又想怎么样？"

她的隔阂，她的厌恶。

"我去了西奈，导弹基地。我打了几次电话。你是怎么回事？你怎么能睡成这个样子？几乎一整天……"

她默不吭声。

"你听见了吗？"他的声音缓和下来。

"听见了。"

"听我说，是不是出什么事了？"

"关你什么事？"

这无休无止的煎熬，永远不变的敌意。她甚至有可能是试图自杀。这么说战争仍在继续。然而他突然愿意去屈服，去宽恕。头痛得更厉害了。手中的烟斗已湿透，往下滴着水。在破漏的屋顶下，他的身体有点摇摇晃晃。但他决意回家，准备进行战斗。

沉睡一整天

清晨，雨中，两只装满水泥的小桶。桶的把手已经变形，桶沿也破损不堪。两桶水泥统统倒进大片泥浆之中。用来造房子的两只桶。

我冻僵的双手一碰到那冰冷粗糙的金属就瑟缩不前。它们又红又疼，白费力气地想在把手上找一块干净的地方。我拖着沉重的双腿，顶着倾盆大雨在搅拌器与卢布拉尼之间来回传送着水泥。卢布拉尼是浇注工，正在脚手架上勤快地把水泥倒进模板。

还是大清早，天空阴郁压抑，漫长的一天在前面等着我们。时间像一头巨兽，躺在搅拌机旁高耸的碎石堆和沙丘之间，一动不动，让人无法逃避。我不敢问时间。

头痛得要命。天亮前，在昏暗的房间里，我从昏头昏脑的沉睡中惊醒。天空惨淡了多日，不祥的细雨悄无声息地落在空荡荡的街道上。整栋大楼（这是一栋很大的公寓楼）寂静无声，只有我们的朋友西顿和往常一样，坐在门口的第二级台阶上。他以前也是工人，后来双腿被截肢。他成天坐在那儿，连吃饭也让人送，这样便可以一边看我们，一边毫无乐趣地咀嚼他的食物。没人知道他什么时候睡觉。清晨，他目送我们去上班；黄昏，他迎接我们回到各自的小房间。那些半夜才回来的人也会看到他，依旧坐在第二级台阶上，急切而警觉。他伴随我们爬上高高的脚手

401

架，看我们在长长的工作台边弯腰劳作；他也伴随我们到乌烟瘴气的酒吧里闲逛，跟我们一起俯身亲吻姑娘们温柔的嘴唇。他不用离开他的第二级台阶就可以过我们在过的生活。

今早，天刚亮，我又在那儿看见了他，身体蜷缩着，在冷雨中瑟瑟发抖，目光透过破烂的裹衣布炽烈地燃烧。

"今天瓢泼大雨吗？"他听起来十分担心。

"是啊。"我匆忙回答道。

"这雨会要你的命的……"

"是啊。"我挥手朝他告别。

这不，现在我就提着水泥桶来回跑着，一刻不停，一丝儿希望也不抱。旧搅拌机发出疯狂的轰鸣声，工作着，快乐地颤抖着。

雨把我淋了个透湿。雨水开始浸透我的衣服。水滴顺着脖子往下流，沿着我温暖的背形成一条冰冷的水线。而现在还不过是早晨。

工人们默默地忙活着。搅拌机旁的那些人在工头的带领下各司其职，专注而高效。我们这些剩下的新手们则拎着桶连走带跑，把桶递给脚手架上的卢布拉尼，然后再由他沉着地把桶里的水泥灌进宽大的模板中。卢布拉尼经验丰富，非常能干，本来可以有很好的职业前景，但他有请假的习惯，经常整天不来上班，有时甚至几个星期不来，没人知道他干什么去了。

忽然间，我觉得浑身的力气像被抽干了一样。要是能休息一下就好了，哪怕只一分钟。我绝望地看了看四周，其他人都在专心干活，一言不发，对瓢泼大雨毫不在意。我举起水泥桶递给卢布拉尼，双手在颤抖。

"几点了？"我看着头顶上的身影轻声问道。

"还早着呢。"他回答说，浓密的大胡子绽开温和的笑容。

我又开始跑了起来，来回不停。我的鞋上沾满了厚厚的泥，变得又笨又沉，在木板搭起的通道上磕磕碰碰。我想一头栽进其中一个泥坑，这样他们就可以把我抬离这个鬼地方了。

"还要这样干多久啊？"我对着卢布拉尼大声喊道。

"还得好几天呢。"他好心地看了我一眼。

现在，他饶有兴致地看着我跑回搅拌机。

我双腿发软。这种悲惨的生活让我厌恶。我在风雨中穿行时，雨改变了方向，从侧面斜打在我身上，两只水桶被打得晃来晃去，在手臂下变得越来越沉。我开始像个醉鬼似地东倒西歪，从搅拌机向卢布拉尼跑去的时候，故意作出摇摇晃晃的样子。我快步赶上其余的人，超过他们，上气不接下气，几乎要晕过去，但似乎没人在意。只有卢布拉尼看到了这些，仿佛预感到我立刻会垮掉。

当我晃晃悠悠地把水泥桶递给他时，他冰冷有力的手抓住了我，阻止了我晕倒。

"你太累了！"他说。

我喘着粗气，眼前一片模糊，几乎睁不开双眼。

"你需要睡觉！"他说道。

我嘴唇动了动，什么都没说。

"跟我来。我们一起去我家睡觉。这种鬼天气我本来就不该来上班的。"

他从脚手架上敏捷地跳下来，扔下水泥桶，向搅拌机走过去。我跟在他后面。

工头站在那儿，全身裹得严严实实，眼睛盯着旋转的转筒。雨水从他紧绷着的脸上往下流。卢布拉尼轻轻拍了拍他的肩膀，他一动不动，继续盯着旋转中的水泥搅拌机，好像是第一次见到。卢布拉尼再次把手放在他肩膀上，轻轻按了按。他吃了一惊，转过身来，在空中挥舞着双臂。

"怎么回事？"他的声音盖过了马达的轰鸣声。

"我要回家了。"卢布拉尼也大声喊道。"还有他，"他用手指了指我，"跟我一起走。"

工头似乎没听明白："怎么回事？混凝土不够黏？"

"我不干了。回家。"卢布拉尼大声说。

"为什么？"工头疑惑地问道，声音里有些不快。

"我要回家，我不想干了。"

"你病了吗？"工头满腹狐疑地追问。

"没有，我累了。"

"什么？"工头大声嚷道。

"累了。"卢布拉尼小声说道，他已经精疲力竭，视线模糊地盯着围过来的、落汤鸡似的工人们。

搅拌机顽固地拒绝合作，继续发出刺耳的轰鸣声，闹得工头还是弄不明白到底出了什么事。他把手伸向裸露的、已经过热的马达，关掉了马达开关。搅拌机不甘心地摇晃着，迷惘地呻吟了几声，终于认命似的安静了下来。

奇妙的宁静降临到我们中间，雨的淅沥声似乎变得更大。工头疲惫不堪地问卢布拉尼：

"到底怎么了？"

"我累了。我想睡觉。"

"累了？"他叹了口气，从红红的额头上擦掉水珠。

"累了，是的，累了。"卢布拉尼直视着工头，固执而耐心地重复道。

人越围越多，我低下头看地，但卢布拉尼却毫不在意。

"我们都累了。"工头简短地说道。

"我知道。"卢布拉尼回答道，一副真心难过的样子。

"你不能就这么离开，"工头给了他一个慈父般的微笑，"你看，活还没干完，你也知道大家都很辛苦，不过，再坚持一下今天就过去了……到下班时间就好了！"他突然变得浑身充满热情。

"我累了。我要睡觉，"卢布拉尼说道，"今天是难熬的一天……还是个下雨天。我一定得睡觉，躺在床上睡觉。"说完，他朝停在车棚的摩托车走去。工头一下子懵了，赶紧追上去拉住他的衣服。

"你走了谁往模板里面浇水泥？这儿只有你能干这活儿！"

卢布拉尼放慢脚步，停下来。"我不知道。我只想去睡觉。"他说着，继续往前走。

工头冲他挥拳头。"不行！"他大声吼道，"不行！你不能就这样离开，把烂摊子扔给我们！"他急得眼泪都流出来了。

卢布拉尼继续往前走，我尾随其后。工人们跟着工头安静地向前走，看上去像是要和我们一起离开。突然，工头一步跳到我的面前，抓住我的胳膊吼："你也要走？"

我舌头打结，说不出话来。卢布拉尼用平静的声音给我解围："他也累了。他要去我家睡觉。"

工人们突然停下脚步，站在那儿目瞪口呆，好像做错了什么，但眼珠子仍悄悄乱转想看热闹。卢布拉尼满不在乎地继续往前走。走到摩托车旁边开始捣鼓起车子，我贪婪地注视他的一举一动。

卢布拉尼启动了摩托车，但车的轰鸣很快被剧烈的暴雨声淹没。他骑上座位，躬身把皮夹克套上瘦削的双肩，准备冲入那夹着冰雹的厚厚的雨帘。我坐在他后面，想找个地方抓手。我在座位后方发现了一个冰冷的金属把柄，刚抓住它，全身就冻得往后一缩，下巴埋进衣领里。

我回头看了一眼正在建的房子，还只是个灰不溜秋的空架子，没有任何挡雨的地方。那些观念狭隘、心存邪念的工人，仍待在原地，死死地盯着我们。小个子工头站在他们前面，目瞪口呆。

摩托车风驰电掣般驶过空旷的街道，后轮抓地，前轮在雨水中滑行。雷声在头顶上响过，如千鼓合鸣。闪电狂怒地交叉劈下。尖锐的冰雹粒劈头盖脸地打在我紧闭的眼睛上，我的脸颊冻成了冰块。但卢布拉尼仍弓着背，牢牢钉在座位上奋力向前开。摩托车载着我们穿过大街小巷，进入一个与云雾缭绕的群山为邻的花园小区。我们在白色的小房子之间急速穿行，刺破清晨时分的宁静，最后到了他那位于小镇边缘的房子，那儿是所有路的尽头。

卢布拉尼在湿淋淋的外套口袋里摸索，掏出一把钥匙。他把钥匙在两只手掌间来回抛了几次，然后随着一声令人愉悦的喀嚓声，钥匙被插进了锁眼。我们走进一个小巧、安静的住所，门在后面关上。一股热浪扑面而来。暖气开得很大，但窗户全都敞开着，因此室内空气并不觉得沉闷。风暴的势头已经减弱，素净的窗帘正随风飘动。卢布拉尼向前伸展双臂，渴盼地闭上眼睛，大口吞吸着室内的热气。

"我们身体里流淌的全是疲劳……"他喃喃自语，声音一点儿也不像他的。

一间完美无缺的公寓。只有两个房间，被一扇宽大的门隔开。两个房间都没有普通家庭常有的家具，除了两张床，一个房间一张。

我焦虑不安地盯着它们。这是两张巨大的床，既宽又高。每张床都占据着房间的中心位置，上面是加高的深色木制床架，光滑亮泽，方方正正的房间因此也像极了一张大床。窗户很大，在床上睡觉的人可以通过它欣赏窗外的美景，山坡下的谷地绿树成荫，百花盛开，远处是一望无际的原野。

卢布拉尼和我都站在原地惊呆了。床整理得无比完美。雪白的被单绷直平整，柔软的鸭绒枕头竖放在床头，毯子齐齐整整地跟床单叠合。突然，我感到了卢布拉尼的目光。我把脸转向他，只见他脸色苍白，看上去十分难受的样子。他一言不发，只是对我勉强笑了笑。

"这是……?"我的嘴唇有点发抖。

"是我的床，"他有些刻意地回答道，"我住这儿。"他低下目光，绿色的小眼睛激动地朝着床扫了几眼。他走过去，在床架边坐下，眼睛发出奇异的光彩。他呢喃道：

"睡觉……"

他用手掌抚摸着平整的床单。"我成天躺在这儿，在这儿睡觉，"他嘴唇张开，充满渴望，"从一张床到另一张床，然后再回到第一张床。每张床上躺几个星期。"

一股股冷空气从敞开的窗户吹进来。它们与墙上不断升起的暖气冲撞着，融合着。我累了，被冰雹打过的脸还在痛，两腿酸软无力，几乎站立不稳。卢布拉尼仍然低着头，我轻轻走了两步，来到他身边，小声问道："你怎么这么能睡?"

他神情安宁，沉浸在自己的世界里，好像什么都没听见。突然，他跪下来抓住床脚，就像抓住祭坛的坛角一样。

"你不懂……你不……不是休息，是睡觉……沉沉地睡去……"

他的嘴唇从冰冷的金属架上掠过，似乎在亲吻它。他的眼神迷离。

"我工作是为了睡觉。我睡了吃，然后再睡。这里才是真正的生活。"他把拳头伸到毯子下面。

一阵漫长的静默缓缓地降临。

我想一头扎到那张床上，深深地陷进去。冷风与热气交替地对着我吹，像打摆子一样。湿透了的脏衣服仍在往下滴水，在脚下形成一摊积水。一切像雾一样迷蒙不清。我闭上眼睛，过了很长时间，等我睁开眼睛时，到处是白茫茫的一片。卢布拉尼把头靠在床架上，双眼紧闭，接受睡眠的抚爱。

我慢慢挪过去，直到能俯身看到他。

"卢布拉尼……卢布拉尼，"我喃喃说道，"别这样丢下我不管。我们说好一起来睡觉的……"

他慢慢睁开眼睛，抬起头，瘦削的脸对我笑了笑。然后他站起身，对我说："睡觉去。"

他走到窗口，迅速而熟练地挨个关掉窗外的遮阳罩，让窗户继续开着。虽然仍有少许光线从缝隙中透进来，但柔软的黑暗很快充满了整个房间。他帮我脱掉外套，把它搭在过道的暖气片上滴水。然后，他去了另一个房间，回来时抱了一件上过浆、熨烫过的浅色花睡袍。他把睡袍放到我面前的床上，转身离开，随手关上了中间的门。

我脱掉衣服，脱掉鞋子，如僧侣套上僧袍一样把自己裹进芳香的睡袍里。我赤脚走到窗边，睡袍拖在地上，仿佛水波在地面流淌。我从遮阳罩的缝隙向外看。

外面的世界里，骤雨正急，雨雾溟蒙。街道寂静无声，只有雨水没完没了地滴在灰色的屋顶上。黑云在远山上蓄势待发，片刻就要冲破沉默的羁绊。细雨悄无声息地飘来，时断时续。整个天空看不见一丝蓝色。对手拎水泥桶的工人们来说，哪怕是地平线深处也看不到任何希望。

但我的心中充满了快乐。

我着魔似地爬上床，一头扎进床里。我在柔软的毯子下面蜷曲着，蠕动着，翻来滚去，被一阵强大、难以抗拒的凉爽吞没。我陶醉地闭上眼睛，两条赤裸、多毛的腿相互摩擦着。这张雪白的床是多么美妙啊！躺在平整、凉爽的被单上是多么柔软啊！

我快乐得想哭。我缩成一团，把自己裹得紧紧的，睡意很快袭来，我终于沉入那有节奏的浓浓黑暗。

我再看到自己的时候是在梦中。梦境在紫色的世界里慢慢升起，我走在一群身穿白衣的人群后面，充满自信。人群的最前面是一辆生锈的旧摩托车，喷着白烟向前疾驰。

我就从那个地方走进了春天，来到一条潺潺的小溪边，周围绿树如茵，百花盛开。在蜿蜒曲折的小溪旁，在绿树环绕的草坪上，躺着一位身材高大、深色皮肤的裸体女人。我沉醉在她棕色、明亮的眼神中，索要她的身体，静静地，兴奋不已。她抚摸我的脸颊，我的体内快乐高涨。我扑向她光滑的身体，如痴如醉地亲吻，热血沸腾。我急切地想吻遍她含苞欲放的身体，全然不顾溪流中过往的行人，他们向我投来体谅的目光。但我却在失去她。她滑下小溪，随波沉浮，飘然而去。我的双唇再也亲不到她甜美的肌肤，我亲到的是行人赤足撩起的水花。

他们轻轻地践踏着我，成群结队地踩在我的头上，迫使我沉入溪底。他们用腿紧紧锁住我的脖子，按着我的嘴，逼我喝那柔软、白色的溪水，几乎让我窒息。我的整个身体都被湿泥吞没，只剩下头还扬在上面。

"我累了。"我的头从地上对他们小声嘀咕道。

"睡吧，睡吧。"他们回答道，依旧轻轻地踩我的头。

我紧紧抱住毯子。在这个世界继续噼里啪啦地下着雨时，我却沉醉于幸福之中。一缕光线从遮阳罩钻进，柔软而自在，搜寻着黑暗。隔壁房间里传来沉睡者轻微的呼吸声。

　　我又一次陷入无边无际的沉睡之中，时睡时醒。不知道多少个小时过去了，时间如长长的、模糊不清的波浪，从灰白色的窗帘上淌过。我酣饮着从窗口不断涌入的清新空气，感到自己越来越虚弱。

　　等到终于醒来的时候，我已经忘了自己身在何处。但我明白，一切都结束了，我不能再睡了。房间很暗，遮阳罩的缝隙中没有一丝光线射入。我侧耳聆听，想知道雨是不是停了，结果又一次听到沉闷的雨声。我再仔细听了听，还是听到水流声。我觉得浑身发抖，爬起来，摸黑找到衣服穿上。隔壁房间里仍然毫无动静，卢布拉尼还没醒。我想知道是什么时间，但却找不到钟。我开始寻找我的外套，最后在暖气片上找到了，皱巴巴的一团糟，热得烫人。我拎起鞋子，摸着黑向两个房间中间的门走去，走进卢布拉尼的房间。

　　他躺在床上，手臂可怜兮兮地伸展着，全身裹在白色里，就像包在裹尸布里一样。我走到他身边，静静地站在加高的床架边。我呆呆地看着他直挺挺的身体，摊在我上方一览无余。等我把目光转向他露出的脸时，发现他眼睛睁得大大的，安静地盯着我。他的眼睛很清澈，好像在过去的大半天时间里根本没睡过觉一样。

　　"我睡着了。"我说，眼睛紧紧盯着他的眼睛。

　　他那乌黑的脑袋在枕头上郑重地动了动，什么都没说。

　　突然，我清晰地忆起刚才的紫色梦境，忍不住开始飞快地说起来："我做了梦……在一片绿色的谷地……是春天……"我突然停了下来，说的话毫无意义。

一丝笑意从他嘴角掠过，但很快消失了。

"你也做梦吗？"

"以前常做，现在不做了……现在我感觉空空如也……这样更好。"

我转身要离开，但又改变了主意。

"你不起床吗？进城去？"

他明亮的小眼睛充满了绝望。

"不，"他轻声说，"我要睡觉。一直睡到早上……睡到晚上……接着再睡……我没睡够……接着睡……接着睡……"

我出了门。街道在闪烁的路灯中时暗时明，天空阴暗寒冷，风吹动着乌云，远方的星星时隐时现。雨暂时停了下来，但在没被建筑物挡住视线的西边天空，大块大块的乌云正在堆积。到处都是水声。排水槽嗡嗡作响，水流咆哮着流入海口。一团团水滴从路边枝叶繁茂的树上跌落。夜幕刚刚降临，大街上人来人往，热闹非凡。我精神焕发，心满意足地走在他们中间。他们一个个奔波忙碌，疲惫不堪。一天的劳作刚刚结束，等待他们的是追风逐雨的快乐之夜。在上苍垂怜的平静时分，我慢慢走在回家的路上，我的脑子从来没有那么清醒明白过。我艰难地在泥泞的坑坑洼洼间穿行，离我住的公寓大楼旁边那个狭窄的街区已经不远了。

西顿和往常一样坐在第二级台阶上，享受着他人工作带来的满足感。当看到我低着头从那昏暗的街头漫不经心地走过来，他顿时变得兴高采烈起来。好像其他人都回来了，他专门在等我。他抓起放在身前那双屡经风雨的拐杖，支撑起他残疾的身躯，站在过道上热情地迎接我。我走近他，目光紧盯着他的伤疤脸。

"这才是我说的上班！"他的兴奋之情难以自已，"这才是一整天……"

我直视着他不停乱转的眼睛，带着今天刚获得的宁静回答道："难熬的一天。"

"你干的活儿是浇注水泥，我的朋友，"他拄着拐杖一颠一跛地向我走来，脏乎乎的嘴冲着我的脸，"瞧你这身脏衣服，瞧你这双又红又肿的眼睛。谁都知道干这种活儿中间是不能停下来的。"

突然，雨点向我们头上砸下来，雨点很大，但雨势并不急。我握紧拳头，只觉得一阵眩晕。我跳到第一级台阶上，坦诚地面对着他，快速地说道："那栋建筑物很大……巨大无比……水泥桶很重……铁把手光秃秃的……没人伸手帮你抬一把……"

我激动得几乎透不过气来，雨水浸湿了我的头发。西顿似乎有点摸不着头脑。

"这个工作会要我的命的。"我声泪俱下。

每个字都让他难受。

他怜惜地看着我。他拄着拐杖摇摇晃晃的，似乎想向我的脖子扑过来，拥抱我，用他那干瘪的双臂紧紧箍住我。

"这是没办法的事，"他嘶哑的声音充满了同情，"要赶工期……"

"是的，要赶工期。"我默默地同意道。

我们沉默了片刻，突然西顿似乎改变了主意，从门口移开身体，让我通过。

"去吧，亲爱的，去吧，孩子，去睡觉……"他说道。

我回到我那狭小的房间，四面墙都已斑驳陆离。房间很暗，但我却没有心情开灯。我瞅了一眼我的小床，它对着一个正方形的简易窗口，惨淡的路灯光线透过窗口照射进来，让它在黑暗中泛着白光。我饶有兴致地打量着乱七八糟的小床，被单揉成一团，皱皱巴巴的毯子从床上垂到地上，脏兮兮的枕头。我突然振作起来，开始收拾床。

我不累。我已经睡足了觉。我的心灵得到了净化。但窗户很脏，从窗口射进的光依然简洁明快。我闭上眼睛，黑暗、凌乱的房间已经让我用眼过度，或许我最终会陷入另一种黑暗，一种沉闷、空洞的黑暗。我想起了卢布拉尼，那么绝望地沉睡在他那巨大的床上，他的房子面向绿色的山谷，远得不可触及。我的心中突然充满了对梦的渴望，那些我做了一整天的梦，永远记不住也忘不了的梦。

今天还剩下什么事情可做呢？还剩下什么事情没做呢？

不，我不累。我的手下意识地解开工作服，慢慢脱下来。我穿着短裤发疯似地朝着床冲过去，带着发自肺腑的渴望。我突然生出一丝温暖的感觉，而我的心却因为悲伤而痛苦。我躺下来，在黑暗中睁大眼睛。我使劲咬住嘴唇以示抗议，直到双唇开始流血。灰色的窗帘挂在窗户上，把我的整个存在还原成两眼间那块空荡荡的表面。

那些梦，它们真的会来吗？

老头之死

一

我发现自己已经发呆半个小时了。我有点纳闷儿：究竟是谁，或者是什么让我分心停下了手头的写作？我注意到下午的阳光尚未触及屋前的树梢，也没有把摊在我面前的空白稿纸照得眼花缭乱。我审视着书桌：如果桌上放了本书，或许它会让我从工作中分半小时的神，但是桌上根本没有书。我俯身贴近收音机，想知道是不是收音机里传出的动听旋律让我走神，然而收音机里寂静无声。我伸出一只手碰了碰嘴唇，也许那里面有什么食物引我发呆？但是口中发干，空荡无物。我走到门边，想看看是不是有人开门进来，在我身边坐过，也许这个人是我发呆的缘由？但是门紧紧锁着。我的结论：房间里没有其他人。

我站在窗前远眺群山，因为写书我已经好几天没这么做了。为了这本书，我甚至很久没有去田野散步或上街闲逛，但我还是一行字也写不出。我继续这么虚耗光阴，却不知是什么缘故。

突然我想起半小时以前，一楼的阿什特太太来过，对我说了些什么。虽然当时我对她连连点头，表示听明白了，现在却怎么也记不起她说了什么。我决定下楼去她的公寓问问。也许她问了我一个问题，也许她想让我帮个忙，如果我不照办，她会生气的。我不知道自

414

己为什么这么在意阿什特太太……毕竟，她是一个老太太，我是一个老头子。也许是因为她老是那么充满活力，而我却总是暮气沉沉。

我走出房间，锁好门，沿着富丽堂皇的楼梯（我们住的可是座现代建筑）向楼下走去。走到一楼阿什特太太的公寓前，我按响了门铃。阿什特太太很快打开了门。她脸上容光焕发，但略带一丝忧虑。她迅速把一只手指按在嘴唇上，示意我不要说话，其实我根本无意开口。

我进入公寓，走进紧靠厨房的一间厢房。房间完全是暗的，被阿什特太太用黑色的窗帘遮得严严实实。床上躺着的是阿什特太太的老头，身上盖着黑色的毯子。

"阿什特太太的老头死了，"她悄声说，接着又含含糊糊地补充道，"总算死了。"

我惊讶地吹了一声口哨，刚想拍手显示我的如释重负，阿什特太太急忙阻止了我。她悄声道：

"别出声，先生，请不要发出任何声音，何必打扰他的安息呢？"她接着说，仿佛在自言自语："几乎可以肯定他还没死彻底，只是睡得很沉。不管他是死了还是睡着了，我一定要在天黑前把他埋掉。"

她用锐利的目光盯着我。

"我肯定——非常肯定你会同意的。"

我点头表示同意。作为这栋现代建筑的房客之一，我不可能有别的选择。这儿的每一个人都对阿什特太太和她做的好事颔首称许。

二

阿什特太太的老头已经很老很老了。对有些老人来说，老年

415

不过是生命中令人生厌的一段风烛残年，而这个老头的年龄本身就有自己的生命，让人羡慕。没有人知道阿什特太太究竟是从哪儿找到这个老头，他又是怎么住进了她的公寓。也许她是在一次旅途中碰到他，然后把他带回家的。不管怎么说，他属于阿什特太太，他所有的称呼，直接也好，间接也罢，都是以阿什特太太为参照物的。刚开始时，阿什特太太常带她的朋友们来看他，而他也乐意用一种好脾气的傻气跟他们交谈。因为他的高寿，阿什特太太的客人们对他特别有兴趣，但是他的魅力很快就开始消失，只剩下令人生厌的一面。病和累与他无缘，他身上完全没有任何不久于人世的迹象。相反，他似乎越活越健旺。我记不清是不是顶楼的库克先生，反正有人对阿什特太太说过，这老头子将会看着我们这栋楼的所有人走进坟墓，无论老少。从那时起，我们都对他起了戒心，而他看见我们对他有戒心，也开始防范我们。每次我们应阿什特太太之邀进入她的公寓，都会看见他蜷缩在自己的角落里，瘦小，满脸皱纹，明亮的眼睛惊恐地盯着我们。有时，他三步并作两步地匆忙上楼时，居民们会向他投去不满的眼光，他就会赶紧放慢脚步，装出一副老态龙钟的样子。或者，房客看到他深夜跟其他老年人一道从嬉笑胡闹的晚会回来，兴致勃勃地哼着在年轻人中流行的曲调时，居民们会大声嘀咕："为老不尊。"听到这话他就会咳嗽几下，假装清理喉咙。

就这样，一直到那个疯狂和令人焦虑不安的日子，大家开始传言这老头根本不是凡人，他会长生不老。

阿什特太太听到传言后，就在一个夜晚主动接近他，带了几个邻居作为证人，严肃地追问他究竟有多少岁。

他不无尴尬地笑了笑，带着歉意用清晰的声音小声道：

"大概一千岁吧，可能更老。"

阿什特太太用锐利的眼光盯着他，宣布道：

"如此说来，你早就该死了。"

他忧伤地笑了笑，仿佛听见了什么有趣的事情。他瞟了下大家，惧意渐生。

"也许，也许……"

"你必须在一个星期内死掉。别担心，我们会为你举办一个盛大体面的葬礼。你太老了。"

他用求救的眼光挨个看每个邻居，但大家显然都对阿什特太太宽宏大量的言词没有异议。她又补充道：

"如果你不愿意死，我会在你睡着的时候宣布你的死亡并把你埋掉。我不是要你用暴力自我了断。合情合理的想法是，只有你将自己的精神世界与尘世分离，你的身体才会离开这浮华世界。"

他缩在一角，越听越心惊胆跳。当他看到在场的所有人都同意她的话，而且可能随时准备帮助她时，他又忧伤地笑了笑，仿佛听到什么有趣的事情一样。

从那时起他不再睡觉，习惯了半睡半醒地打盹。每次阿什特太太蹑手蹑脚地走过去察看，他总是睁着一只眼提防着，以免被活埋。他也常常到我房间来，聊上几小时鸡毛蒜皮的琐事，瞅个空子打个盹，把长时间没合拢过的眼皮垂下来，盖住又红又肿的眼睛。

这天下午，他看见阿什特太太因急事外出，觉得这是多日难逢的补觉良机。不料阿什特太太突然杀回来，发现他正呼呼大睡，于是便抓住时机宣布了他的死讯。

三

我惊讶但不无兴趣地看着那老头，心里琢磨他会如何面对阿什特太太对他的死亡诊断。我差点想叫醒他，但又不愿意惹阿什特太太生气，毕竟，她的话也有其道理。没人有权活得比大家认可的寿命还长，何况这家伙还打算长生不老呢。每个人的结局都是死亡，被埋葬，遭人遗忘，化为尘土随风飞扬，然后与其他尘土混在一起，变成养育庄稼的沃土或者路上的飞尘，伴随生者或短或长的旅程。

阿什特太太说道："我们得派人去请殡仪员来把他抬去墓地。"

"是不是应该先请医生来开死亡证明？"我问道。

她心事重重地看了我一眼，缓缓地在床边坐下来，叹了口气。

"我开始怀疑你是不是真的理解我。这老家伙不是圣人，也不是什么大人物，他的死对世界没有任何损失，对我也没一点好处。他一无所有，领的那点津贴死后也会停发。我做的这一切都是为了大家好，这样他就不必背负着记忆的包袱在活人的领地里东游西荡，对周围的世界视而不见。"

我同情地看了她一眼，但这件事不是她和我们几个人就能解决的。我想知道下一步该怎么办。

这时老头在毯子下轻轻地动了动。阿什特太太盖在他身上的毯子妨碍了他呼吸，打扰了他的美梦。

阿什特太太突然改变了主意，就像她经常做的一样。她伸出结实的小手想把老头从睡梦中摇醒，但他并不急着醒来。他先是迷迷糊糊地用他的母语叽咕了几句，不愿离开梦乡，但经不住阿什特太太的连推带摇，终于睁开了双眼，马上意识到自己睡过了头。看到阿什特太太在，他赶紧从床上一跃而起，说：

"我睡着了，阿什特太太……现在我醒了……完完全全地醒了……在活人的世界里醒着！"

"已经去世的人是不会醒的，只会死。全世界都知道死人是不会死而复生的。我现在只想请求你安息，只想知道你想要你的悼词怎么写。"

老头惊恐万状，叽叽咕咕道：

"别，别……阿什特太太，这怎么可能？你看看我，我活着，很健康地活着……"

阿什特太太严厉地盯着他。

四

老头知道自己在劫难逃。他难以置信地盯着我和阿什特太太。也许他有什么难听的话要对阿什特太太和我——她的同谋说，但是他却不敢。沉默了一会，他终于开口轻声问道："你们打算怎么处置我呢？"

阿什特太太不想和他纠缠鸡毛蒜皮的细节。她简短地向他描述了葬礼安排。老家伙一边听一边拼命地摇头，一双眼睛惊恐地乱转：

"不……不……不可能。这种事情是违法的，阿什特太太，这是违法的。"

阿什特太太回答道："说实话，老头，你不这么哭天喊地我的日子就已经够难的了。我很喜爱你，你充满活力，你的年龄对老年人来说不过是个装饰。我会想念你的。这栋楼尽管到处是人，你和我却是孤独的。我的老头，求求你，请不要让我更为难。"

她几乎要哭出来了。我们俩看到她难受的样子都深受感动。老头为刚才说的话感到后悔。

"别让自己难受了。你成天为大家东奔西忙，还有很多事情需要你操心。你一定要多保重。我照你说的做就是了。"

老头刚说完，门铃就响了。阿什特太太擦了擦眼睛，脸上又显出坚决的神情。

"是医生来了，"她转身对我说道，"你前面提过的医生。我也知道医生必须到场。"她又转过身对着老头："在他面前表现好点。"

我和她一起走出房间，来到门厅，我开了门。门口站着一个个头很高的男人，手里拎着医疗箱。他迈着和他的大个儿不相称的碎步走进公寓，看见阿什特太太后赶紧摘下帽子，谦恭有礼地弯下腰，直到阿什特太太伸出手让他吻才直起身。

"医生，你在我们非常艰难的时候到访，"阿什特太太说，"来履行一项令人悲伤的职责。"

他含含糊糊地笑了笑。

"我们的老头就要死了。他可能已经死了。"她斩钉截铁地补充道。医生还是模棱两可地微笑着，姿势不变。

"身体可能还会动弹几下，"我插话道，"但是灵魂，灵魂已经离开了。他太老了。"

听见我居然在阿什特太太面前就如此敏感的话题擅自发表意见，医生有点意外地看了我一眼，然后开始说话，似乎在自言自语：

"灵魂……灵魂……嗯……对，对，这的确很关键。"

阿什特太太非常留意地看着他：

"医生真是善解人意。"

接着她领着他走进房间。

那个傻乎乎的老头正在努力装死。他四仰八叉地躺在床上，拼命想屏住呼吸，但闭上的眼皮又时不时地跳一下。他想看看进来的是谁。

医生抓起他软绵绵的手臂开始给他量脉搏，对老头装死的努力微笑。他大声地报脉搏数，数完后他对阿什特太太说道：

"夫人，从脉搏看，病人的健康状况良好。"

阿什特太太的神色掠过一丝不安，但随即又恢复了往常的镇定。

医生用他有力的手扯开老人的衬衣，掀起他的背心，露出他那白皙、瘦长的身躯。接着他从箱子里取出听诊器，开始检查他的心脏和肺部。看到老人仍在试图屏住呼吸，医生带着顽皮的神情俯下身来。

"呼吸，呼吸，老伙计，"他在他耳边轻声说道，"快点，呼吸又不花你什么钱……"

老家伙开始吸气和呼气，刚开始因为害怕阿什特太太还小心翼翼的，但后来胆子渐大，大口呼吸起来。

"对，对，这才差不多。"医生说道，然后他开始对老家伙进行全面细致的身体检查。检查完之后他站直身体，对正在焦急等待结论的阿什特太太说道：

"长寿，他前面还有很长的寿命。这是唯一可以得出的诊断结论。他身体的所有功能都表明他会继续长寿。"

我向阿什特太太伸出一只手，似乎想去安慰她。但她却突然往前跨了一步，抬头严厉地盯着医生，一字一顿地说道：

"尊敬的医生阁下，我只问你一个问题：这个老头继续活下去还有任何价值吗？"

他明白她的意思，回答道：

"毫无价值。"

老头本来一直在用好奇的眼光来回偷瞥每一个人，听见这话一下子大惊失色。

"您的意思是?"阿什特太太紧追不放。

"意思是他已经死了,我确认这一事实。"

"请您理解,医生,"阿什特太太道,"我们生命的最高价值,才是每个人都有责任去追求的目标。"

医生突然抓住她的手:

"夫人,我对这位可爱老人的死谨表哀悼。我相信每天的忙碌将有助于缓解您的悲伤之情。"

说完后,他转身迈着奇怪的、拿腔作势的步子走出了房间。我送他到公寓门口,两人一路无语。

五

傍晚将近,葬礼正紧锣密鼓地筹备着,整个房子沉浸在热闹繁忙的气氛中。人们进进出出,每个人都热心地想给忙里忙外的阿什特太太帮上点忙。讣告早已送出,嘈杂的汽车正在大楼的主要入口汇合,准备把源源不断的悼念者载往墓地。人群在大街上聚集,每个人都难掩内心的兴奋。副市长及其随员被期待随时光临。

老头在房子周围不停地东游西荡。阿什特太太从一开始就与他商定,到时候他自己走到葬礼上去,棺材则空着。根本不用担心会有人认出他来。人们来参加葬礼都是出于对阿什特太太的尊敬,而不是因为他。

就算真有人认识他,他们大概也会和大多数人一样,即使亲眼看见,也只相信常理。他们会认为是自己的想象力在作祟,或是天黑没看清。老头在那儿十分碍手碍脚,在场的人都将非常讨厌他。但是为了不影响葬礼庄严肃穆的气氛，人们肯定不会太严厉地责骂他。

他先是要求带一些轻松的读物陪葬，说是可以在等待被泥土闷死之前不至于太无聊，但阿什特太太坚决不同意。她说唯一能带的书是经书。他不愿意带这么一个枯燥乏味的包袱上路，于是乘阿什特太太不注意时把它偷偷塞到了床垫下面。在挑选要穿的衣服时，他也是让人烦不胜烦。他不知道该穿冬装还是夏装，日间还是晚间的衣服。最后，阿什特太太为他选定了一套迷人的搭配，亲手给他穿上，以便随时下葬。她自己则随意穿了件黑色套装，是很早就为这个场合准备好的。尽管阿什特太太已经老了，对时装没太大兴趣，但这些黑色衣服都很得体，与肃穆的场合和她哀伤的神情非常相配。

葬礼的时间终于到了。最后一抹暮色降临在街道上，密集的人群像是被溶化成一大团黑影。阿什特太太在人们的簇拥下走下台阶，跟在由她的四位密友抬着的空棺材后面。老头和我走在人群后面，他一边走一边敛声屏气地东张西望。突然，他从我身边溜走，拼命挤到人群前面，使得整个队伍停了下来。然后他爬上附近一所房子的栏杆，开始对着人群演讲，他的声音在黑暗降临的街道上清晰洪亮。老头说道：

"今天，我们陪伴一位曾经在这个世上生活过的可爱老人走向坟墓——他就是在阿什特太太公寓里住过的老人。虽然这位老人已经有了些许白发，但如果不是命运之手的作弄，他其实还可以活很多天甚至很多年。因为死亡是掌握在某种未知力量的手中，我们对这个人的死也没有什么可抱怨的——虽然没有那只手，他或许可以继续留在人世，甚至永生不死。站在这儿的所有人终将追随他去。这儿站着的每一个人也将有一个类似的葬礼，也将有人站在这儿为他致悼词，表示敬意，就像我现在所做的一样。然后，人们将把他带到坟墓，往他头上堆土，直到他停止呼吸……"

他响亮的声音在黑暗的街道上回荡。这是一段愚蠢、毫无品位的演讲。大家都对这位不知名的演讲者表示不满，阿什特太太更是怒不可遏地冲他大吼了一声。

我们赶紧把老头从栏杆上拉下来。接着，大家都钻进等在一旁的出租车里，整个车队向墓地驶去。

六

刚进入墓地，一股强劲的东风就扑面而来。阴郁的夜雾和小雨笼罩着低垂的天空，残留着落日的最后几抹红色。飞扬的尘土和缭绕的雾气遮挡着视线。

从环绕墓地的花草灌木丛中传来阵阵清香。我们不时蹲下来，摘一小片花瓣，轻轻揉搓，直到它的香气全部融入手掌。人们沉默无语，因为阿什特太太沉默无语。他们都是冲着阿什特太太的面子来的。如果沉默是她想要的，那么也是每个人想要的。

薄雾扑面，再加上天黑，我们只好紧挨着前行。身边的人有的抓着我大衣的一角，有的抓住老头的外套。必须承认，摸黑埋葬死人并不是本地的习俗，但是出于众所周知的理由，阿什特太太只想早点把老头埋掉。

老头试图和身边的人聊几句，结果不仅没人搭理，反而招来了怒目。人们都对他有些恼火。忙了一天之后本想不受打扰地享受这片刻安静，但却被他破坏了。

我递给他一根味道浓烈的香烟，他喜欢的那种，同志般地握了握他的手。

我们来到坟墓边。坟墓虽然是早上就挖好的，还给雨水浸润过，但仍然保留着新土的清香。墓边土堆高耸。我们站在墓边，有点震惊，仿佛是第一次看见人类的这种长眠之所。我们相互看了一眼，似乎两人之间尚未决定到底该谁下坑。

老头意识到应该响应号召进入土坑的是他自己，便用恳求的眼光盯着我们，希望我们也许会改变对他的判决。正在这时他看见阿什特太太在流泪。阿什特太太是个理智的女人，通常能控制自己的情绪，但这件事却让她痛苦万分，脸上的泪水禁不住往下流。他走过去想安慰她。他不是个擅长言辞的人，却尽了最大的努力。

最后他终于认识到，出于对阿什特太太的忠诚，出于他和这位女士真诚友好的长期同住关系，他不能为了自己的利益向她求情。他走到土坑边，小心翼翼地下到墓坑，蹲下等待。

我们都捡起了土块。找不到土块的人用手捧起泥土往墓坑里扔。大家都使劲挤着手中的泥土，直到泥粒从手指间流出。这是一片肥沃的土地，在变成墓地之前这儿曾有茂密的树木。

风刮得更加猛烈。天空从我们的视野中隐去，远星高悬在空中，隐隐约约地闪着微光。我们怎么使劲也看不清周围的任何东西，只好低头看墓坑中阿什特太太的老头。现在，我们看着阿什特太太，孤独而骄傲地站在那儿，手中的泥块已被捏成碎末。细月惨淡地映在她脸上，颜色非常恐怖。

她轻快地走到墓坑边，站在那儿俯看老人的头。他用传统的哀求姿势，伸出双手抓住她的脚。她任他恳求，没有责骂。或许他知道，自己已经尽了全力来回避这种结局。他不停地亲吻着阿什特太太的脚。

"难道没有——"他还没说完，泪水已哽住喉咙。

"没有价值——"她回答道。

"生命的价值。"

我朝他弯下身，对他说道："你的生命没有价值。我们的也一样。"

人们纷纷点头，赞同我这种理性的说服方式。他开始惊恐，全身发抖，手指敲打着墓坑的边沿。

他用颤抖的声音又问道："阿什特太太，是因为我的年龄吗？"

她轻蔑地回答道："不，不是因为你的年龄，而是因为我们受够了，不想再忍受你。"

"受够了……"坟墓周围的人都附和道。

他抬头用他那双清澈的眼睛挨个地看着我们，眼中噙满泪水。阿什特太太弯下身子，伸出一只手帮他合上双眼，用另一只手把他的头推回去，开始往他的眼睛和脸上倒土。他使劲抖掉脸上的泥土，用手去擦眼睛，但是信号已经给出，我和其他人都走上前，把泥土往他头上扔。泥土渗入他的眼睛，他已经什么都看不见了，但仍然拼命睁大双眼，继续揉擦眼睛。我们不停顿地、不知疲倦地往他身上倒土，用全身的气力和努力去掩埋他。整整一个小时，我们一言不发地往他脸上、身上倒土，这大概是我一生经历过的最安静的一个小时。最后，他的手无力地从坟墓边滑落，脸朝下瘫倒在地下。他终于被彻底打败了。坟墓被挖出来的各种泥土填满，慢慢变成一个坟包。所有的一切都被泥土——一层又一层揉碎的泥土所掩埋。坟包越来越高，但没人告诉我们什么时候该停止。任何一个长眼睛的人都能看出，坟包最后将顶到我们头顶这片雾气沉沉的天空，这时，阿什特太太弯腰向坟包上方看了看，然后说道："够了！"她的眼里充满了泪水，然而没人能为她擦掉。

我们都一下子原地不动了，手停留在泥土里。我暗暗想道：阿什特太太真是英明，知道什么时候让我们停下来。否则我们不知得在这儿辛苦劳作多少年，才能用山一样高的坟包抹去关于这个老头的记忆。

阿什特太太转过身，径自离去。我们跟在她后面，一边走，一边清除手上的残土。

七

尽管墓地离我住的房子很远，我还是鼓足勇气撇开众人，自己一个人回家，一个人走回家。其他的悼念者都坐车队的车回家，但我不知为什么想单独待一会。也许是因为我害怕回家后一个人在房间里待着的那段时间，以我目前这种麻木呆滞的状态，我想通过悠闲地散步回家这种方式来打发它。

我本来想抄近路穿过田野，谁知反而绕得更远。我并没有去想与坟墓或阿什特太太有关的事情，我的注意力集中在寻找最佳的回家路线上。我选择了一条很方便的路，试图重新发现我自以为还记得的捷径，但我的记忆力却不争气，害我走上了一条非常难走的路，还因此伤了脚。

我不知怎么绕到了公寓楼的后面，爬过高高的木篱栏才进了门。我开始往楼上走，注意到一楼阿什特太太的房间还亮着灯。我知道我已经累得要命，埋葬自己的朋友不是一件容易的事情，即使是活埋他。反正我今晚睡不着，而且，我那本一行字还没写出来的书，今天肯定还是一句也写不出来。也许我应该去看看阿什特太太。今天的烦心事一定把她累坏了，这么多人，这么繁杂的仪式，一定把她折腾得精疲力尽了。或许我可以帮帮她。

我轻轻地敲了敲门，过了片刻，门开了，阿什特太太站在门厅里。看见是我，她笑逐颜开，领我走进她的公寓。我走进客厅，看起来阿什特太太并没在忙。和平常一样，她唯一考虑的事情就是，哪些事情完成了，哪些事情有待去做。阿什特太太就是这样，她从不看书，从不把自己的想法写下来，只是想了就做，再想，再做，而这，正是她如此了不起的原因。

她请我在她对面坐下。我打量了下她，她的确是个很老的女人。她苍白的面孔和满头白发在明亮的电灯光下格外显眼。我轻轻地笑了笑，说道：

"阿什特太太，看起来我们两人都很老啊。"

她带着惊讶的神情看着我，仿佛我说的是一件她闻所未闻的新鲜事：

"你说什么，先生？你说老？"

"是啊，是啊。"我开玩笑似的笑着说。然后用稍认真的语气补充道："我们活过的年头总数已经很可观了啊，街上的年轻人一定把我们看成是老古董。"

"先生，可别这么说，"阿什特太太抗议道，"我们以后的日子还长着呢。我决定要做的事情现在连一半都还没完成呢。"

说完她陷入了沉默。过了很久，她抬头看了看我，说道：

"你将搬进来跟我同住，先生，搬到这间位于一楼的公寓里来。"

我掩饰不住自己的惊讶，但还是点头表示同意。我握着她布满皱纹的手，对她说了些节哀保重之类的安慰话。尽管我啰啰嗦嗦说的都是些老生常谈，她也被今天的事情折腾得精疲力尽，但她似乎并不在意。

最后，我终于和她告别，出门上了大街。在一栋建了一半的房子旁边我看到一把锄头。我本来可以拿那把锄头去把老头头顶的土刨开，但是我没往墓地的方向走。我害怕自己铸成大错，不仅没刨开新坟的土，反而挖个坑把自己埋了进去。

译后记

上海九久读书人的编辑约我和汪晓涛博士翻译亚伯拉罕·耶霍舒亚（A. B. Yehoshua）的《诗人继续沉默》时，我对耶霍舒亚和他的小说，乃至整个以色列文学可以说是一无所知。这本书里一共收集了耶霍舒亚的十二篇中短篇小说，分别写于上世纪五十年代和七十年代。耶霍舒亚是一位用希伯来语写作的以色列作家，我们接手的却是这些故事的英语译本，而且是由四位译者在不同时期翻译的。这样的二手翻译能成功吗？我心怀疑惑和惶恐地开始翻译他的小说，很快我就忘掉了英语译本中不时出现的磕绊，被他深深地迷住。

亚伯拉罕·耶霍舒亚出生于一九三六年，父亲是一位研究耶路撒冷历史的东方学学者和作家，母亲来自摩洛哥的一个富商家庭，妻子则是一位心理分析学家。父亲给了他历史视角，妻子给了他心理视角。他曾半开玩笑地说自己被妻子分析了半个世纪。他在以色列军队当过三年伞兵，在耶路撒冷的希伯来大学攻读过哲学和文学，客居巴黎期间担任过世界犹太学生联盟的秘书长，后来一直在海法大学教授比较文学和希伯来文学。许多个人经历在他的小说中都有所反映。

不过，耶霍舒亚本人认为，如果要给他写一份寥寥数语的自传，他的塞法迪犹太后裔和第五代耶路撒冷人的身份是必须保留的。大多数以色列作家是来自东欧的阿什肯纳兹犹太人，比如与他并称为以色列文学三位男高音的阿摩司·奥兹 (Amos Oz) 和大卫·格罗斯曼 (David Grossman)。从步入文坛的第一天起，耶霍舒亚就不想被贴上塞法迪作家的标签，成为一个跟他父亲那样专写民间传说的少数族裔作家，但他感到塞法迪犹太人身份给了他一个不同的视角。比如，对他来说，阿拉伯人不是敌人，而是类似堂兄妹一样的亲戚。他们和阿拉伯人的冲突不管多激烈，都还得在一个屋檐下讨生活。他一直致力于理解阿拉伯视角。他的第一部长篇小说《情人》出版于一九七七年，背景是一九七三年赎罪日战争后的海法，讲的是犹太少女达菲和阿拉伯少年纳伊姆之间的狂热爱情。在当时的以色列文学中，这是为数不多的以阿拉伯人为主要人物的作品。

耶霍舒亚与奥兹年龄相近，两人都在以色列建国初期度过了他们的青少年时代，在五六十年代登上以色列文坛。这一代人被称为"建国的一代"，以别于之前的"独立战争的一代"。这一代作家的身份是"作为完整犹太人的以色列人"，他们内化了从大以色列国土向以色列国家的转化，形成并强化了他们的以色列公民身份。这一转化的意义非同小可。作为在儒释道文明中生活的东方人，我们对有着共同源头和圣地的犹太教、伊斯兰教和基督教这三大一神教文明很难理解。对他们来说，我们可以说是彻头彻尾的他者。对犹太人而言，以色列立国不但让他们获得了生存的空间，而且保障了他们思考的空间和对历史理解的连续性。半个世纪以来，耶霍舒亚和他的作家同志们在以色列的公共生活中扮演着无可替代的双重角色。政治上，他们被誉为以色列自由知识分子的良心，关心以色列的政治和社会，热情不懈地支持以色列和平反战运动，关注占领地、阿以冲突等敏感问题。在二〇一三年一次对美国犹太人的演讲中，他声称散居在美国和世界各地的犹太人只能说自己是部分犹太人，只有像他这样生活在以色列并被犹太文化包围的人才是完整的犹太人。这句话当然在世界范围的犹太人中间引起了轩然大波，直到今天还让美国的犹太人耿耿于怀。今年四月，已经八十二岁高龄的他还在以色列的《国土报》上撰文承认，他为之奋斗半个世纪之久的解决巴以冲突的两国方案，现在似乎已经不相干了。

　　虽然深深卷入以色列的政治活动，耶霍舒亚的小说却全然不是其政治观点的简单传声筒。这又与他所属的"建国一代"有很大的关系。这一代作家不满足于上一代作家突出英雄和强调社会群体的批判写实主义手法，更注重用现代派的心理写实、象征和嘲讽的手法来表现个体的世界，或者说个体与团体的冲突。但这并不是说他们不关心政治。耶霍舒亚在很多小说中隐藏的政治含义只有深究才能看出。比如收在本书结尾的短篇小说《老人之死》，里面的老人总也不死，大概活了一千岁了。跟他同居的阿什特太太对他的长寿厌烦不已，决定在他熟睡的时候宣告他死亡。住在同一公寓楼里的"我"明知老头没死，却自愿充当阿什特太太的同谋，帮她请医生开死亡证明，请殡仪员。因为年老没有价值便被宣判死刑，自己走去参加自己的葬礼，甚至还在葬礼上发表悼念自己的演讲——这样荒诞不经的故事不由得让人想起卡夫卡。老头被活埋后，阿什特太太要求叙述者"我"搬去跟她同住，"我"意识到发生在老头身上的命运也将在自己身上重演。"我"做了阿什特太太的帮凶，也给自己掘了一个坟墓。我在读这篇故事时，脑子里想的是美国作家约翰·契弗（John Cheever）的著名短篇小说《伤心歌谣》（一译《恋歌》）。那篇故事里面的女主人公琼也跟阿什特太太一样，喜欢接近那些已过盛年的落魄男人，被她盯上的男人也都以死亡告终。曼哈顿街头游荡的死亡天使，摇身一变成了老年公寓的死亡女巫——我就是这么解读的。但从耶霍舒亚的一篇访谈中发现，原来在他这篇写于五十年代的成名作中，阿什特太太代表的是一个国家中积极、自然和自信的力量，千岁老头则象征着犹太人，他们毫无活力，缺乏目标，没有品位，只能接受被活埋的命运。犹太人在"二战"中的命运不正是如此吗？

如果说《老头之死》里面的政治隐喻还十分含蓄的话，《面对森林》就相当明显了。这篇饱受争议的短篇小说描写了一名浑浑噩噩、得过且过的研究生为了完成他关于十字军东征的毕业论文，自愿接受了一份森林护林员的工作，期待森林的孤寂能让他静下心来完成论文。这片人造森林建在一座被以色列人夷为平地的阿拉伯村庄上，森林里除了他还有一对阿拉伯父女，父亲的舌头在战争中被割掉，成了哑巴。沉默的阿拉伯人跟埋在森林下面的阿拉伯村庄一样，虽然被封了口，无法诉说过去的刀光血影和惨痛经历，但它们仍然在那儿，随着阿拉伯人情绪的起伏隐约浮现。在守望森林的漫长孤独中，护林人不知出于何种心理，开始挑逗怂恿阿拉伯哑巴放火烧掉森林。在森林的灰烬中，阿拉伯村庄如鬼魅般赫然现身。小说的象征意味非常明显，以色列的历史就如同这座人造森林，林子里住着失音的阿拉伯人，林子下埋着被遗忘的阿拉伯村庄。作者似乎在借护林员这个人物煽动放火烧掉森林，揭露真相。但小说结尾阿拉伯哑巴作为纵火犯被抓，护林员也更加无望更加落魄地回到了熟悉的城市。

耶霍舒亚小说的故事情节都不曲折，有时平淡到让人讶异小说还可以这样写。他擅于书写日常生活，在家庭关系和日常生活中发现荒谬和疏离感。小说的主人公从事的职业不一，有江郎才尽的诗人，迟迟完不成毕业论文的大学生，洪峰中留守监狱的新看守，被误诊为绝症的水利工程师，终日面对森林的看林人，给士兵讲课的大学讲师，儿子被误传牺牲的高中教师，以睡眠为人生大事的水泥工……耶霍舒亚无意之间描画了一幅当代以色列的浮世绘。他的主人公无论是令人尊敬的知识分子和专业人士，还是微不足道的小人物，无一例外地深陷某种不符合常识的情境中，有着为常人不解的扭曲心理，而且在经过一番充满疼痛的挣扎和完成了某个荒谬或徒劳无益的使命之后，主人公在结尾却陷入了更无解的情势中。他们会显得更软弱无力，更琐碎渺小。一句话，没有成长，从荒谬的人生中什么也没学到。在《与小雅利的三日》中，主人公允诺帮他在基布兹公社劳动时结识的恋人看三天小孩，想在孩子身上寻找他从未忘怀的前情人的芳影，结果他的心理陡转，对小孩百般折磨，差点把他一杀了之。据说这篇小说运用反讽手法影射巴勒斯坦难民营。如同《老头之死》一样，这层隐喻没有介绍不容易看出。《洪峰》中的监狱看守心理更加奇葩。洪峰即将来临，监狱长明明是为了自己逃命把留守监狱的危险差事甩给他，他却感恩戴德地差点跪下。他把狱规奉若圣书，每晚必须读上几页才能入睡。最后甚至开锁放犯人逃生，结果自由了的犯人把他和两条狱犬锁在同一个号子里。故事到此戛然而止，等待他的悲惨命运我们却是可以脑补出来的。

　　文学传承上，耶霍舒亚深受西方现代派作家卡夫卡、威廉·福克纳和希伯来语作家萨缪尔·约瑟夫·阿格农的影响。哈罗德·布鲁姆曾在《纽约时报》的一篇文章中称他为"以色列的福克纳"。也许在他的长篇小说中可以看到更多的福克纳，在这部中短篇小说集中，我更多看到的是卡夫卡的影子。如同卡夫卡，父子关系是他小说中不断浮出水面的一个主题。卡夫卡多从儿子的角度写父亲，儿子在父亲面前就如同《变形记》中那只战战兢兢的大甲虫，时刻可能遭到碾踩；耶霍舒亚则常常从父亲的角度写，父亲对儿子的隔膜、疏离和失望（《诗人继续沉默》），潜意识里对儿子死亡的犯罪感（《一九七〇年的初夏》），甚至不时产生的谋杀儿子的念头（《与小雅利的三日》）。在《一九七〇年的初夏》这篇小说中，儿子阵亡的消息在父亲脑海里不断回放，好像那是他生命中某个值得反复回味的高潮，如同洞房花烛夜，如同金榜题名时。那一刻也确实是他生命的分水岭：在此之前，他是被社会抛弃的孤独老人，是校长和学生迫不及待要除掉的老教师，是他的拒绝退休、拒绝退出人生舞台才让他勉强留在了讲台上；在此之后，由于为祖国献出了唯一的儿子，他戴上了烈士父亲的光环，四处享受人们的同情和尊敬。他幻想自己以烈士父亲的身份做毕业典礼演讲，开始计划自己的未来，准备完成儿子未写完的手稿，潜意识里甚至在美国儿媳和孙儿面前扮演了儿子的角色。小说结尾，儿子的阵亡不过是误传，好像上帝在最后一刻改变了主意。父亲只能又回到了小说开头自己听到儿子死讯的那一刻，心中充满失落。

如果说在卡夫卡的小说中，父亲以上帝般的形象让儿子敬畏，那么在耶霍舒亚小说中，父亲的形象则让人想起《旧约》中的亚伯拉罕，那个心甘情愿把儿子以撒作为祭品献给上帝的父亲。死去的是儿子，荣耀的是父亲。可以说《一九七〇年的初夏》是耶霍舒亚对亚伯拉罕故事的重新书写，对这个从心理深层上影响犹太民族的神话进行了毫不留情的解构。耶霍舒亚在一九九〇年一篇题为《曼宁先生和以撒受绑》的文章中说过，他想去掉这个神话中隐喻和典故的成分，剥掉它的伪装，在真实的

435

现实处境和合理的心理情境中再现这个故事。他认为亚伯拉罕之所以同意牺牲自己的儿子，实在是因为他对儿子以撒能否坚守对上帝的信念缺乏信心。为了把儿子纳入他自己的价值系统，父亲不惜牺牲儿子的生命。

记得读研究生的时候跟一个犹太裔同学有过一次关于小说的争论。我认为对小说而言，语言是最重要的因素，他则认为是故事。他的论据是一篇好小说哪怕译成了别的语言，依然是好小说，比如契诃夫、陀思妥耶夫斯基和托尔斯泰这些伟大作家的小说，不管是翻译成英语还是汉语，在逊色于原文（有时甚至是远逊色于原文）的译文中，它们的伟大并不受影响。这说明，语言不是小说中最重要的因素。记得当时我对他的观点颇为不服。但事隔二十多年后，面对耶霍舒亚这部翻译绝对算不上优秀的作品，他的伟大依然清晰可见。此书的英文译本中常常有不符合英文惯用法的奇怪字句，很不容易理解。比如，在《诗人继续沉默》这篇标题故事里，有一处提到一家 semi-closed institute。我查了不少地方，问了美国同行，还是不知所指。汪晓涛最后在网上找到一处解释，指介于公众机构与完全封闭机构（监狱）之间的半封闭机构，如精神病院、智障人士中心等。但除非精神病院或智障人士中心在希伯来语中是一个不常见的词，否则我想不通为什么要译成一个如此罕见的英文词。因此，最后我还是照字面的意思翻译成"对公众半开放的机构"。在《最后的指挥官》中，有一个句子也是十分费解："Sabbath. Stones in our skulls instead of eyes"。为了弄明白这句话，我动用了一切可以动用的资源，最后还是无法确定，只能绝望地以直译的方式处理："安息日。眼中有石变成了脑中有石。"有些句子无论你怎么努力，都无法把握原文的准确含义。比如《面对森林》里的这句话：

"…that his desultory affairs with women will but draw zeal from the blue skies."

要命的是你不知是翻译的问题，还是原著的意思。如果我们面对的是原文，那就不会产生对文字的怀疑，只会设法去理解，找到合适的中文。这大概就是面对二手译文时带来的问题。由于没有前译可以参考对照，只能说我们尽了最大的努力，译文质量的好坏只能等读者鉴别。

本书的前六篇由我翻译，后六篇由汪晓涛博士翻译。汪晓涛博士是学政治学出身，早在九十年代就翻译过亨廷顿的名作《难以抉择——发展中国家的政治参与》。刚开始合作时我还有过顾虑，怕学者的文笔不一定适合译小说。但只看了一篇故事后我就放心了。他的译文既感性又精准，情绪非常饱满，字里行间流淌着的诗意和原文非常吻合。此外，我们约定由我统稿，他也给了我极大的自由度，虚心接受了我很多建议，但在有不同意见时也据理力争，在此表示特别感谢。此外，我还要衷心感谢九久读书人前编辑彭伦，是他给了我们近距离接触这位伟大作家的机会。感谢现任编辑何炜宏和郁梦非在时间上对我们的包容和毫无保留的合作。郁编辑在书名的定夺和平装版封面设计上提出了宝贵的意见。感谢好友陈红，她是达尔文《小猎犬号》的译者，也是生物学家，在繁忙工作之余拨冗阅读了每一个故事，并提出文字上的修改意见。先生林文理和我的英译合作者 Jason Sommer 也常常受到我出其不意的打扰，帮我答疑解惑，在此一并感谢。